KB260939

후송 유의양 선생 기념비

남해대교(현수교)

정상에서 본 금산과 상주리

상주해수욕장

섬북섬과 장고섬

망운산 화방사

용문사

설흘산 봉수대

남해 다초 마늘축제

가천 다랭이마을

남해 유자

지족 바다(죽방렴)

다랭이마을 암수바위

남해 충렬사

창선 사천대교(연륙교)

# 그날의 유배기

遊配記

후송 유의양 後松 柳義養

홍춘표 편저

한누리미디어

국립중앙도서관 출판시도서목록(CIP)

후송 유의양 그날의 유배기 / 홍춘표 편저. -- 서울 : 한누리미디어, 2012
　　p. ;　　cm

ISBN　978-89-7969-387-4 03810 : ₩25000

기행 문학[紀行文學]
남해(경상남도)[南海]

816.5-KDC5
895.762-DDC21　　　　　　　　　　　　　　　　　　CIP2012000205

# 찬록의 영광

창해(滄海)의 신선섬(神仙島)
외딴 남해로 유배와
창망한 세월 슬픔으로 허송하니

나그네 근심이 세월은 천금같아
명산대천 명소 찾아
높고 깊은 큰 뜻 글로
문견록을 찬록하여 명작을 남기니

대대손손 남해 자취 창명하거늘
길이길이 그 영광 후세에
보석(寶石)같이 빛나도다.

편저자 홍춘표 배상

# 글을 시작하며

필자는 젊은 시절 고향을 배경으로 한 영화 뱃고동을 기획, 제작 홍보한 바 있습니다만 이제 늦게나마 소개하는 이 책은 선인들께서 지키고 물려준 조상들의 향토 사랑과 충절의 정신을 계승하고자 함인데 그 뿌리와 그 원천인 고향 남해는 조상들께서 슬기로운 보우(保佑) 일념으로 지켜내어 우리에게 물려준 위대한 문화유산입니다.

누구에게나 고향은 있게 마련이며 나무는 뿌리가 있듯이 그 근본이 있기 마련이지만 천혜자연(天惠自然)의 아름다운 비경과 풍광명미(風光明媚)의 명승고적이 많은 충절(忠節)의 남해는 자랑스런 고장입니다. 남해는 장구한 세월 동안 산야는 온갖 왜구의 만행으로 황폐와 좌절을 겪었지만 강인한 선인들의 애향정신으로 지켜 내려온 살기 좋은 문화와 역사의 고장입니다.

문전옥답의 풍요한 남해는 선경(仙境)으로 이루어진 일점선도(一點仙島)로 노래를 할 만큼 경치가 빼어나고 아름다운 강산에는 조상의 얼이 담긴 고(古) 유적(遺蹟)들이 주옥처럼 사방 곳곳에 깔려 있으며, 옛 전투역사의 흔적인 성곽들이 있는가 하면 유서 깊은 사찰도 많고 왜구와 싸우며 논밭을 일구었던 역사는 이 땅 곳곳에 자취를 남기며 오늘에 이르고 있습니다. 남해는 적소의 땅 유배지로 수많은 선인들이 귀양살이를 한 애환(哀歡)의 절해고도(絶海孤島)이기도 하지만, 그 비경의 아름다움에 심금(心琴)을 울리고 무구한 애정(愛情)과 시화(詩話)로 찬미한 역사와 유배문화의 산실이기도 합니다.

아름다운 남해, 살기 좋은 고장, 자랑스런 문화의 참 모습을 한 선비가 오며 가며 보고 듣고 겪은 바를 직접 지은 기행문으로, 옛 모습의 아련한 추억 속에 남아 있는 당시의 삶과 풍경을 엿보고, 또한 물려받은 향토를 계승(繼承) 발전시켜 후손들에게 어떻게 물려주어야 할 것인가를 생각하여 볼 수 있는 계기가 되었으면 하는 바람입니다.

필자는 18세기, 배소에서 한글 필본으로 저술한 후송 유의양 선생의 문견(聞見) 유배(流配) 집필문(執筆文)을 저본(底本)으로 삼아 조선 명인전 3과 왕조실록, 최강현의 북관노정록을 참고 자료로 후송 유의양의 적거생활(謫居生活) 귀양살이 속에 기행(紀行)으로 당시에서 오늘에 이르기까지 문화유산(文化遺産)으로 되돌아볼 역할의 생생한 노정기(路程記)를 아름다운 자연(自然)의 비경(秘境)과 함께 소개(紹介)하고자 감히 용기를 내어 엮어봅니다. 아무나 겪지 못했던 정치적 회오리 속에 견제(牽制)와 배제(排除)를 당하며, 파란만장한 적소생활을 오가며 자의적으로 순환기를 기록한 문견록의 주인공과 그가 지낸 한 시대를 음미하고, 그가 남긴 발자취에서 진정한 삶의 의미를 발견할 수 있으리라는 바람과 아울러, 시와 글의 부족한 곳은 스스로 이해하면서 읽어주기를 바라는 마음 간절할 뿐입니다.

# 문화는 삶의 숨쉬는 영혼(靈魂)

향토 문화의 지속성(持續性)을 보장하는 진전된 수단으로 문화사적(文化史的) 가치가 높은 《후송 유의양 그날의 유배기》 출간(出刊)을 진심으로 축하하며 자랑스럽게 생각합니다.

이 시대는 문화의 시대라고들 말합니다. 남해 역사 유배문학은 한 세대에서 다음 세대로 전달되며, 그 기능은 인간이 사회 속에서 다양한 행동 패턴으로 개인과 한 시대에 의해 습득(習得)되어 다음 시대와 세대로 전달되는 문화유산(文化遺産)입니다.

인간이 존재하는 우리가 사는 세상은 삶과 문화는 역사입니다. 선인들이 남겨둔 역사문화는 인간과 관련된 과거 사건들을 검증(檢證) 분석(分析)하고 비평(批評)하며 계승(繼承) 발전(發展)시켜 민족전통(民族傳統)의 역사적 고전(古傳)에서 인간이 거쳐 온 모습이나 인간의 행위(行爲)로 일어난 사실을 말하는 사물의 자취(自取)가 우리에게 물려준 위대한 문화유산 정신문화입니다.

후손에게 물려줄 선인들의 소중한 문화와 선비정신은 우리 민족이

오상(五常)을 근본으로 하는 그 위대성은 예나 지금이나 높이 받드는 것입니다.

홍춘표 시인이 가지런하게 다듬어낸《후송 유의양 그날의 유배기》는 아름다운 선경 남해를 애찬(愛撰)한 유배문학 기행으로 우리 고장의 문화유산입니다. 낯설고 물설은 타관산천(他官山川) 화전(남해)에서 자신이 귀양살이를 하면서 오며 가며 보고 들은 풍습과 방언(方言)을 수록한 발자취를 폭넓은 의미로 그가 지낸 한 시대를 음미하고 추상하는 역사적 가치가 천혜의 자연경관과 함께 담겨져 있습니다.

지나간 역사 속의 한 순간은 되돌아보면 짧은 시간이었습니다.

역사와 문화는 그 시대 인간이 지향(志向)하고 추구(追求)하는 사상과 문화이념의 가치관입니다. 남해의 문화발전(文化發展)은 내·외 향우님의 애향(愛鄕)하는 따뜻한 고향 사랑입니다. 문화와 문화유산의 계승(繼承) 발전(發展)입니다. 선인들이 남겨놓은 유배문화는 충효(忠孝)사상의 사친이념 선비정신으로 문화가치(文化價値)입니다. 산수명미(山水明媚)의 아름다운 선경(仙境), 한 점의 섬 화전(花田, 南海)에서 18세기 기행집필문으로 남겨놓은 역사문학의 눈부신 필명은 문화의 꽃으로 자랑스럽기도 합니다. 오랜 세월에 유배문학의 잠을 깨우며 생명력을 불어넣는 책을 펴면서 뜨거운 열정과 심혈을 기울인 진솔하고 주옥 같은 감흥의 이야기를 상재(上梓)한 홍춘표 시인에게 거듭 찬사를 보내며 문학의 향기가 널리 향취(香臭) 되어 독자들로 하여금 오래도록 회자되길 기원합니다.

2011년 11월

소설가, 혼맥문학 발행인 **김 진 희**

# 격변기(激變期) 문학(文學)을 피운 삶

명경지수(明鏡止水)와 같이 산과 바다가 아름다운 아득한 한 점의 신선 같은 선경(仙境)의 섬, 화전(花田) 남해는 풍광이 수려한 역사 문화의 고장입니다.

심원한 예술적 영혼 속에 고향을 사랑하는 홍춘표 시인의 《후송 유의양 그날의 유배기》 출간을 진심으로 격려와 함께 큰 뜻으로 저술한 역작(力作)의 노고에 찬사를 보냅니다.

유배문학의 산실(産室)로 예전부터 화전이라는 꽃밭으로 불려온 남해는 선인들의 예술적 세계를 전공(傳供)하는 사가(史家)들도 오랫동안 역사문화와 유배문학을 전하는 '문견록(聞見錄)'이 완역본으로 출간되기를 갈망해 왔습니다.

홍춘표 시인이 고향산천의 역사적 현장에서 엄정한 사실에 비추어 높고 푸른 영혼을 담아 서술한 유배역사(流配歷史) 문학의 문견록(聞見錄)은 필명(筆名)으로 남·북 유배지의 기록문학 작품으로서 최초의 한글 기행문체로 저술되어 문학적으로도 높은 평가를 받고 있습니다.

유의양은 54세 때인 1771년(영조 47년)에 홍문관 수찬, 부수찬을 지내다 삭탈관직되어 남해로 유배된 인물로 그는 올곧은 선비의 기상과 넘쳐나는 토속적 풍습이 아름다운 남해의 풍경과 함께 실록(實錄)으로 살아남아 역사문화의 고장으로 전승되어 후인들의 자랑과 더불어 향토적 생활 풍습에 동화되어 학술적 기록으로 남아 역사문화 연구에 큰 역할을 한 바 훌륭한 업적이라 경탄해 마지않습니다.

화전(花田) 남해지역의 문화적 속성을 반영한 유배문학의 필설(筆舌)에 크나큰 기대감과 쇠태(衰態)한 문화유산이 희망의 변화와 발전으로 지향하는 지표가 될 것으로 추구(追求)하며 유배문학 발굴의 새로운 전기가 되기를 바랍니다.

절해의 향취가 다채로운 남해 풍습과 문화의 전통적 관혼상제와 남해 방언이 문학예술로 나타내는 이채로운 토속적 생활풍습과 문면(文面)으로 전하는 풍광은 보고 듣고 즐기는 삶의 창조적 행동과 본성의 작용변화를 모두 여기 이 책에서 감흥과 흥분의 서사(敍事)를 느낄 수 있습니다.

홍춘표 시인은 향토 문예인으로서 토착화된 토민들과 선인들의 유배문학을 정연하게 정리하여 출판함으로써 남해기행문체의 문견록(聞見錄)《후송 유의양 그날의 유배기》출간의 산고에 힘찬 박수로 거듭 축하를 드리며 많은 사람에게 애독되길 간원(懇願)합니다.

2011년 10월

재단법인 한성장학회 상임이사 · 한국불교문학 편집위원장 **장 봉 호**

# 역사는 시대를 비추는 거울이다

홍춘표 시인의 《후송 유의양 그날의 유배기》 출간을 진심으로 격려하며 아울러 축하합니다. 역사문화는 인류 사회의 크고 작은 굴곡(屈曲)의 파도를 넘어 수많은 변천과 흥망(興亡)의 과정을 거쳐 오며 오늘에 이어 왔습니다.

선조들은 어떻게 살아왔고, 또한 지난날의 역사 속에서 등장인물이 빚어내는 수많은 사실, 이 책을 통하여 그들이 빚어내는 숱한 이야기는 구전으로, 또 서적으로 오늘날까지 전해 내려오는 부분이지만 《후송 유의양 그날의 유배기》는 한 걸음 앞선 역사적·지리적 자연환경 속에서 선경 남해(南海)를 노래한 기행문(紀行文)으로 우리들에게 감흥과 흥분의 심금을 울리기도 합니다.

역사는 그 시대를 비추는 거울로 지나간 역사 문화는 인간의 삶과 자연과의 관계에서 인간 공동체(共同體)가 보여준 노력과 그 결과물로 총체적 유산이라 믿습니다.

또한 지난날의 역사 속에서 전승(傳承)되어 이어져 오는 선조들의 지혜와 함께 우리의 앞날을 헤아리는 혜안(慧眼)의 안목으로 생각하여 볼 수 있는 좋은 성찰의 계기가 되리라 믿습니다.

우리는 옛 선인들의 일생을 조명해 봄으로써 드라마 같은 인물에 대한 사건과 내용으로 왕조시대의 선구적 안목을 지닌 선비로서, 백성을 위한 정치의 일선에서, 혹은 풍전등화(風前燈火)의 국운을 지켜낸 문무관으로서, 또는 정쟁에 휘말려 유배되어 궁핍한 향촌생활(鄕村生活)이지만 선경 남해(화전, 花田)에서 체험하는 아름다운 명소와 문화유적의 역사적인 발자취를 엮은 《후송 유의양 그날의 유배기》는 한 선비의 적거 귀양살이를 통해 오늘의 우리에게 귀감으로 될 것이 적지 않을 것입니다.

일반 사람들이 보기에는 선비들이 부러울 것이 하나도 없을 선망의 대상이지만 충효사상(忠孝思想)의 이면에는 엄격한 규범과 온갖 걱정거리가 내재되어 있어 벼슬이란 것이 외롭고 눈물로 점철된 가시방석의 불안한 자리였습니다. 선인들이 남긴 선공후사(先公後私)의 덕목으로 하여 오늘을 마음 놓고 살아가는 우리는 선대에서 후대로 물려주는 문화유산(文化遺産)의 참 모습입니다.

삶의 역사 속에서 뿌리 깊게 내려오는 유학의 전통사상은 우리 자신의 정체성을 확립하는 일이며, 선인(先人)들을 찾아보고 이해하는 데 유배문화 또한 일익을 담당하리라 기대합니다.

끝으로 이 책을 출간한 홍춘표 시인의 저술에 진심으로 축하하며 좋은 필설이 독자들에게 사랑받기를 바라면서 건필을 기원합니다.

2011년 10월

남해초등학교 총동창회 회장  김 창 길

# CONTENTS
목차 _ 후송 유의양 그날의 유배기

# CONTENTS
## 목차 _ 후송 유의양 그날의 유배기

# 남해(南海)는 섬(島)이다

남해는 옛날에 교통이 불편하고 생활이 곤궁하여 죄인들을 귀양 보내는 곳으로 논의되어 온 고장으로 중앙 양반계층의 화려한 선비들이 정치무대로 등장하였다가 겨우 목숨만을 부지하고 다시 살아 돌아올 가망없이 유배되어 오던 곳이다.

남해는 원래 전산(轉山), 화전(花田), 윤산(輪山) 등의 여러 별칭을 가진 곳으로 남해도(南海島)와 우리나라에서 11번째 큰 섬인 창선도(昌善島)를 중심으로 두 개의 큰 섬과 노도(櫓島), 두도(豆島), 목도(項島), 호도(虎島), 갈도(葛島) 외 13개 유인도(有人島)와 51개의 무인도(無人島)로 구획되어 왔었으나 인구분포 변화로 현재 노도(현의 동쪽 30리), 조도(현의 동쪽 70리), 호도(현의 동쪽 70리) 등 유인도 3개, 무인도 76개로 변하여 남해도, 창선도와 함께 81개의 섬이 바다와 조화를 이루며 오늘에 이르고 있다.

남해의 주요 섬으로는 동쪽(부산)에서 시작하여 서쪽(목포)으로 많은 섬들이 다대(多大)하게 즐비하다. 다도(多島)의 크고 작은 대다수 섬은 색인순(索引順)으로 돼 있으나 제주도, 거제도, 진도, 남해도, 완도, 가덕도, 욕지도, 사랑도, 한산도, 매물도, 소장군도, 월능도, 돌산도, 거문도, 나로도, 소록도, 도화도, 금오도, 개도, 낭도, 지축도, 시산도, 금당도, 조약도, 생일도, 신지도, 청산도, 소안도, 보화도, 보길도, 추자도, 하조도, 가사도, 하의도, 상태도, 우이도, 창산도, 도초도, 비금도, 안좌도, 팔금도, 임태도, 지원도, 금호도, 압해도, 매화도 등 이 외 많은 섬이 있고, 홍도는 바위색이 붉다 하여 불리는 섬 이름이며, 흑산도는 바위색이 검다고 하여 흑산도라 부른다. 이에 남해도는 남해군(南海郡)을 칭하는 말이다.

남해는 우리나라로 봐서는 하늘의 가(邊, 涯)로서 곧 하늘이 다한 끝이요, 땅의 머리 곧, 땅이 시작되는 곳으로, 여기 한 점의 신선들이 사는 일점 선도이다.

남해는 북으로 경남 하동군과 사천시(삼천포) 등과 접하고 있고, 서쪽으로는 전남 여수시, 광양시에 접하고 있으며, 동으로는 경남 통영시와 인접하고, 남으로는 망망대해 태평양을 바라보는 섬이다.

우리나라 다섯 번째 큰 섬으로 첫째 제주도, 둘째 거제도, 셋째 진도, 넷째 강화도, 다섯째 남해는 현재, 1개 읍과 9개 면으로 된 섬이며, 총 면적은 357.59㎢이다.

신라 신문왕(神文王 : ? ~692, 신라 제31대 왕) 초에 전야산군(轉也山郡), 경덕왕(景德王 : ? ~765, 신라 제35대 왕) 때에는 남해군(南海郡), 고려 현종(顯宗 : 991~1031년, 고려 제8대 왕) 9년(1018)에는 현령(縣令)을 두고, 공민왕(恭愍王 : 1330~1374, 고려 제31대 왕) 때에는 왜구(倭寇)의 침입으로 진주(晉州) 대야천부곡(大也川部曲)에서 임시로 더부살이를 하였고, 조선(朝

鮮) 태종(太宗 : 1367~1422, 조선 제3대 왕) 14년(1414)에는 하동(河東)과 합쳐 하남현(河南縣)으로 하였다가 뒤에 하동현을 설치하면서 진주의 금주(金州) 금양부곡(金陽部曲)을 예속시켜 해양현(海陽縣)이 되었다.

세종(世宗 : 1397~1450, 조선 제4대 왕) 때에는 다시 금양부곡을 진주에 환속시키면서 남해현(南海縣)이라고 하였다.

선조 25년(1592)부터 7년은 임진왜란과 정유재란(1597년, 왜의 2차 침략전쟁)으로 무인지경이 되기도 했으나, 고종(高宗 : 1852~1919, 조선 제26대 왕) 32년(1895)에 남해현에서 남해군으로 개칭되고, 1906년에 진주목에 속하였던 창선도(54.18㎢)가 남해군으로 편입되었다.

남해는 망운산이 병풍처럼 싸안고 있고, 오른쪽으로는 기암괴석의 빼어난 금산이 솟아 있고, 망운산과 금산의 사이는 봉내(巴川)와 고내(高川)의 물이 바다로 흐른다.

1979년 남해면이 읍으로 승격, 1읍 7면이 되었고, 1986년 상주면, 미조면 등이 출장소에서 면으로 승격되어 현재에 이른다.

남해는 소백산맥 줄기가 남해안까지 뻗어져서 이루어진 고장으로 화방사가 있는 망운산(望雲山, 789m)과 보리암이 있는 금산(錦山 705.2m), 용문사가 있는 호구산(虎丘山, 617m)과 창선면의 대방산(468m) 등 높은 산들이 있다. 또 이들 산지에서는 입현천, 동산천, 초읍천, 무림천, 다천천, 화천천 등 15개의 하천이 사방으로 흐르고 있으며, 해안은 굴곡이 긴 해안선을 이루고 있어 천혜자연이 아름다운 곳이다.

청정무구(淸淨無垢)한 옥토에서 주요 생산품인 쌀과 마늘을 이모작하는 방법으로 전답을 일구어 농경생활을 하고 있다. 기후는 삼한사온(三寒四溫)으로 온난하며, 비가 많고, 난류가 흘러 연평균 14.0℃로 쾌적한 기온이며, 최고 기온은 37.8℃(1994. 7. 20), 최저 기온은 -12.8

℃(1976. 1. 24)로 기록하였는데 차츰 기온이 높아지는 추세이지만 자연환경이 사람 살기에 아주 좋은 고장이다.

또한 남해는 비옥한 농토에 각종 농산물인 쌀, 보리, 밀, 고구마, 감자 등을 수확하고 있으며, 특히 소, 돼지, 염소, 닭 등을 기르는 농가도 많다.

사면이 푸른 바다로 연근 어업은 물론, 수산 양식에 적합한 대륙붕 조건의 어류서식 최적지로서 바다를 보호하고, 어민들에게 소득을 증대시키며 근면 성실하게 살고 있다.

근간에 와서는 군민이 힘을 모아 친환경 관광농업의 육성으로 21세기 최고의 남해를 만들어 가고 있다. 특히 해풍을 맞고 자라는 마늘은 씨알이 굵고 그 맛과 향이 독특해 최고급 품질로 각광받고 있으며, 전국 생산량의 7%를 차지하고 있다.

푸른 바다가 사면으로 싸인 남해는 1968년 5월에 노량과 하동간에 대교를 착공하여 1973년 6월 22일 개통된 당시 동양 최대의 남해대교는 길이 660m, 폭 12m, 해수면으로부터 25m의 높이에 이르는 현수교로 되어 있다. 또한 창선~삼천포대교는 길이 3.4km로 남해 창선과 사천 삼천포 간의 섬과 섬들을 연결한 교량으로 연륙교이다. 1995년 2월에 착공하여 2003년 4월 28일에 개통하여 남해의 관문으로 한려해상에 육지를 연결한 황금 보배의 다리다.

육지로부터 고립되었던 남해도는 남해군 설천면(雪川面) 노량리(露梁里)와 하동군 금남면(金南面) 노량리를 잇는 한국 최초의 현수교(懸垂橋) 다리로 남해도가 육지와 연결되어 지역간 부산, 여수, 마산, 하동 등지와의 교통이 편리해졌을 뿐만 아니라 남해도 각지에 산재한 명승 고적과 한려해상국립공원 지역을 찾는 관광객들의 유치와 지역사회

발전에도 크게 기여해 왔다.

1968년 5월에 착공한 맬다리 또는 허궁다리라고도 부르는 현수교는 금암 최치환(錦巖 崔致煥 : 1922~1987) 선생께서 1967년 6월 8일 실시된 제7대 국회의원에 당선되어 건설위원장으로 남해의 숙원사업인 대교건설을 추진해 놓은 우리나라 최초의 현수교이다.

그는 삼동면 내산리에서 최상용 씨와 차달막 씨의 6남중 3남으로 태어나 삼동보통학교에서 5학년 때 아현초등학교로 전학했으며, 경기고등학교와 1943년 중국 신징군관학교를 거쳐 1953년 미국 미시간대학을 졸업하고 1971년 미국 하버드대학교 대학원 국제정치학과를 수료했다.

1947년 경찰학교 교관으로 공직에 투신 서울시경국장을 지내며 거짓말 탐지기를 도입, 수화기만 들면 경찰서로 연결되는 골박스 도입, 112 범죄 신고제도도 최초로 발원했다. 1948년 지리산지구 전투경찰대 총사령관으로 남원지구 빨치산 소탕에도 큰 공을 세웠다.

34세 최연소 서울시경국장으로 공직을 마무리하고 그 해 11월 이승만 대통령의 공보실장(현 문화체육관광부 장관)으로 발탁되었으나 4.19혁명으로 짧은 장관시절을 보내고 제5대 민의원 선거에 무소속으로 당선되어 국회에 진출, 정치에 입문했다.

그는 1965년 4월 12일 박정희 대통령의 남해안 일대 순방에 동행하여 충렬사 등을 방문한 후 남해대교 건설의 필요성을 강조하는 등 끈질긴 다방의 노력으로 1966년 국무회의에서 남해대교 건설 기초조사공사에 착수하게 하여 1967년 6월 8일 제7대 국회의원에 당선되어 건설위원장으로 남해대교 건설에 역량을 다했다.

1978년에는 무소속으로 10대 의원에 당선되었으며, 남해향원 후인들을 위하여 많은 은덕을 베푼 분으로 추앙받고 있다.

그는 제27대부터 30대까지 대한민국 축구협회 회장을 역임했고, 공화당 당무위원, 원내 부총무, 경우회 회장, 경우신보 사장, 속기협회 회장, 도로협회 회장, 경향신문 사장, IPI 회원, 신문협회 부회장, 신문연구소 이사 등을 재임하기도 했다.

1987년 삼성그룹 고문으로서 삼성반도체 사장으로 재임하며 기흥 반도체 공장 건립에 많은 공헌을 하였다. 그는 6.25 전쟁 때 영남의 최후 방어선 군경합동 총사령관으로 나라를 지킨 바도 있다.

삼평삼민주의(三平三民主義)의 주창자로 정치철학을 가지고 자신보다는 남을 위한 의로움으로 실천하는 삶을 강조한 금암 최치환 선생은 5, 6, 7, 10, 12대 국회의원을 지내시며 남해의 향촌사랑이 남달리 지극해 고향발전에 크게 기여하신 분이기도 했다.

이런 금암 최치환 선생의 조국애와 향토 사랑의 뜻을 기리기 위해 금암 최치환 선생 유적선양동우회(회장 장봉호)가 해마다 모범적인 재향 하동 남해군민을 선발, 고향을 사랑하고 불우이웃돕기에 유공한 자로 타에 봉사와 모범적인 군민을 대상으로 지역발전에 혁혁한 업적을 쌓은 사람에 대하여 선양동우회에서는 고인의 뜻을 받들어 활기차게 지원하고 시상하는 등의 사업을 시행해 왔다.

금암 최치환 선생은 12대 국회의원 임기를 채우지 못하고 불행하게도 1987년 5월 27일 돌아가셨는데 장례식은 국회장으로 엄수되었고, 유해는 서울 동작동 국립 현충원 제1국가 유공자 묘역에 안치돼 있다

남해 쪽빛 바다 한려수도는 천혜절경의 이국적 풍광이 빼어난 아름다운 곳으로 오랜 왜구의 시련이 잦았던 역사의 섬으로, 농어민이 수

많은 약탈을 당해 살아가기 힘든 고장이었지만 지금은 교통과 문화수준이 높은 교육의 도시로 발전하며 자연경관이 수려해 쾌적한 고장으로 살기 좋은 문화의 낙원이다.

남해 명산물로는 이 일대에서 나는 김, 우뭇가사리, 대구, 도미 등 해산물과 삼자라 불리는 유자, 비자, 치자가 있으며, 농산물로는 콩, 보리, 쌀, 고구마, 감자 등이 있다. 특히 죽방렴에서 잡히는 멸치는 특유한 맛을 지녀 국내에서 최고의 품질로 평가받고 있다.

남해의 명승고적으로는 금산 38경과 이순신의 충렬사, 화방사, 용문사, 금산의 보리암, 망운산의 망운암과 상주해수욕장, 송정해수욕장, 노도의 김만중 유허 초옥집 등이 있다.

# 대대로 녹봉(祿俸)을 먹은 유의양의 집안

후송(後松) 유의양(柳義養)은 명종 때 문신으로서 병조참판(兵曹參判)을 지낸 사송재(四松齋) 유영립(柳永立 : 1537~1599)의 8대손이고, 7대조는 전라도 관찰사(觀察使)를 지낸 사호(沙湖) 유색(柳穡 : 1561~1621)이다.

6대조는 군수를 지낸 유윤창(柳允昌 : 1583~1646)이고, 5대조는 유현(柳炫 : 1603~1664)이다. 고조는 유세헌(柳世憲 : 1620~1694)이고, 증조는 금부도사(禁府都事)를 지낸 유성(柳成 : 1646~1691)이며, 조부는 유성의 10남매(7남 3녀)중 장남으로 숙종 때 사헌부 사간(司憲府司諫)과 승정원 승지(承政院承旨)를 지낸 현산옹(玄山翁) 유태명(柳泰明 : 1666~1716)이다.

부친은 유태명의 두 아들 중 막내로 영장(營將)*이라는 벼슬을 지낸

---

* ─ 영장(營將) : 조선시대에 각 진영의 으뜸 장수

유무(柳懋 : 1698~1737)이고, 모친은 여러 고을의 감사를 지낸 한중희(韓重熙)의 딸로서 청주한씨(淸州韓氏 : 1695~1748)이며, 후송 유의양은 숙종 44년(1718) 여러 대에 걸쳐 벼슬살이를 한 명문가 전주유씨 유무(柳懋)의 2남 2녀의 4남매 중 둘째 아들로 출생하였다.

형은 이름이 유경양(柳敬養 : 1716~1736)인데, 숙종 때 좌의정을 지낸 한포재(寒圃齋) 이건명(李健命 : 1663~1722)의 손녀이면서 같은 시대에 영의정을 지낸 급유정(急流亭) 김흥경(金興慶 : 1677~1750)의 외손녀인 완산이씨(完山李氏 : 1715~1783)와 결혼하였지만 혈육도 남기지 못하고 21세의 젊은 나이로 기세(棄世)하였으나 부인이 지극한 효성으로 시부모를 봉양하여 인구(人口)에 회자(膾炙)되었기에 그 덕에 힘입어 사헌부지평(司憲府持平)에 증직(贈職)되었다.

두 누이 중 큰 누이는 이조판서를 지낸 황승원(黃昇源 : 1732~1807)의 아내가 되었고, 막내 누이는 사헌부 정언(正言)의 벼슬을 지낸 이심전(李心傳 : 1738~ ?)의 아내가 되었다.


유의양은 현감(縣監)을 지낸 조각(趙慤)의 딸인 풍양조씨(豊壤趙氏 : 1718~1776)와 결혼하여 큰아들 유영(柳詠 : 1749~1821)과 심상조(沈尙祖)의 아내가 된 딸을 두었고, 풍양조씨가 몰한 후에는 유준(兪雋)의 딸인 창원유씨(昌原兪氏 : 1755~1818)를 후취 부인으로 취하여 이 사이에서 아들 유화(柳話 : 1779~1821)를 얻고 큰아들 유영을 작고한 형 유경양에게로 양자(입양) 보냈다.

유영(柳詠)은 자를 복지(復之), 호를 화산(化山)이라고 하였다. 그는 세 번이나 결혼하였으나 무남독녀를 두었을 뿐이다.

둘째 아들 유화(柳話)는 자를 화지(和之)라 하고, 호를 지산(芝山)이라 하였다.

유화는 순조 1년(1801) 23살 나이에 문과에 급제하여 승지를 지냈고, 그의 저술로 오늘날의 고고학 연구자료에 대단히 귀중한 문헌인 《여대산릉고》(麗代山陵考)를 순조 18년(1818)에 어머님의 상을 당하여 시묘(侍墓)를 살며 지은 것이 현재까지 전해 온다.

자손은 유화도 3번이나 결혼하였지만 자식이 없어서 유승근(柳承根 : 1813~ ?)을 입양하여 대를 이었다.

유승근은 사마시에 합격하여 생원으로 여러 고을 군수를 지내고, 장손 유석(1841~ ?)은 문과에 급제하여 김해군수(金海郡守)를 지냈다.

유석은 유길수(柳吉秀)와 유희수(柳喜秀) 형제를 두었다.

# 유의양의 연대

유의양(柳義養 : 1718~1788)의 본관은 전주(全州)이며, 자는 계방(季方), 자장(子章)이라 했으며, 호는 후송(後松)이라 하였다.

그는 나이 39살인 영조 32년(1756)에 생원이 되고, 여러 고을을 거쳐 해서(海西) 송화 현감(松禾縣監)으로 있을시 나이 46살인 영조 39년(1763)에 중광문과에 병과로 급제하였다.

영조 41년(1765)에 정언(正言)에 이어 영조 45년(1769) 52살에는 시강원(侍講院) 사서(司書)가 되었다.

영조 46년(1770) 53살에는 다시 사간원 정언이 되었다.

영조 47년(1771) 54살에 홍문관(弘文館) 수찬(修撰)으로 있던 유의양은 2월 17일 부수찬(副修撰)에 임명되고 다음에 이어서 승전색(承傳色 : 임금의 뜻을 전하는 내시직)을 시켜 구전하교(口傳下敎)하시니, 정상인(鄭象仁), 조창규(趙昌逵)가 같이 사판(仕版, 벼슬아치 명부)을 퍼냄으로써 정상인, 조창규는 다른 도로 보내되, 유의양은 서인(庶人)이 되어 남해로 방출 유배되었다. 삭탈관직된 이 해에《남해견문록》을 편찬하였다.

영조 48년(1772) 55살에는 사헌부(司憲府) 지평(持平), 사간원 헌납(獻納), 홍문관 부교리를 지내다가 아산으로 유배되었다.

영조 49년(1773) 56살에는 홍문관 교리, 사헌부 집의(執義), 종성(鐘城)으로 찬배(竄配)되었다. 이해에《북간노정록》(北關路程錄)을 지었다.

영조 51년(1775) 사헌부(司憲府) 집의(執義)로서 백관들의 안일한 자세를 탄핵했으며 영남어사(嶺南御史)가 되었다.

영조 52년(1776) 59살에는 세자시강원(世子侍講院) 보덕(輔德)을 지냈다.

정조 1년(1777) 60살에 강릉부사를 지내고, 61살에는 사간원 대사간, 승정원 승지 62살에는 성천부사를 지냈으며, 63살에는 사간원 대사간을 지냈다

정조 5년(1781) 64살에는 예조참의로서 예조이정당랑이 되어《춘관지》(春官志)와《영희전지》(永禧殿誌)를 편찬하였다.

정조 6년(1782) 65살에는《춘관지》교정당상(敎正堂上) 66살 되는 정조 7년(1783)에는 예조참판으로 감동관(監董官)이 되어 덕릉, 정릉을 개축하고 이어 승지가 되어 증보문헌비고(增補文獻備考)의 수찬에 참여하였다.

정조 8년(1784) 67살에는 동지겸사은부사(冬至兼謝恩副使)로 청국(淸國)에 다녀왔다. 이때 정사는 황인점(黃仁點 : ? ~1802), 서장관(書狀官) 이동욱(李東郁 : 1739~ ?)이고 그의 아들 이승훈(李承薰 : 1756~1801)은 천주교 영세를 받고 신앙 방법을 익혀서 돌아왔다. 사은간대사, 공조참판으로서 이때에《춘방지》(春坊志)를 저술하였다.

정조 9년(1785) 69살에는 편교당상(編校堂上)으로 증수궁원(增修宮園

儀) 찬진에 참여하였다.

정조 10년(1786) 70살에 안동부사, 이때에《전주유씨재병오보서문》(全州柳氏再丙午譜序文)을 지었다.

정조 11년(1787) 71살에 부총관으로서《오례의보집》(五禮儀補輯)을 봉명찬(奉命撰)하였다.

정조 12년(1788) 72살에는 호조참판으로《오례의통편》(五禮儀通編)과《춘관통고》(春官通考)를 저술하였다.

이상과 같이 화려한 경력을 가진 후송 유의양은 크고 작은 연대가 불확실하다. 전주유씨 족보에 의하면 그는 정조 10년(1786) 병오년 6월 24일에 졸한 것으로 되어 있으나 왕조실록에는 정조 11년(1787) 무진 7월 3일 조에 상소를 올린 기록이 있는 것으로 보아 현재로는 정조 12년(1788)에 졸한 것으로 보는 것이 옳을 것 같다.

# 유의양은 이재의 제자였다

후송 유의양은 나이 20대에 조선 후기 성리학(性理學)의 대가(大家)로 이름 높은 도암(陶庵) 또는 한천(寒泉)이라고 일컬어진 이재(李縡 : 1680~1746)의 문하(門下)에 가서 수학(受學)하였다.

유의양은 스승의 절개와 의리 정신을 훌륭하게 이어받아 정직한 도리로써 벼슬을 하였는데 그는 권세 있고 고귀한 사람들과는 뜻이 맞지 않았지만 벼슬을 구하느라 조금도 서둘지 않았으며 집안생활에서도 언제나 문을 닫고 책을 읽었으며 집안에 먹을 것이 있든 없든 어머니께서 챙겨 주는 음식으로 끼니를 삼았다.

효성이 극진하고 공손하여 태도가 분명하고 집안의 분위기는 항상 화평스럽고 화기가 감도는 집안이었다.

유의양의 지식과 지혜는 벼슬이 높이 오를수록 겸손하고 검소한 생활에 익숙한 분으로 명문가의 높은 집안이면서도 스스로 겸허했던 품격과 인격이 붓을 잡고 익히며, 세상에서 보고 만들어가는 공경스런

분으로, 슬프고 가난한 사람에게는 더욱 마음을 기울여 남의 환란이
나 곤궁은 무척 측은해 하고 애잔해 하는 정이 많은 분이었다. 그는
한 번 귀나 눈에 거쳐 가면 평생 동안 잊지 않고 기억 못하는 일이 없
었으며 절도 있게 살았다.

　노론의 중심 인물인 이재 선생을 부모처럼 여기고 공경하며 수학하
여 스승의 박식과 청렴한 정신이 깃들어 있기도 하다.

　이재(李縡)의 본관은 우봉이요, 자는 희경(熙卿)이다. 호는 도암(陶菴),
한천(寒泉)이며, 시호는 문정(文正)이고 아버지는 진사 만창(晚昌)이고,
어머니는 여흥부원군 민유중(閔維重 : 1630~1687)의 딸이다.

　중부(仲父) 만성(晚成)에게 학문을 배웠고, 숙종 28년(1702) 알성문과
에, 1707년 문과중시에 급제하였으며, 1708년 정언, 병조정랑을 거쳐
홍문관 부교리에 임명되었다. 이조좌랑 북평사를 거쳐 사가독서(賜暇
讀書)한 뒤, 이조정랑, 홍문관수찬, 부교리, 응교, 필선, 집의, 성균관
대사성 등을 지냈다. 1716년 동부승지, 호조참의를 거쳐 부제학이 되
었다.

　이때 가례원류(家禮源流) 시비가 일어나자 노론의 입장에서 노론을
공격하였고, 이후 노론의 중심인물로 활약하였다. 1719년 형조참판,
한성부윤을 지내고, 경상도에 균전사(均田使)로 파견된 뒤 당면한 토
지정책을 논하다가 파직되었다. 그 뒤 함경도 관찰사, 대사헌, 이조참
판, 예조참판 등을 거쳐 도승지가 되었다가 소론이 집권하면서 삭직
되었다.

　1722년 임인옥사(壬寅獄事)* 때 중부 만성이 옥사하자 벼슬을 그만

---

＊－임인옥사(壬寅獄事) : 목호룡(睦虎龍)이 노론측의 역모를 고발하는 상소를 올린 것을 계기로
　하여 대대적으로 노론을 숙청한 사건

두었다. 영조 1년(1725) 부제학에 복직하여 대제학, 이조참판 등을 역임하였으나 1727년 정미환국(丁未換局)*으로 소론 중심의 정국이 형성되면서 문외출송(門外出送)되었다. 이후 용인의 한천에 살면서 오원(吳援), 임성주(任聖周), 김원행(金元行), 송명흠(宋明欽) 등 많은 학자를 길러내어 훗날 북학(北學)사상 형성의 토대가 되었다.

노론 가운데 준론(峻論)의 대표적 인물로서 대명의리론(大明義理論)과 신임의리론(辛壬義理論)을 내세우면서 중앙정계와 학계를 배후에서 움직였고, 영조의 탕평정치에 대해 강력히 반대하여 영조가 산림(山林) 또는 반탕평론의 선봉으로 지목하여 비난하였다. 18세기 학문사상 논쟁인 호락논쟁(湖洛論爭)에서 인물성동론(人物性同論)을 주장한 낙론(洛論)계열의 대표적 인물이다.

저서로는 《도암집》(陶庵集), 《입성후진소회소》(入城後陳所懷疏)는 경종(景宗)이 사망한 직후 도성에 들어와 올린 글로서 저자 이재는 '임금은 후사(後嗣)가 없으면 아우가 후사가 된다'는 고례를 거론함으로써 영조의 정통성을 인정하고 있다. 아울러 왕자가 갖추어야 할 덕목에 대해서도 언급하였다. 그 외 《도암과시》(陶庵科詩), 《사례편람》(四禮便覽), 《어류초절》(語類秒節) 등이 있다.

도암 이재 선생은 유의양의 행실에 극찬하였고, 그는 평상시에 한마디의 말씀도 비루하거나 속된 것은 언급하지 않았으며, 언제나 선친처럼 덕과 지극한 행실과 젊은 시절 학업에 부지런하던 일 등이 마음에 조금도 못함이 없어 모든 사람들의 선망의 대상으로 맑고 깨끗한 의리를 생각지 않을 수 없는 아낌을 받았었기에 후히 은혜로운 인품이었다.

---

*―정미환국(丁未換局) : 영조 3년 극심한 당쟁을 조정하기 위해 정국(政局)의 인사를 개편한 일

# 붕당의 대립

영조(英祖 : 1694~1776)는 조선의 21대 왕으로 휘(諱)는 금(昑)으로 불리었고, 자는 광숙(光叔)이요, 숙종이 양성(養性)이라는 헌호(軒號)를 내렸다. 숙종의 2남으로 서자인데 무수리 출신의 어머니는 화경숙빈

<hr>

* ─화경숙빈(和敬淑嬪 : 1670~1718)은 조선 숙종(肅宗)의 후궁으로 영조(英祖)의 어머니이다. 증조부(曾祖父)는 통정대부 최말정(崔末貞)이고, 조부는 최태일(崔泰逸), 아버지는 행충무위부사과 최효원(崔孝元)이며 어머니는 홍계남(洪季男)의 딸이다.

숙빈 최씨는 7세에 궁중에서 주로 청소, 설거지 등의 허드렛일을 하는 여자 종인 무수리로 입궁하였다. 인현왕후가 폐출되고 장희빈이 왕비가 되자 최씨는 인현왕후를 위해 기도를 드리는 중에 숙종의 은총을 받아 1693년 아들 영수군(永壽君)을 낳았다. 그러나 영수군은 두 달만에 세상을 떠났고, 1694년 인현왕후가 복위된 후에 그 해 9월 13일에 연잉군(延礽君) 이금(李昑)을 낳았으니 후에 영조(英祖)이다. 이어 1698년(숙종 24) 아들 하나를 더 낳았으나 태어난 지 사흘만에 죽었다. 숙빈 최씨의 인품은 온화하고 신중하였으며, 겸손하였고, 예의와 배려가 깊었다고 한다. 최씨는 숙종 19년 4월에 숙원(淑媛)이 되었으며 1694년(숙종 20) 6월에 숙의(淑儀)가 되고, 1695년(숙종 21)에 귀인이 되었다. 1699년(숙종 25)에는 단종의 복위를 축하하면서 정1품 숙빈(淑嬪)으로 봉해졌다. 1716년(숙종 42) 갑작스럽게 숙빈 최씨에게 병색이 있었으며, 병세는 점점 깊어 갔다. 숙종의 권유로 사저에 나가 요양을 하기도 하였으나 1718년(숙종 44) 3월에 49세의 일기로 세상을 떠났다. 1718년 5월 12일 양주(楊州) 고령동(高嶺洞) 옹장리(甕場里)에 장례를 지냈다. 1725년 영조가 즉위한 후에 휘덕(徽德)이라는 호를 올린다. 존호는 휘덕안순수복(徽德安純綏福)이다. 능원은 소령원(昭寧園)이고 경기도 파주시 광탄면 영장리 267에 있다.

*(和敬淑嬪) 최씨이다. 그는 어릴 때부터 오른팔에 용비늘 같은 무늬가 있었고 재기가 뛰어나 숙종*(肅宗 : 1661~1720, 조선 제19대 왕)의 사랑을 받았다. 숙종 25년(1699) 6세 때에 연잉군(延礽君)에 봉해지고, 1721년에 아들이 없던 경종*(景宗 : 1688~1724, 조선의 제20대 왕, 재위 1720~1724)

---

*－숙종(肅宗 : 1661~1720)은 조선의 제19대 왕. 현종의 아들로서 어머니는 청풍부원군 김우명(金佑明)의 딸 명성왕후(明聖王后)이다. 초비(初妃)는 영돈녕부사 김만기(金萬基)의 딸인 인경왕후(仁敬王后), 계비(繼妃)는 영돈녕부사 민유중(閔維重)의 딸인 인현왕후(仁顯王后), 제2계비는 경은부원군 김주신(金柱臣)의 딸인 인원왕후(仁元王后)이다.

1667년 왕세자에 책봉되었고, 1674년 8월 즉위했다. 숙종 초기 집권층이었던 남인은 병권의 장악과 서인에 대한 대책을 둘러싸고 청남(淸南)과 탁남(濁南)으로 분열되어, 허적(許積)을 중심으로 한 탁남이 정국의 주도권을 장악하고 있었다. 이에 숙종은 김석주(金錫冑)·김익훈(金益勳) 등 외척을 기용하는 한편 서인을 재등용하고자 했다.

1680년(숙종 6) 복선군(福善君)과 탁남의 영수인 허적의 서자 허견(許堅) 등이 역모했다는 고변이 있자 이를 계기로 남인들을 축출하고 서인들을 등용시켰다(경신대출척, 庚申大黜陟). 그러나 서인계열은 남인의 숙청 문제를 둘러싸고 노론과 소론으로 분열되었고, 1689년 희빈 장씨(禧嬪張氏) 소생 왕자(뒤의 경종)의 세자책봉에 반대하다가 다시 남인에게 정권을 넘겨주었다(기사환국, 己巳換局). 남인은 이후 정국을 이끌면서 1694년에는 서인이 인현왕후 복위를 도모하려 했다는 고변을 하고 옥사를 일으켰다(갑술옥사). 이러한 상황에서 숙종은 인현왕후를 서인(庶人)으로 폐비한 것을 후회한다는 전지(傳旨)를 내려 소론정권을 성립하게 하고 남인의 다수를 명의죄인(名儀罪人)이라 하여 중앙정계에서 몰아냈다(갑술환국, 甲戌換局).

그 뒤 정국은 서인내의 노론·소론 사이에 정권을 둘러싼 각축이 벌어지면서 노론 일당전제화의 방향으로 전개되었다. 노론·소론 당쟁의 핵심은 희빈 장씨의 처벌문제 및 장씨 소생의 세자와 연잉군(延礽君 : 뒤의 영조)의 왕위계승을 둘러싼 문제였다. 숙종은 노론의 주장을 받아들여 희빈 장씨에게 사약을 내리는 한편, 1717년에 세자에게 대리청정을 맡겼다.

*－경종(景宗 : 1688~1724)은 조선의 제20대 왕. 재위 동안은 노론, 소론 당쟁의 절정기였다. 이복동생인 세제(영조)가 노론의 지지로 대리청정하다가 소론의 지지로 다시 친정했다. 김창집 등 노론 4대신을 사사, 노론을 모두 숙청한 신임사화가 있었다.

숙종의 장남으로 어머니는 희빈 장씨(禧嬪張氏). 비(妃)는 청은부원군(青恩府院君) 심호(沈浩)의 딸 단의왕후(端懿王后), 계비는 어유구(魚有龜)의 딸 선의왕후(宣懿王后). 1690년(숙종 16) 송시열(宋時烈) 등이 반대하는 가운데 세자에 책봉되었으며, 이복동생인 연잉군(延礽君 : 뒤의 영조)은 노론(老論)의 지지를 받고 그는 소론(少論)의 지지를 받았다.

1717년 대리청정(代理聽政)하였으나, 그해 숙종이 몰래 노론의 이이명(李頤命)을 불러 세자가 무자다병(無子多病)함을 이유로 그의 즉위 후의 후사는 영잉군으로 정할 것을 부탁한 일이 있어 노·소론이 크게 대립하였다. 1721년 연잉군을 세제(世弟)로 책봉한 뒤 다시 노론이 그의 병약함을 이유로 세제의 대리청정을 건의하자 이를 받아들였다.

그 뒤 대리청정의 부당함을 극간(極諫)하는 소론 이광좌(李光佐) 등의 의견을 받아들여 친정(親政)하였는데, 김일경(金一鏡)의 탄핵으로 세제 대리청정의 발설자인 김창집(金昌集)·이이명·조태채(趙泰采)·이건명(李健命) 등의 노론 4대신을 유배보냈다. 1722년 노론이 시역(弑逆)하은 그를 왕세제로 책봉했다. 숙종 30년(1704) 10살 때에 맞은 군수 서종제(徐宗悌)의 딸이 첫 왕비 정성왕후*(貞聖王后 : 1692~1757)이다.

그는 세제 책봉 과정에서 엄청난 당쟁의 소용돌이에 휘말렸고, 하마터면 역모의 주동자로 몰려 목숨을 잃을 뻔했다.

당쟁의 주도 세력은 서인이 분파된 소론과 노론의 대립이었다. 소론은 경종을 호위하며 정권을 유지하려 했고 노론은 소론과 대립하며 연잉군을 지지했다.

1724년 8월에 경종이 죽자 왕위에 올랐으니 그의 나이 31살이었다. 경종 대에는 주로 소론이 권력을 장악했지만 영조가 즉위하면서 노론이 중용되었다. 영조 33년(1757) 왕후의 승하로 1759년에 김한구(金漢耉)의 딸 정순왕후(貞純王后 : 1745~1805)를 계비로 맞았다.

---

고 이이명을 추대할 계획을 세우고 있다는 목호룡(睦虎龍)의 고변(告變)이 있자, 유배 중인 노론 4대신을 사사(賜死)한 뒤 노론을 모두 숙청하였다. 이것이 신임사화(辛壬士禍)이다. 이후 소론의 과격파인 김일경 중심의 정권은 노론에 대한 가혹한 탄압을 벌여서 그의 재위 4년 동안은 당쟁(黨爭)의 절정기를 이루었다. 능은 서울 성북구 석관동에 있는 의릉(懿陵)이다.

*—정성왕후(貞聖王后 : 1692~1757). 조선 제21대왕 영조의 원비(元妃)이다. 대구서씨(大丘徐氏), 달성부원군(達城府院君) 서종제(徐宗悌)의 딸이다.

1704년 연잉군(延礽君)과 혼인하여 달성군부인(達城郡夫人)으로 책봉되었고, 1721년 연잉군이 왕세제로 책봉되자 세제빈(世弟嬪)이 되었으며, 1724년 경종이 승하하고 왕세제인 영조가 즉위하자 왕비로 책봉되었다. 어질고 너그러운 성품을 가졌다고 전해지며 생전에 영빈 이씨의 아들인 사도세자(思悼世子)를 친자식처럼 대하였다. 그러나 남편인 영조가 장수한 탓에 60대에 이르러서도 대비가 되지 못하다가 1757년 창덕궁 관리각(觀理閣)에서 66살의 나이로 승하하였다. 능은 경기도 고양시의 서오릉 내에 위치한 홍릉이다.

1757년 66살의 나이로 정성왕후가 승하하자 영조는 정성왕후의 능을 아버지인 숙종의 명릉(明陵) 근처에 만들고 훗날 자신이 정성왕후의 옆에 묻히기 위해 옆자리를 비워놓았으나 1776년 영조가 승하한 뒤 손자인 정조는 당시 왕대비였던 영조의 계비(繼妃)인 정순왕후를 의식하여 현재의 동구릉 위치에 영조와 정순왕후의 무덤인 원릉을 조성하였고 결국 정성왕후는 옆자리가 비워진 채 홍릉에 홀로 남겨지게 되었으며 조선왕릉 중에서 유일하게 옆자리가 비워진 능으로 남아있다. 1740년 혜경(惠敬)이라는 존호가 올려진 뒤 생전에 장신(莊愼), 강선(康宣) 등의 존호가 올려졌고, 승하 이후인 1772년에는 공익(恭翼)의 존호가 추상되었으며 인휘(仁徽), 소헌(昭獻)이 다시금 추상되어 혜경장신강선공익인휘소헌(惠敬莊愼康宣恭翼仁徽昭獻)의 존호를 가지게 되었으며, 1778년 단목장화(端穆章和)의 존호가 추가되었다.

1721년 왕세제 책봉은 경종이 숙종을 이어 즉위한 그 해에 정언 이
정소(李廷熽)가 왕의 건강이 좋지 않고 아들이 없는 것을 이유로 그를
왕세제로 책봉할 것을 먼저 발의하고, 영의정 김창집*(金昌集 : 1648~
1722), 좌의정 이건명*(李健命 : 1663~1722), 중추부판사 조태채*(趙泰采 :

---

＊－김창집(金昌集 : 1648~1722). 조선 후기의 문신으로 노론 4대신이다. 본관은 안동이요, 자는
여성(汝成), 호는 몽와(夢窩). 좌의정 상헌(尙憲)의 증손이며 영의정 수항(壽恒)의 아들, 창협(昌
協)·창흡(昌翕)의 형이다. 1672년(현종 13) 진사시에 합격하였으나, 1675년 아버지 수항이 화
를 입고 귀양가 있었으므로 과거응시를 미루었다. 1681년(숙종 7) 내시교관을 제수받았고, 1684
년 공조좌랑으로서 정시문과에 을과로 급제, 정언·병조참의 등을 역임하였다. 1689년 기사환
국 때 아버지가 진도의 유배지에서 사사되자, 귀향하여 장례를 치르고 영평(永平)의 산중에 은
거하였다. 1694년 갑술환국으로 정국이 바뀌어 복관되고, 병조참의를 제수받았으나 사임하였
다. 다시 동부승지·참의·대사간에 임명되었지만 모두 취임하지 않았다.
그 뒤 철원부사를 제수받았는데, 이때 큰 기근이 들고 도둑이 들끓어 민정이 소란하자 관군을
이끌고 토평하였다. 강화유수·예조참판·개성유수 등을 역임하고, 호조·이조·형조의 판서
를 지냈다. 1705년 지돈령부사를 거쳐 이듬해 한성부판윤·우의정, 이어서 좌의정에까지 벼슬
이 이르렀다. 1712년에는 사은사로 청나라에 갔다가 이듬해 귀국, 1717년 영의정에 올랐다. 노
론으로서 숙종 말년 세자의 대리청정을 주장하다가 소론의 탄핵을 받았고, 숙종이 죽은 뒤 영의
정으로 원상(院相)이 되어 서정(庶政)을 맡았다. 경종이 즉위하여 34세가 되도록 병약하고 자녀
가 없자, 후계자 선정문제로 노론·소론이 대립하였다. 이때 영중추부사 이이명(李頤命), 판중
추부사 조태채(趙泰采), 좌의정 이건명(李健命) 등과 함께 노론 4대신은 연잉군(延礽君 : 영조)
을 왕세제로 세우기로 상의하여, 김대비(金大妃 : 숙종의 계비)의 후원을 얻었다. 이에 경종의
비 어씨와 아버지 어유구(魚有龜), 사직 유봉휘(柳鳳輝) 등의 격렬한 반대가 있었으나 결국 실행
하게 되었다. 1721년(경종 1) 다시 왕세제의 대리청정을 상소하여, 처음에 경종은 대소 정사를
세제에게 맡길 것을 허락하였으나 소론의 격렬한 반대로 실패하였다. 수개월 뒤 소론의 극렬한
탄핵으로 노론이 축출되고 소론 일색의 정국이 되었다.
곧 이어 소론의 김일경(金一鏡)·목호룡(睦虎龍) 등이 노론의 반역도모를 무고하여 신임사화가
일어나자 거제도에 위리안치되었다가 이듬해 성주에서 사사되었다. 1724년에 영조 즉위 후 관
작이 복구되었으며, 영조의 묘정(廟庭)에 배향되었다. 영조 때 과천에 사충서원(四忠書院)을 세
워 이이명·조태채·이건명과 함께 배향하였으며, 거제의 반곡서원(盤谷書院)에도 제향되었
다. 저술로는《국조자경편 國朝自警編》·《몽와집》등이 있다. 시호는 충헌(忠獻)이다.
＊－이건명(李健命) : 1663년(현종 4)~1722년(경종 2). 조선 후기의 문신. 노론4대신(老論四大臣)
의 한 사람. 본관은 전주(全州). 자는 중강(仲剛), 호는 한포재(寒圃齋). 영의정 경여(敬輿)의 손
자로, 이조판서 민서(敏敍)의 아들이다.
1684년(숙종 10) 진사시에 합격하고 1686년 춘당대문과에 을과로 급제, 설서(說書)에 임명되고,
수찬·교리·이조정랑·응교(應敎)·사간을 역임하였으며, 1698년 서장관(書狀官)으로 청나
라에 다녀온 뒤 우승지·대사간·이조참의·이조판서 등의 요직을 두루 거쳤다.
1717년 그의 종형 이이명(李頤命)이 숙종의 뒤를 이을 후계자 문제로 숙종과 단독 면대하였던
정유독대(丁酉獨對) 직후, 특별히 우의정에 발탁되어 왕자 연잉군(延礽君 : 뒤의 영조)의 보호

를 부탁받았으며, 숙종상(肅宗喪)에 총호사(總護使)로서 장례를 총괄하였다. 이어 경종 즉위 후 좌의정에 승진하여 김창집(金昌集)·이이명·조태채(趙泰采)와 함께 노론의 영수로서 연잉군의 왕세제책봉에 진력하였으나 이로 인하여 반대파인 소론의 미움을 받았다.

1722년(경종 2) 노론이 모역한다는 목호룡(睦虎龍)의 고변으로 전라도 흥양(興陽)의 뱀섬[蛇島]에 위리안치되었다가, 앞서 주청사로 청나라에 가 있으면서 세제책봉을 요청하는 명분으로 경종이 병이 없음에도 불구하고 위증(痿症 : 양기가 없어 여자를 가까이 하지 못하는 병)이 있다고 발설하였다는 죄목으로 소론의 맹렬한 탄핵을 받아 유배지에서 목이 베여 죽임을 당하였다. 재상으로 있을 때 민생에 깊은 관심을 보였고, 특히 당시의 현안이던 양역(良役) 문제에 있어서 감필론(減疋論 : 군포 2필을 1필로 감하자는 주장)과 결역전용책(結役轉用策 : 수령이 私用으로 쓰고 있는 田結雜役價를 전용하여 감필에 따른 부족한 재정을 보충하자는 방책)을 주장하여, 뒷날 영조 때의 균역법 제정에 큰 영향을 미쳤다. 시문에 능하고 송설체(松雪體)에 뛰어났다. 송시열(宋時烈)을 학문과 정치의 모범으로 숭배하였으며, 김창집 형제 및 민진원(閔鎭遠)·정호(鄭澔) 등과 친밀하였다. 1725년(영조 1) 노론정권하에서 신원되어 충민(忠愍)이라는 시호가 내려졌으며, 과천의 사충서원(四忠書院), 흥덕(興德)의 동산서원(東山書院), 나주의 서하사(西河祠)에 제향되었다. 저서로 시문과 소차(疏箚)를 모은 《한포재집》 10권이 전하여진다.

* ─조태채(趙泰采) : 1660~1722. 조선 후기의 문신으로 4대신이다. 본관은 양주(楊州). 자는 유량(幼亮), 호는 이우당(二憂堂). 형조판서 계원(啓遠)의 손자로, 괴산군수 희석(禧錫)의 아들이다. 태구(泰耉)의 종제이며, 태억(泰億)의 종형이다.

1686년(숙종 12) 별시문과에 종형 태구와 함께 병과로 급제, 내직으로는 승문원의 정자·저작·박사와 성균관의 전적·직강, 사헌부의 감찰·지평·대사헌, 사간원의 정언·헌납·대사간, 홍문관의 수찬·교리, 승정원의 동부승지, 장예원의 판결사, 한성부의 판윤, 그리고 육조의 판서, 좌참찬 겸 판의금부사 등을 거쳐, 1717년 좌의정에 이르고 판중추부사에 전직하였다. 외직으로는 옥구현감·공주목사·평안감사 등을 역임하였다.

1713년 동지사(冬至使)로, 1720년(경종 즉위) 사은사(謝恩使)로 두 차례 청나라에 다녀온 바 있다. 그는 도량이 크고 사려가 깊으며 해학을 즐겨 담론을 잘 하였고, 풍채가 썩 훌륭하였다고 한다. 족질이 대부분 소론에 기운 데 반하여, 유독 노론에 머물렀다.

그는 당시 공론(公論)의 부재현상을 통렬히 비판하였고, 당론에 대해서도 비판적 입장을 취하였다. 윤선거(尹宣擧)의 문집을 훼판(毀板)하고 이어 그를 배향하던 서원까지 훼철하려 하자, 은액(恩額)만을 철회한다면 다른 일반 향사(鄕祠)와 다를 바 없이 되고, 또 향사는 조정에서 간섭할 바가 아닌 것을 들어 은액만을 철회할 것을 왕에게 진언, 이를 관철시켰다.

이는 당시 정언 성진령(成震齡)의 논핵(論覈)을 받게 되기는 하였으나 후일 성진령이 후회한 바, 당시 정국의 상황을 잘 이해하고 있던 그의 식견에서 나온 처사라 할 것이다.

경종이 즉위하고 나서 정국은 더욱 혼란해져 가는 가운데 정언 이정소(李廷熽)의 건저상소(建儲上疏)를 채택, 영의정 김창집(金昌集), 판부사 이이명(李頤命), 좌의정 이건명(李健命), 호조판서 민진원(閔鎭遠) 등과 함께 1721년 연잉군(延礽君 : 뒤의 영조)의 세제책봉을 건의, 실현시켰으며, 이어 세제의 대리청정까지 이르게 하였다.

그러나 소론인 우의정 조태구의 지휘를 받은 사직(司直) 유봉휘(柳鳳輝)의 건저반대소(建儲反對疏)와 좌참찬 최석항(崔錫恒)의 대리청정 환수(還收)를 청하는 소 등 소론의 적극적인 반대로 대리청정의 명이 철회되고 건저를 주장하였던 노론세력이 대거 정계에서 제거되기에 이르렀다. 특히 이해 전 승지 김일경(金一鏡)이 올린 노론 4대신 축출의 소가 승정원에서 채택되어 판중추부사로 있던 그도 그 중 한 사람으로 진도에 유배되고 다음해 적소에서 사사되었다.

1660~1722), 중추부영사 이이명*(李頤命 : 1658~1722) 등 이른바 노론 4대

1725년(영조 1) 우의정 정호(鄭澔)의 진언으로 복작(復爵)되었으며 절도(絶島)에 나누어 유배되었던 자녀들도 모두 풀려나게 되었다. 그는 조정안에는 공론이 땅에 떨어지고 함묵(含默)이 성풍(成風)이 되어가는 실정을 크게 문제 삼았으며, 밖으로는 민생의 사활이 달려 있다고 할 수 있는 수령의 현부(賢否)를 중요시하였다.

수령의 어질고 못됨을 가리고 백성의 질고를 살피며, 진휼상황을 감독하는 등 경외(京外)의 문제를 해결하는 데는 가까이 모시는 신하 중에서 명망이 있는 자로 하여금 어사로 삼아 파견하는 것이 필요하다고 보면서도, 빈번한 어사의 파견은 비용만 낭비하고 감사와 수령의 처지를 손상시킨다 하여 절제할 것을 건의하였다. 그는 노론 4대신의 한 사람으로 다양한 경력이 말하듯, 정적도 추종자도 많았지만 어느 한쪽에 크게 기울어짐이 없이 끝까지 대의를 따르려 하였다는 데서 세인의 칭송을 얻을 수 있었다. 과천의 사충서원(四忠書院)과 진도의 봉암사(鳳巖祠)에 제향되었다. 저서로는《이우당집》이 있다. 시호는 충익(忠翼)이다.

＊ー이이명(李頤命) : 1658~1722. 조선 후기의 문신·학자로 4대신이다. 본관은 전주(全州). 자는 지인(智仁) 또는 양숙(養叔), 호는 소재(疎齋)이다. 세종의 아들 밀성군(密城君)의 6대손으로, 영의정 경여(敬輿)의 손자이자 대사헌 민적(敏迪)의 아들이며, 어머니는 의주부윤 황일호(黃一皓)의 딸이다. 작은아버지 지평 민채(敏采)의 양자로 들어갔다.

1680년(숙종 6) 별시문과에 을과로 급제하여 홍문관 정자로부터 벼슬살이를 시작하였다.

1686년 사헌부의 집의로 있으면서 문과중시에 병과로 급제하여, 이듬해 1월 강원도관찰사에 특제(特除)되기까지, 홍문관의 박사·수찬·교리·응교, 사헌부지평, 사간원헌납, 이조좌랑, 의정부사인 등을 역임하면서 송시열(宋時烈)·김석주(金錫胄) 등의 지원 아래 이선(李選)·이수언(李秀言) 등과 함께 노론의 기수로 활약하였다.

그리하여 강원도관찰사로 나간 지 8개월 만에 승정원의 승지가 되어 조정에 돌아오는 남다른 승진을 거듭하였으나, 1689년 기사환국을 당하여 영해로 유배되었다가, 뒤이어 남해로 이배되는 곤욕을 치르기도 하였다. 유배생활 5년 만에 이른바 갑술옥사가 일어나 호조참의로 조정에 돌아온 뒤, 승지를 거쳐 1696년(숙종 22) 평안도관찰사로 탁임(擢任)되었지만, 늙은 어머니의 병을 칭탁하여 극구 사절하고 강화부유수로 나갔다. 그러다가 2년 만에 대사간이 되어 돌아왔으나, 이번에는 형 사명(師命)의 죄를 변호하다가 다시 공주로 유배되고 말았다.

이듬해 2월 유배가 풀리기는 하였으나 2년 동안 기용되지 못하고 있다가, 1701년 예조판서로 특임되었고, 이어 대사헌·한성부판윤·이조판서·병조판서 등을 역임하다가, 1706년 우의정에 올랐다. 그리고 1708년 숙종의 신임을 한몸에 받으면서 좌의정에 올라 세제(世弟 : 뒤의 영조)의 대리청정을 추진하다 실패하여 다시 남해로 유배되기까지, 15년 동안을 노론정권의 핵심적 존재로 활약하였다. 이 동안 숙종의 죽음으로 고부사(告訃使)가 되어 연경(燕京)에 갔을 때, 독일 신부 쾨글러(Kögler, I.)와 포르투갈 신부 사우레즈(Saurez, J.) 등을 만나 교유하면서 천주교와 천문, 역산에 관한 서적을 얻어가지고 돌아와 이를 소개하였던 것으로 전한다.

1721년(경종 1) 세제의 대리청정이 실현되려다가 실패하자 이를 주모한 김창집(金昌集) 등과 함께 관작을 삭탈당하고 남해에 유배되어 있던 중, 목호룡(睦虎龍)의 고변으로 이듬해 4월 서울로 압송, 사사(賜死)되었다. 공주에 우선 안장되었다가 1725년(영조 1) 복작되면서 임천 옥곡(玉谷)에 이장되었고, 영조의 지시로 한강가에 사우(祀宇)가 건립되었다.

저서로는 시·문을 엮은《소재집》20권 10책이 전하고, 또《양역변통사의(良役變通私議)》와《강역관계도설(疆域關係圖說)》·《강도삼충전(江都三忠傳)》 등이 있다. 시호는 충문(忠文)이다.

신들이 인원왕후*(仁元王后 : 1687~1757) 김대비(숙종의 계비)의 지원을 요청하면서 추진하였다. 이에 대해 소론측은 우의정 조태구*(趙泰耉 : 1660~1723)를 필두로 시기상조론을 펴 반대했으나 노론의 뜻대로 책봉은 실현되었다. 그러나 이후 노론이 대리청정으로까지 몰아가자 소

---

* ―인원왕후(仁元王后 : 1687~1757). 조선 숙종의 둘째 계비이다. 경주김씨(慶州金氏)로 이조판서 남중(南重)의 3대손이며, 경은부원군(慶恩府院君) 주신(柱臣)의 딸이다.
1701년(숙종 27) 인현왕후(仁顯王后) 민씨가 죽자 간택되어 궁중에 들어가 다음해에 왕비로 책봉되었다. 1711년 천연두를 앓았으나 소생했고, 2년 뒤에 혜순(惠順)이라는 호를 받았다. 숙종이 죽은 뒤 왕대비로 있으면서 1722년(경종 2) 자경(慈敬), 1726년(영조 2) 헌열(獻烈), 1740년 광선현익(光宣顯翼), 1747년 강성(康聖), 1751년 정덕(貞德), 1752년 수창(壽昌), 1753년 영복(永福), 1756년 융화(隆化) 등의 존호(尊號)가 올려졌다. 사후에 휘호(徽號) 정의장목(定懿章穆)이 올려졌다. 소생은 없고 능은 경기도 고양의 명릉(明陵)이다.
* ―조태구(趙泰耉 : 1660~1723). 조선 후기의 문신으로 소론(少論)의 영수로서 노론(老論)과 대립했다. 본관은 양주(楊州). 자는 덕수(德叟), 호는 소헌(素軒)·하곡(霞谷). 형조판서 계원(啓遠)의 손자로, 우의정 사석(師錫)의 아들이다. 태채(泰采)·태억(泰億)의 종형이다.
1683년(숙종 9)에 생원이 되고 1686년 별시문과에 종제 태채와 함께 병과로 급제, 설서·문학·승지를 거쳐, 1702년 충청도관찰사로 나갔다가 1705년 형조참의·대사성을 지냈다.
그 뒤 우참찬에 오르고, 1720년(경종 즉위) 복상(卜相) 때에 우의정에 올랐다. 당시 영의정은 김창집(金昌集), 좌의정은 이건명(李健命)이었다. 신임사화로 노론 4대신을 사사(死賜)하게 한 뒤, 영의정에 올랐다. 1710년 동지사(冬至使)로 청나라에 다녀왔다. 당시 소론의 영수로서 노론과 대립하던 중 1721년 정언 이정소(李廷熽)의 건저상소(建儲上疏)와 김창집, 조태채, 이이명(李頤命), 이건명 등 노론 4대신의 주청에 의해 연잉군(延礽君 : 뒤의 영조)이 세제(世弟)로 책봉되자, 유봉휘(柳鳳輝)로 하여금 반대의 소를 올리게 하고 세제의 대리청정이 실시되자 최석항(崔錫恒), 조태억, 박태항(朴泰恒), 이광좌(李光佐), 한배하(韓配夏), 이조(李肇) 등과 함께 이를 반대, 대리청정의 환수를 청하여 실현시켰다. 이어 같은 해 12월 전 승지 김일경(金一鏡)과 이진유(李眞儒), 윤성시(尹聖時), 박필몽(朴弼夢), 서종하(徐宗廈), 정해(鄭楷), 이명의(李明誼) 등이 상소하여 건저(建儲)를 주장하던 노론 4대신을 4흉(凶)으로 몰아 탄핵한 뒤 결국 4대신의 사사(死賜)를 관철시키자, 영의정에 올라 소론정권을 수립하고, 최석항, 김일경 등과 국론을 주도하였다. 이후 소론은 과격파와 온건파로 나뉘어 정책결정에 논란이 많았는데, 그는 윤순(尹淳)과 함께 온건파의 주장이 되었다. 성격은 온아하고 위풍이 있었으며, 평소 검소한 생활을 하여 여러 번 외직에 나갔어도 재물이 쌓이지 않았다. 다만 강인한 성격이 못 되어 남의 부탁을 잘 받아들였기 때문에 잘 다스렸다는 치성(治聲)은 얻지 못하였다고 한다.
1725년(영조 1) 신임사화의 원흉으로 탄핵을 받고 관작이 추탈되었다. 글씨를 잘 썼으며, 산법(算法)에 관계되는 책을 펴냈는데 양전(量田) 등의 목적에 사용하기 위한 것이다. 편서로 《주서관견(籌書管見)》이 있고, 글씨로는 〈이충무공고하도유허비(李忠武公高下島遺墟碑)〉·〈왕자연령군명비(王子延齡君明碑)〉·〈완산백조구석비(完山伯趙龜錫碑)〉·〈길성군허유례비(吉城君許惟禮碑)〉 등이 있다. 1908년(순종 2)에 복관되었는데, 복관된 시호는 문정(文貞)이다.

론이 역공의 명분을 얻어 이 일에 앞장섰던 노론 4대신을 탄핵하여 귀
양을 보내니, 이것이 신축옥사이다.

　이듬해 1722년(경종 2)에 소론은 기세를 몰아 영수 김일경*(金一鏡 :
1662~1724) 등이 남인 목호룡*(睦虎龍 : 1684~1724) 등을 시켜 노론이 삼

---

＊─김일경(金一鏡 : 1662~1724). 조선 후기의 문신으로 본관은 광산, 자는 인감(人鑑), 호는 아계
(丫溪). 아버지는 생원 여중(呂重)으로, 소론의 거두이다.
　1687년(숙종 13)에 진사가 되었고, 1702년 식년문과에 장원급제하였다. 그 뒤 정언(正言)·감찰
(監察) 등을 거쳐 세자시강원문학(世子侍講院文學)·지평(持平)을 지냈다.
　1707년 문과중시에 장원하여 판결사(判決事)에 특진되었고, 1710년 동부승지가 되었으나 곧 집
권층인 노론에 의해서 한직인 부사과(副司果)로 전직되었다.
　1720년 소론이 추대한 경종이 즉위하자 다시 동부승지가 되었다. 이듬해 노론정권은 연잉군
(延礽君) 금(昑 : 후에 영조)을 세제(世弟)에 책봉케 한 뒤 경종의 병약함을 이유로 세제의 대리
청정을 실시하게 하자 이조참판으로서 소론의 영수인 조태구(趙泰耉) 등과 함께 이를 반대하여
대리청정을 취소하게 하였다. 이 해에 이진유(李眞儒)·윤성시(尹聖時) 등과 함께 경종이 병을
앓지 않고 있으며 손수 국사를 처리할 수 있는데도 노론4대신(老論四大臣)들이 세제에게 대리
청정하게 한 일은 나라를 망칠 죄과라고 탄핵하여 사대신 김창집(金昌集)·이이명(李頤命)·
조태채(趙泰采)·이건명(李健命) 등을 위리안치(圍籬安置)하게 하였다. 이어 노론을 축출하고
소론정권을 수립한 뒤 노론을 탄압하는 데 앞장섰다. 대사헌을 거쳐 형조판서가 되고, 1722년
(경종 2)에 노론의 일원인 목호룡(睦虎龍)을 매수하여 목호룡 자신이 백망(白望)·정인중(鄭麟
重) 등과 모의하여 경종의 시해와 이이명의 추대 음모에 가담했다고 고변하게 하였다. 이에 일
대 옥사가 일어나서 유배중이던 노론4대신들은 모두 사사되었고, 노론 수백명이 살해 또는 추
방되었다. 2년에 걸쳐서 주도한 노론 숙청을 신임사화라고 한다.
　그 뒤에 우참찬·이조참판·이조판서를 지냈다. 1724년 영조가 즉위하자 노론의 재집권으로
유배되었다가 청주의 유생 송재후(宋載厚)의 상소를 발단으로 신임사화가 무고(誣告)로 조작된
것이라는 노론의 집중적인 탄핵을 받고 목호룡과 함께 투옥되어 친국을 받았으나 공모자들의
이름을 끝까지 밝히지 않고 참형을 당하였다. 저서로 《아계집》이 있다.
＊─목호룡(睦虎龍 : 1684~1724). 조선 후기의 지관(地官)으로 본관은 사천(泗川). 참판 진공(進
恭)의 후손이며, 남인(南人)의 서얼(庶孽)이다. 일찍이 종실인 청릉군(靑陵君)의 가동(家僮)으
로 있으면서 풍수술(風水術)을 배워 지사(地師)가 되었다. 처음은 노론인 김용택(金龍澤), 이천
기(李天紀), 이기지(李器之) 등과 왕세제(王世弟 : 영조)를 보호하는 편이었으나, 1721년(경종 1)
김일경(金一鏡) 등의 소(疏)로 김창집(金昌集) 등 노론 4대신이 실각하여 유배되고 소론정권이
들어서자, 다음해인 1722년 소론편에 가담하여 경종을 시해하려는 모의가 있었다는 이른바 삼
급수설(三急手說)을 고변(告變)하였다. 이 고변으로 인하여 역모(逆謀)로 지목된 60여 명이 처
벌되는 옥사가 일어나고, 건저(建儲) 4대신(四大臣)인 이이명(李頤命)·김창집(金昌集)·이건
명(李健命)·조태채(趙泰采) 등이 사형되는 신임사화가 있었다. 그는 고변의 공으로 부사공신
(扶社功臣) 3등으로 동성군(東城君)에 봉해지고 동지중추부사(同知中樞府事)에 올랐다.
　그뒤 1724년 영조가 즉위하면서 노론의 상소로 신임사화는 무고로 일어난 것임이 밝혀지자, 김
일경과 함께 붙잡혀 옥중에서 급사하였다. 죽은 뒤 당고개(唐古介)에서 효수되었다.

수역(三守逆 : 경종을 시해하기 위한 3가지 방법)까지 꾸며 경종을 시해하려 하였다고 주장하여 노론 4대신을 비롯한 60여 명을 처형하고, 170여 명을 유배 또는 치죄하니, 이것이 임인옥사이다.

옥안(獄案)에는 왕세제도 혐의가 있는 것으로 기록하여 왕세제가 김대비에게 사위(辭位)도 불사하겠다고 호소하는 상황까지 벌어졌으나 1724년에 경종이 승하하여 영조가 등극하기에 이르렀다.

그리고 정권의 주도 세력인 서인에서 분파된 소론과 노론이 정권을 유지하려 대립함에 붕당의 폐해가 극단으로 치달았다. 처음에는 사문(斯文) 문제에서 분쟁이 일어나더니 이제는 한쪽 편 사람들을 모두 역당(逆黨)으로 몰아붙였다.

영조는 당쟁을 해결하기 위해 탕평책을 실시하여 인재를 고루 등용하고 조정을 안정시키는 데 박차를 가했다.

그러나 한쪽 편 사림들이 동일한 이념을 지녔다고 심각하게 간주하고 멀리 유배를 보내게 되니 그 중에 원한을 품은 사람이 어찌 없었겠는가. 우리나라의 땅이 본래 협소하고 인재 등용의 문도 넓지 못하였다. 그런데 인재의 임용이 당목(黨目)에 들어있는 사람만으로 이루어지니·이러한 상태가 그치지 않는다면 조정에 벼슬할 사람이 몇 명이나 되겠는가. 조신(朝臣)들이 서로 공격하니 공론(公論)이 막히고 역당으로 지목하게 되니 선악을 분변(分辨)할 수가 없다.

"공경백관(公卿百官)들은 모두 세록(世祿)의 신하로서 국가에 보답할 도리와 인척간에 화목할 의리는 생각하지 않고 한 조정안에서 공격만을 일삼으니 나라가 장차 어찌 되겠는가. 지금 새롭게 중창할 시기를 맞이하여 어찌 구악(舊惡)을 고치고 신정(新政)에 힘쓸 생각이 없겠는

가. 유배된 사람들은 금오(金吾)로 하여금 그 경중을 헤아려 대신(大臣)과 함께 등대(登對), 소석(疏釋)하도록 하고, 전조(銓曹)는 탕평(蕩平)의 정신으로 수용토록 하라. 지금 나의 이 말은 위로는 종사(宗社)를 위하고 아래로는 조정(朝廷)을 진정하려는 것이니 혹시 이를 의심하거나 기회로 생각하여 소(疏)를 올려 경알(傾軋)한다면 종신토록 금고(禁錮)하여 더불어 동국(同國)할 뜻이 없는 것으로 간주하겠다. 여러 신하들이 당습(黨習)을 제거하고 공평(公平)에 돌아가도록 힘쓴다면 어찌 나라를 위할 뿐이겠는가.”

영조는 원년 정월 임인년에 즉위 직후 탕평의 교서를 발표하여 어지러운 정국을 바로잡으려 했다. 탕평책은 붕당간의 대립을 완화하고 왕권을 안정시키기 위해 등장하였다.

노론과 소론 사이의 치열한 정쟁 속에 즉위한 영조는 붕당의 대립 자체를 완화, 해소하는 것을 왕정의 큰 과제로 삼지 않을 수 없었다. 그리하여 즉위와 동시에 당습(黨習)의 폐해를 하고(下敎)하는 한편, 신임옥사*(辛壬獄事)를 일으킨 소론 과격파를 축출, 노론을 불러들이는 급격한 정권교체 조치를 내렸다. 이것이 을사처분(乙巳處分)*이다.

그러나 노론내 강경파인 준론자(峻論者)들이 소론에 대한 공격을 일

---

*—신임옥사(辛壬獄事) : 1721년(경종 1, 신축년)부터 1722년(임인년)까지 일어났던 정치적 분쟁으로, 연잉군을 왕세제로 책봉하는 문제를 에워싸고 일어난 노론과 소론의 싸움으로 신임사화(辛壬士禍)라고도 한다.

*—을사처분(乙巳處分) : 영조는 소론의 영수 김일경, 남인의 목호룡 등 신임옥사를 일으킨 대신들을 숙청한 다음 1725년에는 김일경이 노론 4대신을 역적으로 몰아 상소할 때 이에 동조한 이진유 등 6명을 귀양보냈다. 그리고 노론측의 소론에 대한 잇따른 논핵에 의거해 영의정 이광좌, 우의정 조태억 등 소론 대신들을 내몰고 민진원, 정호 등의 노론 인사들을 등용하였다. 이것이 을사처분이다.

삼자 1727년(영조 3) 7월에 노론일당을 축출, 소론이 주도하는 정권으로 바뀐다. 이 변화는 소론을 일망타진하는 데 급급한 노론을 퇴진시키고 그 대신 온건한 탕평파 정치 집단을 키움으로써 정국을 안정시키려는 영조의 의도 때문에 일어났다.

이들의 축출을 정미환국이라 이른다. 이 무렵 영조는 붕당이 아니라 국왕이 명실상부하게 정국을 주도하여야 요·순의 시대처럼 탕탕평평의 치세가 실현될 수 있다는 왕정관을 명백히 표시하면서 이에 따르는 자들만을 등용하는 정책을 펴기 시작했다.

1728년 3월에 일어난 무신란*은 전국적 조직망을 갖춘 반란으로 청주와 거창을 점령한 남인의 이름을 따서 '이인좌의 난*' 또는 '정희량의 난'이라고도 한다. 이 난은 당시 임금인 영조가 형인 경종을 독살했다는 의혹이 전국에 퍼져 소론과 남인의 급진파가 제휴함으로써 일어났다. 소론, 남인 등의 일부 과격한 분자들이 영조의 왕위 자체를 부정하여 일으킨 반란이 이인좌의 난이다.


무신란이 평정된 이후 임인옥사*로 죽은 노론 4대신 중에서 자식이

---

*─무신란(戊申亂) : 1728년에 일어난 무신란은 노론(老論)이 지지하는 영조의 즉위로 위협을 느낀 소론의 과격파들과 남인이 영조와 노론을 제거하고 소현세자(昭顯世子)의 증손(曾孫)인 밀풍군 탄(坦)을 왕으로 추대하기 위해 일으킨 난이다.

*─이인좌(李麟佐)의 난 : 신임사화 이후 실각당하였던 노론이 영조의 즉위와 동시에 다시 집권하고, 앞서 노론 4대신을 무고한 바 있는 소론파 김일경·목호룡이 죽음을 당하자, 그 당의 나머지는 불만을 품고 기회를 엿보고 있던 차, 1727년(영조 3) 음력 7월 1일 노론의 일부가 실각함을 보고 이듬해 음력 3월에 이인좌·김영해·정희량 등이 주동이 되어 밀풍군 탄(坦)을 추대하고 반란을 일으켰다.

*─임인옥사 : 소론은 왕과 백성들의 신임을 얻어 입지를 다진 소론은 대리청정에 앞장섰던 노론 4대신을 탄핵하여 귀양을 보내는 신축옥사를 일으켰다. 그리고 이 기세를 몰아 이듬해에는 남인 목호룡을 매수하여 노론측 일부 인사가 경종의 시해를 도모했다는 고변을 하게 해 임인옥사를 일으켰다. 임인옥사를 주도한 소론 대신들은 노론 4대신을 포함한 60여 명을 처형시키고 관련자 170여 명을 유배시키거나 치죄하여 축출시켰다. 이 때 임인옥사의 사건 보고서에 왕세제

연루되지 않은 이건명과 조태채의 무죄를 선언하고 노론 소론 남인 붕당 모두에 충신과 역적이 다 있으므로 이제는 붕당을 타파하고 각 당과 안의 인재를 자신의 탕평책을 따르는 온건파, 즉 완론자(緩論者)들을 고르게 등용하여 정국을 안정시키고자 하였다. 이것이 기유처분이다.

1729년(영조 5) 8월 노론 소론 사이에 균형을 맞추는 이른바 쌍거호대(雙擧互對)의 인사정책을 폈으나 점차 유재시용(惟才是用) 즉 능력 위주로 전환해 가면서 왕권을 지지하는 탕평세력을 구축해 갔다.

무신반란을 일으킨 것이 이러한 새로운 체제 확립의 결단을 더 앞당겨 주었으며 탕평정국을 제도적으로 보장하기 위해 1741년에 이조전랑(吏曹銓郎) 통청법(通淸法)을 혁파하였다.

이조전랑이 삼사(三司)의 언관들의 인사권을 장악한 제도는 언관들의 언론권을 대신들의 영향으로부터 독립시키면서 활성화하는 의도 아래 시작되어 붕당정치의 맥점을 이루던 것이었으나, 이 무렵에는 이미 자파 세력 강화의 도구로 악용되고 있어 붕당의 폐단을 없애기 위해서는 혁파조치가 불가피하였다.

탕평론은 요·순 임금의 경지를 이상으로 하는 것이기 때문에 군주 스스로 수기치인(修己治人)의 노력을 최대로 기울여야 하는 조건을 안

---

도 모역에 가담했다는 내용이 기록되었다. 전례로 봐서 모역에 가담한 왕자가 살아남은 경우는 없었다. 하지만 연잉군 외에는 왕통을 이을 왕자가 전혀 없었기 때문에 그는 목숨을 부지할 수 있었다. 그러나 이 사건 때문에 연잉군은 갖가지 고초를 겪게 된다. 자신이 수족처럼 부리던 장세상이 소론측 사주를 받은 내관 박상검, 문유도 등의 모함으로 쫓겨나고 소론측 대신들에 의해 경종을 문안하러 가는 것도 금지당했다. 연잉군은 자신의 지지 기반이던 노론이 신임사화로 대거 축출되고 거기다 신변의 위협마저 느끼게 되자 대비 인원왕후 김씨를 찾아가 왕세제 자리를 내놓는 것도 불사하겠다며 자신의 결백을 호소했다. 김대비는 평소 노론측 입장에 서서 왕세제를 감싸왔던 터여서 왕세제의 간절한 호소를 담은 언교를 몇 차례 내려 소론측의 전횡을 누그러뜨렸다. 그 덕택으로 연잉군은 가까스로 목숨을 부지할 수 있었다.

고 있었다. 그리하여 영조는 학식 있는 신하들과 강론하는 자리인 경연(經筵)을 재위 52년간 무려 3,458회를 열었다. 연평균 66회에 달하는 이 횟수는 조선시대 최다 기록이었다. 그는 학문적으로 특히 소학(小學)과 대학(大學)에 특별한 관심을 가져 1758년에 성균관을 방문한 것을 기념해 대학에 〈어제서〉(御製序)를 붙였다.

1746년에 《자성편》(自省編)을 지은 것을 비롯해 《정훈》(政訓), 1749년 《대훈》(大訓), 1755년 《경세문답》(警世問答), 1762년 《경세편》(警世編), 1764년 《표의록》(表義錄), 1764년 《백행록》(百行錄) 등 후세 왕들을 위해 왕자가 걸어야 할 길을 밝히는 저술들을 다수 남겼다.

영조는 스스로 검약 절제의 생활로 일관하는 한편, 재위 중에 여러 차례 금주령과 사치풍조 금단의 조치를 내렸다. 요·순의 치세를 재현하는 것을 목표로 하는 탕평정치는 민에게 고통을 주고 있는 여러 가지 폐단들을 고치는 개혁적 조치들을 많이 단행했다. 먼저 양반관리, 사족들이 백성들에 대해 사형(私刑)을 많이 행하고 있는 현실을 직시하여 형정을 쇄신하기 위한 여러 가지 조치들이 취해졌다.

1725년에 압슬형(壓膝刑), 1732년에 낙형(烙刑)을 각각 폐지하고, 영조 16년(1740) 1월에는 임인년 옥사로 죽은 노론 4대신 모두는 영조의 왕위 승계를 위해 노력했을 뿐이므로 모두 죄가 없다고 결정하였는데 이 영조 임금의 처분을 경신처분이라 했다.

또한 이 해 얼굴에 글자를 새기는 형벌[刺字]을 금지하였다. 1743년에 《수교집록》(受敎輯錄)을 속편하고 이듬해에 이를 발전시켜 《속대전》(續大典)을 《속오례의》(續五禮儀)와 함께 편찬한 것은 왕조의 법치체계 전반을 재정비하는 의미를 가졌다.

또한 농업정책과 수취제도의 개선에도 많은 업적을 남겼다. 1734년에 농정의 기본방향을 잡기 위해 세종조에 민을 이끌어 농사에 힘쓰게 한 성의를 관리들에게 널리 알리고자 《농가집성》(農家集成)을 대량 인쇄하여 보급하고, 1748년에는 세입 세출제도의 확립을 목적으로 《탁지정례》(度支定例)를 편찬하고, 1750년 7월에는 균역법(均役法)을 시행하여 오랫동안 계속되어 온 양역 변통의 논의를 종결지었다. 일반 백성들에게 큰 부담이 되어온 양역(군역)조의 납포량을 일률적으로 1필을 감하고 어염세, 결전세(結田稅) 등을 부과해 결손을 채우게 했다.

1774년에 노비 신공(身貢)을 전면 혁파한 것도 획기적인 조치로 평가되었다.

영조의 삼대 치적으로는 탕평·균역 외에 준천(濬川), 즉 청계천(淸溪川)을 준설한 것이 꼽힌다. 도성 가운데를 흐르는 개천을 오랫동안 준설하지 않아 홍수 때 범람이 잦아 1760년에 준천사(濬川司)를 세우고, 수만금을 출연하여 인부를 사서 흙을 파내는 대역사를 진행시켰다.

1773년 6월에는 개천의 양변을 돌로 쌓아 흙이 내려가지 않도록 하였다. 이인좌의 난을 계기로 변란시 도성을 버리고 다른 곳으로 피난하지 않고 도성민과 함께 지킨다는 전략을 새로 세워 1745년에 훈련도감, 금위영(禁衛營), 어영청(御營廳) 등 3군문이 도성을 분담하여 보수 관리하게 하고 1751년 9월에 수성윤음(守城綸音)을 내려 도성의 5부 방민이 유사시 삼군문 지휘 아래 방어할 구역을 분담하여 실제 훈련을 하기도 하였다. 왕조 초기의 오위(五衛)제도에 대해 높은 관심을 가지고 1742년에 병장도설(兵將圖說)을 편찬한 이래, 5군영의 병권을 병조 판서 아래로 귀일시켜 왕권을 뒷받침하도록 하는 체제를 꾀하였으나 큰 성과를 거두지는 못했다. 백성들의 사정을 직접 보고, 듣기 위해

재위 25년째 이후 50여 회나 궁성을 나와 거리 행차를 하였으며, 1773
년에는 경희궁 건명문(建明門)에 신문고를 달게 하였다.

같은 해 2월 세손의 건의를 받아들여 양로연을 베풀기도 하였다.

1740년(영조 16)에 개성부 행차 때 정몽주의 충절을 기려 선죽교에
비석을 세운 것을 비롯해 역사상의 충신들에 대한 추존사업을 크게
벌였으며, 1771년 10월에는 왕조의 시조 묘가 없는 사실을 깨닫고 전
주 경기전에 조경묘(肇慶廟)를 건립하게 했다. 1770년(영조 46) 정월 편
집청(編輯廳)을 설치하여 《동국문헌비고》(東國文獻備考)를 편찬할 때 4
월 《상위고》(象緯考) 편찬 단계에서 비고(備考)의 측우기 만드는 법을
터득하여 양궐 및 서운관에 상설하게 하는 한편, 양도(兩都) 팔도에 명
해 매번 비가 올 때마다 강우량의 척촌(尺寸)을 계측하여 보고하게 했
다.

《학교고》(學校考)를 편찬하는 순서 6월에서는 주(州) 부(府) 군(郡) 학
에 6현(賢)을 함께 배향하게 하고, 형고(刑考)를 만드는 순서에서는 포
도청에서의 난장(亂杖)을 금하는 명을 내렸다. 이러한 사실들은 당시
의 편찬사업의 목적이 정사의 개선에 있었음을 여실하게 보여준다.

탕평정책으로 붕당의 대립과 벌열의 발호를 크게 억제하였으나 꺼
지지 않는 불씨들이 있었다. 1755년(영조 31)에 을사처분(乙巳處分)으
로 귀양간 윤지(尹志) 등이 나주 괘서사건*을 일으켜 정국이 소용돌이

---

*─괘서사건 : 조선 중기 이후, 삼정의 문란과 세도정치에 시달린 백성이 괘서나 방서(榜書) 따위
의 벽보를 붙여 나라를 비방하고 민심을 선동한 사건. 영조 31년(1755)에 나주에 귀양간 소론 윤
지(尹志)가 노론을 제거하려고 괘서를 붙인 사건과, 순조 4년(1804)에 황해도에서 이달우(李達
宇)가 민심을 선동하기 위하여 괘서를 이용한 일이 있었고, 같은 해 서울에서 상민(常民) 재영
(載榮) 등이 일으킨 일 따위가 있다.

쳤으며, 1762년(영조 38)에는 세자에 대한 지나친 기대와 벌열의 움직임에 대한 과도한 경계심으로 세자를 뒤주 속에 가두어 죽이는 참사를 빚기도 하였다.

왕세자가 죽은 사건을 혜경궁 홍씨(惠慶宮洪氏 : 1737~1815)가 쓴 《한중록》(恨中錄)* 1795년(정조 19년)에서 임오화변이라 호칭했다.

---

*—한중록(恨中錄) : 사도세자의 비필사본 14종이 있으며, 국문본·한문본·국한문혼용본이 있다. 사본에 따라 '읍혈록(泣血錄)', '한중록(恨中錄)' '한중만록(閑中漫錄)' 이라고도 한다. 전체 4편이며, 제1편은 1795년, 제2편은 1801년(순조 1년), 제3편은 1802년, 제4편은 1805년에 각각 쓰여졌다.
제1편은 지은이가 회갑되는 해에 친정 조카의 요청에 따라 써준 글이다. 자신의 출생부터 어릴 때의 추억, 9세 때 세자빈으로 간택된 이야기, 이후 50여년 간의 궁중생활을 회고했다. 남편인 사도세자의 비극에 대해서는 차마 말할 수 없다며 간략히 언급했고, 후반부에는 정적(政敵)들의 모함으로 아버지, 삼촌, 동생들이 화를 입게 된 사건의 전말을 기록했다.
제2편은 67세에 쓴 글로, 사도세자 사건 이후부터 정조 초년까지 정적들에게 모함 받은 이야기를 자세하게 기록했다. 시누이 화완옹주의 이간으로 정조가 자신의 외가를 미워하게 되었으며, 당시의 세도가 홍국영(洪國榮)이 개인적인 원한으로 친정을 멸문시켰음을 폭로했다. 삼촌 홍인한(洪麟漢)과 동생 홍낙임(洪樂任)의 억울한 죽음을 슬퍼하며 하루 빨리 누명을 벗을 수 있기를 하늘에 축원하는 내용이다.
제3편은 68세에 쓴 글로 제2편과 내용이 비슷하다. 정조가 예전에 자신에게 효성이 지극했으며 검소하게 생활하고 학문을 열심히 했음을 회상하고 있다. 또 정조가 자신의 아버지와 숙부의 억울한 누명을 후일 반드시 풀어주겠다고 약속한 것을 되새기며, 어린 순조에게 자신의 소원을 풀어달라고 호소하는 내용이다.
제4편은 71세에 쓴 것으로, 제1편에서 차마 말하고 싶지 않다고 한 사도세자의 사건 내막을 기록했다. 사도세자가 부친인 영조에게 미움을 받아 뒤주 속에서 죽게 되기까지의 경위를 서술하고, 사도세자를 뒤주에 넣어 죽게 한 발상이 아버지 홍봉한에게서 나왔다는 이야기는 한갖 모함이며 아버지는 결백하다고 역설했다.
지은이가 이 글을 쓰게 된 동기는 사도세자 사건으로 비난받는 아버지 홍봉한의 결백을 입증하는 내용을 손자인 순조에게 읽히기 위한 것이었다. 곧 홍국영 등 정적들의 모함으로 친정이 멸문지화를 당하고 홍봉한이 사도세자가 참변을 당할 때 뒤주를 바쳤다는 혐의까지 받자 아버지의 결백을 입증하기 위해 쓴 것이다. 학자에 따라 이 작품을 소설, 일기, 수필 등으로 보고 있는데, 인물묘사나 서사구조, 문체면에서 높은 수준의 서사성을 갖춘 실기문학으로 보는 것이 유력하다. 이 작품은 첫째, 사도세자의 죽음 등 왕실의 비사(秘史)를 다룬 궁중문학이고, 순수 국문문학이며, 지은이가 역사적 사건의 핵심에 있었던 실존인물이라는 점, 둘째, 문체가 유창하고 아름다우며 멋스런 고어와 궁중용어를 사용하고 있고, 사건을 애절하고도 박진감 넘치게 서술하여 승화된 한의 미학을 보여준 점, 셋째, 다양한 궁중풍속과 사도세자의 죽음 등을 자세히 그려낸 점에서 문학사적, 역사적 가치가 크다.

# 18세기 조선

지금으로부터 300년 전인 18세기 조선사회는 정치 사회적 정책의 측면에서 문벌지역 이념을 뛰어넘어 국민과 사회를 통합하려던 시기다. 붕당정치를 끝내고 탕평정치*시대를 열겠다는 영조(英祖 : 1694~1776)는 붕당에서 탕평으로, 탕평에서 대동으로 전진하고 있었는데 정치적 이데올로기는 적과 동지라는 편가르기에 이른바 의리와 명분의 나라라는 자부심을 내건 성격이나 감정의 조선중화주의(朝鮮中和主義)는 우리가 사는 사회와 결코 그렇게까지 멀지 않은 시대였다.

대수(代數) 세대로 따지면 불과 9, 10대에 이르는 할아버지 시대이다. 생활문화로 따지면 그보다 더 가까울 수도 있다.

300년 전 한국사회는 고추와 김장배추가 들어와 급속히 알리어져 보급되어 나갔으며 김치는 우리 식탁에 발효된 음식으로 좋은 부식이

---

*─탕평정치 : 조선 후기 영조와 정조 때 나타난 정치형태로 당파의 구분 없이 모든 사람을 고루 등용하며 정치적 안정을 꾀하고자 한 정치.

다. 여기서 잠깐 김치에 대한 어원과 유래를 보면 가장 오래된 문헌은 약 3천년 전의 중국 문헌 시경(詩經)이며, 오이를 이용한 채소절임을 뜻하는 것으로 추정되는 저(菹)라는 글자가 나온다.

조선 중종 때의 〈벽온방〉에 "딤채국을 집안 사람이 다 먹어라" 하는 말이 나오는 것으로 보아 '저'를 우리 말로 딤채라고 했음을 알 수 있다. 한편 국어학자 한갑수는 김치의 어원에 대해, 침채가 팀채로 변하고 다시 딤채가 되었다가 구개음화하여 김채로, 다시 김치가 되었다고 설명한다. 김치를 담그는 것은 채소를 오래 저장하기 위한 수단이 될 뿐 아니라, 이는 저장 중 여러 가지 미생물의 번식으로 유기산과 방향(芳香)이 만들어져 훌륭한 발효식품이 된다. 무, 배추 및 오이 등을 소금에 절여서 고추, 마늘, 파, 생강, 젓갈 등의 양념을 버무린 후 젖산 생성에 의해 숙성되어 저온에서 발효된 식품으로, 한국인의 식탁에서 빼놓을 수 없는 반찬이다.

김치는 각종 무기질과 비타민의 공급원이며, 젖산균에 의해 정장작용(整腸作用)을 하고 식욕을 증진시켜 주기도 한다. 상고시대(上古時代)에는 오이, 가지, 마늘, 부추, 죽순, 무, 박 등으로 소금절이, 술과 소금절이 또는 술찌게미와 소금절이 등을 만들었는데, 오늘날의 김치와는 매우 달라서 김치라고 하기보다는 장아찌류에 가까웠다.

오늘날 현대 김치에 쓰이는 고추는 남아메리카에서 유럽을 통해 전달되었기 때문에 17세기 전의 김치는 고추가 쓰이지 않았다. 또한 이 당시 유명한 판소리 서편제, 동편제가 널리 정착된 시기이기도 하다.

오늘날 전통적으로 이어져 오는 고추와 양념한 배추김치는 우리 기호에 맞는 입맛만을 상징하지는 않지만, 판소리 역시 하나의 전통적인 가락만으로 상징되지 않으나 오늘날 한국을 대표하는 이 두 가지는 바로 300년 전 한국인이 만들어낸 높은 수준의 생활문화였다.

판소리는 조선 중기 이후 남도지방 특유의 곡조를 토대로 발달한 광대 한 명이 고수 한 명의 장단에 맞추어 일정한 내용을 육성과 몸짓을 곁들여 창극조로 두서너 시간에 걸쳐 부르는 민속예술형태의 한 갈래로 고수는 광대 옆에서 장구를 치면서 "얼쑤" 그래주는 사람이고 광대란 이야기를 해 주는 사람이다.

판소리 문화가 알려지게 된 것은 조선시대 숙종 임금 때 평민 문화가 널리 퍼지게 되었는데 그 전에는 문화라고 하면 귀족이나 양반들밖에 누릴 수가 없어서 서민들의 입에서 입으로 전해 내려오던 설화나 전설 또는 옛날 이야기들이 노래처럼 바뀌게 됐다고 한다.

당시 조선사회는 농업사회에서 산업사회로 사대부 중심사회에서 일반 서민중심사회로 변화하면서 대대적인 혁신이 요청되던 시기다. 다양성을 존중하는 인간개성화의 시대, 사회특성화의 시대로 변화하기 위해 이런저런 시도를 기울이던 시절이었다.

당시 실제 생활모습도 그에 부응하여 상당히 바뀌어 나갔다. 이렇게 근대사회에 연결되어 나가는 사회를 전근대사회라고 부른다.

우리 민족은 예나 지금이나 인간이란 곧 도덕을 가진 자라고 생각하고 말한다. 훈훈한 정이 넘치는 사회가 바람직한 사회라고 생각한다. 우리는 이런 체험을 바탕으로 한국인의 고유성을 이야기할 수 있다. 전근대사에서도 이 시기 조선 사람들이 한국사회의 고유성과 보편성을 새롭게 만들어 활발하게 이루어진 때가 영조(英祖 : 1694~1776), 정조*의 조선 중흥기다. 탕평정치라 불린 정치개혁은 이른바 일반적으로 갈 데까지 간 당파싸움을 없애기 위해 노론, 소론, 남인, 북인 4색 당파의 인재를 골고루 뽑아 쓴 정치개혁으로 알려져 있다.

탕평책이 조선사회의 고질병인 당파싸움을 없앤 훌륭한 정책이고 따라서 군주가 잘한 현명한 일이라고 누구나 알고 있다. 하지만 무엇을 어떻게 잘했는지에 대해서는 잘 모른다. 오히려 4색 당파싸움을 없앴다고 말하면서 다시금 시파, 벽파의 격렬한 당파 싸움을 초래했다고 알고 있다. 그래서 정치란 실제 표방과는 다른 혼돈스런 것이란 사실을 기억에 남게 해 주었다.

조선시대 중엽의 당파싸움은 주로 노론과 남인, 노론과 소론의 싸움이었다. 벽파에 대립하여 싸우는 당파인 시파도 또한 남인이어서 시파, 벽파의 싸움은 결국 남인과 노론의 싸움이었다. 오랜 역사를 다듬고 유지하면서 삶의 모습을 향상시켜 온 공동체에 정치가 없을 수 없다. 삶을 창조해 가는 공동체에는 당연히 통치가 아닌 정치가 존재한다. 창조적으로 사는 삶은 주어진 질서를 수동적으로 따르기만 하는 통치를 통해서는 결코 얻을 수 없다. 혼돈을 능동적으로 헤쳐 나가

---

＊ㅡ정조(正祖 : 1752~1800) : 휘(諱)는 산(祘). 자는 형운(亨運)이요, 호는 홍재(弘齋)이다. 영조의 손자이고, 아버지는 장헌세자(莊獻世子 : 思悼世子)이며, 어머니는 영의정 홍봉한(洪鳳漢)의 딸 혜경궁 홍씨(惠慶宮洪氏)이다. 비는 좌참찬 김시묵(金時默 : 1722~1772)의 딸 효의왕후(孝懿王后)이다. 1759년(영조 35) 세손(世孫)에 책봉되고, 1762년 세자인 아버지가 뒤주 속에 갇혀 죽은 뒤 동궁으로 불렸으며, 1764년 2월 어려서 죽은 영조의 맏아들 효장세자(孝章世子 : 뒤의 眞宗)의 후사(後嗣)가 되었다.
1775년 11월 영조가 대리청정을 시키려 하자 홍인한(洪麟漢)이 "동궁은 노론·소론을 알 필요가 없고 이조판서·병조판서에 누가 좋은지를 알 필요가 없으며, 조정의 일은 더욱 알 필요가 없다"는 삼불필지설(三不必知說)을 내세우며 반대했으나, 그해 12월 대리청정의 명을 받았고, 이듬해 3월 영조가 죽자 대보(大寶)를 세손에게 전하라는 유교(遺敎)에 따라 즉위했다. 왕위에 오르자 바로 효장세자를 진종대왕으로, 사도세자를 장헌세자로 추존했으며, 세손 때부터 그를 보호한 홍국영(洪國榮)을 도승지로 삼고 숙위대장(宿衛大將)을 겸직시켜 반대세력을 숙청해 정권의 안정을 도모했다. 사도세자의 죽음을 사주한 숙의 문씨(淑儀文氏)의 작호를 삭탈하고, 화완옹주(和緩翁主)는 사가(私家)로 방축했으며, 문성국(文聖國)은 노비로 만들고, 그의 즉위를 방해했던 정후겸(鄭厚謙)과 홍인한을 경원과 여산으로 귀양보냈다가 사사(賜死)했다. 홍국영이 세도를 부리며 권력을 남용하자 조신들의 탄핵에 따라 1779년 9월 정계에서 물러나게 하고, 이듬해 2월에는 전리(田里)로 돌려보내 친정체제를 강화했다.

는 정치라는 이름을 통해서만 비로소 얻을 수 있는 것이다.

역사가의 입장에서 말한다면, 역사 속에 존재하는 창조적 지혜를 발견하기 위해 정리되지 않은 혼돈스러운 사료를 헤쳐 나가며 새로운 사실을 밝혀내는 과정이 곧 통치가 아닌 정치를 추구하는 과정이다.

조선 정치싸움은 당파싸움의 역사라고 말하겠지만 18세기 탕평정국에서 나타나는 새롭고 다양한 삶의 모습, 특히 정치적 삶의 모습을 추적하다 보면 지금의 현실에 비추어 보아도 손색이 없을 정도의 정치인 통합운동이 존재했고 나아가서 한편으로는 국민통합운동이기도 하였음을 확인할 수 있다.

사회통합능력은 곧 정치능력을 의미한다. 따라서 이 정치능력을 찾아내어 조선 정치사를 복구하려는 시도가 이루어진 것은 자연스런 일이며 결국 조선의 당쟁사를 통치사가 아닌 정치사로 명확히 이야기할 수 있게 된 것도 불과 20여년 전인 1980년대 후반부터라고 할 수 있다.

탕평정치가 실시되던 당시의 정치개혁 노선은 붕당을 타파한다는 목적의 표어로 대표된다. 당시 노론, 소론, 남인 당파의 상쟁은 서로 역적으로 몰아 세워야만 분이 풀리고 색목이 한 번 나누어지면 가까운 친척이라도 서로 상대하지 않는 정도로 심각했기 때문이다.

영조는 자신의 탕평정치의 근거를 위치가 변하지 않는 북극성 같은 군주와 그 주위를 회전하는 뭇별 같은 신하와 백성들이라는 군주론으로 설명하기를 좋아했다. 군주는 북극성 같다는 말은 불변의 절대적 지위를 가진 반면 뭇별들은 서민과 사대부를 구분하지 않고 같은 존재로 본다는 뜻이다. 이런 강력한 통치자론을 바탕으로 붕당 타파를 제도개혁과 실제사업으로 뒷받침한 것이 영조의 탕평정치다.

# 유의양, 남해적소에 들다

유의양이 영조 47년(1771) 54세에 홍문관(弘文館) 수찬(修撰), 부수찬(副修撰), 교리를 역임하다가 삭탈관직, 서인(庶人)이 되어 이 해 2월에 남해에 유배되어 6개월을 지내다가 풀려나서 다시 벼슬살이를 하게 된 그의 저서 《남해견문록》을 통해 기록문화를 알아보기로 한다.

전산(轉山), 윤산(輪山), 화전(花田)이라 일컬어지는 고장은 지금의 남해군인 남해도이다. 후송 유의양은 남해로 귀양 가며 노량해협(露梁海峽)의 바다 배를 타고 건너는 것이 처음이라 가히 무섭지는 않지만 북으로 바라보니 운산(雲山)이 첩첩하고 고향집이 천리 밖에 있는지라 떠나올 때 생각보다 마음이 달랐다.

남해가 바다 가운데의 섬이기에 노량나루를 지나가는지라 신묘해 영조 47년(1771) 2월 26일 오전에 나룻가에 도달하여 배 오기를 기다리니, 물 너비는 한강의 서너 배나 되는지라 물이 그리 멀지는 아니하고, 바람이 없고 물결이 잔잔하여 사람들이 이르기를, "이 나루는 순진(順津)이라" 하고 또 내가 나룻배를 건너기 처음이로되, 구태여 무섭기는 아니하나, 북으로 바라보니, 구름과 산이 겹겹이 쌓여 막히고, 가국(家國)이 천리 밖에 있었다.

물의 길에 올 적마다 마음이 다르더라.

배를 타고 옛 사람의 글에,

"평생에 충성과 신의를 가졌으니, 오늘날 풍파를 당하노라."

한탄한 글귀를 외고,

"배를 빨리 저어라."

사공에게 재촉하여 띄우니, 푸른 바다 물결은 넓고 편편하고 사면으로 티끌이 없어 배가 순풍으로 잘 가니, 이런 때에는 안마(鞍馬)에 피곤하게 시달려 가느니보다 낫더라.

이윽고 남쪽 가에 배를 대니 비로소 남해 땅을 디디는지라 물가 언덕에 대나무 숲이 많이 있고, 그 죽림(竹林) 속에 누각 같은 집이 있는지라 촌인(村人)더러 물으니,

"이 충무공의 서원(書院)입니다" 하였다.


여기서 잠깐 이순신의 인물을 살펴보자.

이순신(李舜臣 : 1545~1598)은 본관이 덕수(德水)이고, 자는 여해(汝諧)요, 시호는 충무(忠武)다. 서울 건천동(乾川洞)에서 태어났다.

선조* 5년(1572) 무인 선발시험인 훈련원 별과에 응시하였으나 달

---

리던 말에서 떨어져 왼쪽 다리가 부러지는 부상으로 실격되었다. 32세가 되어서 식년 무과에 병과로 급제한 뒤 권지훈련원봉사(權知訓練院奉事)로 첫 관직에 올랐다. 이어 함경도의 동구비보권관(董仇非堡權管)과 발포수군만호(鉢浦水軍萬戶)를 거쳐 선조 16년(1583) 건원보권관(乾原堡權管), 훈련원참군(訓鍊院參軍)을 지냈다.

선조 19년(1586) 사복시 주부를 거쳐 조산보만호(造山堡萬戶)가 되었다. 이때 호인(胡人)의 침입을 막지 못하여 백의종군하게 되었다. 그 뒤 전라도 관찰사 이광에게 발탁되어 전라도의 조방장(助防將)이 되었다. 이후 선조 22년(1589) 선전관과 정읍(井邑) 현감 등을 거쳐 선조 24년(1591) 유성룡*(柳成龍 : 1542~1607)의 천거로 절충장군, 진도군수 등

---

딸 인목왕후(仁穆王后)이다. 처음에 하성군(河城君)에 봉해졌다가 1567년(명종 22) 명종이 후사(後嗣)가 없이 죽자 왕위에 올랐다.

1552년 11월 서울 인달방(仁達坊)에서 출생하여 16살의 나이에 왕위에 올랐다. 나이가 어려 처음에는 명종의 비 심씨(沈氏)가 수렴청정하다가 이듬해부터 친정을 하였다. 그가 왕위에 오름에 따라 아버지가 대원군으로 봉해짐으로써 조선에서 처음으로 대원군제도가 시행되었다. 조선 전기 사림파와 훈구파의 갈등 속에서 억울하게 희생당한 사림들을 신원(伸寃)하여 주었고, 반대로 선비들에게 해를 입힌 훈구세력들에게는 벌을 내려 사림들의 사기를 북돋아 주었다. 그리하여 기묘사화 때 화를 당한 조광조(趙光祖)를 증직(贈職 : 죽은 뒤에 품계와 벼슬을 높여주던 일)하고 그에게 피해를 입힌 남곤(南袞)의 관작은 추탈(追奪 : 죽은 사람의 죄를 논하여 살았을 때의 벼슬 이름을 깎아 없앰)하였으며, 을사사화 때 윤임(尹任) 등을 죽인 윤원형(尹元衡)의 공적을 삭탈하기도 하였다. 이러한 정책은 사림들에게 중앙 정계 진출이라는 명분을 확보해 주어 새로운 인물들이 등용되는 계기가 되었다. 따라서 이황(李滉), 이이(李珥) 등 많은 인재들이 등용되어 국정을 쇄신하였고, 유학의 장려에 필요한 유선록(儒先錄), 근사록(近思錄), 심경(心經), 삼강행실(三綱行實) 등의 책들도 편찬되었다. 사림의 중앙 정계 진출과 함께 나타난 새로운 현상으로 당(黨)이 만들어지게 되었고, 김효원(金孝元)과 심의겸(沈義謙)의 갈등이 기폭제가 되어 동인(東人)과 서인(西人)으로 붕당됨에 따라 국가 정책을 결정하는 데 있어서 많은 혼선을 가져왔다. 1591년 세자 책봉 문제로 정권의 우위를 장악한 동인이 서인을 치죄하는 문제를 놓고 강건파와 온건파가 대립하여 남인과 북인으로 갈라지면서 정쟁은 더욱 가속화되었다. 이러한 때 1583년과 1587년 두 차례에 걸쳐 이탕개(李蕩介)를 중심으로 한 야인(野人)들이 침략하여 경원부가 함락되기도 하였다. 이후 신립(申砬)과 신상절(申尙節)의 반격으로 두만강 유역을 회복하기는 하였으나 다시 일본의 침략을 받아 국가가 위태롭게 되었다.

* -유성룡(柳成龍 : 1542~1607). 임진왜란 때 도체찰사(都體察使)로 군무를 총괄, 이순신, 권율 등 명장을 등용하였던 문신 겸 학자. 화기 제조, 성곽 수축 등 군비 확충에 노력하였으며 군대양

을 지냈다. 같은 해 전라좌도수군절도사(全羅左道水軍節度使)로 승진한 뒤, 좌수영에 부임하여 군비 확충에 힘썼다.

이듬해 임진왜란이 일어나자 옥포에서 일본 수군과 첫 해전을 벌여 30여 척을 격파하였는데 이것이 옥포대첩이다. 이어 사천에서는 거북선을 처음 사용하여 적선 13척을 격파하였는데 이것이 사천포해전이다. 또 당포해전과 1차 당항포해전에서 각각 적선 20척과 26척을 격파하는 등 전공을 세워 자헌대부로 품계가 올라갔다. 같은 해 7월 한산도대첩에서는 적선 70척을 대파하는 공을 세워 정헌대부에 올랐다.

성을 역설하였다. 본관은 풍산(豊山)이요, 자는 이현(而見)이다. 호는 서애(西厓)이며, 시호는 문충(文忠)이다. 의성 출생으로 이황(李滉)의 문인이다. 1564년(명종 19) 사마시를 거쳐, 1566년 별시문과에 병과로 급제하여 승문원 권지부정자(權知副正字)가 되었다. 이듬해 예문관검열과 춘추관기사관을 겸하였고, 1569년(선조 2)에는 성절사(聖節使)의 서장관(書狀官)으로 명나라에 갔다가 이듬해 귀국하였다. 이어 경연검토관 등을 지내고 수찬에 제수되어 사가독서(賜暇讀書)를 하였다. 이후 교리·응교(應敎) 등을 거쳐, 1575년 직제학, 다음해 부제학을 지내고 상주목사(尙州牧使)를 자원하여 향리의 노모를 봉양하였다. 이어 대사간·도승지·대사헌을 거쳐, 경상도 관찰사로 나갔다. 1584년 예조판서로 경연춘추관동지사(經筵春秋館同知事)를 겸직하였고, 1588년 양관(兩館) 대제학이 되었다. 1590년 우의정에 승진, 광국공신(光國功臣) 3등으로 풍원부원군(豊原府院君)에 봉해졌다. 이듬해 좌의정·이조판서를 겸하다가, 건저(建儲)문제로 서인 정철(鄭澈)의 처벌이 논의될 때 온건파인 남인에 속하여 강경파인 북인 이산해(李山海)와 대립하였다. 1592년 임진왜란이 일어나자 도체찰사(都體察使)로 군무를 총괄, 이순신(李舜臣)·권율(權慄) 등 명장을 등용하였다. 이어 영의정이 되어 왕을 호종(扈從)하여 평양에 이르렀는데, 나라를 그르쳤다는 반대파의 탄핵을 받고 면직되었으나 의주에 이르러 평안도도체찰사가 되었다. 이듬해 중국 명나라 장수 이여송(李如松)과 함께 평양을 수복하고 그 후 충청·경상·전라 3도 도체찰사가 되어 파주까지 진격, 이 해에 다시 영의정이 되어 4도 도체찰사를 겸하여 군사를 총지휘하였다. 화기 제조, 성곽 수축 등 군비 확충에 노력하는 한편, 군대양성을 역설하여 훈련도감(訓鍊都監)이 설치되자 제조(提調)가 되어 기효신서(紀效新書)를 강해하였다.
1598년 명나라 경략(經略) 정응태(丁應泰)가 조선이 일본과 연합, 명나라를 공격하려 한다고 본국에 무고한 사건이 일어나자, 이 사건의 진상을 변명하러 가지 않는다는 북인의 탄핵을 받아 관직을 삭탈당했다. 1600년에 복관되었으나 다시 벼슬은 하지 않고 은거했다. 1604년 호성공신(扈聖功臣) 2등에 책록되고 다시 풍원부원군에 봉해졌다.
임진왜란 때 명나라 장수 이여송이 바둑을 둘 줄 모르는 선조에게 대국을 요청하자 그는 우산에 구멍을 뚫어 훈수함으로써 이여송을 무릎 꿇게 하였다는 일화가 전해질 만큼 바둑의 애호가였다. 1995년 9월 특별대국에서 이창호(李昌鎬)와 맞대결한 유시훈(柳時熏)은 그의 14세손이라고 한다. 안동의 호계서원(虎溪書院)·병산서원(屛山書院) 등에 제향되었다. 저서에 《서애집》, 《징비록》(懲毖錄) 등이, 편서에 《황화집》(皇華集), 《정충록》(精忠錄) 등이 있다.

또 안골포에서 가토 요시아키[加珹嘉明]의 수군을 격파하고(안골포
해전), 9월 일본 수군의 근거지인 부산으로 진격하여 적선 100여 척을
무찔렀다. 이것이 부산포해전이었다.

선조 26년(1593) 다시 부산과 웅천(熊川)에 있던 일본군을 격파함으
로써 남해안 일대의 일본 수군을 완전히 일소한 뒤 한산도로 진영을
옮겨 최초의 삼도수군통제사가 되었다.

이듬해 명나라 수군이 합세하자 진영을 죽도(竹島)로 옮긴 뒤, 장문
포해전에서 육군과 합동작전으로 일본군을 격파함으로써 적의 후방
을 교란하여 서해안으로 진출하려는 전략에 큰 타격을 가하였다.

명나라와 일본 사이에 화의가 시작되어 전쟁이 소강상태로 접어들
었을 때에는 병사들의 훈련을 강화하고 군비를 확충하는 한편, 피난
민들의 민생을 돌보고 산업을 장려하는 데 힘썼다.

선조 30년(1597) 일본은 이중간첩으로 하여금 가토 기요마사[加藤
淸正]가 바다를 건너올 것이니 수군을 시켜 생포하도록 하라는 거짓
정보를 흘리는 계략을 꾸몄다. 이를 사실로 믿은 조정의 명에도 불구
하고 그는 일본의 계략임을 간파하여 출동하지 않았다. 가토 기요마
사는 이미 여러 날 전에 조선에 상륙해 있었다. 이로 인하여 적장을
놓아주었다는 모함을 받아 파직당하고 서울로 압송되어 투옥되었다.
사형에 처해질 위기에까지 몰렸으나 우의정 정탁의 변호로 죽음을 면
하고 도원수 권율의 밑에서 두 번째 백의종군을 했다.

그의 후임 원균이 7월 칠천해전에서 왜군에 참패하고 전사하자 이
에 수군통제사로 재임명된 그는 13척의 함선과 빈약한 병력을 거느리
고 명량에서 133척의 적군과 대결, 31척을 격파하는 대승을 거두었
다. 이것이 명량대첩이다.

이 승리로 조선은 다시 해상권을 회복하였다.

선조 31년(1598) 2월 고금도(古今島)로 진영을 옮긴 뒤, 11월에 명나라 제독 진린과 연합하여 철수하기 위해 노량에 집결한 왜군과 혼전을 벌이다가 유탄에 맞아 전사하였다. 이것이 노량해전이었다.

무인으로서 뿐만 아니라 시문(詩文)에도 능하여 《난중일기》와 시조, 한시 등 여러 편의 뛰어난 작품을 남겼다.

1604년 선조 37년 선무공신 1등이 되고 덕풍부원군(德豊府院君)에 추봉된 데 이어 좌의정에 추증되었다.

광해군* 때는 영의정(1613) 벼슬이 더해졌다. 묘소는 아산시 어라산(於羅山)에 있으며, 왕이 직접 지은 비문과 충신문(忠臣門)이 건립되었다. 통영 충렬사(사적 제236호), 여수 충민사(사적 제381호), 아산 현

---

＊—광해군(光海君 : 1575~16415) : 조선의 제15대 왕. 선조(宣祖)의 둘째 아들로 어머니는 공빈 김씨(恭嬪金氏)이며 비(妃)는 판윤 유자신(柳自新)의 딸이다.

세자 책봉 문제로 임해군과 갈등을 빚었으나 1592년 임진왜란이 발생하였을 때 국난에 대비한다는 명분으로 피난지 평양에서 세자에 책봉되었다. 선조와 함께 의주로 피난을 가다가 영변(寧邊)에서 갈라졌다. 선조는 의주로 향하고 광해군은 권섭국사(權攝國事)의 직위를 맡아 분조(分朝)의 책임자로 평안도 지역으로 출발하였다. 임진왜란 기간 중에 평안도·강원도·황해도 등지를 돌면서 민심을 수습하고 왜군에 대항하기 위한 군사를 모집하는 등 적극적인 분조활동을 전개하였다. 서울을 수복한 후 무군사(撫軍司)의 업무를 담당하여 수도 방위에도 힘을 기울였다. 1597년 정유재란(임진왜란 중 왜군의 2차 침략을 따로 부르는 말)이 일어났을 때는 전라·경상도로 내려가 군사들을 독려하고 군량과 병기 조달은 물론 백성들의 안위를 돌보는 등 임진왜란 기간 동안 국가 안위를 위해 노력하였다. 전쟁이 끝난 후 선조가 영창대군을 세자로 책봉하고자 하였으나 뜻을 이루지 못하고 죽자 임진왜란 동안 많은 공을 세운 광해군이 대북파의 지지를 받아 1608년 왕위에 올랐다.

광해군은 왕위에 오르는 과정에서 갈등을 빚은 영창대군(永昌大君 : 1606~1614. 선조의 14왕자 중 막내이며 유일한 인목왕후의 소생이다)을 1613년 대북파의 강력한 요청에 따라 서인(庶人)으로 삼았고, 영창대군은 강화에 위리안치되었다가 이듬해 살해 당하였다. 1618년에는 이이첨(李爾瞻 : 1560~1623) 등의 폐모론에 따라 인목대비(仁穆大妃)를 서궁(西宮)에 유폐시켰다. 이러한 정치 행위는 서인들의 반발을 불러 일으켰고, 결국 서인 주도의 반정(反正)에 의해 폐위 당하였다. 비록 인조반정(仁祖反正)에 의해 폐위되었지만 1608년 선혜청(宣惠廳)을 두어 경기도에 대동법(大同法)을 실시하고, 1611년 양전(量田)을 실시하였으며, 임진왜란으로 폐허가 된 한성부의 질서를 회복하고 궁궐 조성공사에 힘을 다하여 창덕궁을 중건하고, 경덕궁(경희궁)·인경궁을 준공하는 등 많은 업적을 세우기도 하였다.

충사(사적 제155호) 등에 배향되었다.

   충무공 이름은 순신이요, 임진왜란(壬辰倭亂) 때에 통제사(統制使)로서 남해의 노량을 지키어 도적을 막아 왜적의 오는 배를 무찔러 격파한 것이 전후 무수하더니, 나중엔 왜적의 철환(鐵丸)에 맞아 이 땅에서 입절(立節)하니, 나라에 공이 극히 많고 절의(節義)가 이렇듯이 뛰어나 의젓하니, 나라 사람들이 이제까지 애탄스러이 생각하고 있다.

   조정(朝廷)에서 이 서원에 임금께서 이름을 지어주시고 봄과 가을마다 제사를 지내주시며 사적(事蹟)을 기록하여 큰 비를 세우시어 열성조(列聖朝)께서 절의를 숭상하셔서 상을 주고 격려하여 권장하오심이 이렇듯 극진하오신지라. 이런 곳을 보매 떳떳하게 타고난 마음이 있는 이들이 어찌 감동(感動)하지 아니하리오.

   그 비문은 우암(尤庵) 송시열(宋時烈)<sup>*</sup> 공이 지으시고 동춘당(同春當)

---

* ―송시열(宋時烈 : 1607~1689). 호는 우암(尤庵). 아버지는 사옹원봉사 갑조(甲祚)이고, 어머니는 선산곽씨(善山郭氏)이다. 효종의 즉위와 더불어 대거 정계에 진출해 산당(山黨)이라는 세력을 형성했던 송준길(宋浚吉)·이유태(李惟泰), 유계(兪棨), 김경여(金景餘), 윤선거(尹宣擧), 윤문거(尹文擧), 김익희(金益熙) 등과 함께 김장생(金長生), 김집(金集) 부자에게서 배웠다. 26세 때까지 외가인 충청도 옥천군 구룡촌에서 살다가 회덕(懷德)으로 옮겼다.
1633년(인조 11) 생원시에 장원급제하고 최명길(崔鳴吉)의 천거로 경릉참봉이 되면서 관직생활에 발을 내디뎠다. 1635년 봉림대군(鳳林大君 : 뒤의 효종)의 사부(師傅)가 되었다. 이듬해 병자호란이 일어나자 인조를 따라 남한산성에 들어갔으나, 1637년 화의가 성립되어 왕이 항복하고 소현세자와 봉림대군이 청나라에 인질로 잡혀가게 되자 낙향하여 10여년 간을 초야에 묻혀 학문에 몰두했다. 1649년 효종이 왕위에 올라 척화파와 산림(山林)들을 대거 기용하면서, 그도 장령에 등용되어 세자시강원진선을 거쳐 집의가 되었다. 이때 존주대의(尊周大義)와 복수설치(復讐雪恥)를 역설하는 글을 왕에게 올려 효종의 신임을 얻게 되었다. 그러나 청서파(淸西派 : 인조반정에 간여하지 않았던 서인세력)였던 그는 공서파(功西派 : 인조반정에 가담하여 공을 세운 서인세력)인 김자점(金自點)이 영의정에 임명되자 사직했다. 이듬해 김자점이 파직된 뒤 진선에 재임명되었다가, 김자점이 청의 연호를 쓰지 않은 장릉지문(長陵誌文)을 빌미로 조선의 북벌 움직임을 청에 밀고하여 효종이 청에게 추궁을 당하자 영의정 이경석 등과 함께 다시 물러났다. 그 뒤 충주목사·사헌부집의·동부승지 등에 임명되었으나 모두 사양하고 향리에 은거하면서 후진양성에만 전념했다. 1658년(효종 9) 다시 관직에 복귀하여 찬선을 거쳐 이조판서에 올라 효

송준길*, 곧 송문정공(宋文正公)이 글씨를 썼다고 하더라.

　내 이전에 우암집(尤庵集)을 보다가 이 비문을 보고 충무공 서적을 일컬어 매양 이르되,

---

종과 함께 북벌계획을 추진했다. 이듬해 효종이 급서한 후 자의대비(慈懿大妃)의 복상(服喪) 문제를 둘러싸고 제1차 예송(禮訟)이 일어나자 송시열은 기년복(朞年服 : 만 1년 동안 상복을 입는 것)을 주장하면서 3년복(만 2년 동안 상복을 입는 것)을 주장했던 남인의 윤휴(尹鑴)와 대립했다. 예송은 대명률(大明律, 경국대전)의 국제기년설(國制朞年說)에 따라 결국 1년복으로 결정되었지만 이 일은 예론을 둘러싼 학문적 논쟁이 정권을 둘러싼 당쟁으로 파급되는 계기가 되었다. 예송을 통해 남인을 제압한 송시열은 효종에 이어 현종이 즉위한 뒤에도 숭록대부에 특진되고 이조판서에 판의금부사를 겸임한 데 이어 좌참찬에 임명되어 효종의 능지(陵誌)를 짓는 등 현종의 신임을 받으면서 서인의 지도자로서 자리를 굳혀 나갔다. 그러나 이때 효종의 장지(葬地)를 잘못 옮겼다는 탄핵이 있자 벼슬을 버리고 회덕으로 돌아갔다. 그 뒤 여러 차례 조정의 부름을 받았음에도 불구하고 향리에 묻혀 지냈으나, 사림의 여론을 주도하면서 막후에서 커다란 정치적 영향력을 행사했다. 1668년(현종 9) 우의정에 올랐으나 좌의정 허적(許積)과의 불화로 곧 사직했다가 1671년 다시 우의정이 되었고 이어 허적의 후임으로 좌의정에 올랐다.

1674년 효종비 인선왕후(仁宣王后)가 죽자 다시 자의대비의 복상문제가 제기되어 제2차 예송이 일어났을 때 대공설(大功說 : 9개월 동안 상복을 입는 것)을 주장했으나 기년설을 내세운 남인에게 패배, 실각당했다. 이듬해 앞서의 1차 예송 때 예를 그르쳤다 하여 덕원으로 유배되었고, 이어 웅천, 장기, 거제, 청풍 등지로 옮겨다니며 귀양살이를 했다.

1680년(숙종 6년) 경신대출척으로 남인들이 실각하고 서인들이 재집권하자 유배에서 풀려나 그해 10월 영중추부사 겸 영경연사로 다시 등용되었다. 그 뒤 서인 내부에서 남인의 숙청문제를 둘러싸고 대립이 생겼을 때, 강경하게 남인을 제거할 것을 주장한 김석주(金錫胄), 김익훈(金益勳) 등을 지지했다. 이로써 서인은 1683년 윤증(尹拯) 등 소장파를 중심으로 한 소론과 송시열을 중심으로 한 노장파의 노론으로 분열되기에 이르렀다.

1689년 숙의 장씨가 낳은 아들(뒤의 경종)의 세자책봉이 시기상조라 하여 반대하는 상소를 올렸다가 숙종의 미움을 사 모든 관작을 삭탈 당하고 제주로 유배되었다.

그해 6월 국문(鞫問)을 받기 위해 서울로 압송되던 길에 정읍에서 사약을 받고 죽었다.

* ―동춘당 송준길(同春當 宋浚吉) : 1606~1672. 조선 후기의 문신·학자이다. 본관은 은진(恩津)이며, 자는 명보(明甫)요, 호는 동춘당(同春堂)이다. 영천군수(榮川郡守) 이창(爾昌)의 아들이다. 어려서부터 이이(李珥)를 사숙(私淑)하였고, 20세 때 김장생(金長生)의 문하생이 되었다.

1624년(인조 2) 진사가 된 뒤 학행으로 천거받아 1630년 세마(洗馬)에 제수된 이후 효종이 즉위할 때까지 내시교관(內侍敎官)·동몽교관(童蒙敎官), 시직(侍直), 대군사부, 예안현감, 형조좌랑, 지평, 한성부판관 등에 임명되었으나 대부분 관직에 나가지 않았고, 단지 1633년에만 잠깐 동몽교관직에 나갔다가 장인 정경세(鄭經世)의 죽음을 이유로 사퇴하였다.

1649년 김장생의 아들로 산당(山堂)의 우두머리인 김집(金集)이 이조판서로 기용되면서 송시열(宋時烈)과 함께 송준길도 발탁되어 부사직(副司直), 진선(進善), 장령 등을 거쳐 집의에 올랐고 통정대부로 품계가 올랐다. 이해에 인조말부터 권력을 장악한 김자점(金自點)·원두표(元斗杓) 등 반정공신 일파를 탄핵하여 몰락시켰으나, 김자점이 효종의 반청정책을 청나라에 밀고함으

"충무공이 임진(壬辰) 이전에는 벼슬이 극히 낮아 사람들이 이런 기절(氣節)과 장략(將略)이 있는 줄 몰랐더니 임진년에야 비로소 드러났다. 옛 사람들이 이른바, 평시에 벼슬로 나라에 쓰이지 못한 사람들이 어려운 때를 당하면 충절을 많이 세운다"고 한 말이 헛된 것이 아니었다 하였다.

다시 유의양의 귀양길 입날일로 들어가니, 내 점심할 동안에 서원에 올라 심원하고 가고자 하나 내 길이 죄명(罪名)으로 바삐 가는지라 (죄인이라는 자신의 신분을 생각하여 올라보지 못하였다) 올 때에 전주(全州)와 남원(南原)을 지나니, 전주의 건지산(乾止山)은 시조(始祖) 모(某)의 산소

로써 그도 벼슬에서 물러났다. 그 뒤 집의·이조참의 겸 찬선 등으로 여러 번 임명되었으나 계속 사퇴하였으며, 1658년(효종 9) 대사헌·이조참판 겸 제주를 거쳤다.
1659년 병조판서, 지중추원사(知中樞院事)·우참찬으로 송시열과 함께 국정에 참여하던 중 효종이 죽고 현종이 즉위, 자의대비(慈懿大妃)의 복상문제로 이른바 예송(禮訟)이 일어나자 송시열이 기년제(朞年祭 : 만 1)를 주장할 때 그를 지지하여 남인(南人)의 윤휴(尹鑴), 허목(許穆), 윤선도(尹善道) 등의 3년설과 논란을 거듭한 끝에 일단 기년제를 관철시켰다.
이해에 이조판서가 되었으나 곧 사퇴하였고, 이후 우참찬, 대사헌, 좌참찬 겸 제주·찬선 등에 여러 차례 임명되었으나 기년제의 잘못을 규탄하는 남인들의 거듭되는 상소로 계속 사퇴하였다. 단지 1665년(현종 6) 원자의 보양(輔養)에 대한 건의를 하여 첫 번째 보양관이 되었으나 이 역시 곧 사퇴하였다. 1673년 1월 영의정에 추증되었으나 1674년 효종의 왕비인 인선대비(仁宣大妃)가 죽자 또 한 차례 자의대비의 복상문제가 일어나게 되고, 이번에는 남인의 기년제설이 서인의 대공설(大功說 : 9개월)을 누르고 남인의 주장을 관철시킴으로써 남인이 정권을 장악, 1675년(숙종 1) 허적(許積)·윤휴·허목 등의 공격을 받아 관작을 삭탈당하였다. 이어 1680년 경신환국으로 서인이 재집권하면서 관작이 복구되었다. 송시열과 동종(同宗)이면서 학문경향을 같이 한 성리학자로 이이의 학설을 지지하였고, 특히 예학(禮學)에 밝아 일찍이 김장생이 예학의 종장(宗匠)이 될 것을 예언하기도 하였다. 문장과 글씨에도 능하였다.
1681년 숭현서원(崇賢書院)에 제향되고 문정(文正)이라는 시호를 받았다. 같은 해 김장생과 함께 문묘(文廟)에 종사(從祀)할 것이 건의된 이래 여러 차례의 상소가 있은 다음 1756년(영조 32) 문묘에 제향되었다. 충현서원(忠賢書院), 봉암서원(鳳巖書院), 돈암서원(遯巖書院), 용강서원(龍岡書院), 창주서원(滄洲書院), 흥암서원(興巖書院), 성천서원(星川書院) 등에도 제향되었다. 저서로는 《어록해》(語錄解)·《동춘당집》이 있으며, 글씨로는 부산의 충렬사비문(忠烈祠碑文), 남양의 윤계순절비문(尹啓殉節碑文)이 있다.

가 계시고 남원 황죽동(南原 黃竹洞)에는 선조(先祖)의 산소가 계셔서 길가에서 두 곳이 다 그리 멀지 아니하되, 바삐 가기에 들르지 못하고, 전주 한벽당에는 선세(先世) 어른들의 글 지으신 현판(懸板)이 많이 있으니 보는 사람들이 "유씨(柳氏) 사랑이나 다르지 아니하다"라고 일컫는 곳으로, 바로 길가이로되 내 오르지 아니하고 왔으니 이 서원이라도 오르는 것이 어떨까 싶어 아니 오르고 점심을 재촉하여 먹고 바삐 행하니 노량에서 읍내는 30리이더라.

읍내 가까이 바닷가에 큰 바위를 새겨 비석을 하였으니, 촌인들이 '마애비(磨崖碑)'라 말하더라.

자연바위에 글자나 그림을 새긴 비(碑)를 '마애비'라고 한다. 선소마을의 마애비는 장량상이란 장수가 새긴 것이다. 임진왜란과 정유재란이 끝나는 선조 31년(1598), 마지막 전투인 노량해전의 뒷이야기다.

대패한 일본군 패잔병 500여 명이 관음포에서 함선을 버리고 육지로 기어 올라와 일본군이 주둔하고 있던 남해읍 선소리 왜성으로 갔다. 잔여병이 있는 줄 알고 간 것이다. 그러나 이곳에 잔여병이 없자 민가에 있는 선박을 빼앗아 타고 일본으로 도주한다.

명나라 군사는 왜성에 왜군 패잔병이 있는 줄 알고 찾아와 보니 아무도 없자 전투가 끝났다고 스스로 인정하고 해안가에 있는 자연석에 글을 새겨 두게 된다. 이곳은 동쪽을 정벌하고 자연석에 글을 새겼다고 해서 '동정마애비(東征磨崖碑)'인 것이다.

선조 32년(1599)에 명나라 유격대장 장량상이 조선에 원정을 와서 전쟁을 성공리에 마칠 수 있었다는 내용의 암각문이 새겨져 있다.

선소마을 선착장에서 뒷산 우측 해변에 있다. 마애비의 사각 테두리는 당초문(덩굴풀이 뻗어 나가는 꼴을 그린 무늬)으로 장식을 하여 매우 장엄함을 느끼게 한다.

　명나라 이여송과 진린이 왜군을 무찔렀다는 전승 내용이 많아 일제 때 조선총독부가 작성한 '파괴 대상 왜구 격파 기념비' 목록에 들어 있었다. 그 터는 임진왜란 때에 대명황제(大明皇帝)가 나라를 위하여 사마(司馬), 형공(邢公)과 도독 진공(陳公)에게 군사를 많이 거느려 보내어 이 바다에 와서 왜적과의 싸움에서 많이 이기어 왜적을 파한 곳이라고 승전한 사적을 기록한 것인지라 글씨가 대명(大明)적 고적(古蹟)이 완연하니, 아동(我東) 사람이 대명 은혜를 어느 때 잊으리오. 내 글 한 수를 지으니 시에 가로되, 후송 유의양이 남해 적소에 들며 노량해협 바닷가에서 그는 충무공을 사모하는 시를 지은 것이다.

엄한 길 일천리에
고적을 노량가에 찾아보는지라
이무기의 머리는 하늘 군사의 승전비요
거북의 형상은 통제사의 함선이라
춘추를 읽을 땅이 없었으니
충효는 자손이 있어 전하였도다
귀양가는 과객의 마음이 오히려 장하니
보검편을 높이 읊도다

嚴程一千里(엄정일천리)
訪古露梁邊(방고노량변)
螭首天兵碣(이수천병갈)
龜形統制船(구형통제선)

春秋無地讀(춘추무지독)

忠孝有孫傳(충효유손전)

竄客心猶壯(찬객심유장)

高吟寶劍篇(고음보검편)


　충무공은 왜적을 무찔러 나라를 건지고, 선조 31년(1598) 11월 19일 이른 아침 최후로 왜적선단을 완전히 격파하여 구국제민(救國濟民)하고 이 노량 바다에서 순국한 이후 35년 뒤인 인조 11년(1633) 초사(草舍)와 비를 세워 지제 추모하였고, 효종 9년(1658) 어사 민정중이 통제사 정익에게 사당을 신축케 하여 건립하고, 현종* 3년(1662)에는 충렬사라는 사액(賜額)을 받았다.

　이 사당은 현종 2년(1661)과 광무 3년(1899)에 중수하였는데 통제영 충렬사기는, 노량에 있는 충무공 이순신 장군의 사당이 이미 새로워

---

*－현종(顯宗 : 1641~1674) : 조선시대 제18대 왕. 자는 경직(景直), 휘(諱)는 연(棩), 효종의 아들이다. 어머니는 우의정 장유(張維)의 딸 인선왕후(仁宣王后)이고, 비는 돈령부영사 김우명(金佑明)의 딸 명성왕후(明聖王后)이다. 병자호란 후 아버지 봉림대군(鳳林大君 : 孝宗)이 볼모로 가 있던 선양[瀋陽]에서 출생하였다. 1644년(인조 22) 귀국하여 1649년 왕세손(王世孫)에 책봉되고, 그해 효종이 즉위하자 왕세자가 되었다.
1659년(효종 10) 즉위 뒤 효종의 상례(喪禮)로 인조의 계비(繼妃)인 자의대비(慈懿大妃)의 복상문제(服喪問題)가 일어나자, 남인이 주장하는 3년설을 물리치고 서인의 기년설(朞年說 : 1년설)을 채택함으로써 서인이 집권하게 하였다. 그러나 남인인 허적(許積)을 영의정에 유임시킴으로써 남인 재기의 바탕이 마련되던 중, 1674년(현종 15) 어머니 인선왕후가 죽자 다시 자의대비의 복상문제가 일어나, 이번에는 남인의 기년제를 채택하여 대공설(大功說 : 9개월설)을 주장한 서인은 실각하고 남인 정권이 수립되었다. 이에 서인이 온갖 방법으로 재기를 꾀함으로써, 그의 재위 중에 남인과 서인의 당쟁이 계속되어 국력이 쇠퇴해졌으며, 게다가 질병과 기근이 계속되었다. 함경도 산악지대에 장진별장(長津別將)을 두어 개척을 시도, 1660년(현종 1) 두만강 일대에 출몰하는 여진족을 북쪽으로 몰아내고 북변의 여러 관청을 승격시켰으며, 1662년 호남의 산군(山郡)에도 대동법(大同法)을 실시, 다음해 경기도에 양전(量田)을 실시하였다.
1668년 김좌명(金佐明)에게 명하여 동철활자(銅鐵活字) 10만여 자를 주조시켰고, 다음해 송시열(宋時烈)의 건의로 동성통혼(同姓通婚)을 금하고, 병비(兵備)에 유의하여 어영병제(御營兵制)에 의한 훈련별대(訓鍊別隊)를 창설하였다. 능은 경기도 구리시의 동구릉(東九陵)이다.

졌으니 효종대왕께서 충무공의 희생에 관계된 글을 가져오게 하셔서 기쁜 마음으로 밤늦게까지 읽어 주시었고, 금상(현종)께서는 4년(1663 계묘)에 그 사당에 현액을 충렬(忠烈)이라고 내려주시었다.

이보다 먼저 통제영 서쪽가에 역시 사당이 있어서 충무공의 신께 제물을 바쳐 보답하였다. 대체로 이 사당이 지어진 것은 선조대왕께서 이 충무공을 위하여 처음 지으신 것이다. 예관에 현액을 가지고 내려온다는 소식을 들은 지금의 통제사 김시성(金是聲 : ?~1676)과 그 막좌 유하(柳遐)와 이형백(李馨白) 등이 말씀을 여쭈어 아뢰기를, "모두 이충무공의 사당이니, 저희들의 뜻은 조정으로 하여금 그곳에도 아울러 영예로운 이름을 내려주시옵기 바랍니다" 하였다.

마침내 문설주에 꾸미기를 더할 수 있는 현판이 내려지기를 기다려 왔었으나, 이미 기다림대로 되지는 아니하였으므로 서로가 일제히 자문을 끊임없이 올렸다.


그 해 10월에 사간 민유중*이 임금님의 경연석(經筵席)에서 영의정 정태화(鄭太和 : 1602~1673)와 예조판서 홍명하(洪命夏)와 협찬하여 임금님께 여쭈었더니, 임금께서 말씀하기를,

"그 노량에 사액을 하였으면, 그 사당에도 사액을 하겠노라" 하셨다. 이에 참찬(參贊) 송준길(宋俊吉 : 1606~1672)이 씩씩한 글씨로 써서 마치 밝은 햇빛같이 하여 이형백(李馨白)에게 주어 조각하여 걸게 하

---

* -민유중(閔維重 : 1630~1687). 숙종의 장인. 본관 여흥(驪興)이요, 자는 지숙(持叔)이고, 호는 둔촌(屯村)이다. 시호 문정(文貞). 인현왕후(仁顯王后)의 아버지. 1650년(효종 1) 증광문과에 급제, 예문관을 거쳐 1674년(숙종 즉위) 호조판서가 되었다. 이 때 자의대비(慈懿大妃) 복상문제가 일어나자 대공설(大功說)을 지지하였다. 1681년(숙종 7) 딸이 숙종의 계비가 되자 여양부원군(驪陽府院君)이 되었다. 노론(老論)에 속했으며, 경서(經書)에 밝아 사림간에 명망이 높았다.

였다. 대체로 민사간(閔司諫)이 참찬공 송준길의 사위로 지극히 가난하게 살아서 동춘과 함께 아름답게 일컬어졌다. 숙종대왕께서도 효종과 현종이 하시던 대로 공의 충성심을 그려 주셨으니, 역시 장하고도 성한 일이었다. 나는 이미 노량의 바다에 세운 비문에서 충무공의 일에 관하여 간략하나마 사실대로 갖추어 기록하였다. 이에 다시 언급하지 아니하고, 다만 현액(懸額)하게 된 전말만을 이처럼 밝혀 둔다.

이달 상한 은진(恩津) 송시열(宋時烈) 쓰다.


그는 내가 이전에 우암집(尤庵集)을 보다가 이 소문을 보고, 충무공 사적을 일컬어 매양 말하여 오기를, 그 비음기(碑陰記)를 보면 현종 2년(1661) 입추 일에 쓴 송시열의 글이 있다.

선조대왕께서는 위로 하느님의 도움과 아래로 공의(公義)를 의지하여 중흥의 위업을 쌓으시고 오늘에 빛내 떨치셨다. 옛날 진원(晉元)과 송고(宋高)와는 견주어 말할 것이 못된다.

이충무공께서 몰하시니 선조 임금께서는 문충(文忠) 이공(李公, 이항복 : 1556~1618)에게 사당을 짓도록 명령하였다. 이공이 글을 지어 글이 다 되니, 광해군 6년(1614) 갑인해에 지금의 통제사 민섬(閔暹)이 돌에 글을 새겨 이수(螭首)와 귀부(龜趺)를 갖추었다.

광해군 6년부터 금년은 숙종 10년(1684, 갑자)에 이르기까지 1주갑이 넘는데, 여기에 또 7년이 되었다.

그 동안에 통제사가 몇이나 바뀌었는가? 이에 금년에 그 일을 마치매, 비록 일이 늦게 이루어지거나 빨리 이루어지거나는 운수에 매인 것이니, 혹 잘못이 있더라도 정의를 숭상하지 아니하면 궁지에 모인 새인들 이처럼 숭상할 수 있겠는가?

조심스레 생각하여 보건대, 진과 원과 송고는 조술이 될 수 없거니와, 예주(豫州)의 악비(岳飛)는 비록 천고의 한이 되기는 하나, 우리 선조대왕께서는 공의 전사로서 더 훌륭하다고 칭송하셨다. 이보다 당연한 일은 없었다. 그러나 또한 문충공 이항복(李恒福 : 1556~1618, 권률의 사위)이 없었다면, 그 누가 능히 공의 업적을 이처럼 발양할 수 있었겠는가? 민유중도 또한 그 무리에 넣어 칭송할 수 있을 것이다, 하였다.

여기서 이항복에 대하여 자세히 알아보면, 그는 조선 중기의 문신으로 본관은 경주(慶州), 자는 자상(子常), 호는 필운(弼雲) 또는 백사(白沙)이다. 고려의 대학자 이제현(李齊賢)의 후손으로 참찬 몽량(夢亮)의 아들이다.

오성부원군(鰲城府院君)에 봉군되었기 때문에 이항복이나 백사보다는 오성대감으로 널리 알려졌고, 특히 죽마고우인 이덕형(李德馨)과의 기지와 작희(作戲)에 얽힌 허다한 이야기로 더욱 잘 알려진 인물이다. 9세 때 아버지를 여의고 어머니 슬하에서 자랐는데 소년시절에는 부랑배의 우두머리로서 헛되이 세월을 보냈으나 어머니의 교훈에 영향을 받고 학업에 열중하였다.

1571년(선조 4)에 어머니를 여의고, 삼년상을 마친 뒤 성균관에 들어가 학문에 힘써 명성이 높았다. 영의정 권철(權轍)의 아들인 권율(權慄)의 사위가 되었다. 1575년에 진사초시에 오르고 1580년 알성문과에 병과로 급제하여 승문원부정자가 되었다.

이듬해에 예문관검열이 되었을 때 마침 선조의 《강목(綱目)》 강연(講筵)이 있었는데, 고문을 천거하라는 왕명에 따라 이이(李珥)에 의하여 이덕형 등과 함께 5명이 천거되어 한림에 오르고, 내장고(內藏庫)의

《강목》 한질씩을 하사받고 옥당에 들어갔으며, 1583년에 사가독서의 은전을 입었다.

그 뒤 옥당의 정자·저작·박사, 예문관봉교·성균관전적과 사간원의 정언 겸 지제교·수찬·이조좌랑 등을 역임하였다. 1589년에 예조정랑으로 있을 때 역모사건이 발생하였는데 문사낭청(問事郎廳)으로 친국에 참여하여 선조의 두터운 신임을 받았다. 신료 사이에 비난이나 분쟁이 있을 때 삼사에 출입하여 이를 중재하고 시비를 공평히 판단, 무마하였기 때문에 그의 덕을 입은 사람도 많았다.

대사간 이발(李潑)이 파당을 만들려 함을 공박하였다가 비난을 받고 세 차례나 사직하려 하였으나 선조가 허락하지 않고 특명으로 옥당에 머물게 한 적도 있었다. 그 뒤 응교·검상·사인·전한·직제학·우승지를 거쳐 1590년에 호조참의가 되었고, 정여립(鄭汝立)의 모반사건을 처리한 공로로 평난공신(平難功臣) 3등에 녹훈되었다.

그 이듬해 정철(鄭澈)의 논죄가 있었는데, 모든 사람들이 자신에게 화가 미칠 것이 두려워 정철을 찾는 사람이 없었으나, 그는 좌승지의 신분으로 날마다 그를 찾아가 담화를 계속하여 정철사건의 처리를 태만히 하였다는 공격을 받고 파직되기도 하였으나 곧 복직되고 도승지에 발탁되었다. 이때 대간의 공격이 심했으나 대사헌 이원익(李元翼)의 적극적인 비호로 진정되었다.

1592년 임진왜란이 일어나자 왕비를 개성까지 무사히 호위하고, 또 왕자를 평양으로, 선조를 의주까지 호종하였다. 그동안 그는 이조참판으로 오성군에 봉해졌고, 이어 형조판서로 오위도총부도총관을 겸하였으며 곧이어 대사헌 겸 홍문관제학·지경연사·지춘추관사·동지성균관사·세자좌부빈객·병조판서 겸 주사대장(舟師大將)·이조판서 겸 홍문관대제학·예문관대제학·지의금부사 등을 거쳐 의정부우참찬에 승진되었다.

이동안, 이덕형과 함께 명나라에 원병을 청할 것을 건의하기도 하였고 남도지방에 사신을 보내 근왕병을 일으켜야 한다고 하여 윤승훈(尹承勳)을 해로로 호남지방에 보내어 근왕병을 일으키게 하였다. 선조가 의주에 머무르면서 명나라에 구원병을 요청하였는데 명나라에서는 조선이 왜병을 끌어들여 명나라를 침공하려 한다며 병부상서 석성(石星)이 황응양(黃應暘)을 조사차 보냈는데, 그가 일본이 보내온 문서를 내보여 의혹이 풀려 마침내 구원병의 파견을 보았다.

그리하여 만주 주둔군 조승훈(祖承訓)·사유(史儒)의 3천병력이 파견되어 왔으나 패전하자 그는 중국에 사신을 보내어 대병력으로 구원해 줄 것을 청하자고 건의하였다. 그리하여 이여송(李如松)의 대병력이 들어와 평양을 탈환하고, 이어 서울을 탈환, 환도하게 되었다. 다음해에 세자를 남쪽에 보내 분조(分朝)를 설치하고 경상도와 전라도의 군무를 맡아보게 하였는데 그는 대사마(大司馬)로서 세자를 받들어 보필하였다.

1594년 봄에 전라도에서 송유진(宋儒眞)의 반란이 일어나자 여러 관료들이 세자와 함께 환도를 주장하였으나 그는 반란군 진압에 도움이 되지 못한다고 상소하여 이를 중단시키고 반란을 곧 진압시켰다. 그는 병조판서, 이조판서, 홍문관과 예문관의 대제학을 겸하는 등 여러 요직을 거치며 안으로는 국사에 힘쓰고 밖으로는 명나라 사절의 접대를 전담하였다. 명나라 사신 양방형(楊邦亨)과 양호(楊鎬) 등도 존경하고 어려운 일이 있을 때마다 찾았던 능란한 외교가이기도 하였다.

1598년에 우의정 겸 영경연사, 감춘추관사(監春秋館事)에 올랐는데,

이때 명나라 사신 정응태(丁應泰)가 같은 사신인 경략(經略) 양호를 무고한 사건이 발생하자 그는 우의정으로 진주변무사(陳奏辨誣使)가 되어 부사(副使) 이정구(李廷龜)와 함께 명나라에 들어가 소임을 마치고 돌아와 토지와 재물 등 많은 상을 받았다.

그 뒤 문홍도(文弘道)가 휴전을 주장했다고 하여 유성룡(柳成龍)을 탄핵하자 그도 함께 휴전에 동조하였다 하여 자진하여 사의를 표명하고 병을 구실로 나오지 않았다. 그러나 조정에서 그를 도원수 겸 체찰사에 임명하자, 남도 각지를 돌며 민심을 선무, 수습하고 안민방해책(安民防海策) 16조를 지어 올리기도 하였다.

1600년에 영의정 겸 영경연, 홍문관·예문관·춘추관사, 세자사(世子師)에 임명되고 다음해에 호종1등공신(扈從一等功臣)에 녹훈되었다.

1602년 정인홍(鄭仁弘)·문경호(文景虎) 등이 최영경(崔永慶)을 모함, 살해하려 했다는 장본인이 성혼(成渾)이라고 발설하자 삼사에서는 성혼을 공격하였는데, 그는 성혼을 비호하고 나섰다가 정철의 편당으로 몰려 영의정에서 자진 사퇴하였다.

1608년에 다시 좌의정 겸 도체찰사에 제수되었으나 이해에 선조가 죽고 광해군이 즉위하여 북인이 정권을 잡게 되었다. 그는 광해군의 친형인 임해군(臨海君)의 살해음모를 반대하다가 정인홍 일당의 공격을 받고 사의를 표했으나 수리되지 않았다. 그뒤 정인홍이 이언적(李彦迪)과 이황(李滉)의 문묘배향을 반대한 바 있어 성균관 유생들이 들고 일어나 정인홍의 처벌을 요구했다가 도리어 유생들이 구금되는 사태가 벌어져 권당(捲堂 : 동맹휴학)이 일어났는데 그의 주장으로 겨우 광해군을 설득, 무마하여 해결하기도 하였다.

이로 인하여 그는 정인홍 일당의 원한과 공격을 더욱 받게 되었으

며, 곧이어 북인세력에 의하여 자행된 선조의 장인 김제남(金悌男) 일
가의 멸문지환, 선조의 적자 영창대군(永昌大君)의 살해 등 북인파당의
흉계가 속출하였고, 그의 항쟁 또한 극렬하여 북인파당의 원망의 표
적이 되어 왔다.

그리하여 1613년(광해군 5)에 인재천거를 잘못하였다는 구실로 이
들의 공격을 받고 물러나와 별장 동강정사(東岡精舍)를 새로 짓고 동강
노인(東岡老人)으로 자칭하면서 지냈는데, 이때 광해군은 정인홍 일파
의 격렬한 파직처벌의 요구를 누르고 좌의정에서 중추부로 자리만을
옮기게 하였다.

1617년에 인목대비 김씨(仁穆大妃金氏)가 서궁(西宮)에 유폐되고, 이
어 왕비에서 폐위하여 평민으로 만들자는 주장에 맞서 싸우다가 1618
년에 관작이 삭탈되고 함경도 북청으로 유배되어 그곳 적소에서 세상
을 떠났다. 죽은 해에 관작이 회복되고 이해 8월에 고향 포천에 예장
되었다.

그 뒤 포천과 북청에 사당을 세워 제향하였을 뿐만 아니라 1659년
(효종 10)에는 화산서원(花山書院)이라는 사액(賜額)이 내려졌으며,
1746년(영조 22)에는 승지 이종적(李宗迪)을 보내 영당(影堂)에 제사를
올리고 후손을 관에 등용하게 하는 은전이 있었으며, 1832년(순조 32)
에는 임진왜란 발발 네번째 회갑을 맞아 제향이 베풀어졌다. 1838년
(헌종 4)에는 우의정 이지연(李止淵)의 요청으로 봉사손(奉祀孫)의 관
등용이 결정되기도 하였다.

이정구는 그를 평하기를 "그가 관작에 있기 40년, 누구 한 사람 당
색에 물들지 않은 사람이 없을 정도였지만 오직 그만은 초연히 중립
을 지켜 공평히 처세하였기 때문에 아무도 그에게서 당색이란 찾아볼

수 없을 것이며, 또한 그의 문장은 이러한 기품에서 이루어졌으니 뛰어날 수밖에 없지 않겠는가!"라고 하여 완전에 가까운 그의 기품과 인격을 칭송하기도 하였다.

저술로는 1622년에 간행된《사례훈몽(四禮訓蒙)》1권과《주소계의(奏疏啓議)》각 2권,《노사영언(魯史零言)》15권과 시문 등이 있으며, 이순신(李舜臣)충렬묘비문을 찬하기도 하였다. 시호는 문충(文忠)이다.

# 읍성에 들어서다

읍내에 들어오니 작은 성이 있었다.

문 북으로 들어가 관문을 지나 성 남문으로 나가니, 관가의 하인 하나가 와서 "주인댁을 잡았으니, 가시지요" 하고, 기다리거늘,

말을 몰아서 바삐 가자 주인의 아이 자식 놈이 마주 나와 폭려(暴戾)한 소리를 하고 집을 막기를 심히 하니,

해도(海島) 인심이 극악한 줄 알았던 것이었으나 소견에 극히 이상스러워 놀랍고,

우겨서 들어가려 하면, 괴이한 행동거지가 있을 듯 싶기에 그 아이를 꾸짖지도 아니하고, 내 종을 단단히 일러 경계를 하여,

"아이의 말을 들은 체 말라!" 하고,

말머리를 돌려 남문 밖으로 도로 와 가게에 앉아 관가 하인을 불러 이르되,

"내 귀양으로 이리 왔으니, 보수(保授) 주인을 관가에서 정하여 맡기

는 것이 원칙이니 주인을 정하여 달라" 하고 남문 밖 백성 김 시위의 집을 정하여 주거늘 그리 가니,

　김 시위는 잡소리를 아니하고, 좋게 대접하였다.

　내가 가게에 앉아 있을 때에 참판(參判) 정광충*(鄭光忠 : 1703~ ?)이 급히 와서 보고, 이전에 서로 못 본 사연을 말하고, 자기는 관리로서 지위에 있는 일이 다하여 원배 왔거니와,

　"새로 오는 이는 무슨 연고이십니까?"

　라며 묻고, 자기가 머물기는 북문 밖이니, 날더러

　"북문 밖으로 옮아 와 이웃하여 지냅시다."

하거늘, 내가 대답하기를,

　"내 수찬(修撰)을 하여 한 번 나라에 상소도 못하고 즉시 나오지 못할 까닭이 있었더니, 관리로서의 지위에 있는 일이 다하여 이 땅으로

---

＊－정광충(鄭光忠 : 1703~ ?) 숙종 29년(1703)에 태어났고 본관은 온양(溫陽)이다. 직장(直長) 벼슬로 관직생활을 하던 중 영조 21년(1745)에 별시 문과에 급제하여 관직생활을 계속하였다. 영조 31년(1755)에 이하징(李夏徵)을 논척한 공로로 영조가 광진이라는 본래의 이름을 광충(光忠)이라 고쳐 하사하여 개명하였다.
영조실록에 "사신은 말한다. 정광진은 행실이 매우 거칠고 또 그의 지론(持論)도 시기에 따라 고개를 숙이기도 하고 쳐들기도 하는데 지나지 아니하다"라고 혹평하기도 하였다.
유의양과 유언호 그리고 정광충이 남해에서 같이 유배생활을 할 때, 유의양은 적소에 머무르지 않고 백성들의 생활을 엿보면서 서민들과 대화를 가져 백성의 삶이 어렵다는 것을 알고 기록하였다. 틈틈이 유언호와 대담한 것으로 나타났고 정광충과는 거리가 멀었다. 유언호와 정광충은 언제 유배에서 풀려났는지 알 수 없으나 유배 다음해에 대사헌 관직에 임명된 것을 보아 1년 가까운 유배 생활을 한 것 같다.
다음 기록은 영조실록에 나타나는 문헌기록이다.
영조 47년(1771) 2월 14일. 특별히 정광충(鄭光忠)을 남해(南海)에 정배(定配)하고, 박취원(朴取源)은 기장(機張)에 정배시켰는데, 모두 패초(牌招, 왕명으로 신하를 부르던 일)를 어겼기 때문이었다. 영조 47년(1771) 8월 13일. 전 대사헌 정광충(鄭光忠)을 원찬(遠竄)하라는 명을 특별히 정침(停寢)하고 사판(仕版)에서 간삭(刊削)하는 전형을 시행하게 하였다. 연신(筵臣)이 정광충은 남해(南海)의 적소(謫所)에서 용서받아 돌아온 지 얼마 안 된다고 우러러 아뢰었기 때문에, 임금이 가엾게 여겨 이런 명이 있게 된 것이었다. 영조 48년(1772) 8월 11일. 신익빈(申益彬)을 승지로, 정광충(鄭光忠)을 대사헌으로, 이득배(李得培)를 대사간으로 삼았다.

귀양 보내는 왕명이 있어 이리 왔습니다”하고,

“머무는 곳은 관가에 이미 정하여 주었으니, 어찌 친구와 상종(相從)하기 위하여 고치오리까?”

하니, 정참판이 대답하기를,

“성남(城南) 성북(城北)이 심히 멀지 아니하니 서로 상종이나 자주 하십시다!”하고 갔다.

원(員)이 나와 보고, 저녁밥을 하여 보내었거늘 사양하지 못하여 먹고 관가에서,

“통인(通引 : 심부름하던 관리)과 사령(使令)과 하인(下人) 식모(食母)를 보내려 합니다”하고,

“이전의 다른 적객(謫客)들도 이 하인들을 빌어 부리더나이다.”

하거늘, 내 생각하니, 옛적의 선배 어른들이 적소(謫所)에서 이런 하인들을 부린 일이 있으니, 나도 못할 일이 아니로되, 내 종놈 한 명이 있으니,

우리 계구(季舅) 한공(韓公 : 한억증)이 “옥당(홍문관 별칭)으로서 안주(安州 : 평안남도 안주군)로 귀양 가셨을 때에 관가 하인을 빌어 부리지 아니하였다” 하시던 것이매 나도 사양하고 부리지 아니하니, 혹 답답한 적도 있었다.

# 남해에서 제일 먼저 만난 사람

후송 유의양이 남해도에 유배되어 제일 먼저 만난, 아는 사람이 있었다. 그는 정광충이었고, 후송 유의양보다 남해에 먼저 유배되어 귀양살이를 하고 있는 죄인이었다. 그는 유의양을 찾아와서 자기와 이웃하여 지내자는 제의를 하나, 유의양은 일언지하에 거절하여 보냈다. 유의양은 정광충과 친하고 싶지 않은 사람으로 그가 머물고 있는 이웃에 옮겨와서 같이 지내자고 제의하였으나 유의양은 법질서를 지키기 위하여 친구 곁으로 갈 수 없다는 뜻으로 점잖게 거절하였다.

정광충과는 가까이 하는 것을 피하여 그의 호의를 수용하지 아니하였다. 정광충(1703~ ? )의 본명은 광진(光震)이다. 본관은 온양(溫陽)이며, 생부는 수륜(壽倫)이고, 양부는 수곤(壽崑)이다.

그의 증조부 정두경(鄭斗卿 : 1597~1673)은 자는 군평(君平)이요, 호는 동명(東溟)이다. 이항복(李恒福)의 문인으로, 1629년(인조 7) 별시문과에 장원하여 부수찬, 정언, 직강(直講) 등을 지내고, 1636년 병자호란 때 '어적십난(禦敵十難)'을 상소하였으나 뜻을 이루지 못하였다. 1669년(현종 10) 용문관제학에서 예조참판, 공조참판 겸 승문원제조 등에 임명되었으나 노환으로 나가지 못했다.

1650년 효종* 1년 교리로서 그는 시문과 서예에 뛰어났고, 풍시 20

---

*—효종(孝宗 : 1619~1659) : 조선 제17대 왕. 본관은 전주(全州). 이름은 호(淏). 자는 정연(靜淵)이요, 호는 죽오(竹梧)이다. 인조의 둘째아들로 어머니는 인열왕후(仁烈王后)이며, 비는 우의정 장유(張維)의 딸 인선왕후(仁宣王后)이다. 1619년 5월 22일 서울 경행방(慶幸坊) 향교동(鄕校洞)에서 태어났고, 1631년 12세에 장씨와 혼인하였으며, 1626년(인조 4) 봉림대군(鳳林大君)에 봉하여졌다. 1636년 병자호란이 일어나자 인조의 명으로 아우 인평대군(麟坪大君)과 함께 비빈·종실 및 남녀 양반 들을 이끌고 강화도로 피난하였으나 이듬해 강화가 성립되자, 형 소현세자(昭顯世子) 및 척화신(斥和臣) 등과 함께 청나라에 볼모로 갔다. 청나라에 머무르는 동안 형과 같이 지내면서 형을 적극 보호하였다. 즉, 청나라가 산해관(山海關)을 공격할 때 세자의 동행을 강요하자 이를 극력 반대하고 자기를 대신 가게 해달라고 고집하여 동행을 막았으며, 그뒤 서역(西域) 등을 공격할 때 세자와 동행하여 그를 보호하였다. 청나라에서 많은 고생을 겪다가 8년 만인 1645년 2월에 소현세자가 먼저 돌아왔고, 그는 그대로 청나라에 머무르고 있다가 그해 4월 세자가 갑자기 죽자 5월에 돌아와서 9월 27일에 세자로 책봉되었다.
1649년 인조가 죽자 창덕궁 인정문(仁政門)에서 즉위하였다. 효종은 오랫동안 청나라에 머무르면서 자기의 뜻과는 관계없이 서쪽으로는 몽고, 남쪽으로는 산하이관, 금주위 송산보(錦州衛松山堡)까지 나아가 명나라가 패망하는 것을 직접 경험하였고, 동쪽으로는 철령위(鐵嶺衛)·개원위(開元衛) 등으로 끌려다니면서 갖은 고생을 하였기 때문에 청나라에 원한을 품은 데다가 조정의 배청(排淸) 분위기와 함께 북벌계획을 강력히 추진하기 시작하였다. 그리하여 청나라와 연결된 김자점(金自點) 등의 친청파(親淸派)를 파직시키고 김상헌(金尙憲)·김집(金集)·송시열(宋時烈)·송준길(宋浚吉) 등 대청(對淸) 강경파를 중용하여 은밀히 북벌계획을 수립하였다.
그러나 김자점 일파와 반역적 역관배(譯官輩)인 정명수(鄭命壽)·이형장(李馨長) 등이 청나라와 은밀히 연결되어 있어 이들의 밀고로 청나라에 알려졌다. 그 결과 즉위초에는 왜정(倭情)이 염려된다는 이유로 남방지역에만 소극적인 군비를 펼 뿐 적극적인 군사계획을 펼 수 없었다.
그러나 조선에 대하여 강경책을 펴던 청나라의 섭정왕 도르곤(多爾袞)이 죽자 청나라의 조선에 대한 태도도 크게 달라지기 시작하였다. 이 기회를 이용하여 1651년(효종 2) 12월 이른바 조귀인(趙貴人 : 인조의 후궁)의 옥사를 계기로 김자점 등의 친청파에 대한 대대적인 숙청을 단행하고, 청나라에 있던 역관배들도 실세(失勢)함으로써 이듬해부터 이완(李浣)·유혁연(柳赫然)·원두표(元斗杓) 등의 무장을 중용하여 북벌을 위한 군비확충을 본격화하였다.
즉, 1652년 북벌의 선봉부대인 어영청을 대폭 개편, 강화하고, 금군(禁軍)을 기병화하는 동시에 1655년에는 모든 금군을 내삼청(內三廳)에 통합하고 600여 명의 군액을 1,000명으로 증액하여 왕권강화에 노력하였다. 또한, 남한산성을 근거지로 하는 수어청을 재강화하여 서울 외곽의 방비를 튼튼히 하였다. 중앙군인 어영군을 2만, 훈련도감군을 1만으로 증액하고자 하였으나 재정이 이에 따르지 못하여 실패하였다. 한편, 1654년 3월에는 지방군의 핵심인 속오군(束伍軍)의 훈련을 강화하기 위하여 인조 때 설치되었다가 유명무실화된 영장제도(營將制度)를 강화하는 동시에 1656년에는 남방지대 속오군에 보인(保人)을 지급하여 훈련에 전념하도록 하였다.

편을 찬진하여 왕으로부터 호피를 하사받기도 했으며 대제학에 추증되었다. 문집에는《동명집》이 있다.

　정광충은 직장(直長) 벼슬살이를 하면서 영조 21년(1745)에 을축 별시문과에 급제하여 벼슬이 형조참판을 거쳐 대사헌(大司憲)에 이르렀다. 영조대왕 31년(1755) 3월 2일에 정광진을 광충이라는 이름으로 내려 주시고 병조참지에 승진시켰으므로 그 후부터 광충으로 불려졌다.

서울 외곽의 방위를 대폭 강화하기 위하여 원두표를 강화도, 이후원(李厚源)을 안홍, 이시방(李時昉)을 남한산성, 홍명하(洪命夏)를 자연도(紫燕島: 경기도 부천시)로 보내어 성지(城池)를 수보하고 군량을 저장하여 강화도 일대의 수비를 강화하였다. 나선정벌 이후에는 남방은 물론 북방지대에도 나선정벌을 핑계로 산성 등을 수선하는 등 군비의 확충을 적극화하였다.

또한, 표류해 온 네덜란드인 하멜(Hamel, H.) 등을 훈련도감에 수용하여 조총ㆍ화포 등의 신무기를 개량, 수보하고 이에 필요한 화약을 얻기 위하여 염초(焰硝)생산에 극력하였다. 뿐만 아니라 부단히 직접 관무재(觀武才) 등에 참가하여 군사훈련 강화에 노력하였다.

1655년 8월에는 능마아청(能麽兒廳)을 설치하여 무장들로 하여금 강습권과(講習勸課)하도록 하였으며, 이듬해 정월에는 금군의 군복을 협수단의(夾袖短衣)로 바꾸어 행동에 편리하게 하는 등 집념 어린 군비확충에 노력하였으나 재정이 이에 따르지 못하여 때로는 부작용이 일어나기도 하였다. 이와 같은 효종의 군비확충에도 불구하고 청나라는 국세가 이미 확고하여져 북벌의 기회를 포착하지 못하였다. 다만, 군비확충의 성과는 두 차례에 걸친 나선정벌에서만 나타났다. 한편, 효종은 두 차례에 걸친 외침으로 말미암아 흐트러진 경제질서 확립을 위하여 많은 노력을 기울였다. 김육(金堉) 등의 건의를 받아들여 1652년에는 충청도, 1657년에는 전라도 연해안 각 고을에 대동법(大同法)을 실시하여 성과를 거두었고, 전세(田稅)를 1결(結)당 4두(斗)로 고정화하여 백성들의 부담을 덜어주었다. 그리고 군비확충에 필요한 동철(銅鐵)의 수요를 충족하기 위하여 행전(行錢)의 유통에 반대하는 태도를 취하기도 하였으나 김육의 강력한 주장으로 상평통보(常平通寶)를 주조, 유통시키는 데 노력하였다. 한편, 문화면에 있어서도 1653년 일상생활과 가장 밀접한 관계가 있는 역법(曆法)을 개정하여 태음력의 옛법에 태양력의 원리를 결합시켜 24절기의 시각과 1일간의 시간을 계산하여 제작한 시헌력(時憲曆)을 사용하게 하였다. 1654년《인조실록》을, 이듬해《국조보감(國朝寶鑑)》을 편찬, 간행하였으며, 공주목사 신속(申洬)이 엮은《농가집성(農家集成)》을 간행하여 농업생산을 높이는 데 기여하였다.

1656년에는 전후에 흐트러진 윤리질서를 바로잡기 위하여 소혜왕후(昭惠王后)가 편찬한《내훈(內訓)》과 김정국(金正國)이 쓴《경민편(警民編)》을 간행하였다. 이듬해에는《선조실록》을 다시《선조수정실록》으로 개편, 간행하였다. 효종은 평생을 북벌에 집념하여 군비확충에 전념한 군주였으나 국제정세가 호전되지 않았을 뿐만 아니라 이를 뒷받침할 재정이 부족하여 때로는 군비보다도 현실적인 경제재건을 주장하는 조신(朝臣)들과 뜻이 맞지 않는 괴리현상이 일어나 북벌의 뜻을 이루지 못하였다. 1659년 5월 4일 41세를 일기로 창덕궁에서 죽었다. 선문장무신성현인대왕(宣文章武神聖顯仁大王)의 존호(尊號)가 올려지고, 묘호(廟號)를 효종이라 하였다. 그해 10월 29일 능호를 영릉(寧陵)이라 하고, 경기도 양주의 건원릉(健元陵) 서쪽에 장사하였으나 뒤에 경기도 여주군 능서면 왕대리로 옮겼다.

조선왕조실록 영조 47년(1771) 2월 을유(14일) 조에는 "위패로 남해 귀양보낸다"고 되어 있는데 이때 그의 벼슬은 대사헌이었고 참판은 동년 8월 을해(7일) 조에 "정광충은 형조참판(刑曹參判)이 되다"라는 기록이 있다.

# 유언호와 이웃하다

후송 유의양이 남해에서 가장 가까이 지냈던 동병상련의 피배자는 칙지헌(則止軒) 유언호(兪彦鎬)*이었다.

---

* ─유언호(兪彦鎬 : 1730~1796). 조선 후기의 문신. 본관은 기계(杞溪). 자는 사경(士京), 호는 칙지헌(則止軒), 충문(忠文)으로 한성부우윤(종2품) 유무공의 아들이다.

1761년(영조 37)에 정시문과에 병과로 급제, 다음해에 한림회권(翰林會圈)에 선발되었다. 이후 주로 사간원 및 홍문관의 직책을 역임하였다. 1771년에는 영조가 산림세력을 당론의 온상이라 공격하여, 이를 배척하는 《엄제방유곤록(儼堤防裕昆錄)》을 만들자, 권진응(權震應)·김문순(金文淳) 등과 함께 항소함으로써 경상도 남해현에 유배되었다. 다음해에는 홍봉한(洪鳳漢) 중심의 척신정치를 제거하는 것이 청의(淸議)와 명분을 살리는 사림정치의 이상을 실현하는 것이라 생각한 정치적 동지들의 모임인 이른바 청명류(淸名流)사건에 연루되어, 붕당의 타파를 탕평으로 생각한 영조의 엄명으로 흑산도로 정배의 명령을 받기도 하였다. 그러나 당시 왕세손이었던 정조를 춘궁관(春宮官)으로서 열심히 보호하였으므로 정조 등극 후에는 홍국영(洪國榮)·김종수(金鍾秀)와 함께 지극한 예우를 받았고, 《명의록(名義錄)》 편찬의 주역을 담당하였다. 자신의 이름이 《명의록》에 올라 있기도 하다. 그 뒤 이조참의·개성유수·규장각직제학·평안감사를 거쳐, 1787년(정조 11)에는 우의정에 올랐다. 이듬해 경종과 희빈장씨(禧嬪張氏)를 옹호하고 영조를 비판한 남인 조덕린(趙德隣)이 복관되자 이를 신임의리에 위배되는 것으로 공격하여, 정조의 탕평을 부정한다는 죄목으로 제주도 대정현(大靜縣)에 유배되었다가 3년 뒤에 방송되었다. 이후 향리에 칩거하였다가 1795년 잠시 좌의정으로 있다가 다음해 사망하였다.

1802년(순조 2)에 김종수와 함께 정조묘(正祖廟)에 배향되었다. 정조가 즉위한 1776년에 왕과의 대담에서, 김구주·홍봉한 양 척신의 당을 모두 제거하려는 정조의 뜻을 잘 보좌하였다. 또 영

　유언호는 유의양보다 나이가 12살이 아래인 데다가 유의양보다 달
포 정도 뒤에 남해도로 유배됐기 때문에 유의양과 이웃하여 지내면서
자주 만나 집안 살림살이 형편과 벼슬살이의 도리와 벗 사귀기의 원
칙 등에 관하여 폭넓게 의견 교환을 하면서 매우 가깝게 교유하였던
듯하다. 유언호는 자를 사경(士京), 호를 칙지헌(則止軒), 시호는 충문(忠
文)이라고 하였다. 영조 37년(1761) 시문과에 을과로 급제하여 검열(檢
閱), 설서(設書) 등 여러 벼슬을 지냈다.

　벽파로서 시파 홍봉한* 중심의 척신정치를 없애는 것이 정의와 명

조 때 탕평책하에서 왕권강화책의 일환으로 통청권(通淸權)이 혁파되면서 개정된 한림회권법
을 회천법(會薦法)으로 되돌리려는 논의에서도 소시법(召試法)의 중요성을 인정함으로써 정조
의 청의와 의리를 우선하여 조제하는 탕평책을 옹호하였다. 그는 김우진(金宇鎭)·심환지(沈煥
之)·김종수와 친하게 지내고, 홍봉한의 당을 공격함이 의리라는 김구주 당의 견해에 동조하였
으므로, 순조대에 안동김씨 세도정치가 시작된 이후에는 시파(時派)로부터 정조에 대한 배신으
로 지목되기도 하였다. 어려서부터 문학으로 이름이 있었으며, 외유내강의 인물로서 평가되고
있다. 저서로는 《칙지헌집》이 있다. 시호는 충문(忠文)이다.
＊─홍봉한(洪鳳漢 : 1713~1778) : 조선 후기의 문신. 본관은 풍산(豊山). 자는 익여(翼汝), 호는 익
익재(翼翼齋)이다. 홍중기(洪重箕)의 손자로, 현보(鉉輔)의 아들이며, 사도세자(思悼世子)의 장
인이다. 1735년(영조 11) 생원이 되고, 음보(蔭補)로 참봉에 등용되어 세자익위사세마로 있을 때
인 1743년 딸이 세자빈(惠慶宮洪氏)으로 뽑혔다. 이듬해 세마로서 정시문과에 을과로 급제하여
사관(史官)이 되었다. 계속 승진하여 다음해 어영대장에 오르고, 이어 예조참판으로 연접도감제
조(延接都監提調)를 지낸 뒤, 1752년 동지경연사가 되었다. 이듬해 비변사 당상이 되어 청인(淸
人)들이 애양책문(靉陽柵門) 밖에서 거주하며 개간하는 것을 금지시키고, 《임진절목(臨津節
目)》을 찬진하였다. 1755년 구관당상(句管堂上)·평안도관찰사 등을 역임하고 이어 좌참찬에
승진하였으며, 1759년 세손사(世孫師)가 되었다. 1761년 이천보(李天輔)·민백상(閔百祥) 등이
자살하자, 뒤를 이어 우의정에 발탁되고, 그해에 좌의정을 거쳐 판돈령부사를 지낸 뒤 영의정에
올랐다. 한때 세자문제로 파직되기도 하였으나 좌의정으로 복직된 후, 영조의 정책에 순응하여
많은 업적을 이룩하였다. 특히, 당쟁의 폐해를 시정하고 인재를 발탁할 것 등의 시무6조(時務六
條)를 건의하여 시행하게 하고, 백골징포와 환곡작폐의 엄금, 은결(隱結)의 재조사 등을 단행하
게 하여 국고를 채우고 백성의 부담을 경감하도록 하였다. 1768년 재차 영의정이 되었다.
이때에는 울릉도의 사적을 널리 조사한 내용을 책으로 엮어 그곳에 대한 영토의식을 높였다.
1771년 영중추부사로 있던 중, 반대세력의 활동에 의하여 사도세자의 아들 은신군(恩信君) 진
(禛)·은언군(恩彦君) 인(裀)의 관작이 삭탈되고 나아가 세손(世孫 : 뒤의 정조)까지 그 권위가
위협당하게 되었을 때 이를 막다가 삭직되고 청주에 부처되었으나 홍국영(洪國榮)의 기민한 수
습으로 풀려나온 뒤 봉조하(奉朝賀)가 되었다. 사도세자의 장인이며 세손(정조)의 외할아버지
라는 왕실의 외척으로서 영조계비 정순왕후(貞純王后) 김씨(金氏)의 친정 인물인 김구주(金龜

분을 살린다고 생각한 정치적 모임인 청명류(淸名流)에 연루되어 붕당을 타파하고자 한 영조로부터 흑산도로 정배 명령을 받았다.

영조 38년(1762) 장헌세자(莊獻世子) 또는 사도세자(思悼世子)라고도 불리는 영조의 세자가 폐위(廢位) 아사(餓死)한 사건을 중심으로 하는 당파싸움에서 세자를 배척한 당파(黨派) 싸움으로 벽파는 이 파의 주류로 노론(老論) 계열인데, 조선시대 중엽의 당파싸움은 주로 노론과 남인, 노론과 소론의 싸움이었다.

벽파에 대립하여 싸우는 당파인 시파(時派)도 또한 남인이어서 시파, 벽파의 싸움은 결국 남인과 노론의 싸움이었다.

남인, 즉 시파는 장헌세자가 억울하게 폐위되고, 또 뒤주 속에 갇혀 참혹하게 굶어 죽었다고 생각하여 세자를 동정하였다.

그러나 노론, 즉 벽파는 세자가 광패(狂悖)하여 폐세자(廢世子)의 변을 자초하였으니 조금도 동정할 필요가 없을 뿐만 아니라, 그런 세자가 만일 왕위에 오른다면 나라를 망칠 것이므로 적극적으로 배척해야 된다고 주장하였다. 그러나 이것은 각 당파가 표면에 내세운 명분일 뿐 사실은 두 파가 주장하는 대로가 아니었다.

숙종 때에 몇 번이나 되풀이된 남인 대 노론의 당파싸움이 경종 때

---

柱) 세력과 권력을 다투어, 영조대 중반 이후 김구주 중심의 남당(南黨)에 대립하였던 북당(北黨)의 중심인물로 평가되었다. 특히, 조선 후기 노론·소론 대립의 여진 속에서 1762년 영조의 명령으로 세자가 폐위되고 죽음을 당할 때에 방관적인 태도를 취하였다 하여 후일 정적들로부터 많은 공격을 받았다. 그러나 영조가 사도(思悼)라는 시호를 내리는 등 세자에 대한 처분을 뉘우치자, 그 사건을 초래하게 한 김구주 일파를 탄핵하여 정권을 장악하는 한편, 세자 죽음의 전말을 상세히 적은 《수의편 垂義篇》을 찬술하여 반대파를 배격하는 구실로 이용하였다. 정조 연간에는 그의 행적에 대한 시비가 정파대립의 중요한 주제가 되어, 그를 공격하는가 또는 두둔하는가의 여부가 벽파(僻派)와 시파(時派)를 구분하는 한 기준으로 인식되기도 하였다. 영조를 도와 조선 후기 문화부흥에 많은 업적을 남겼다. 저서로는 국정 운영에 대한 주장을 정조가 친히 편찬한 《어정홍익정공주고(御定洪翼靖公奏藁)》가 있으며, 그밖에 《정사휘감(正史彙鑑)》·《익익재만록》 등이 있다. 시호는 익정(翼靖)이다.

를 거쳐 영조 때에 이르기까지 계속된 것이다.

영조는 즉위 초부터 탕평책(蕩平策)을 써서 당파싸움을 막으려 했지만 자신도 결국은 그 싸움에 말려든 셈이다. 시파, 벽파의 싸움은 영조의 뒤를 이은 정조 , 순조 때에도 되풀이되었다. 후송 유의양은 결국 정조 즉위와 함께 시파로 태도를 바꾸어 정조의 총애를 받고《명의록》(名義錄) 편찬을 담당하였다. 이듬해 이조참의로 발탁되었으며, 이조참판 등을 거쳐, 정조 5년(1781) 형조판서가 되었다.

정조 11년(1787)에는 시파(時派)로서 우의정에 이르러 동지 겸 사은사로 청나라에 다녀왔다. 이듬해 중추부판사로서, 조덕린*(趙德鄰 : 1658~1737) 사건으로 제주 대정현(大靜縣)에 위리 안치되었다.

그는 영조 47년(1771) 3월에 유배되니 78살의 노친(老親)을 두고 천리 밖에 와 있기에 주야로 어머님 걱정에 침식을 불안해 하며, 소견에 불쌍하기가 다른 적객보다 더 심하였다 말했다. 저서로는 한문 문집《연석(燕石)》이 있다. 유언호는 남해적지에서 사귀어 알게 된 유의양

---

*─조덕린(趙德鄰 : 1658~1737) : 조선 후기의 문신으로 본관은 한양(漢陽), 자는 택인(宅仁), 호는 옥천(玉川), 군(頵)의 아들이다.
1677년(숙종 3) 사마시에 합격한 뒤 1691년 증광문과에 병과로 급제, 설서 · 교리 · 사간 등을 역임하였다.
1725년(영조 1) 노론 · 소론의 당론이 거세지자 당쟁의 폐해를 논하는 10여 조의 소를 올렸다가 노론을 비난하는 내용이 있어 당쟁을 격화시킬 염려가 있다 하여 종성에 유배되었다.
70여 세의 나이로 3년간의 적거(謫居) 끝에 1727년 정미환국으로 소론이 집권하게 되자 유배에서 풀려 홍문관응교에 제수되었으나, 서울에 들어와 숙사(肅謝)한 다음 곧 고향으로 돌아갔다.
1728년 3월 이인좌(李麟佐)의 난이 일어나자 영남호소사(嶺南號召使)에 피임, 격문을 돌리고 일로(一路)의 의용병을 규합하여 대구에 내려갔으나 난이 평정되자 파병(罷兵)하였으며, 이 공로로 동부승지에 임용되고 경연(經筵)에 참석하였다. 얼마 뒤 병으로 사직하고 세상에의 뜻을 버린 채 다시 환향하여 학문에 몰두하자 원근에서 제자들이 모여들었다.
1736년 서원의 남설을 반대하는 소를 올리자, 1725년의 소와 연관되어 노론의 탄핵을 받고 제주로 유배가던 중 강진에서 죽었다. 그의 상소는 몇 차례에 걸친 소론들의 재집권을 위한 난언(亂言) · 벽서사건(壁書事件)의 실마리를 만들기도 하였다.
저서로《옥천문집(玉川文集)》18권이 있다.

에 관한 《능안와기》(能安窩記)에서 다음과 같이 말하고 있다.

　"이에 구양수(歐陽修)의 어머니께서 '너는 편안히 지낼 수 있다'고
한 것을 취하여 나도 편안하기에 이 말을 가지고 그 사는 집에 편액(扁
額)을 '능안(能安)'이라 하고, 유학사 계방(후송 유의양)께 부탁하여 크
게 써서 서까래에 달고 스스로 힘쓰며, 또 노인께 문간에 나와 기다리
시는 것을 위로하여 드리기로 하였다."
라고 하여 유배지에서의 초라한 집의 서까래 끝에 유의양이 쓴 '능안
와(能安窩)'라는 편액을 달고, 고생스러움을 참고 견뎠다는 사실을 알
려 주면서 유의양과의 교유관계를 인정하고 있다.

# 사람들이 연좌된 죄인처럼

도중에 달포 있으며 자연히 들으니, 한양(서울) 사람이나 송도(松都) 사람이나 먼 데 사람들이 장사로 오거나 다른 일로 오거나 이 도중에 와서 관비들이나 촌여자(村女子)들을 얻어 혹하여 있어 칠팔년이나 혹 십년이라도 돌아가지 아니하고 혹 어버이 있어도 아니 간다 하니 들음에 절통하고, 이런 풍속이 과연 금함직하더라. 이런 일은 제주도의 풍속과 같아서 내 이전에 들은 일이 있는지라 이전에 한양 있을 적 동네에 조봉사(趙奉仕) 집이라 하는 여인이 방적(紡績) 스승으로 왕래하기 그 인물이 극히 양선(良善)하여 짐짓 보통 백성의 살림집 어미 노릇 잘 할 듯한지라, 그 홀로 있는 곡정을 물은즉 조봉사란 것이,

"제주 군관(軍官)으로 갔다가 양식(糧食)이 없어 못 나오니 들어갈 때 두 살 먹은 자식이 십오세 되었다" 하기 마음에 불쌍히 여겼더니,

우리 계구(季舅)께서 제주어사로 들어가 인하여 목사를 하시게 되었기에 길을 떠나실 때 청하되,

"조봉사라 하는 것을 찾아 대접하고 양식을 주어 보내소서."

하였더니, 제주에 도입하신 후 섬 안의 한양 사람이나 송도(松都·개성) 사람이나 들어가 부모 처자식을 버리고 계집에 혹하여, 일년 수십 년 동안 나오지 않은 것들을 일체 중형(重刑)하여 쫓아내어 보내니, 조봉사란 것도 매 맞고 돌아와 집을 찾아가니, 제 15세 된 딸이 보고 놀라,

"괴이한 사람 온다"하고 숨더라.

하니, 그 일이 해(害)가 되는 못된 일인 줄을 가히 알 만하였다.

나의 계구께서 제주에서 교체되어 오신 후에 내가 여쭈오되,

"그 조가(趙哥)를 대접하여 보내게 칭념(稱閣)하였더니, 중형(重刑)하여 보내었으니 무슨 연고이옵니까?"

하니 계구 웃어 가로되,

"한양서 멀리 떨어져 있는 외로운 섬의 백성들이 부모 처자식을 잊어버리고, 행실이 날래고 성한 것들을 일병(一兵) 고치려 하거든 하물며 한양 사람이란 것들이 행실이 그러하거든 어이 아니 다스리리오?"

하시던 것이니, 이 섬의 풍속을 보니, 계구의 정치(政治)가 과연 지당하시었다.

조봉사집이 16년만에 자식 하나를 다시 낳으니, 매양 "우리 목사의 은혜"라 일컬었다.

이 말을 이야기 삼아 일컬으니, 도중 사람들이 이르되

"이 남해 도중에 그렇게 쫓아 보내게 되면 나갈 것이 무수하리라."

하더라.

하루는 어떤 여인이 뜰에 와서 말하되,

"한양에서 귀양 온 사람일러니 양식을 얻으십시다요" 하거늘,

혹 임금에게 불충(不忠)하고 부모에게 불효(不孝)하는 흉악한 것에 연좌(連坐)된 죄인(罪人)인 줄로 여겨 사람더러

"급히 내어 보내라" 하니, 주인이 이르되,

"이 사람은 그런 사람이 아니라 사복서리(司僕胥吏 : 사복시에 딸린 하급 관리)의 계집으로서 귀양 와 불쌍하나이다."

하거늘 내 자세히 물으니 여인이 대답하되,

"사복서리(司僕胥吏) 김가의 정처로 아들 낳고 살더니 지아비가 딴 계집을 얻어 정신을 잃고 깊이 빠지거늘 시앗(남편의 첩) 새암(질투) 하다가 지아비로부터 죄를 몹시 얽혀 귀양 와서 10년이 되어 이리 서 럽게 되어 빌어먹고 지내옵니다" 하거늘, 내 이르되,

"여자의 편성(偏性 : 성질)이 강새암함이 혹 괴이치 아니하거니와 어 찌 대단히 해괴한 짓을 하여 그리 되었는가?"

하니, 제 말이 연하여 지아비의 흉을 일컬으며, 어성(語聲)과 안색(顔色) 이 심히 일그러지고 독살스러워 화평(和平)한 거동(擧動)이 전혀 없으 니,

"군자(君子)가 절교(絶交)하여도 사나운 말을 내지 아니한다."

하니, 이런 도리를 하천인(下賤人)에게 책망할 바가 아니어니와 김가 서리(金歌胥吏)로 이른들 유자식(有子息)한 정처(正妻)를 불과 강새암한 일로 귀양 보내어 10년을 버려두니, 가위(可謂) 유시부유시처(有是夫有 是妻 : 그 남편에 그 아내)이었다. 주인의 집 기둥에 부화부순(夫和婦順 : 남 편이 온화하면 부인은 온순하게 된다는 뜻)이라고 입춘(立春) 글을 써 붙였거 늘 주인더러 가르치며,

"너희는 이처럼 하라" 하니, 대소(大笑)하더라.

# 능안와기(能安窩記)

칙지헌 유언호는 남해라는 유배지에서 사귀게 된 후송 유의양과
의 사귐에 관하여 〈능안와기〉(能安窩記)에서 다음과 같이 밝히고 있다.


사람들이 기뻐하고 즐거워하며, 근심하고, 걱정하는 일이 사람에게
있는 것은 하늘이 밤낮과 사계절이 있게 하는 것과 같다.

추위와 더위의 단서처럼 사람이 자기의 팔자가 펴지거나 오그라드
는 것을 근심하는데, 이는 자연의 이치이다.

군자는 이런 이치에서 할 수 있는 것이 있다면, 그것은 그 사람이 자
기의 소망을 얻거나, 잃거나, 누리거나, 어려워하거나 간에 고락(苦樂)
에 빠져 있을 때에 그에 맞게 처신할 줄을 안다는 것이다.

마땅하게 보면, 기쁘게 받아들이면서 그가 대처하여야 하는 경우에
따라 처신하는 것이다.

나는 어느 쪽이라도 무관하지만, 많은 사람들은 육신이 영화와 치

욕의 경지를 벗어나려 하면, 마음도 일에서 벗어나 놀고 싶은 뜻이 겉으로 드러난다. 비록 밥 먹기에 앞서서 사방 한 길 밖에 안 되는 작은 집에 살면서 서까래에 두어 자짜리 제액(題額)을 달고, 시중드는 첩들을 2, 3백 명씩 거느린다고 하여도 나의 마음은 만족되지 아니할 것이다. 나물밥을 먹고, 물을 마시며, 팔베개를 베고 자더라도 나는 억압당하지 아니할 것이다.

만약 이처럼 살면, 앞으로 어느 쪽으로 가든 간에 스스로 얻을 수는 없다.

그러나 부귀하여 편안히 인생을 즐기려 한다면, 그의 마음을 움직이지 아니하여야 한다.

때로는 마음의 동요가 있을 수도 있을 것이다.

만약 굶주리거나 추위가 그 몸에 엄습하여 근심과 걱정에 빠지게 되었을 경우에 이른다면, 그 속에서 의연할 사람은 드물 것이다. 그렇다면 자기의 주관적 의지(意志)를 빼앗기지 아니할 사람은 누구인가?

대체로 사람의 마음은 순종하기를 좋아하고, 거스르는 것을 싫어한다. 괴로운 곳에서도 안락하게 사는 것은 쉬우나, 근심과 걱정 속에 사는 것은 어렵다.

이처럼 군자는 쉽게만 살려고 아니하며, 그가 어려운 곳에 살더라도 편안히 살기를 찾는다.

또 저 사람들의 길복과 화흉은 모두 하늘의 뜻에 따라 정하여진다. 오직 마땅한 일은 그 일에 대하여 나에게 있는 모든 정성과 힘을 다하고 그 결과를 기다리는 것이다.

그래도 막무가내로 나의 뜻과 다른 결과가 이르게 되면, 나도 또한 어찌 할 수가 없지 않은가?

그것이 하늘의 뜻이라면, 비록 급히 달아나 숨이 크게 차고, 목이 말라 죽음에 이르더라도 끝내 고생길에서 도망하듯 벗어날 수 없을 것이다.

그에 들인 수고로움과 더불어 이로운 것이 없다면, 차라리 마음을 편안히 할 뿐이다.

저 병이 들어 침상이나 자리에 머물러 있는 사람이나, 죄를 지어 수갑(手匣)과 우차에 매이어 있는 사람들은 그 마음이 마치 잠시도 살 수 없을 듯할 것이다. 그렇지만, 나는 이 때문에 그 목숨을 끊었다는 말을 아직은 듣지 못하였다.

그러한 사람이 살고 있는 것은 그 삶이 버릇처럼 익숙하여지면 편안하여지는 것이니, 편안하여진 뒤에야 비로소 어려운 삶도 잘 대처하게 된다.

즐겁게 산다는 것은 이치를 따르는 것과 같다. 나는 언관(言官)으로서 상소(上訴) 때문에 죄를 얻어 영남의 남해로 유배되었으니, 서울에서 일천리가 넘게 멀리 떨어져 있는 곳이다.

# 효우(孝友)는 우애로 정들다

후송 유의양은 남해 적소에서 유배생활을 하면서 현지 사람으로 친히 가까이 지낸 사람은 이성삼이다.

그는 효자였으며 효우에 뛰어났다. 소중 풍속이 무식하고 예의없이 그리 상스러운데, 효자 하나가 있으니 이성삼이라~.

제 아비는 종실(宗室 : 임금의 친족) 후예로 세계(世系 : 대대의 계통) 책이 있고, 전주에서 옮아와 살고 있었다.

이성삼이 천성지효로 효행을 하더니, 아버지의 상을 만나 초상(初喪)부터 모든 것을 상례비요*(喪禮備要)대로 하고, 장사에 굿과 풍류를 아니하고, 장사 지낸 후 산중(山中)에 초막(草幕)을 짓고 시묘(侍墓)하니, 사람들이 범의 해(害)가 있는 데라며 말리되, 이성삼이 손수 죽을 쑤어 먹고 삼년(三年)을 지내고 내려올 때에 그 집에 사람을 얻어 들이고,

---

*—상례비요(喪禮備要) : 광해군12년인 1620년에 신의경이 지은 책으로 초상에서부터 장제에 이르기까지 일체의 의식을 서술한 책이다.

논을 사주어 "지어 먹고 묘를 조석으로 보살펴 달라"하고 내려와 기제(忌祭)와 절사(節祀)를 극진히 하고, 하룻길이라도 갈 적과 올 적에 사당(祠堂)에 분향고사(焚香告祀)하여 온갖 일을 다 예(禮)대로 하고, 그 노모(老母)가 갑술생(甲戌生)이니, 금년(今年)이 78살이었다.

근력이 강근하되, 이성삼(李聖三)이 밤낮으로 곁에서 저녁에는 잠자리를 펴 드리고, 새벽에는 문안 드리는 일과 목마르지 않게 항상 보살펴 드리는 효양(孝養)을 지극히 하고, 그 형 하나가 있으니, 우애(友愛) 지극하고, 이성삼이 벌어 전답(田畓)을 사더라도 반드시 제 형의 이름으로 문서(文書)를 하니, 이웃 사람들이 말려 가로되,

"시방은 자네 형제 우애 극진하거니와 자네 자식들은 종형제(從兄弟)니 저희 장래(將來) 서로 다투어 어지러워지는 일이 나기 쉬우니라."

하니, 이성삼이 가로되,

"내 비록 전토(田土)를 사나, 형이 가장(家長)이니, 형의 이름으로 사는 것이 당연하고, 장래 종형제(從兄弟) 사이에 전토로 싸움의 화근(禍根)이 되는 지경에 이르면, 그 전토 있은들 무엇에 쓰리요."

하니, 이성삼(李聖三)의 효우언행(孝友言行)이 실로 기이(奇異)하여 해도(海島)인물 같지 아니하되, 시골 우리들의 이웃들이 조소(嘲笑)하고, 귀히 여길 줄을 모르니, 풍속이 무식하고, 예의가 없이 상스럽기 가이없었다.

이성삼이 이따금 내게 왕래(往來)하여 상례(喪禮), 제례(祭禮)에 의심된 곳을 묻고 상례비요(喪禮備要) 책이 없어 걱정하거늘, 내가 그의 행실을 귀히 여겨 백지(白紙)를 얻어 상례비요(喪禮備要)를 대구(大邱)에까지 사람을 보내어 받아다가 이성삼에게 주면서 예절 바르게 살 것을

격려하기도 하였다.

　한편 후송 유의양이 해배되어 적소를 떠나 이별할 때에는 이성삼이 수명장수인 남극성을 보고 한양에 올라가서 오래 건강히 살 것을 빌어주기도 하였다.

　향초를 불에 태우면 그 향기가 아름답고 나무의 많은 가지는 모두 줄기에서 나와 결이 없는 것이 없다. 어찌 어느 한 가지라도 결이 없겠는가? 누린내 나는 풀을 태우면 그 냄새가 고약하고 짚을 태우면 불기운은 시들하나 뽕나무를 태우면 불꽃이 성대하다.

　모두 불이 일어날 수 있는 이(理)는 같기 때문이다. 풀은 같은 풀인데도 차이가 생겨나는 것은 그 아름답고 고약하고 쇠잔하고 성대한 차이로 바로 그 기(氣)가 다르기 때문이다.

　우리는 향내가 나면 귀하다 하고 누린내 나는 것은 찡그리면서 서둘러 피하곤 한다. 하나의 이치에서 이(理)는 통하지만 기(氣)가 다른 까닭이다. 이는 각기 국한되는 것을 보고 알 수 있다.

# 남해 고장과 토언(土言)

읍촌은 대나무 숲이 푸르러 있고, 마을들이 산 밑에도 있고 물가에도 있으니, 울(울타리)과 사립(대문)을 다 대나무로 하고 뜰가에는 석류꽃이 붉었으니, 보기에 경가(景佳)롭고 전답이 옥토요, 길쌈들이 착실하고 해물(海物)이 갖추어 있으니, 생존의 길은 좋은 곳이로되, 내가 주인의 마루에 앉아 있었더니 지붕에서 홀연히 앞에 떨어지는 것이 있거늘 보니, 큰 뱀이 앞에 떨어져 방석에 서리고 있어서 매우 놀랍고, 지네도 방과 마루에 허다하니, 물리기는 면하나 이 두 가지 일이 복거(卜居 : 좋은 땅을 찾아서 살 만한 곳을 정함)하여 있지 못할 곳이었다.

벌레들과 뱀과 같은 모든 독충들이 모여 있어서 거의 사람들이 살 수가 없는 고장이다.

나는 집에 어머니를 모시고 있으므로 내 몸을 내 마음대로 하는 것이 온당하지 아니하고, 맡은 바 벼슬도 마땅히 하여야 할 일도 감히 하지 못하고, 꾀가 있어도 견주어 살피고 있으니, 이것은 사사로운 일을 잊지 못하기 때문이다.

후송 유의양은 음식을 하여 줄 적에 매양 염려하여 청결히 할 것을 단단히 꾸짖어 경계한 즉 주인이 대답하되,

"정지를(육궁) 쉴새없이 비질하니 염려 말으소서" 하니,

내 그 말을 알아듣지 못해 하니, 곁의 사람이 해석하여 이르되,

"정지라는 말은 부엌이라는 말이요, 비질이라는 말은 뷔질이라는 말"이다 하니,

말이 우습고, 이뿐 아니라 '너희' 라는 말은 '늑의' 라 하고, '저희' 라는 말은 '즉의' 라 하고, '계집아이' 라는 말은, '가산이' 라 하고, '오라비 아내' 라는 말은 '올체' 라 하고, '먹으란' 말은 '묵으라' 하고, '아무 일이나 아주' 라는 말은 '함부래' 라 하고, '아직' 이란 말은 '당사' 라 하고, '달라' 라는 말은 '도라' 라 하고, '바삐 걸어라' 는 말은 '팽팽 걸어라' 하고 말하였다.

'뽕' 이라는 말은 '뿅' 이라 하고, '질경이' 라는 말은 '배피장' 이라 하고, '기러기' 는 '글억이' 라 하고, '병아리' 는 '비가리' 라 하고, '옷' 은 '불모', '긴 옷' 은 '긴 볼모' 라 하고, '핫옷' 은 '핫볼모', '홑옷' 은 '홑볼모', '화로' 는 '화티' 라 하고, '키' 는 '청' 이라 하고, '옥수수' 는 '강낭수수' 라 하고, '지팡이' 는 '작지' 라 하고, '다리미' 는 '다립' 이라 하니, 이런 방언이 처음 들을 때에는 귀에 설더니, 오래 들으니 익어가더라.

아마 당시 남해인과 한양 사람이 서로 대화를 나누면 통역 없이는 쉽게 의사소통이 어려웠을 것이다. 특히나 팔도마다 지역 방언은 특

색이 있는 사투리로써 알아듣기 어려웠으리라 짐작된다.

230여 년 전의 표준 언어가 없이 유의양은 남북으로 귀양살이를 하면서 우리 국어의 통일이 얼마나 중요한가를 절실히 절감한 문학자라 하겠다.

세계 속의 위대한 한국인으로 성장 발전하며 평화통일을 꾀하는 우리 민족화합의 기본은 먼저 통일된 표준 국어를 이룩하여야 한다고 믿고 싶다

또한 넓은 세상 언어 의사소통(意思疏通)은 곧 국력이요, 개인의 자랑으로 감정(感情)이요, 표현(表現)이며, 의사(意思)이다.

# 남방의 풍속

남방 풍속이 괴이하여 여거사(女居士 : 불도에 뜻을 둔 사람)들이 무리 지어 다니며 놀음하고 동냥하는 것이 무수(無數)한지라 읍내 집집마다 다니며, 북치며 염불(念佛)소리 하고 놀음하면, 마을 사람들이 굿을 보며 돈과 쌀을 낱낱이 주어, "염불 더하라" 하여 아침부터 밤이 되도록 그치는 때 없고,

그 거사(居士)가 지나가면, 또 다른 거사가 이어와 연하여 춘하추삼절(春夏秋三節)에는 그칠 때가 없다 하니, 읍내가 이러하면 외촌(外村)은 더 알 만하였다.

내가 이전에 해서(海西 : 황해도 지방) 원(員)을 갔을 때에 도임초(到任初)에 각 면에 분부하여, 거사들이나 중, 광대(廣大)들이나, 잔나비(원숭이) 같은 잡된 것들을 민가에 붙여두지 말라! 금(禁)하였더니, 인접한 지경에서 오던 것들이 소문 듣고 경내에 들지 못하니, 4년을 가니 조용한 것이니,

　이 일이 〈예기〉(禮記 : 유가의 예의법도를 기록한 책)에 있는, "공교(工巧)
한 것을 가지고 다니는 것을 금하라!" 하는 것과 같은지라, 이 남해 일
읍에는 이 노량나루에 한 번 금하였으면 이런 일이 쾌히 없어질 것이
틀림없을 것이다.

# 남면 선구 줄긋기(줄다리기)

南해 중에서도 제일 남쪽에 있는 남면 선구.

이 고장 대다수의 주민들은 농업과 어업을 병행하며 살아왔다.

전례에부터 음력 정월대보름에 아랫마을과 윗마을이 남변 북변으로 나누어 행하는 행사로 이어져 내려온다.

남해 선구마을은 신라 신문왕 10년에 전야산군이 설치되면서 속현인 평산원에 속하였으며, 마을 앞으로 수심이 깊은 포구이고 뒤로는 봉수대가 있어 군사적으로 중요한 곳이다.

이 마을에선 해마다 음력 정월 보름에 아랫마을·윗마을, 남변·북변으로 나누어 놀이를 행하며 위아래 당산에 제사를 지내는 반농·반어촌으로 선구마을의 한 해 동안 풍어를 빌며 동민의 건강과 해난사고의 방지, 부락의 번영 등을 위하여 시작되는 놀이였다.

소요되는 고와 줄을 만들기 위해 필수적인 짚은 마을의 모든 집에서 모아 거두었고 만약 불응하는 집이 있다면 가서 훔쳐오더라도 한

집도 빠짐없이 내야 하는 동네 공공행사였다.

짚을 다 모으면 각기 남변은 바닷가에서, 북변은 뒷동산에서 새끼를 꼬고 이것을 다시 꼬아 큰 고를 만든다.

이 고는 암고와 숫고가 있으며, 윗마을과 아랫마을은 해마다 바꾸어 가면서 암고와 숫고를 만든다.

암고와 숫고의 크기는 직경이 약 1m이며 길이가 2m 정도 계속 되다가 40m 정도로 길게 뽑아내고 좌우에 문어 발가락 모양으로 4개씩 줄을 이어 내려간다.

고를 만드는 동안 여자의 출입을 엄격히 통제하고 그 줄을 지키기 위하여 횃불을 밝히고 밤을 새우는 필사적인 노력을 한다. 상대편을 이기기 위하여 몰래 칼을 가지고 가서 줄에 흠집을 내는 경우도 있었기 때문이다.

만약에 이 줄을 임산부가 넘으면 출산시 아이의 손가락이나 발가락이 새끼줄같이 비틀어진다는 전설이 있고 또, 그러한 사실을 실제로 보았다는 노인들의 이야기도 있지만 줄의 신성함을 강조하기 위한 민간 신앙적 금기사항이 곁들여진 전설인 것 같다.

모든 마을 사람은 한복을 입고 남자는 머리띠를 두르고 여자는 행주치마를 사용한다.

편장은 장가들지 않은 깨끗한 총각을 세울 때도 있고 힘이 센 사람이 선정될 때도 있다.

한쪽의 구성인원은 편장 1명, 기수 30명, 풍물패 20여 명으로 그 이외 나머지 사람은 모두 군원이 되어 줄긋기에 참여한다.

준비물의 고가 완전히 준비되면 정월 보름날 선구부락 남변과 북변으로 나뉘어 그 고를 메고서 북변은 윗당산에서, 남변은 아랫당산에서 동민의 건강과 풍농·풍어를 빌며 필승을 다짐하는 축문을 읽고 당산제를 지내며 마을과 개인의 무사태평을 기원한다.

이 의식이 끝나면 줄을 메고 온 마을을 용틀임하듯 돌면서 기세를 올리고 상대편 기세를 꺾는 노래를 부른다.

이때 고 위의 대장은 그 위에서 상대편에게 약을 올리기 위해 노래를 부르면 뒤에 따르는 사람들은 후렴을 한다.

가사내용은 편장이 "솔밭에 솔잎이 솔솔"이라고 선창을 하고, 군원은 이어 "어어 술베야"로 뒷소리를 받으며 다시 "대밭에 댓잎이 때때"라고 앞소리를 메기면 일동은 "어어 술베야" 한다.

"진대부치가 훨훨"은 편장의 선소리요, 이어 "어어 술베야"는 후렴이다.

이런 식으로 상대편의 사기를 저하시키고 자기편의 기상을 드높인다.

이 식이 끝나면 각기 농악대를 앞세우고 응원군을 초청하러 인근 부락을 순회하게 된다.

응원군을 모으기 위해 부락을 돌 때 부르는 노래는 "우리 사돈 어디 갔소" "어어 술베야", "우리 딸은 어디 갔소" "어어 술베야", "우리 북변(남변) 이기면" "어어 술베야", "사돈 동네 풍년드요" "어어 술베야"로 되어 있다.

응원군이 모이게 되면 합세하여 고를 메고 다시 선구마을로 돌아와 결전의 시간을 기다리며 임전태세를 갖춘다.

그러다가 결전의 시간이 되면 징이 3번 울림과 동시에 "와" 하는 함성으로 입장하고 양편은 고를 메고 장내를 "엇샤" 하는 소리를 지르며 한 바퀴 돈 다음, 각 편장은 필승과 풍농, 풍어를 비는 축문을 읽고

제사를 지내는데, 축문의 내용은 다음과 같다.

"우리 편이 이기기를 천지신명께 비나이다. 우리 동민 만수무강, 들마다 풍년이고 배마다 만선이길 천지신명께 비나이다. 우리 편이 이기기를 천지신명께 비나이다."

손을 빌면서 고축을 하는 동안 군원은 고를 메고 어깨춤을 추고 징을 가볍게 계속해서 두드린다.

제사가 끝나면 절을 세 번 하고 고를 멘 군원은 절하는 속도에 맞추어 고를 상여 어르듯이 세 번 어른다.

다시 징이 세 번 울리면 "와~"하는 함성과 함께 고를 메고 주위를 돌면서 자기편의 기세를 올리고 상대편의 기세를 꺾는 노래를 부른다.

이때 후렴 부분에서 징을 한 번 치고 꽹과리를 두드려 흥을 돋운다.

이때에 남변과 북변의 편장이 선후로 노래하며 군원은 후렴으로 "어허 술베야"를 2번씩 반복하여 부른다.

| 편 | 편장 | 군원 |
| --- | --- | --- |
| 남변에서 | 들어보소 들어보소 | 어허 술베야(2회) |
| 북변에서 | 동네 사람 들어보소 | 어허 술베야(2회) |
| 남변에서 | 집집마다 볏짚 모아 | 어허 술베야(2회) |
| 북변에서 | 줄드리세 줄드리세 | 어허 술베야(2회) |
| 남변에서 | 한낱 두낱 모은 정성 | 어허 술베야(2회) |
| 북변에서 | 새끼 되고 줄이 된다 | 어허 술베야(2회) |
| 남변에서 | 서낭당에 메고서 | 어허 술베야(2회) |
| 북변에서 | 서낭님께 축원하며 | 어허 술베야(2회) |

| 남변에서 | 우리 소원 빌어 보세 | 어허 술베야(2회) |
| 북변에서 | 바다 농사 풍어 되게 | 어허 술베야(2회) |
| 남변에서 | 오늘해가 다 졌는가 | 어허 술베야(2회) |
| 북변에서 | 바닷가에 모두 모여 | 어허 술베야(2회) |
| 남변에서 | 오늘밤 달 뜨거든 | 어허 술베야(2회) |
| 북변에서 | 바닷가에 모두 모여 | 어허 술베야(2회) |
| 남변에서 | 줄긋기를 할 적에는 | 어허 술베야(2회) |
| 북편에서 | 우리 편이 이겨 보세 | 어허 술베야(2회) |
| 남변에서 | 달 떠온다 달 떠온다 | 어허 술베야(2회) |
| 북변에서 | 열두 등에 달 솟았다 | 어허 술베야(2회) |

다시 징이 3번 울림과 동시 "와~"하는 함성을 지르며 암고와 숫고를 맞댄 후 "엇샤"하는 함성을 4번 지른 뒤 징이 3번 울림으로써 암·숫고가 떨어져 관중 쪽을 향하여 서서 응원군의 초청 노래를 부른다.

| 편 | 편장 | 군원 |
| --- | --- | --- |
| 남변에서 | 우리 사돈 어디 갔소 | 어허 술베야(2회) |
| 북변에서 | 우리 딸은 어디 갔소 | 어허 술베야(2회) |
| 남변에서 | 우리 편이 이기면 | 어허 술베야(2회) |
| 북변에서 | 사돈 동네 풍년드요 | 어허 술베야(2회) |
| 남변에서 | 가세 가세 자네 가세 | 어허 술베야(2회) |
| 북변에서 | 우리 편 응원하세 | 어허 술베야(2회) |
| 남변에서 | 우리 편이 이기면 | 어허 술베야(2회) |
| 북변에서 | 불로초로 술을 빚어 | 어허 술베야(2회) |

남변에서    만선 배에 가득 부어      어허 술베야(2회)
북변에서    만수무강 빌어주리      어허 술베야(2회)


다시 징이 3번 울리면 "와" 하는 함성으로 암고와 숫고를 마주대고 흥을 돋운다. 이때 부르는 노래는 다음과 같다.


| 편 | 편장 | 군원 |
| --- | --- | --- |
| 남변에서 | 오늘 해가 다 졌는가 | 어허 술베야(2회) |
| 북변에서 | 골목에서 연기난다 | 어허 술베야(2회) |
| 남변에서 | 동쪽에서 달 떠온다 | 어허 술베야(2회) |
| 북변에서 | 오동추야 달 밝혀라 | 어허 술베야(2회) |
| 남변에서 | 열두 등에 달 떠온다 | 어허 술베야(2회) |


보름달이 뜨면 선구 자갈밭에서 농악이 멈춤에 맞추어 노래를 부르고 춤을 추면서 여흥을 돋군 뒤 싸움준비에 들어간다.

징이 3번 울림과 동시 "와"하는 함성을 지르고 서로 물러났다가 다시 "와~"하는 함성과 함께 앞으로 전진하여 암고에 숫고를 끼우고 빠지지 않도록 막대기로 비녀처럼 끼워서 연결한다.

징의 신호로 본격적인 줄다리기가 시작되고 이때에는 남녀노소 할 것 없이 줄에 매달린다.

여자들은 무게가 더 나가게 하기 위해 치마에 돌을 싸고 필사적인 경기를 한다.

삼판양승을 원칙으로 하되 경우에 따라서는 5판 3승으로 승부를 결정한다.

　여기에서 암고를 가진 편이 이기면 풍년이 들고 풍어가 든다는 속설이 있다.

　경기가 끝나고 나면 전 부락민이 어울려 여흥을 즐기며 이긴 편은 상대편에 대하여 농악을 울리면서 다음과 같은 내용의 노래를 부르면서 한마당 축제를 벌인다.

남변에서　북변에 문내난다　　어허 술베야(2회)
북변에서　남변에 문내난다　　어허 술베야(2회)
남변에서　우리 편이 이겼다네　어허 술베야(2회)
북변에서　우리 사돈 응원와서　어허 술베야(2회)
남변에서　우리 편이 이길 것을　어허 술베야(2회)
북변에서　자네딸도 왔더라면　　어허 술베야(2회)
남변에서　각시방에 놀고　　　어허 술베야(2회)
북변에서　유자는 얽어도　　　어허 술베야(2회)
남변에서　향기가 좋구요　　　어허 술베야(2회)
북변에서　탱자는 고와도　　　어허 술베야(2회)
남변에서　향기가 없단다　　　어허 술베야(2회)
북변에서　올해도 풍년일세　　어허 술베야(2회)
남변에서　만사가 형통이라　　어허 술베야(2회)
북변에서　천신신명 보살피니　어허 술베야(2회)

　줄다리기는 우리 민족뿐 아니라 농경민족의 공통된 민속놀이로, 그 기원은 정확치 않으나 고대서부터 현재까지 전승해 오는 전통 민속놀이이다.

기원에 대한 문헌적 자료에 의하면 중국 춘추시대 오(吳)나라와 초(楚)나라의 전쟁부터 유래되었다고 전하고 있지만 아마도 그 이전 풍년기원제에서 유래되었을 것으로 보고 있다.

그 까닭은 이 놀이의 초기 이름이 '발하(拔河)'라는 이름에서 유추해 볼 수 있는데 놀이 방법이 강을 사이에 두고 진행되었다는 데서 찾을 수 있다. 보다 구체적인 문헌기록은, 중국의 〈수서〉(隋書)와 〈전당서〉(全唐書)에서도 찾을 수 있는데, 상기한 문헌에 의하면 이 놀이의 목적이 있다고 전하고 있다.

한편 이 줄다리기 놀이는 중국에서 발생하였다고 하지만 그보다 훨씬 이전에 농경민족 사이에서 자연발생적으로 연희되었다고 보는 견해가 타탕하다고 하겠다.

우리나라 줄다리기 최초의 기록은 〈동국여지승람〉에서 발견되고 있으며, 동국세시기에는 충청도 제주도 등지의 줄다리기 풍속에 대한 기록이 나오고 있다. 줄다리기 놀이는 정월 대보름날 낮 행사 중의 하나였고 달맞이와 다래집(달집) 태우기가 밤 행사였다.

그 놀이와 시기는 약간의 차이를 두고 있으나 대개는 정월 대보름날 달 아래서 마을의 온주민이 함께 모여 마을의 단합과 풍년, 건강을 기원하는 제의적 성격을 띠고 있는 경우가 많다.

동국세시는 충청도 경기도 제주도 등만 소개하고 있지만 실제로는 전국에서 행하여졌고 지금은 많이 쇠퇴하여 일부지역인 남해 선구 줄긋기와 의령 큰 줄 땡기기, 진주 문산 줄다리기, 창녕 줄당기기, 당진 기시시리의 줄당기기 등이 유명하다.

# 동성유씨들이 찾아오다

후송 유의양은 귀양살이 이후에 아무데 사람이 와서 "만나보고 싶으니, 한 번 뵈옵시다" 하여도 내가 사양하고 아니 보았으되, 우리 동성유씨(同姓柳氏)들이 진주(晉州), 하동(河東)에 사는 서너 사람이 결코 섬 속에 오는 일이 드물기에 그저 보내기 어려워 보아 대접하여 보냈더니, 하동 있는 유생이라는 이가 또 와서 보기를 청하되 저희 성은 본관(本貫)이 문화(文化)요, 전주동종(全州同宗)이 아닌지라, 못 보아 보내니 박절(迫切)히 여기었다. 하동 있는 동종 수인이 와서 보고 홍합(紅蛤)과 고사리를 가져와 받기를 간청(懇請)하기에 마지못하여 고사리는 받고 홍합은 도로 주어 보내니 다른 사람이 묻거늘 내 이르되,

"그 사람의 집이 물가가 아니고, 지리산(智異山) 밑이니, 홍합은 사온 것이니 받지 못하고, 고사리는 동산에서 꺾은 것이니 받았으되 안심되지 않는다"고 하니 대답하되,

"고사리는 중국의 은(殷)나라* 충신 백이숙제(伯夷叔濟)도 먹었습니

다" 하고 대소하였다.

유 교리(兪校理)가 머무는 곳에 같이 앉아 있었더니, 마침 유 교리가 간평신(簡平信 : 소식을 주고받는 편지)이 오니, 본 후에 이르되,

"가중은 무사하거니와 빚도 얻지 못하여 조석(朝夕)이 어렵다 하였으니, 우리들의 가난이 어려운지라 노형(老兄)을 이전 범범이 알았기 가난한 줄 대체만 알고 자세히 모르거니와 그리 심히 어렵지는 아니하십니까?" 하거늘 내가 대답하기를,

"나는 시방 한양과 시골에 집이 없어 동서남북으로 남의 집을 빌어 다니니, 옛 사람의 시에 명년에도 또 어느 곳에 있을 줄 아지 못하여라, 라고 한 말이 짐짓 내 형세로다. 수년 전에 광주 팔곡(廣州八谷)에 있을 때에 양식이 없기에 관대(冠帶)를 팔아 장에서 보리를 사다가 노처(老妻)가 손수 방아를 찧어 밥을 지어놓고 웃으며 이르되, 원(員) 지내고 급제하였으되, 가난이 점점 더하여 이젠 못 먹던 보리밥을 억지로 자신다." 하거늘 내 절구 한 수를 지으니, 시에 이르기를,

조복 팔아 보리를 바꾸어 돌아오니
거친 부엌 사흘을 가히 요기하리로다
뫼아내는 생계가 졸함을 웃지 말지어다
열섬이 많은 때에 일이 그르기 쉬우니라


賣却朝衣換麥歸(매각조의환맥귀)

---

＊―은(殷)나라는 중국 고대에 탕왕이 하나라의 걸왕을 물리치고 세운 나라. 황허(黃河)강 중류 지역을 중심으로 갑골문자와 청동기 문화가 발달하였으며 점복(占卜)에 따르는 제정을 행하였는데, 기원전 11세기 무렵 제30대 주왕 때 주의 무왕에게 망하였다.

荒廚三日可充饑(황주삼일가충기)

山妻莫笑身謨拙(산처막소신모졸)

十斛多時事易非(십곡다시사이비)


유의양이 칙지헌(則止軒) 유언호를 만나 7언절구로 들려준 시다. 유의양이 지난날에 살림이 매우 가난하여 끼니를 이어나가기 어려운 삶의 고통을 극복하기 위하여 가족들과 위로시(慰勞詩)를 지어서 온 가족이 한바탕 크게 웃었던 것이라 한다.

특히 끝구에서 '열 섬이 많은 때에 일이 그르기 쉬우니' 라고 한 것은 옛날 중국의 전사웅(錢師雄)이 보리 열 섬을 더 장만하면, 아내를 바꾸겠다고 한 고사(故事)를 인용하여 아내의 괴로움을 위로한 것이니, 후송 유의양의 순수한 인간미를 엿볼 수 있는 시다.

"이 글을 지어놓고 한 집안 온 전체가 대소하였으니, 이 한 글에 형세를 족히 알리로다."

하니, 유 교리가 듣고 이르되,

"안빈(安貧)하던 일도 좋거니와 글과 말이 다 좋습니다" 하고 또,

"일기(日記)에 베껴 집에 가 노친게 보여 드려야 하겠습니다."

하며 웃고 지내었다.

유 교리가 이따금 왕래하여 담소(談笑)할 때에 날더러 이르되,

"이 시절 제배(諸輩) 사귀기 어려우니 어떤 사람을 취하십니까?" 하거늘 내가 대답하되,

"내 성품은 남과 달라 벗 구하기를 부귀(富貴)가 극진(極盡)하여도 취(取)하지 아니하고, 문장(文章)이 이름나도 취하지 아니하고, 언론(言論)이 추상(秋霜) 같아도 취하지 아니하고, 다만 그 집안의 효우 행실(行實)

이 내게 도움이 되고 배울 듯하면 사귀노라" 하니, 유 교리가

"썩 좋은 말입니다" 하고 그 후 벼슬아치가 벼슬살이하는 도리를 의논하다가 내가 말하기를,

"어느 벼슬을 조심 아니하리요마는 만일 의주(義州), 동래(東萊) 원(員)이거나 관서(關西), 영남(嶺南) 감사(監司)거나, 혹 남북사신(南北使臣)이거나 이런 벼슬들을 타국(他國)에 상고(相交)하매 다른 벼슬과 다른 까닭으로, 더욱 자기가 자기 자신을 잘 단속하기를 청렴결백(淸廉潔白) 강엄(强嚴)히 하여 다른 벼슬보다 십배 조심할 것이오, 만일 그렇지 못하면 타국(他國)이 가볍게 여김이 이 편한 몸뿐만 아니라, 조정(朝廷)에 사람이 없는가 여기기 쉽지요" 하니, 유 교리가 대답하되,

"이 의논이 더욱 좋습니다" 하였다.

특은을 입으니, 꿈이 헛되지 아니하다고 말하겠다.

유의양은 먼저 인간됨을 가려 벗을 사귀는 사람이었다.

벗은 자신의 덕을 도우며 좋은 벗과 지내면 배움과 행이 날로 밝아지고 학업이 날로 진보하나 행실이 부족한 자와 지내면 이름이 날로 낮아지고 몸이 절로 천하여지거늘, 북산의 나무가 아무리 좋아도 성대한 궁전에 쓰려면 반드시 깎아내고 다듬어 써야 한다.

곤륜산의 옥이 비록 훌륭해도 제휴들이 장식하는 옥으로 사용하려면 반드시 쪼아내고 갈지 않으면 안 된다. 사람의 자질이 빼어나도 큰일을 하려는 그릇으로 쓰려면 반드시 좋은 벗이 이를 도와주어야 한다. 어질지 못한 벗과 사귀면 서툰 목수가 십중팔구 뒤탈이 생겨난다. 군자는 마음이 오가는 만남으로 내 답답하던 마음이 시원스레 주고받는 마음으로 한세상을 함께 건너갈 그런 벗이 되었으면 싶은 것이다.

# 공암기(恭菴記)

유언호는 바다 가운데 있는 남해적소의 섬으로 내쫓겨 귀양살이를 하는 유의양을 〈공암기〉(恭菴記)에 다음과 같이 묘사했다.

임금과 신하의 관계는 그 나님이 너무도 뚜렷하여 마치 하늘과 땅만큼이나 차이가 심하다. 그러므로 임금님이 신하를 명하여 부르시면, 신발 신을 겨를도 없이 맨발로 뛰듯이 급히 달려가야 하고, 녹봉을 내려 주시면, 자리를 바로 하고 먼저 감당할 수 있는가부터 살펴야 한다. 벼슬살이를 대궐 안에서 하게 되면, 부지런히 맡은 일을 처리하여야 하고, 시골 벼슬을 맡게 되면 반드시 임금의 명령에 순종하여야 한다. 이는 모두 그렇게 더할 수 없이 공경하지 아니하면 아니 되기 때문에 이와 같이 처신하는 것이다.

사람들은 이처럼 공경하는 것만을 보고, 공경하는 데에는 겉으로 드러내는 경우와 속마음으로만 하는 경우와 작은 공경과 큰 공경이 있음을 살피지 아니하고, 오직 몸을 굽히고 머리를 숙이는 버릇만으로 그 임금을 공경하기에 힘쓰니 잘못이 심하다. 대체로 그 임금이 날로 존엄하여지면, 신하는 날이 갈수록 점점 비천하여지게 된다.

이에 임금의 말이라면, 다투어 모이며 순종하는 풍습이 되어서 많은 사람들이 그들의 벼슬길에 나아가고 물러남과, 임금님께 간언을 상주하든 아니하든, 옳음을 지켜 스스로의 주장을 펴지 못하고, 오직 임금의 명령만 있으면,

"이는 임금님의 명령이니, 신하는 순종하는 것이 옳다."

고 하면서 다른 공경하는 마음은 알지 못한다.

그들이 말하는 바 공경한다는 것은 곧 부녀자들이 지아비에게 순종하고, 환시들이 왕명을 받드는 것이지, 군자가 실천하는 공경이 아니다. 옛날 제(齊)나라 경공(景公)이 사냥을 가면서 산림과 소택지를 감시하는 벼슬아치인 우인(虞人)에게 대부(大夫)를 부를 때 쓰는 기(旌)로써 부르니, 우인이 가지 아니하였고, 경공은 그를 죽이려 하였다.

공자*께서는 말씀하시기를,

---

*—공자(孔子 : BC 551~BC 479) : 일생을 바쳐 학문을 좋아하고 목숨을 걸고 실천을 중시한다. 망하려는 나라에는 들어가지 않고 어지러운 나라에는 살지 않는다. 천하가 잘 다스려질 때는 나아가고 어지러운 세상에서는 무시당한다. 정의가 행해지지 않는 나라에 살면서 가난하고 지위가 없는 것은 부끄러운 일이다. 그러나 불의가 통하는 나라에서 부자라든지 지위가 높다든지 하는 것은 더욱 부끄러운 일이다. 공자는 중국 고대의 사상가요, 유교의 시조이다. 최고의 덕을 인이라고 보았다. 인(仁)에 대한 공자의 가장 대표적인 정의는 '극기복례(克己復禮)' 곧, "자기 자신을 이기고 예에 따르는 삶이 곧 인(仁)"이라는 것이다. 그 수양을 위해 부모와 연장자를 공손하게 모시는 효제(孝悌)의 실천을 가르치고, 이를 인(仁)의 출발점으로 삼았다.
공자는 기원전 551년 오늘날 중국의 산둥성 취푸(曲阜) 동남쪽에서 하급 귀족 무사인 아버지 숙량흘(叔梁紇)과 어머니 안(顔)씨 사이에서 태어났다. 이름은 구(丘)이고 자(字)는 중니(仲尼)이다. 공자를 일컫는 영어 콘휴셔스(Confucius)는 존칭인 공부자(孔夫子)의 라틴어식 표기이다. 공자의 어머니는 아버지와 정상적인 혼인 관계로 맺어진 사이가 아니었다. 공자는 3살 때 아버지를 여의고 17살 때 어머니를 여의였으며, 19살 때 송나라 출신 여인과 혼인했다. 20살 때부터 계(季)씨 가문 창고지기로 일했고 가축 사육일도 맡았지만 주나라 관제와 예법을 꾸준히 공부하면

"용감한 선비는 언제나 죽음을 두려워하지 아니한다"고 하셨다. 제 경공이 우인을 부를 때에 갓으로 하거나, 기로 하거나 그 차이는 그리 심한 것이 아니건만, 저 우인은 죽음을 택하고 가지 아니한 것은 역시 지나친 일이 아닌가? 그러나 공자께서 그를 칭찬하신 것은 무엇 때문인가? 임금과 신하는 의(義)로써의 만남이니, 일이 옳고 그른가의 여부와 자기가 벼슬살이 길에 나아갈 것인가 아니 갈 것인가의 거취는 자신에게 달려 있는 것이니, 구차하여서는 아니 된다.

그러므로 벼슬살이를 나아감이 마땅하면 나아가고, 부당하면 나아가지 아니하여야 한다. 죽기가 싫어서 살려고 거취를 정하거나, 화를 피하고 복을 취하기 위하여 거취를 정하여서는 아니 되며, 오직 옳음에 따라 맞게 하여야 한다. 대개 높은 벼슬아치로서 벼슬길에 나아가고 아니 나아감은 풍속의 성쇠와도 관계가 있다. 먼저 자기를 바르게 하지 아니하고 그 임금을 바르게 모실 수 있는 사람은 있을 수 없다.

맹자께서는 말씀하시기를,

---

서 예(禮) 전문가로 유명해지기 시작했다. 35살 때 노나라에서 내란이 일어나 소공이 제나라로 망명하자 공자도 제나라로 떠났다가 2년 뒤 귀국했다. 공자가 48살 때 계손 씨의 가신 양호가 정권을 잡자 공자는 정치에서 물러나 본격적으로 제자를 가르치기 시작했다. 3년 뒤 양호가 망명하면서 공자는 중도(中都)를 다스리는 책임을 맡았고 다시 사공(司空) 벼슬과 대사구(大司寇) 벼슬을 지냈다. 기원전 500년 노나라 정공과 제나라 경공이 회담할 때 공자가 의례를 맡아 노나라가 빼앗긴 땅을 돌려받음으로써 공자의 명성이 드높아졌다. 이 시기가 공자의 정치 생활에서 최전성기였다. 그러나 공자는 계씨를 비롯한 삼환 씨 세력을 타도하려다가 실패하고 한 무리의 제자들과 함께 고국을 떠났다(기원전 497년). 이후 공자는 여러 나라를 돌아다니다가 14년만인 기원전 484년 노나라로 돌아왔다. 이 때 공자의 나이 68살이었다. 이후 공자는 노나라의 악(樂)을 정비하고 제자를 가르치며 문헌을 정리하는 데 전념했다. 그러나 가장 아끼는 제자 안연이 세상을 떠나자 깊은 실의에 빠졌다. 온몸으로 흐느껴 우는 공자를 제자들이 말리자 공자는 이렇게 말했다. "이 사람을 위해서는 울고 싶은 만큼 울게 내버려두어라." 애제자를 떠나 보낸 슬픔 가운데에서도 공자는 기원전 481년 《춘추(春秋)》를 완성했다. 72살 때는 역시 아끼던 제자 자로가 위나라에서 일어난 정변에 휘말려 피살되었다. 이번에도 공자는 제자를 위해 곡했다. 그리고 기원전 479년 73살 때 공자는 세상을 떠나 노나라 도성 북쪽 사수(泗水) 언덕에 묻혔다.

"임금의 잘못을 지적하는 어려운 일로써 임금님을 섬기는 것을 일컬어 공(恭)이라 한다"고 하였다.

이 말씀을 가지고 공을 말한다면, 옳기 때문에 벼슬길을 나아가지 아니할 때에는 마치 오만방자한 듯이 하여야 마땅하니, 반드시 그 귀결은 공뿐임을 어찌 알리요? 일반적으로 세상에서 말하는 공경에는 거만하면 아니 되며, 세상에서 말하는 오만에는 공경하는 태도가 없기 때문이다. 유학사 계방은 나라가 어려운 일을 당하였을 때에 여러 신하들은 왕명을 받들어 분주히 움직이었지만, 유계방만은 개인적인 옳음을 가지고 있어서 홀로 임금님께로 나아가지 아니하였다.

이로 말미암아 바다 가운데에 있는 섬으로 내쫓겨 몇 달을 살고 있다. 그가 살고 있는 방을 손질하고 나에게 그 방의 이름을 청하기에 나는 '공'으로써 이름하였다.

아! 슬프다! 나도 또한 어리석어서 깊이 생각하여 헤아리지 아니하고, 조심스레 내 딴에는 의(義)로써 임금님을 모시겠다고 맹자님이 가르치신 공(恭)을 실천하다가 죄를 입어 이 섬에 와 있는 중이다.

대체로 조정에서 험악한 고장으로 내버려 곤궁하게 살라고 하는 이유는 그 사람으로 하여금 근심과 걱정으로 뼈만 남은 몸이 되어 자기의 잘못을 뉘우쳐 깨달으라는 것이겠다. 그러나 내가 알고 있기로는 훌륭한 목수는 공들여 지은 집이 무너졌다고 그 뒤부터 먹줄이나 자의 곧음을 굽혀 쓰지는 아니한다는 것이다.

그렇다면 어떻게 하여야 옳겠는가? 그가 가지고 있는 재주를 감추고, 그가 알고 있는 슬기를 말하지 아니하면서 마음을 느긋이 가지고 세월 따라 살아갈 뿐이다. 우리만이라도 어찌 참된 공(恭)의 실천에 서로 힘쓰지 아니하겠는가?

# 열녀(烈女) 정려기(旌閭記)

읍촌(邑村)에는 여인들이 많지만 정절(貞節)을 지키며 수절하는 사람이 적은데, 열녀(烈女) 일인(一人)이 있으니 이름이 '연대'(蓮臺)라고 하는 사람이었다.

상사람(常民) 김자평(金自平)의 딸이요, 사노(私奴 : 관노비) 임분선의 처가 되었더니, 연대의 나이가 겨우 17세에 홀로 되어 삼년상(三年喪)의 슬픔을 마치니, 그 아비가 연대의 젊은 과부를 참혹하게 여겨 개가(改嫁)시키려 하니, 연대는 산속 나무에 가 스스로 목매어 죽으니, 남해 현감(南海縣監) 이계(異啓)를 올려 왕께 여쭈어 지금 임금의 기유년에 영조 5년(1729) 정문(旌門)을 마을에 세우고 은전(恩典)을 내리오시니, 성세(聖世)의 포상지은(褒賞之恩)이 이런 바닷 고을에까지 미친 일을 뉘 아니 감동(感動)하리요? 관장(官長)된 이가 효열지행(孝烈之行)을 각별(恪別)히 숭상하면 풍속이 거의 나을 듯 싶고, 효열지행을 가르친 후에야 나라에 충성하고 웃사람을 섬길 줄을 알게 될 것이다, 하였다.

열녀 사노 임분선의 아내 연대의 정려기(旌閭記)를 아련히 생각해 본다.

아! 슬프다! 이제 이미 작고한 연대(蓮臺)는 열녀(烈女)라고 말할 만하다. 바다 가운데 있는 섬의 두메에서 나서 시집가서는 남편과 따뜻한 방에서 한 번 살아 보지도 못하고 남편과 사별하게 되었다. 그 아비는 딸이 과부가 된 것을 불쌍히 생각하고 장차 개가시키려 하니, 연대는 이 말을 듣고 아버지께 아뢰었다.

"열녀는 두 사람의 남편을 섬기지 아니한다고 하였거늘, 제가 비록 천한 처지이나 어찌 정신까지 천하겠습니까?"
라고 말한 뒤에 슬피 울고 옷을 빨아 입고 머리에 빗질까지 하고 가만히 집을 나갔다.

날이 저물어도 돌아오지 아니하매 그의 부모가 왈칵 의심이 나서 이웃 사람들과 함께 산속과 물웅덩이를 곳곳마다 두루 찾아보았더니, 연대는 뒷산에서 스스로 목을 매어 자결하였는데, 방울방울 피눈물이 나뭇잎에 물들어 있었다.

이듬해 봄에 그 핏방울이 묻어 있던 나뭇잎들에는 벌레들이 글씨를 새겼는데 그 글자는 매울 열(烈)자이었다.

이 광경을 본 사람들은 눈물을 흘리지 아니하는 사람이 없었다. 유학(幼學) 이완하(李完厦)와 무사(武士) 박동원(朴東元)이 그 뜻을 가련히 생각하고, 그 절조를 기쁜 마음으로 존경하여 본 읍의 동지(同志) 50여 명과 함께 글을 지어 영조 4년(1728, 무신) 12월에 본군 사또에게 품신하니, 이 사실이 점점 조정에까지 알려지게 되었다.

임금님께서는,
"향기로운 그 마음씨가 더욱 가상(嘉賞)하다."

고 하시고, 즉시 정문(旌門)을 세우도록 명하시어 정려각이 완성되었으니, 이야말로 하늘이 내린 정렬(貞烈)이 아니면 어찌 능히 임금님의 뜻을 이처럼 감동하시게 할 수 있었겠는가?

대개 이와 같은 열녀는 다만 하나 둘이 아니다.

젊은 과부가 목매어 죽는 것과 자기 딸의 머리를 자르기가 모두 예법을 숭상하는 양반 가문(家門)에서 나왔다.

이 연대는 사가(私家)의 종이던 자평(自平)의 딸이며, 사가의 종이던 임분선의 아내였다.

아비는 박수무당이고 어미도 무당이었으니, 그 가풍을 이어받아 무당이 되지 아니하고, 홀로 눈 속에 피어난 매화(梅花) 같은 절개를 지켜 다른 남편을 섬길 생각이 없이 날마다 속마음의 지조를 굳건히 하였으니, 만일 절행과 아름다운 절조가 타고난 천성이 아니면 어찌 백옥(白玉)같이 이렇게 할 수 있었겠는가? 좋은 풍속을 서로 권하여 세상에 격려하는 데에 표장(表章)이 될 수 있을 것이다.

지나간 옛날에도 이러한 절행이 있었는가를 살펴보았지만, 역시 듣기 어려웠던 일이다.

한 떨기 연꽃이 더러운 진흙 속에 뿌리를 박고 있으면서도 깨끗한 꽃을 피우는 것과, 까마득히 높이 자란 외로운 소나무가 눈 덮인 산 속에 홀로 푸르른 것과 같다.

연대의 절행은 붓으로 그려내려 하여도 그려내기 어려우니, 그것은 세상을 가르치는 데에 어찌 도움이 적다고 말하겠는가?

# 금산에 올라 시름을 달래다

금산의 높이는 705.2m이다. 원래는 신라의 원효(元曉 : 617~686)가 그 사운이 융성해짐에 따라 명당을 잡아 이 산에 보광사(普光寺)라는 절을 세웠던 데서 보광산이라 하였는데, 고려 후기 조선태조(朝鮮太祖) 이성계(李成桂)가 이 산에서 100일 기도 끝에 조선왕조를 개국한 그 영험에 보답하는 뜻으로 산 전체를 비단으로 덮는다는 뜻으로 해서 금산(錦山)이라고 고쳐 부르게 되었다.

이 산은 경치가 좋아 38경의 비경(秘境)이 있다.

유일한 산악공원으로 기암괴석들로 뒤덮여 있는 주봉(主峰)인 망대를 중심으로 왼쪽에 문장봉, 대장봉, 형사암, 오른쪽에 삼불암, 천구암 등의 암봉(巖峰)이 솟아 있다.

망망대해는 푸른 수단을 깔아 놓은 듯 창해(蒼海)에 창랑(滄浪)이는 쪽빛 바다를 한눈에 바라볼 수 있는 선경에 자리잡고 있어 그 비경은 심오(深奧)하고, 수려(秀麗)한 심산유곡(深山幽谷) 속에 신선들만이 쉬었을 것으로 느껴지는 이 영봉(靈峰)의 절묘(絶妙)한 금산은 유서 깊은 보리암이 천질단애(天質斷崖 : 자연 그대로의 깎아지른 듯한 낭떠러지)의 벼랑에 자리잡고 있으며, 옛날 인도 월지국(印度 月之國)에서 김수로왕비 허태비(金首露王妃 許太妃)가 가져온 것을 원효대사가 이 절에 가져다 세웠다는 화강석재(花崗石材)로 높이 165센티미터 탑신에는 각층마다 우주(隅柱 : 벼랑이 기둥처럼)가 세워져 있는 신라 3층 석탑이 보존되고 있어 그 자태는 한층 자랑스럽고 아름답다. 절경의 금산을 찾아 오르면 유홍문 상금산(由虹門上錦山)이라는 글자가 명필 바위라는 데에 새겨져 있다.

이 글은 명필 주세붕(周世鵬 : 1495~1554)의 글로 새겨졌다 하여 명필 바위로 불리우기도 하는 이 바위는 문장암(文章岩)이라고 불리운다. 주세붕의 이러한 이름은 이런 설화로 더욱 널리 알려져 있다.

그는 조선 전기의 문신이며, 학자이다. 자는 경유(景游)요, 호는 신재(愼齋), 남고(南皐), 무릉도인(武陵道人)이며, 본관은 상주로 칠원 출신이다. 선대에는 모두 관직에 나가지 않았으나 주세붕의 현달로 증직되었다. 중종 17년(1522)에 문과에 급제하여 관직을 시작했으며, 대체로 홍문관(弘文館), 성균관(成均館) 등 학문기관의 관직을 맡았다.

1541년 풍기군수(豊基郡守)로 나가 이듬해 백운동(白雲洞 : 順興)에 안향(安珦)의 사당 회헌사(晦軒祠)를 세우고, 1543년 주자(朱子)의 백록동학규(白鹿洞學規)를 본받아 사림자제들의 교육기관으로 백운동서원(白雲洞書院), 소수서원(紹修書院)을 세워 서원의 시초를 이루었다. 그리고 서원을 통하여 사림을 교육하고 또한 사림의 중심기구로 삼아 향촌의 풍속을 교화하려는 목적으로 재정을 확보하고 서원에서 유생들과 강론(講論)하는 등 열성을 보였다.

처음에는 사림의 호응을 받지 못하다가 이황(李滉 : 1501~1570)의 건의로 소수서원(紹修書院)의 사액(賜額)을 받고 공인된 교육기관이 된 뒤 풍기 사림의 중심기구로 자리잡았다.

명종(明宗 : 1534~1567, 조선 13대 왕) 6년(1551) 황해도 관찰사가 된 주세붕은 해주에 또 수양서원을 세워 최충(崔沖)을 제향하였고, 동지중추부사(同知中樞府使)를 지낸 그는 청백리(淸白吏)에 녹선되었다. 그는 여가가 나는 대로 전국의 명승지를 탐승, 주유천하(周遊天下)하면서 절승지인 남해 금산에 심취(心醉)되어 중종(中宗 : 1488~1544, 조선 11대 왕) 33년(1538) 금산 탐승길에 유홍문 상금산(由虹門上錦山)이라 쓴 것을 당시의 남해 포총관 김극성(金克成 : 1574~1540)이 석주를 시켜 새긴 것으로 되어 있다.

이성계가 기도했다는 이씨기단(李氏祈壇)을 비롯하여, 삼사기단(三師祈壇), 쌍홍문(雙紅門), 문장암(文章岩), 사자암(獅子岩), 촉대봉(燭臺峰), 향로봉(香爐峰), 음성굴(音聲窟) 등 금산 38경을 이루는 천태만상의 기암괴석과 울창한 숲, 그리고 눈 아래로 보이는 바다와의 절묘한 조화는 명산으로서 손색이 없다.

산 정상에는 양양 낙산사(동쪽), 강화 보문사(서쪽)와 함께 한국 3대 기도처의 하나이자 쌍계사의 말사(末寺)인 보리암(菩提庵, 남쪽)이 있다.

남해 금산 38경의 기이(奇異)한 비경을 둘러보자.

**문장암**(文章岩)은 망대에서 내림 길목에 있는 바위로서 조선 중종시대의 한림학사(翰林學士)인 신재 주세붕 선생이 글을 썼다고 하여 문장암이라 일컫는다. 유홍문 상금산(由虹門上錦山), '쌍홍문을 거쳐 금산 상상봉에 이르노라' 라는 각자가 남아 있다.

**망대(望臺)**는 절묘(絶妙)한 기봉(奇峰)들이 황홀절경(恍惚絶景)을 이룬 자랑스러운 금산의 망대(望臺)로 오르면 최남단 만경창파(萬頃蒼波)의 광활한 조망이 사방팔방 한눈에 굽어볼 수 있으며, 아침의 장엄한 일출경(日出景)을 볼 수 있어 더욱 황홀하다.

**이씨기단(李氏祈壇)**은 이태조가 백일기도함으로써 등극하게 되었다는 전설이 깃든 유적이다. 탑대에서 바로 건너다보이는 삼불암 아래에 있다.

천하를 잡으려는 이태조는 전국 명산을 다니며 기도를 올렸으나 그 뜻을 이루지 못하다가 마침내 금산에서 백일기도를 드려 등극하게 되자 영구불망의 영산이라 하여 비단으로 영험에 보답하는 뜻으로 비단 금(錦)자를 내려 금산이라 개칭하였다.

**삼불암(三佛岩)**은 이태조기단 왼쪽에 깎은 듯이 높은 직립대암벽의 정상에 있다. 마치 부처님의 좌상처럼 생긴 바위가 세 개가 있다고 하여 삼불암이라 부른다. 전설에 의하면 이태조가 백일기도를 하기 전에는 이 불상모양의 바위들이 모두 넘어져 누워 있는 모습이었는데, 백일기도가 끝나자 그중 2개의 바위가 일어나 앉은 좌상(坐像)이 되었다고 한다.

그런데 세 개의 바위가 모두 일어나 앉은 좌상이 되었다면 필히 중국 땅까지 제패(制霸)하였을 것이라는 전설이 깃들어 있다.

**천계암(天鷄岩)** 또한 이태조의 백일기도와 관련 있는 닭모양의 바위이다. 이태조가 기도(祈禱)를 올리고 있을 때에 뜻밖에도 밖에서 영롱

(玲瓏)한 닭 울음소리가 들리기에 알아보니, 바로 그 자리에 닭모양의 이 바위가 남아 있어 천계암이라 불렀다고 한다.

**부소암**(扶蘇岩)은 옛날 진시황의 아들 부소(扶蘇)가 이곳에 귀양살이를 와서 살다가 갔다는 전설에서 부소암이라 부르고 있다. 제관(帝冠) 모양의 약간 둥글고 운치 있는 큰 바위이다

**대장봉**(大將峰)은 보리암 뒤에 우뚝 솟은 높고 큰 층암(層岩)으로서 그 자태가 마치 대장상처럼 웅건(雄建)하고 장엄(壯嚴)하게 창공을 찌르고 서 있어 대장봉이라 부른다. 그 왼편에 용호롱주(龍虎弄珠) 모양의 바위가 있는데, 예로부터 이 용호롱주 바위가 있으면 반드시 거기에는 대장이 있는 법이라고 일컬어져 오고 있다.

**농주암**(弄珠岩)은 대장봉의 왼편에 있는데 세 개의 바위들이 마치 용호(龍虎)가 농주(弄珠)를 하고 있는 모양이어서 이를 용호농주암이라 불러오고 있다.

**형리암**(刑吏岩)은 대장봉 앞에서 마치 허리를 굽혀서 절하는 것 같은 형상으로 생겼으므로 이를 형리암이라 부른다.
보리암에서 바라보면 이 형리바위는 금시 떨어질 것 같은 두려움마저 느낄 정도로 허리를 굽힌 형상이 절묘하다

**음성굴**(音聲窟)은 깊이 5미터, 높이 2미터밖에 되지 않는 조그마한 암굴(巖窟)이지만 돌이나 막대기로 굴 바닥을 두드리면 북소리와 장고소

리가 난다. 이 굴은 만장대 바로 서쪽에 있다.

**용굴(龍窟)**은 음성굴과 나란히 있는 조그마한 굴이다. 옛날에는 용이 살았다는 전설에 따라 용굴이라 부르고 있다.

**쌍홍문(雙虹門)**은 음성굴에서 서남쪽으로 큰 바위 봉우리 암벽 두 개의 균형 잡힌 구멍이 뚫려져 파란 하늘이 손끝에 닿는 것 같다. 정상으로 통하는 구멍을 올라 뫼 밖으로 나서면 광활하고 아름다운 금산의 전경이 눈 아래에 펼쳐진다. 금산 정상과 보리암으로 통하는 오묘하고 운치(韻致) 있는 산의 관문(關門) 격(格)이다.

그 옛날 세존(世尊)이 여기에서 돌배를 이 쌍홍문의 오른쪽으로 빠져 나와 앞바다에 있는 세존도(世尊島) 한복판으로 뚫고 나갔기 때문에 세존도에는 큰 해상 동굴이 생겨 있다는 전설이다. 금강산에도 홍문(虹門)은 하나밖에 없는데, 금산에는 두 개의 홍문이 있어 여기에서 쌍무지개가 핀다 하여 쌍홍문이라 일컬어지고 있다. 시재 주세붕 선생이 얼마나 이 천연조화(天然造化)의 황홀함에 심취하고 감동하였으면 문장 앞에 유홍문 상금산(由虹門上錦山)이라 새겨 두고 갔을까?

**상사암(想思岩)**은 금산에서 가장 웅대한 평면 바위 면에 유일하게 로맨틱한 전설이 깃들어 있다. 그 옛날 숙종시대 전라도 돌산지방의 사람이 남해로 이주(移住)하여 왔는데, 그 안집 여인이 너무 예뻐서 혼자 사모하다 상사병(相思病)에 걸렸다. 그러나 예나 지금이나 사랑은 강한 것, 그의 불꽃처럼 뜨거운 사랑은 여인의 감동을 불러 일으켜 죽음 전에 이 바위 위에서 사모하던 그 여인과 숙정(宿情)을 풀어 목숨을 건지게 되었다는 낭만적인 전설이 깃들어 있다.

**사자암**(獅子岩)은 좌선대(坐禪臺)에서 상사암(想思岩)으로 가는 길목에 있는 큰 바위이다. 그 모양이 흡사 사자(獅子) 같다 하여 이렇게 부르고 있다.

**구정암**(九井岩)은 상사암에 연이어진 암면(岩面)에 9개의 둥근 확이 있어 우수(雨水)가 괴이면 아홉 개의 섬이 되기 때문에 구정암이라 부른다. 남해로 귀양살이 왔던 약천(藥泉) 남구만*(南九萬)은 〈제영등금산〉(題詠登錦山)이란 시(詩)에서 이 구정암을 보고 하년착구정(何年窄九井) 몇 년을 두고 이 아홉 개의 샘을 팠을까, 하고 영탄(詠歎)한 구절을 남겼다. 그가 남긴 시조 "동창이 밝았느냐 노고지리 우지진다" 의 시조를 읊었다.

---

＊―남구만(南九萬 : 1629~1711). 조선 후기의 문신이다. 당시 서인의 중심인물이었으며, 문장과 서화에도 뛰어났다. 널리 알려져 있는 시조 "동창이 밝았느냐 노고지리 우지진다" 의 지은이이다. 본관은 의령, 자는 운로(雲路), 호는 약천(藥泉)·미재(美齋). 개국공신 재(在)의 후손이고, 아버지는 지방 현령이었던 일성(一星)이다. 김장생(金長生)의 문하생이었던 송준길(宋浚吉)에게 수학, 1656년 별시 문과에 을과로 급제했다. 정언·이조정랑·집의·응교·사인·승지·대사간·이조참의·대사성 등을 거쳐서 1668년 안변부사·전라도관찰사를, 1674년 함경도관찰사를 지냈다. 숙종초 대사성·형조판서를 거쳐 1679년(숙종 5) 한성부좌윤을 지냈다. 같은 해 남인인 윤휴·허견 등을 탄핵하다가 남해로 유배되었으나 이듬해 경신대출척(庚申大黜陟)으로 남인이 실각하자 도승지·부제학·대사간 등을 지냈다. 병조판서가 되어 무창(茂昌)과 자성(慈城) 2군을 설치했으며, 군정의 어지러움을 많이 개선했다.
이때 서인이 노론과 소론으로 나뉘자 소론의 우두머리가 되었다. 1684년 기사환국(己巳換局)으로 남인이 득세하자 강릉에 유배되었다가 이듬해 풀려났다. 1694년 갑술옥사(甲戌獄事)로 다시 영의정이 되었고, 1696년 영중추부사가 되었다. 1701년 희빈 장씨를 가볍게 처벌하자고 주장했으나 숙종이 희빈 장씨를 사사(賜死)하기로 결정하자 사직하고 고향에 내려갔다. 그 뒤 유배·파직 등 파란을 겪다가 다시 등용되었으나 1707년 관직에서 물러나 기로소(耆老所)에 들어갔다. 숙종의 묘정(廟庭)에 배향되었고, 강릉의 신석서원(申石書院) 등에 제향되었다. 시호는 문충(文忠)이다. 저서로《약천집》,《주역참동계주(周易參同契註)》가 전한다.

## 동창(東窓)이 밝았느냐

동창이 밝았느냐 노고지리 우지진다
소치는 아이는 상기 아니 일었느냐
재 너머 사래 긴 밭을 언제 갈려 하느니


동쪽 창문이 벌써 밝았느냐 종달새가 우지짖고 있다
소를 먹이는 아이는 아직도 일어나지 않았느냐
고개 너머에 있는 이랑이(논밭의 두덕과 고랑) 긴 밭을 언제 갈려고 하
느냐


약천(藥泉) 남구만이 1679년에 관직에서 물러나 남해로 유배와 향촌
전원생활의 풍류를 즐기며 쓴 작품으로 주제는 농가의 부지런한 생활
로 밝아오는 아침과 하늘 높이 날며 지저귀는 종달새를 통해 보이는
평화로운 시골 풍경이다. 농촌의 아침 정경을 여유 있게 표현해 운치
와 멋을 살린 권농가(勸農歌) 중의 하나로서, 일찍 일어나 부지런히 농
사를 지어야 하지 않겠느냐는 가르침과 부지런히 일하는 건강한 모습
을 작품 전반에 잘 나타내 표현하고 있다.

## 제영등금산(題詠登錦山)

산이 바다에 떠있는
참된 선경에 이르니 시정마저 잃겠구나
암자는 깊어 구름과 더불어 잠자고

봉화불만 훨훨 달과 더불어 외롭다
석굴에는 음률이 흘러나오고
암문에는 박쥐와 왕벌들이 엉켰네
몇 년을 두고 이 9정을 쪼았으랴
산정에는 연주를 꿰맨 듯 기암괴석들이 주렁주렁 매달렸구나

## 題詠登錦山

浮海山還有(부해산환유)

尋眞字欲無(심진자욕무)

菴深雲共宿(암심운공숙)

烽逈月同孤(봉형월동고)

石窟笙簫動(석굴생소동)

岩門蝶蜾紆(암문접과우)

河年穿九井(하년천구정)

高頂貫聯珠(고정관련주)

남해는 4면이 바다라 바다 가운데 떠 있는 남해 금산이 곧 선경이다. 구름 속에 싸여 있는 보리암은 조용하고 정산 금봉수대 봉화는 달빛과 함께 외롭게 타고 있다. 음성굴에서 흘러나오는 음률과 용굴에는 박쥐와 왕벌들이 서로 엉켜 있다. 구정봉의 아홉 개의 구덩이는 몇 년이나 걸려 다 팠을까? 구정봉에서 바라보이는 기암괴석은 구슬을 연달아 꿰맨 듯 주렁주렁 매달려 있다는 뜻이다.

영조 47년(1771)에 남해로 유배 와서 《남천잡록》을 저술한 태소 김

용(金㙫)도 풍광 좋은 금산에 올라 기암괴석의 만물과 아름다운 대자
연의 경치에 심취되어 시를 읊었다. 어머니에 대한 효성이 지극하여
유배 중에도 홀로 계신 어머니를 생각하니 해가 갈수록 쇠약해지고
병고가 겹쳐 가까이 있는 의원이나 약국일지라도 지팡이에 의지할 수
밖에 없는 것이니 언제나 집안일 때문에 마음이 놓이지 않는다고 회
고하였다. 반년의 짧은 유배생활이지만 향인들과의 교우관계와 생활
의 어려웠던 유배생활을 《태소집》에 전하고 있다. 또한 연산의 금산
을 읊은 시를 소개하고자 한다.

## 금산에 올라

이 산 천 길 높이 솟았으되 허황된 것 아니로세
동남으로 높이 솟아 스스로 으뜸이 되었는데
동서남북 끝으로 모두 물이 잠겼네
하늘 높은 가을 8월에 이미 찬바람이 부는구나
스스로 한평생 온갖 세상 떠돌았는데
오늘은 해중에 돌아와 있음을 알겠노라
한밤중 별무리 땅속에서 솟아나고
자색 구름 어느 곳으로 신선을 찾아 가는가?
금산 바위 끝에 구름 몰려들어 날씨 어두워지네
구월도 못된 이 팔월 단풍은 이미 물들고
남극성 가을 바다 위로 떠오르는데
북쪽으로 떠날 길손 밤하늘 쳐다보네
온몸 늙은 돌 어느 세월에 희어지랴

몇떨기 연꽃 송이 산봉우리에 피어 있는데
만약 이제 선인을 만날 수 없다면
장생불사 약 이야기를
돌아가는 배 안에서 물어볼까?


## 登錦山


茲山千仞直無空(자산천인직무공)

特立東南自作宗(특립동남자작종)

極目四邊皆積水(극목사변개적수)

高秋八月已寒風(고추팔월이한풍)

平生自信遊方外(평생자신유방외)

今日還知左海中(금일환지좌해중)

夜半群星生地底(야반군성생지저)

紫雲何處訪仙翁(자운하처방선옹)

揷雲錦岫正蒼然(삽운금수정창연)

八月丹楓九月前(팔월단풍구월전)

南極老人秋上海(남극노인추상해)

北方行客夜看千(북방행객야간천)

渾身石老何年雪(혼신석로하년설)

數朶峯開太古蓮(수타봉개태고연)

赤若仙人今不遇(적약선인금불우)

金丹消息問歸船(금단소식문귀선)

## 노인성(老人星)

둥글기는 반달 같고 붉기로는 해와 같고
봄 저녁, 가을 아침 두 번씩 찾아오네
남해 사람 장수하는 까닭을 듣고 보니
해마다 높은 곳(금산산봉)에서 노인성을 봄이로세

## 老人星

圓如半月赤如日(원여반월적여일)
春夕秋朝雨渡來(춘석추조우도래)
聞道南海多壽老(문도남해다수로)
年年爲見上高臺(연년위견상고대)

보리암 경내는 원효대사가 좌선했다는 좌선대 바위가 눈길을 끌며 부근의 쌍홍문이라는 바위굴은 금산 38경의 으뜸으로 알려져 있다. 장군(將軍)바위는 이 산을 지키도록 하고 용(龍)이 승천할 수 있도록 살았다는 용주암도 있다. 상사바위, 흔들바위, 부소암 등등 운치 좋은 곳이 많이 있으나 봉수대에서 아침 해돋이를 보는 건 금산이 만든 또 하나의 장관이 아닐 수 없다.

**좌선대(坐禪臺)**는 제석봉 왼편에 있다. 옛날에 원효대사, 의상대사, 윤필대사 3대 대사가 좌선수도하던 곳이라 전해지고 있다. 심지어 3대 대사가 앉았던 바위 위에 뚜렷이 새겨져 있다는 이 바위는 너무 험

준하여 오르기에 매우 힘들기도 하다.

**사선대(四仙臺)**는 쌍홍문에서 청구봉으로 조금 가노라면 신선선녀(神仙仙女) 같은 모습의 바위가 4개 서 있다. 옛날 삼신산 사선(四仙)이 놀고 갔다는 전설에 따라 사선대라 불리어지고 있다.

**백명굴(百名窟)**은 사선대에서 북쪽으로 향해 내려가면 백명굴이 있다. 입구는 과히 넓지 않으나 안으로 들어설수록 넓어져 백 명은 능히 앉아 놀 수 있다 하여 백명굴이라 부른다.

임진왜란 때 집단적으로 피신 생활을 할 때, 솥을 걸었던 것으로 추정되는 아궁이 흔적까지 남아 있다.

**제석봉(帝釋峰)**은 천구암 왼편에 있는 바위를 제석봉이라 부른다. 옛날 무당의 신주인 제석이 내려와 놀았다는 전설이 전해지고 있다.

**천구봉(天狗峰)**은 일월봉 아래쪽에 있는 바위로서 그 형상이 개와 같아 천구봉이라 불린다.

**삼사기단(三師祇壇)**은 좌선대 아래쪽에 옛날 원효대사, 의상대사, 윤필대사 세 분이 이곳에 기단을 만들어 놓고 기도를 올렸던 곳이라 하여 삼사기단이라고 불리어오고 있다. 원래 여기는 윤필대사의 기단이었고 원효대사의 기단은 지금의 보리암 터였으며, 이 절 바로 위쪽 형리암 밑이 의상대사의 기단이었다고 전해지고 있다.

**향로봉(香爐峰)**은 삼사기단 왼편에 있는데, 그 모양이 향로(香爐)와 같다고 해서 붙여진 이름이다. 이 향로 또한 삼사가 기도를 올릴 때 촉대봉과 함께 향으로 썼다는 전설이 내려오고 있다.

**저두암(猪頭岩)**은 좌선대 왼쪽에 있는 바위로서 그 생김새가 마치 산돼지의 머리 같다 하여 저두암이라 불리어오고 있다.

**촉대봉(燭臺蜂)**은 향로봉 옆에 있다. 그 모양이 마치 촉대와도 같아 촉대봉으로 부른다. 원효, 의상, 윤필 삼사가 기도를 올릴 때 촉대봉과 함께 향로로 썼다는 전설이 내려오고 있다.

**가사굴(袈裟窟)**은 탐대 동쪽에 있는 암굴(巖窟)로서 옛날 낙서대사(洛西大師)때에 천동선녀가 가사(袈裟)를 입고 내려와서 목욕을 하고 물을 길러 갔다는 전설에 따라 가사굴이라 한다. 이 가사굴에는 지금도 많은 샘물이 흘러 내려 수양이나 기도하는 불자(佛子)들을 오랫동안 머물게 하는 선경으로 이름이 높다.

**팔선대(八仙臺)**는 마치 여덟 신선들이 유희하는 모습으로 서 있는 바위이다. 신선 같은 바위가 여덟 개나 나란히 서 있다고 하여 팔선대라 한다. 감로수(甘露水)는 상사암에서 조금 가면 바위 밑에서 실오라기처럼 새어나오는 물이 있다.

숙종대왕이 병환 때 이 생수를 마시고 나았다고 하여 임금을 구한 물이라 구군천(求君泉)이라는 각자까지 하였다고 전해지고 있어 후세 사람들은 이 물을 만병통치의 감로수로 불러오고 있다.

**화엄봉(華嚴峰)**은 대장봉과 농주암이 왼편에 있다.

바위 모양이 한문자의 화암 두 글자 모양이어서 화암봉이라 전해지고 있다. 옛날 원효대사가 이 바위에서 화엄경을 읽었다고 전해지고 있다. 그러나 신라불교 오교(五教)중 화엄종은 의상대사가 개종하여 포교한 것인 만큼 만약 이 화엄봉이라는 이름이 불식(佛式)에서 유인된 것이라면 이곳에서 화엄경을 읽은 스님은 원효대사가 아닌 의상대사가 아닌가 여겨진다.

**일월봉(日月峰)**은 층암절벽(層岩絶壁)을 이룬 두 개의 바위를 말하는 것으로 가까이 가서 보면 날일(日)자 모양이고 좀 떨어져서 보면 달월(月)자 모양으로 보여 이를 일월봉이라 부르고 있다.

**요령(搖嶺)**은 흔들바위로 일월봉 왼편에 있으며 본래는 그 모양이 거북이와 같다고 하여 구암이라 하였으나 그 큰 바위가 한 사람의 힘으로 능히 흔들리기 때문에 요령(搖嶺)이라 전하고 있다.

**서시제(徐市題)**는 부소암으로부터 서북쪽 금산(錦山) 배면(背面) 계곡의 큰 화랑 앞에 새겨진 고문자(古文字) 서시과차(徐市過此)를 이르며, 일명 남해각자라고도 말한다. 서시제명각자(徐市題名刻字)라고도 하는 그림문자로 상주면 양아리에서 금산(錦山) 부소암에 오르는 산중턱 평평한 자연암에 새겨진 특이한 형태의 조각이다. 동양 최고(最古)의 문자로서 가로 7m, 세로 4m의 평평한 바위 위에 가로 1m, 세로 50cm 넓이로 새겨져 있다. 전해 오는 이야기에 의하면 중국 시황제(始皇帝)의 명령으로 방사(方士)인 서불이 삼신산(三神山) 불로초를 구하려고 동남동녀(童男童女) 3천여 명을 거느리고 이곳 남해 금산을 찾아와서 한동안 수렵을 즐기다가 떠나면서 자기들의 발자취를 후세에 남기기 위하여 새겨 놓고 갔다고 한다.

그러나 시황제 때는 이미 한문자(漢文字)가 사용된 점으로 미루어 그 이전의 고문자(古文字)로 추측되기도 한다. 아직 해독되지 않고 있다. 다만 전설에 의거해서 이 각석을 서시각자라고 해석하는가 하면 어느 학자는 서시기배일출(徐市起拜日出)이라고 해석하고 있다.

그런가 하면 정인보(鄭寅普) 선생 같은 이는 훈민정음(訓民正音) 이전의 한국고대문자로 보고 '사냥을 하러 이곳에 물을 건너와 기(旗)를 꽂다' 라고 해석하고 있다. 이 해독법은 일본 북해도의 어느 동굴 속에 이와 비슷한 문자가 있어 그것을 이렇게 풀이한 백조 박사의 견해에 따른 것으로 알려져 있다.


**세존도(世尊島)**는 금산 앞바다 멀리 떨어져 있는 무인 돌섬이다. 옛날 이태조가 금산 쌍홍문에서 돌배를 얻어 타고 이 섬의 한복판을 뚫고 지나갔다는 전설과 함께 이 세존도 한복판에는 그림을 그린 듯이 원형으로 상동굴이 물 위에 떠 있다.


**노인성(老人星)** 금산은 우리나라 최남단에 자리잡고 있으므로 춘분(春分), 추분(秋分)의 전 3일, 후 3일의 7일 동안 노인성이 제일 잘 보인다. 노인성을 보는 흥취 또한 금산 명소가 아니면 맛볼 수 없는 자랑거리다. 노인성은 수(壽)를 맡는 별이라 하여 이 노인성을 보면 장수를 한다는 전설이 있어 춘·추분을 앞두고 이곳을 찾는 이가 더욱 많다.

**일출봉(日出峰)** 금산의 일출경은 그 장엄하고 신비스럽고 아름다움에 있어 우리나라 어디서나 맛볼 수 없는 금산 절경 중의 극치(極致)이기도 하다. 동녘 바다가 끓어오르면서 수평선과 하늘, 온 천지가 끓어오르듯 벌겋게 달아오르는 여명(黎明)의 장관(壯觀), 일년을 두고 어느 아침이건 맑은 날씨일 때는 끓는 바다에서 붉게 솟아오르는 이 신비롭고 황홀한 일출경에 한없이 도취된다.

**만장대(萬丈臺)**는 탑대의 바로 서남쪽에 마치 깎아 세운 듯이 천인단애(千仞斷崖)를 이루고 있는 높은 절벽이다. 그 높이가 만장같이 높고 깎은 듯이 반듯하다 하여 만장대라 불리어지고 있다.

**천구대(天鳩臺)**는 탑대의 바로 북쪽에 자리잡은 그다지 크지 않은 바위이다. 그 생김새가 비둘기처럼 생겼다고 하여 천구대라 불리운다.

금산은 삼남 유일의 영악(靈岳)이며 소금강으로 불리우는 남해의 절승(絶勝)이다. 먼 옛날 진시황(秦始皇 : 진나라 시황제)의 시신(侍臣) 서시(徐市)가 선남선녀(善男善女) 오백명을 거느리고 불로초를 캐러 영악으로 이름 높은 이곳을 찾아 들었다가 고문자를 남겼다는 이야기하며, 신라시대에 원효대사가 찾아와서 보광사(普光寺)라는 절을 짓고 산 이름을 보광산(普光山)이라고 명명하였다는 이야기와 의상대사(義湘大師)가 홀현홀몰(忽顯忽沒)하는 영봉(靈峰)에 기단(祈壇)을 짓고 기도를 드렸다는 삼사기단의 이야기와 이 선경에 여덟 신선(神仙)이 모여 흥겹게 놀았다는 팔선대(八仙臺)의 유래하며, 이성계가 백일기도 끝에 도통하여 등극(登極)하게 되자 영세불망의 영산(靈山)이라 하여 비단(錦)으로 이

산을 두르게 하라 하였다 하여 금산(錦山)이란 이름이 붙게 되었다는 이야기, 그리고 천동천녀(天童天女)가 가사(袈裟)를 입고 내려와 목욕을 하고 물을 길어 갔다는 가사굴의 이야기 등등 숱한 슬기로운 전설들이 깃들어 있다.

선인들의 입김이 서려 있는 신비로운 선경(仙境) 금산, 유구(悠久)한 영겁 앞에 억조성상(億兆星霜)도 수유(須臾)런가. 몇 천만의 세월이 흘렀건만 영겁의 영산임을 새삼 자부하려는 듯 금산은 오늘도 운무(雲霧)에 몸을 휘감고 창공에 우뚝 그 절관(絶冠)을 자랑하고 있다. 삼남의 절승 기암괴석의 계관(桂冠)을 쓴 금산이 마치 열두 폭 묵화병풍처럼 뒤둘러섰고 좌우로 뻗어 내린 낮은 언덕이 두 팔을 벌려 안아서 감싸 주기나 하듯 아늑한 호수 같은 바다가 바로 상주해수욕장이다.

망망(茫茫)한 바다에 임해진 좁다란 만입구(灣入口)에는 그림 같은 하나의 돌섬이 때때로 밀어 닥치려는 파도를 막아주어 해수욕장이라기보다 원형의 천연호수(天然湖水)라 부름이 적절할 것 같다.

수면은 언제나 잔잔하고 4월의 미소처럼 조용하다.

반월형(半月形)을 그려 연연 3킬로미터에 이르는 하얀 백사장, 은가루를 뿌린 듯 아주 가늘고 부드러운 모래알은 마치 주단 위를 거니는 흠쾌한 감촉(感觸)을 준다. 이 백사장을 감싸듯 무성하게 자란 노송림(老松林)의 송뢰(松籟)는 잔잔한 바다 물결과 하모니를 이루어 바다의 교향곡을 한층 감미(甘味)롭게 돋구어 준다. 해저(海底)는 기복이 전혀 없이 평탄하고 주위에 오염원(汚染源)도 없어 바다 밑바닥은 모래알을 헤아릴 수 있을 만큼 맑고 깨끗함이 또 하나의 자랑거리이다.

'인자(仁者)는 요산(樂山)이요 지자(智者)는 요수(樂水)'라 하였다. 인자는 산을 즐기고 지자는 강으로 나가 물을 즐긴다고 하였지만 이곳

을 찾는 이는 산과 물을 함께 즐길 수 있는 자연 여건이 갖추어져 있
다. 인자나 지자나 마음이 쏠리는 대로 병풍처럼 둘러 있는 금산에 올
라 탐승(探勝)하면 될 것이요, 내려와서는 바다를 즐기면 되는 것이다.

말하자면 요산(樂山) 요수(樂水)를 함께 누릴 수 있는 곳이다.


남해 지형이 사면으로 바다인데, 남쪽은 더욱 가이없는 바다이었
다. 금산이라는 이름난 뫼가 있으니, 읍내에서 30리를 남으로 가서 평
지에서 수십 리를 올라가니, 초대, 중대, 상대라 하여 셋이 있으니, 초
대, 중대는 볼 것이 별로 없고, 상대는 기이한 바위가 많고, 그 중에 높
고 큰 바위 위에 또 바위 둘이 있는데, 바위 모양이 마치 큰 나막신 한
쌍을 남향하여 벗어 놓은 듯하니, 나막신 키는 사람의 길로 두어 길이
나 되니, 너비도 그렇게 커서 사람들이 이르기를, ‘신선이 예 와 놀다
가 나막신을 벗어 두어 돌이 되었다’ 일컬었으니, 그 말은 극히 허황
하나, 모양을 보면 천연한 한쌍의 대단히 큰 나막신 같으니 억지로 갖
다 붙인 그런 말이 있기가 괴이하지 아니하였다.

나막신 바위 옆에 한림학사(翰林學士) 주세붕(周世鵬)이라고 새긴 것
이 있으니, 주세붕은 고려 때 사람으로서 유산(遊山) 와서 자기 이름을
기록한 것이었다.

“이 봉에서 동으로 대마도(對馬島)를 보고 일출도 본다.” 하고, 서(西)
로는 전라도 좌수영(全羅道左水營)이 보이고, 남으로는 바다가 가이없
는데, 바다로 수 백리는 되는 곳에 큰 산이 하나 있으니, 그 산이 가운
데 구멍이 크게 뚫어져 이 금산서 바라보면 서울 남대문 안에서 바깥
을 내다보는 듯이 구멍이 크게 분명히 보이니, 그 산 이름을 ‘유혈도’
라고 일컬었다.

"유혈도는 명산이라 옛날에 신선이 와 매양 놀았기 때문에 바위 위에 밥을 지어먹던 흔적이 더러 있습니다."라고 주민이 말한다.

"유혈도의 고기잡기와 생복따기를 이 뫼 앞에 와서 하고, 가뭄 때문에 여기에 와서 기우제(祈雨祭)를 지내면 비를 매양 얻는다."하되,

"풍랑으로 하여 왕래가 어렵습니다."하였다. 또 유혈도 밖은 넓고 멀어서 아득한 바다이니, 하늘인지 구름인지 물인지, 안력(眼力)이 다하여 알지 못하니, 좋은 큰 배에 돛을 달아 순풍에 내어 놓아 하늘가를 보고 싶으되, 그리 알 길이 없으니, 옛 사람의 글에,

"해가 뜨는 동해 바다 속에 있다는 신성스런 나무인 부상(扶桑)을 다 하도록 보지 못함을 한(恨)하노라."라는 말이 그르지 아니하였다.


목화봉(木靴峰) 아래에는 남으로 의상대(義湘臺)라는 대와 의상암자(義湘庵子)가 있고, 또 그 곁에 굴 둘이 있으니, 하나는 용굴이요, 하나는 음성굴이니, 두 굴이 그리 깊지 아니하되, 음성굴은 밖에서 나무로 굴 바닥을 두드리면 천연한 북소리가 났었다.

두 굴 서편으로 무지개 같은 홍문(虹文)이 있으니, 산의 속이 비어 그 속에 들어서면 사면으로 구멍이 뚫려 있고, 위로 하늘이 보이니, 형상이 무지개 다리 모양과 같기 때문에 그 이름을 '홍문'이라 하였다.

홍문에서 서쪽으로 가니, 산 위에 바위가 있어 천연한 돼지 머리 같으니, 이름을 '저두석'이라 하였다. 또 그 서쪽으로 '구정봉(九井峰)'이라고 하는 대(臺)가 있으니, 산봉 위의 바위에 작은 우물처럼 파인 것이 아홉이 있기에 이름을 구정공(九井孔)이라 하고, 옛 신선이 와서 놀던 곳이라 말하였다.

그 바위틈에 돌이 파이어 그릇같이 되어 있는데, 위에 바위가 높이

덮이어 빗물이 돌지 아니하되, 매양 맑은 물이 있어 가뭄에도 마르지 아니하고, 장마에도 마르지 아니하여 극히 이상한 물로 일컬어지거늘 떠내어 한 그릇을 마시니, 맛이 과연 달고 물맛이 차가이 시원하여 기이(奇異)하였다.

이 구정봉과 의상대(義湘臺)가 바다로 임하여 있어서 보는 경치는 목화봉보다 한결 쾌활(快活)하였다.

"이것이 다 금산 남쪽의 날카로운 봉우리들이요, 금산 전체는 소나무를 장양(長養)하는 곳으로, 통영(統營)서 엄금하기에 수목(樹木)이 하늘을 찌르고 사슴이 많습니다." 하니,

"사슴이라는 짐승이 산에서도 새끼를 치거니와 바닷고기가 변화하여 사슴이 되기 때문에 별로이 많습니다." 이르니, 북도(北道)도 바닷가요, 전라도 변산(邊山)도 바닷가로 모두 사슴들이 많으니, 그 말이 옳은가 싶고, 금산에 범도 많아 사람이 상해(傷害)를 입는 일도 많으니, 내가 이르되,

"한 번 크게 사냥하여 섬 속 범을 다 없이 하면 다시 사람이 상해를 입는 일이 없을 듯하다." 하니 거기 사람들이 이르되,

"금산에는 범이 없으되, 다른 데 범이 바다를 헤엄쳐 건너 들어오기 때문에 도중(島中) 범을 없이 하여도 효험이 없습니다." 하고,

"범이 물을 헤엄쳐 건널 때에 머리를 물 위에 내고 오면 사람이 볼까 하여 짚검불이나 아무 넝쿨들을 써서 머리를 가리고 건너오기 때문에 사람이 모르고 있다가 놀랄 적이 많습니다."고 하니,

"그 짐승이 바다를 건너는 것이 영장(靈長)하고 머리를 가리우는 짓이 지혜가 있는가 보다." 하였다.

남해 땅에 내가 잠시 귀양으로 왔어도 벼슬하는 몸으로 온 후에는 각 처 관방(關防) 지형(地形)과 백성들의 아프고 괴로운 일을 항상 평소에 유의하여 보는 것이 옳으매, 금산에 올라 구경할 적에 사람들이 바위나 수목들만 구경하고자 가르치며 일컫되, 나는 노상 원근(遠近)과 수륙(水陸), 험난(險難)함과 평탄(平坦)함을 묻고 살피며, 첨만호(僉萬戶) 앉힌 지형을 살펴 보니, 남해 한 섬이 경상, 전라 두 도 사이에 있어서 과연 나라의 요충지(要衝地)가 되어 남방의 큰 관방이 되었으되, 한 현감(縣監)을 두어 대수롭지 아니한 고을처럼 버려두었으니, 이런 일은 소우(疏迂)한 근심이 있었다.

금산 서쪽 편을 바라보니, 용문사(龍門寺)가 있으니, 큰 절이 있다. 나는 보통 때에는 절 구경을 무미(無味)히 여겨 왔었으나, 용문사 도국(都局)이 매우 좋아 보이기에 잠깐 절 구경을 하였노라.

# 용문사(龍門寺)

호구산(虎丘山)에 자리잡은 용문사는 원효대사가 영악(靈岳)으로 알려진 금산을 찾아들어 세웠다는 보광사(普光寺)의 후신이라고 전해지고 있다. 고려 중엽에 지금의 용문사 자리에는 처음 첨성각(瞻星閣)이 세워지고 신운(信雲)스님에 의해서 채진당(採眞堂)이 세워졌으며 상운스님이 적묵당(寂墨堂)을 세우게 되자 사세(寺勢)가 날로 흥성해졌다.

백월당(白月堂)은 이 자리가 보광사 자리보다 명당자리라 하여 보광사를 이 자리에 옮기게 되었다. 그리고 사찰 입구가 용연(龍淵) 위에 터를 잡았다고 하여 용문사라고 개칭(改稱)하는 동시에 대웅전(大雄殿)과 봉서루(鳳棲樓) 등을 이전하여 명실공히 웅대한 사찰의 면모를 갖추게 되었던 것이다.

조선 선조 25년(1592)에 임진왜란과 정유재란이 1597년(선조 30) 1~2월에 일어나자 전국의 사찰이 겪었던 수난은 용문사도 피하지 못하였다. 왜란이 일어나자 팔도16종(八道十六宗) 도총섭 당상로(都總儡堂

上路)가 되어 전국 사찰에서 의승군(義僧軍)을 일으켜 승려들이 승병으로 참여하여 왜군과 싸웠는데, 왜적과 용감히 싸운 이 사찰에는 보관 중인 삼혈포가 있다.

일설에는 노량해전에서 구사일생으로 살아남아 해상도주를 하다가 명나라 군사들의 추격을 받고 산중으로 숨어든 일부 왜패잔병을 맞아 용문사 승병들은 명나라 군사와 합동으로 왜적을 모조리 섬멸하였다는 무훈담도 남아 있었다. 이때 용문사 절이 불에 타 없어졌으며 1661년(현종 2) 학진(學進)이 인근 보광사(普光寺) 건물을 옮겨와 중창하였다. 보광사는 원효가 세운 사찰이었으나 이곳으로 옮길 때에는 폐사 직전의 상태였다고 한다.

임진왜란 이후 호국도량으로 널리 알려져 숙종(재위 : 1674~1720)때 나라를 지키는 절이라며 수국사(守國寺)로 지정하였다. 또 이때 왕실의 축원당(祝願堂)으로 삼았다. 숙종 29년(1703)과 영조 11년(1735), 그리고 순조 19년(1819)과 철종 8년(1857)에, 또한 1970년에 각각 중수하였다. 현존하는 건물로는 대웅전과 천왕각, 명부전, 칠성각, 봉서루, 산신각, 요사 등이 있으며, 산내 암자로는 영조 27년(1751)에 세운 백련암(白蓮庵)과 염불암(念佛庵)이 남아 있다.

용문사 대웅전은 정면 3칸, 측면 3칸의 팔작지붕 건물로 처마 밑에 용두(龍頭)를 조각해 넣었다. 백련암은 용성과 성철 등 고승들이 수도하던 곳으로 경봉이 쓴 편액이 걸려 있다. 유물로는 용문사 석불과 촌은 집책판이 각각 경상남도 유형문화재 제138호, 제172호로 지정되었다. 이 중 용문사 석불은 높이 약 81㎝로 고려 초기에 조성된 것이다.

임진왜란 이후 절을 중창하기 위해 땅을 파다가 발굴되었다고 한다. 촌은집책판은 조선 인조 때 학자인 유희경(劉希慶)의 시집 《촌은

집》(村隱集)을 간행하기 위해 만든 것이다. 그밖에 임진왜란 때 승병들이 사용하던 대포 삼혈포(三穴砲)와 숙종으로부터 하사받은 연옥등(蓮玉燈) 2개, 촛대, 번(幡), 수국사 금패(禁牌) 등이 있었으나 연옥등과 촛대는 일제강점기에 일본인이 훔쳐갔다고 한다.

절 입구 일주문 오른쪽 언덕에 9기의 부도가 있다.

소나무, 벚나무, 단풍나무 등 수림이 울창하다. 옛날 호랑이가 지리산에서 건너와 이 산에 살았다는 이야기가 전한다. 호랑이가 누워 있는 모습을 닮았다고 하여 호구산(虎丘山)이라 부른다.

계곡의 맑은 물은 여름에도 추위를 느낄 만큼 시원하다. 또 암봉으로 된 정상에서 바라보는 앵강만의 풍경이 빼어난데, 다도해 섬들 사이로 서포 김만중*이 유배 생활을 하며 《구운몽》《사씨남정기》를 집필했던 노도를 볼 수 있다.

---

* —서포 김만중(西浦 金萬重 : 1637~1692) : 조선의 문신이자 소설가. 아버지 익겸은 일찍이 정축호란 때 강화도에서 순절했기에 만중은 유복자로 태어나 어머니 윤씨한테서 형 만기와 함께 자상하고 엄격한 교육을 받았다. 어머니 윤씨는 한문 실력을 갖추고 있어서 직접 아들을 가르쳤다고 한다. 만중은 형 만기와 함께 오직 어머니 윤씨만을 의지하고 살았고, 윤씨 부인은 두 형제가 아비 없이 자라는 것에 대해 걱정하면서 남부럽지 않게 키우기 위해 모든 정성을 기울였다. 궁색한 살림에도 자식에게 필요한 서책을 구입함에 값의 고하를 묻지 않았다. 또 이웃에 사는 홍문관 서리를 통해 책을 빌려 손수 등사해 교본을 만들기도 했다.
윤씨 부인은 소학, 사략, 당률 등의 책을 직접 가르치기도 했다. 연원 있는 가통과 어머니 윤씨의 희생적 가르침은 훗날 김만중의 생애와 사상에 적지 않은 영향을 끼친 것으로 보인다.
1665년(현종 6) 정시문과에 장원, 정언(正言), 지평(持平), 수찬(修撰), 교리(校理)를 거쳐 1671년(현종 12) 암행어사가 되어 경기, 삼남의 진정(賑政)을 조사하였다. 1672년 겸문학 헌납(獻納)을 역임하고 동부승지가 되었으나 1674년 인선왕후가 작고하여 자의대비의 복상문제, 즉 권력의 정통성 논란에서 서인이 패하자, 관직을 삭탈당하였다. 그 후 다시 등용되어 1679년(숙종 5) 예조참의, 1683년(숙종 9) 공조판서, 이어 대사헌이 되었으나 조지겸(趙持謙) 등의 탄핵으로 전직되었다. 1685년 홍문관 대제학, 1686년 지경연사로 있으면서 김수항이 아들 김창협(金昌協)의 비위(非違)까지 도맡아 처벌되는 것이 부당하다고 상소했다가 선천에 유배되었으나 1688년 방환되었다. 1689년 박진규(朴鎭圭), 이윤수(李允修) 등의 탄핵으로 다시 남해(南海)에 유배되었다. 김만중은 주자주의가 지배하는 조선왕조에서 집권 세력의 일원이었을 뿐만 아니라, 주자주의에 대한 회의를 내비치기도 하고 불교적 용어를 거침없이 사용하기도 함으로써 진보적인 성향을 보였다. 당시의 보편 문어였던 한문으로 써야만 글로 여겼던 당대 분위기에서 김만중의 국

대웅전 앞에서 바라본 남해 푸른 바다의 모습이 가슴을 확 트이게
해 주는데 마치 커다란 기(氣)가 가슴 속으로 밀려 들어오는 느낌이 든
다. 산세와 골짜기의 경치가 아름다운 이곳을 살펴보니 사면으로 바
위 벼랑이 높고 험하여 성첩(城堞)이 이루어져 한 곳도 허(虛)한 데가
없었다.

"그 속에 큰 샘(大泉)까지 있어서 큰 가뭄에도 물이 마르지 아니합니
다" 하고, 골짜기 어귀에 십여 간(十餘間) 넓이가 터져 있으니, 짐짓 산
성(山城)을 만들음직한 땅이었다. 산성을 만들려 하여도 산 위에는 저
절로 생긴 성첩(城堞)이 있고, 수구(水口) 십여 간을 잠깐 막아 쌓았으
면, 옛 사람이 이른바,

"한 사람이 문을 막았으면 일만 사람이 열지 못할 땅"이었다.

성을 쌓고 창고를 지어 곡식을 저축하여 두었다가 완급에 충무공
같은 이를 맡겨 두었으면, 물에 나가서 싸우고 성에 들어와 지키면 해
방(海防)형편이 과연 좋아 뵈되, 근래 사람들이 이런 때에 염려함이 적
으니, 이를 보았으나, 일컬어 말할 곳이 없고, 실제로 관련이 없어 깊
이 생각하지 못하고 허술히 넘기는 선비의 말을 누가 채용(採用)하리
요.

---

문소설은 매우 이례적인 것이었다.
《구운몽》(九雲夢)은 서포 김만중이 남해 유배시절 어머니 윤씨 부인의 한가함과 근심을 덜어주
기 위하여 지었다고 전해지는 감동과 교훈을 주는 고전소설의 대표적 작품으로 유교, 도교, 불
교 등 한국인의 사상적 기반이 총체적으로 반영되어 있으며 불교의 공(空)사상이 중심을 이루고
있다. 성진이라는 불제자가 하룻밤의 꿈 속에서 온갖 부귀영화를 맛보고 깨어나, 인간의 부귀영
화는 일장춘몽에 불과하다는 것을 느껴 불법에 귀의하게 된다는 내용으로 〈옥루몽〉, 〈옥련몽〉
과 같은 몽자류 소설의 효시에 해당한다. 작품 구성의 많은 부분이 신비적이고 환상적 요소를
띠고 있으며, 후대 소설 창작의 모범이 되면서 많은 모방작들이 산출되었다. 김만중은 1698년
(숙종 24) 관직이 복구되고 1706년(숙종 32) 효행에 대해 정표(旌表)가 내려졌다.

# 전복장수와 세정도 나누다

섬 가운데서 나는 물산(物産)은 전복, 홍합, 미역 따위들이 있어 매양 장날이면, 벌여 놓는 것이 모두 생선지속이요, 또 입는 것들은 무명, 모시, 베, 명주 다 있으되, 풍속이 무명과 모시를 별로 더 숭상하고, 명주는 드물게 한다 하였다.

읍촌 여인들이 치마를 물들이지 아니하고 입기에 내가 물어보았더니,

"물들이기 천리길에 어려워 흰 대로 입습니다" 하였다.

하루는 주인의 집에 물속에 들어가 전복을 따는 포작(물속에 고기를 잡는 해녀)이 생복을 이고 내 종에게 사라 이르되,

"불쌍한 포작이니 값을 달라는 대로 주라."

하고 포작이 들어 묻되,

"네 어데서 살며 생복은 어데서 잡느냐?" 물으니,

"저희 살기는 읍내서 수십 리 떨어진 한 갯가에서 살고 생복은 물길

로 오륙 십리 혹 백여 리를 들어가 캐고 멀리 갈수록 더 굵다."

하고 다른 사람들이 이르되,

"생복 따는 거동을 본즉 포작들이 겨울이라도 옷을 벗고 물에 개구리처럼 뛰어들어 물 속에 거침없이 빠져 있다가 수식경(數息頃)이 지난 후에 도로 나와 바닷물 위에 뒤웅박을 대고 엎드려 숨이 북받쳐 숨을 두르지를 못하고 겨우 쉬어 즉시 또 들어가 따내어오니, 포작(해녀)의 거동이 극히 불쌍하고 생복 하나의 값이 여러냥(兩) 싸오나이다."

한양 양반님네 그런 일을 모르는 이가 많으시되,

"나으리는 불쌍한 줄 아오시고 고마우시나이다" 하였다.

원(員)이 마침 나와 보거늘, 포작의 불쌍한 말을 일컫고, 옛 말을 일컬으되,

"우리 계구 한억증(韓億增) 한공(韓公)이 제주어사(濟州御使)로 갈 때에 대궐에 들어가 임금을 알현(謁見)하니, 나라에서 바닷섬 백성(島民)의 질고(疾苦·병고)를 염려하시어 생복 따는 불쌍한 말씀을 누누이 일컫자오시어 '옛 사람의 시에 이르되, 소반 가운데 밥이 쌀낱마다 몹시 애쓴 것이라고 일렀으되, 나는 밥상 가운데 생복이 낱낱이 몹시 고생한 것이라고 이르노라' 하교(下敎)하오시니, 우리 성상(聖上)이 구중궁궐(九重宮闕)에 계시오면서도 천리 밖 갯가에서 고기잡이하는 백성들의 질고를 친히 보오시는 듯 이렇듯 아시니, 방백(方伯·지방관의 높은 벼슬)과 수령(守令) 되는 이는 백성에게 가까운 까닭으로, 더욱 청렴(淸廉)하염직 하오이다" 하니,

원의 대답도 "그렇소이다" 하였다.

# 유가(儒家)의 예법

"섬 중의 풍속(風俗)은 무지(無知)하여서 사리를 판별(判別)하지 못하는 자의 움직임이 심하여 인륜(人倫)의 행실(行實)이 전혀 없고, 어버이의 장례(葬禮)를 모실 때에 수일 전(數日前)을 기하여 집에 차일(遮日)을 치고, 주육(酒肉)을 많이 장만하여 동리(洞里) 사람들을 모아 각별(恪別)히 많이 먹이고, 무당과 점쟁이를 모아 아침부터 밤이 되기까지 굿을 하고, 새벽에 발인하여 갈 적에 북과 장구를 치며 피리와 저를 불어 상여(喪輿) 앞에 인도하여 산까지 가니, 장수(葬需)는 부조 받는 일이 없고, 장사 지낼 때에 산신께 폐백 드리는 이가 없고, 선비라 이름하는 사람이라도 신주(神主)를 모시는 이가 없고, 돌아와 제사 한 번 지내니, 제 이름은 넋제라 하니, 대범 장사에 주육(酒肉)과 풍류(風流)를 착실히 한 후에야 이웃 사람들이 장사를 잘 지내니, 그 상인(喪人)이 착하다" 하고, 장수를 약간 잘 차려 지내어도 풍류와 주육이 착실하지 못하면 "장사를 잘못 지냈다" 하고, 꾸지람이 많다고 하였다.

그 이야기를 들으니 우습기도 그지없고 해괴(駭怪)하여 놀랍기까지
하였다. 장례가 이러하거든 혼인하는 모양은 더욱 이를 것이 없었다.

혼인날 신랑이 오면 동네 어른과 아이들이 내달아 신랑의 얼굴에
먹칠도 하는 등 매우 굶게 보채어 과거(科擧)에 급제(及第)한 선달(先達)
을 선진(先進)이 보채는 듯이 보채고, 딴 방에 종일토록 앉혔다가 신랑
의 집에서 신부집으로 구혼하는 납채(納采)하는 일도 없고, 신랑이 색
시댁에 가서 나무로 깎은 기러기를 상 위에 올려놓고 절하는 전안(奠
雁)하는 일도 없고, 신랑 신부가 낮에 보는 일도 없고, 동리 잔치도 하
는 일이 없이 밤에 신랑 있는 데에 처녀를 들여보내고, 다른 예절이
없다고 하니, 도중에 칭명 양반이라고 이름하는 사람들도 장사 지내
는 예절과 혼인하는 의례가 이렇듯 망측하니, 이 땅이 비록 안양서 천
리가 넘은들 예의지방의 교화가 아니 미친 데 없건마는 이 땅이 이렇
듯 무식하고, 예의범절이 없이 언행이 서툴까? 측연(惻然)하기가 심하
였다.

그 이유는 다름이 아니라, 이 고을 원들은 이전부터 무관(武官)이 오
기에 정치를 혹 잘한다 하여도 예의지교(禮儀之敎)와 어버이를 잘 섬기
는 도리와 절개를 굳게 지키는 도리를 일컫는 이가 없기에 풍속이 준
준(蠢蠢)하여 한 해 그러하고 두 해 그러하니 백성들이 오륜(五倫)이 무
엇인지 알지 못하고, 성질이 모질고 완악(頑惡)하기만을 길러 오고, 중
간에 문신(文臣)을 사이사이 보내게 변통하였으되, 문관원(文官員)이
한 번 다녀간 후 무변원(武弁員)이 연하여 오기에 권학(勸學)하는 일이
없고, 예법 익히기가 매우 경솔(輕率)하고 오만(傲慢)하니, 섬 안의 늙은
이들이 혹 애달파하는 이가 있었다.

# 귀양길에 풀려나다

칠월 십삼일에 내 귀양에서 풀린 기별을 듣고, 이틀을 치행(治行, 길 떠날 행장을 차림)하여 떠나려 할 때에 이성삼이 와서 이르되,

"이 땅이 노인성(老人星)이라고 하는 남극성(南極星)이 비취기에 노인이 많아 나이 백세 넘는 이도 자주 있고, 근 백세하는 이는 지금도 많이 살고 있으며, 이전에 한성부 호적(漢城府戶籍)을 자세히 살펴보니, 남해 노인이 팔도중(八道中) 제일이라 하니, 기다려 노인성을 보시면 좋을 듯합니다."

하거늘 내가 웃고 대답하되,

"천문서에 이르되, '노인성의 빛이 매우 성하면 세상에 노인이 극히 많다' 이르고, 사람이 노인성(老人星)을 보고 아니 보기로 일컬은 말이 없는지라, 지금 세상에 노인이 극히 많아 중국의 당우* 제요도당

---

* —당우(唐虞) : 중국(中國)의 도당씨(陶唐氏)와 유우씨(有虞氏), 곧 요와 순의시대를 함께 이르는 말로 중국(中國) 사상(思想)의 이상적(理想的) 태평(太平)시대로 치는 시대임.

씨(帝堯陶唐氏)와 제순유우씨 태평성대시절 같았으니, 노인성의 빛이 극히 성한 줄은 보질 않아도 알리로다. 노인성이 비취는 곳을 의논하면 신선(神仙)이 살고 있다는 봉래궁전(蓬萊宮殿)에 먼저 비취고 장안팔만가(長安八萬家)와 팔역 생령(八域 生靈) 가가호호(家家戶戶)가 다 비치어 있는 것이거든, 어찌 남해섬 뿐이리요? 이 땅에 노인 많은 것은 다름이 아니라, 당우 때에 농부(農夫)가 땅을 치며 태평성세(太平盛世)를 노래한 격양가(擊壤歌)를 부르던 노인이 요순(堯舜)의 덕화(德化)를 입어 장수(長壽)함과 같으니라" 하니,

이성삼(李聖三)이 대답하되,

"과연 그러하나이다. 우리는 여기에 있으면서 격양가를 노래하올거니, 한양에 돌아가신 후 한양의 경운가(耕耘歌)를 해마다 무궁무진(無窮無盡) 노래하소서" 하더라.

# 화방사(花芳寺)

**화**방사는 충무공 이순신과 함께 임진왜란 때에 순국한 장병들의 영혼을 모시고 제사를 지냈던 호국사찰이다. 채진루에 서 있는 이 충무공 충렬묘비 목판비문이 호국사찰의 모든 것을 말해 주고 있으며, 이 목판비는 높이 3m, 폭 1.6m로 나무판 앞뒤에 충무공의 충절을 기리는 내용으로 1300여 자가 새겨져 있다. 이 비는 1997년 복원한 비이며 원래의 비는 지난 1981년 화재로 소실되었는데, 당시 탁본해 놓았던 것을 가지고 1998년 새로 복원한 것이다. 모양과 크기는 충렬사에 입석되어 있는 비와 똑같다. 왜 이 비가 화방사에 있을까?

임진왜란과 화방사와는 어떤 관계가 있는 건지, 이는 역사 속에서도 인연을 찾을 수가 없다. 그러나 임진왜란, 정유재란의 수난을 겪으며, 전국 사찰에서는 의승군을 일으켜 왜적과 싸운 휴정 서산대사(休靜 西山大師)*와 그 뒤를 이어 팔도의 승군을 총 지휘한 유정 사명당(惟政 泗溟堂)*의 뜻을 좇아 승려들은 총궐기하여 호국수호에 용감하게 싸

웠다는 구국 충혼의 정신은 호국사찰에 남아 그 영령들을 모시고 있
다.

---

* ―휴정 서산대사(休靜 西山大師 : 1520~1604) : 본관 완산(完山)이요, 속성 최(崔)씨며, 자 현응
(玄應)이요, 호 청허(淸虛), 서산(西山)이다. 속명 여신(汝信). 안주(安州) 출생으로 1534년(중종
29) 진사시(進士試)에 낙방하자 지리산(智異山)에 입산, 숭인(崇仁) 문하에서 승려가 되어 '전등
록(傳燈錄)'과 '화엄경(華嚴經)', '법화경(法華經)' 등을 배웠다.
그 후 일선(一禪)에게 구족계(具足戒)를 받고 영관(靈觀)의 법을 계승하였다.
1552년(명종 7) 승과(僧科)에 급제, 대선(大選), 중덕(中德)을 거쳐 교종판사(敎宗判事)·선종판
사(禪宗判事)를 겸임했으며, 보우(普雨)를 이어 봉은사(奉恩寺) 주지가 되었다. 1556년 요승 무
업(無業)의 무고로 정여립(鄭汝立)의 역모에 연루되었다 하여 투옥되었다가 곧 풀려났다. 임진
왜란이 일어나자 73세의 노구로 왕명에 따라 팔도십육종도총섭(八道十六宗都摠攝)이 되어 승
병(僧兵) 1,500명을 모집, 명나라 군대와 합세, 한양 수복에 공을 세웠다. 이 공로로 국일도대선
사선교도총섭 부종수교보제등계존자(國一都大禪師禪敎都摠攝扶宗樹敎普濟登階尊者)가 되었
으나 1594년 유정(惟政)에게 승병을 맡기고 묘향산 원적암(圓寂庵)에서 여생을 보냈다.
* ―유정 사명당(惟政 泗溟堂 : 1544~1610) : 조선 중기의 고승. 경상남도 밀양에서 임수성(任守
成)의 아들로 태어났다. 일찍 부모를 여읜 사명당은 13세에 황여헌(黃汝獻)에게 사사(師事)하다
가 황악산 직지사에 들어가 신묵화상(信默和尙)에게 선(禪)을 받아 승려가 되었고, 거기에서 불
교의 오의(奧義)를 깨달았다. 1561년(명종 16) 선과(禪科)에 급제하고 당시의 학자·대부·시인
들이었던 박사암(朴思菴), 허하곡(許荷谷), 임백호(林白湖) 등과 교제하였다.
1575년(선조 8) 선종(禪宗)의 주지로 추대되었으나 사양하고 묘향산에 들어가 청허(淸虛)대사
(西山大師)에게서 성종(成宗)을 강의 받고 크게 각성하였다. 금강산 보덕사(報德寺)에서 3년을
지내고, 다시 팔공산, 청량산, 태백산 등을 유람했으며, 43세 때 옥천산(沃川山), 상동암(上東菴)
에서 하룻밤 소나기에 뜰에 떨어진 꽃을 보고 인생의 무상함을 깨닫고 문도들을 해산시킨 다음
오랫동안 참선하였으며, 46세에 오대산 영감란야(靈鑑蘭若)에 있다가 역옥에 죄 없이 걸렸으나
무죄 석방되어 금강산에서 3년 동안 지냈다. 1592년(선조 25) 임진왜란 때 의병을 모집하여 순
안에 가서 청허의 휘하에서 활약하였고 청허가 늙어서 물러난 뒤 승군(僧軍)을 통솔하고 체찰사
유성룡을 따라 명나라 장수들과 협력하여 평양을 회복하고 도원수 권율과 함께 경상도 의령에
내려가 전공을 많이 세워 당상(堂上)에 올랐다.
1594년에 명나라 총병(摠兵) 유정(劉綎)과 의논하고 왜장 가토 기요마사를 울산 진중으로 세 번
방문하여 일본군의 동정을 살폈다. 왕의 퇴속(退俗) 권유를 거부하고, 영남에 내려가 팔공(八
公)·용기(龍起)·금오(金烏) 등의 산성을 쌓고 양식과 무기를 저축한 후 인신(印信)과 전마(戰
馬)를 바치고 산으로 돌아가기를 청하였으나 허락을 얻지 못하였다. 1597년 정유재란 때 명나라
장수 마귀(麻貴)를 따라 울산의 도산(島山)에 쳐들어갔으며, 이듬해 명나라 장수 유정을 따라 순
천예교(順天曳橋)에 이르러 공을 세워 가선동지중추부사(架善同知中樞府事)에 올랐다. 1604년
(선조 37) 국서를 받들고 일본에 가서 도쿠가와 이에야스를 만나 강화를 맺고 포로가 되어 갔던
사람 3천 5백 명을 데리고 이듬해 돌아와 가의(嘉義)의 직위와 어마(御馬) 등을 하사받았다.
그때는 청허가 입적한 이듬해로 묘향산에 들어가서 스승의 영탑에 애하고 치악산으로 들어갔
다. 선조의 부보를 듣고 한양으로 달려와 배곡한 후 병을 얻어 광해군의 서변을 지키게 하려 하
였으나 응하지 못하고 가야산(伽倻山)에 들어가 사망했다.

신라 신문왕(神文王)* 때에 원효대사(元曉大師)*가 연죽사를 세우고 고려 중기 진각국사 혜심(1178~1234, 고려 승려 조계종 2세) 승려가 이곳으로 옮겨 영장사(靈藏寺)로 개칭하였으나, 임진왜란 때 승병들의 근거

---

* —신문왕(神文王 : ?~692) : 신라 31대 왕. 문무왕의 맏아들.
어머니는 자의왕후(慈儀王后), 비는 소판(蘇判) 김흠돌(金欽突)의 딸이다. 665년(문무왕 5) 태자에 책봉, 문무왕에 이어 즉위한 후 장인인 김흠돌이 모반을 일으키자 이를 평정, 김흠돌을 주살(誅殺)하고 비 김씨를 폐위시켰다. 682년 위화부령(位和府令) 2명을 두어 선거(選擧) 사무를 맡게 하고 국학을 창설하여 학문을 장려하였으며, 683년(신문왕 3년) 김흠운(金欽運)의 딸을 맞아들여 왕비로 삼았다.

* —원효대사(元曉大師 : 617~686) : 신라의 고승이다. 원효는 법명이고, 속성은 설(薛)씨요, 속명은 서당(誓幢), 또는 신당(新幢)이며, 호는 화정(和淨)이다. 설총의 아버지이다. 잉피공의 손자이자 내마 담날의 아들로 상주(湘州) 불지촌(佛地村)에서 태어났다. 그 어머니가 꿈에 유성(流星)이 품속으로 드는 것을 보고 원효를 임신하였으며, 만삭(滿朔)이 된 몸으로 압량군(押梁郡)의 남불지촌(南佛地村) 율곡(栗谷) 마을을 지나다가 사라수(沙羅樹) 아래 이르러 갑자기 낳았는데 《삼국유사》에 이르기를 그때 오색구름이 땅을 덮었다 한다. 어려서는 서당 또는 신당으로 불렸으며, 15세 때 또는 28세 때 출가하여 승려가 되었다. 황룡사(黃龍寺)에 들어갈 때 집을 희사하여 초개사(初開寺)를 세우게 했으며, 자신이 태어난 사라수 옆에도 절을 세워 사라사(沙羅寺)라 하였다. 영취산(靈鷲山)의 낭지(郎智), 흥륜사(興輪寺)의 연기(緣起)와 고구려 반룡산(盤龍山)의 보덕(普德) 등을 찾아다니며 불도를 닦으니 뛰어난 자질(資質)과 총명이 드러났다.
34세 때인 650년(진덕여왕 4) 의상과 함께 당나라 고승 현장에게 불법을 배우러 가다가 요동(遼東) 근처에서 고구려 순라군(국경경비대)에게 잡혀 첩자로 오인받았다가 풀려났다.
661년(문무왕 1) 다시 의상과 함께 당나라로 유학을 가던 길에 당항성(唐項城) 근처의 한 무덤에서 잠이 들었다. 잠결에 목이 말라 달게 마신 물이 다음날 아침에 깨어나 다시 보니 해골바가지에 담긴 더러운 물이었음을 알고 급히 토하다가 "마음이 나야 모든 사물과 법이 나는 것이요, 마음이 죽으면 곧 해골이나 다름이 없도다(心生則種種法生 心滅則龕墳不二). 부처님 말씀에 삼계(三戒)가 오직 마음뿐이라 한 것을 어찌 잊었더냐?"라는 일체유심조의 진리를 깨달아 유학을 포기한다. 그 뒤 분황사(芬皇寺)에 있으면서 독자적으로 통불교(通佛教)를 제창하며 민중 속에 불교를 보급하기에 노력했다. 하루는 마음이 들떠 거리에 나가 노래하기를 "누가 자루 없는 도끼를 내게 주겠느냐, 내 하늘을 받칠 기둥을 깎으리로다"라고 하니 사람들이 듣고 그 뜻을 몰랐으나, 태종무열왕이 듣고 "대사가 귀부인을 얻어 슬기로운 아들을 낳고자 하는구나"라며 요석궁(瑤石宮)의 홀로 된 둘째 공주—흔히 요석공주—를 짝되게 하니, 과연 공주가 아이를 배어 설총(薛聰)을 낳았다. 스스로 실계(失戒)한 원효는 소성거사(小性居士)라 자칭하면서 속세의 복장을 하고 마을에 나다니다가 우연히 한 광대가 괴상한 박을 가지고 춤과 만담을 벌이는 것을 보고, 그와 같은 물건을 만들어 '화엄경'의 '일체무애인(一切無碍人) 일도출생사(一道出生死)'에서 '무애'를 따라가 박의 이름을 짓고 〈무애가〉(無碍歌)라는 노래를 지어 춤추고 노래하며 여러 마을을 돌아다녔다. 이에 세상 사람 중 염불을 할 줄 모르는 사람이 없게 되었으니 원효의 교화가 그렇게 컸다. 수많은 저서를 남기고 70세 되던 해 음력 3월 30일 혈사(穴寺)에서 사망했다. 뒤에 고려 숙종이 대성화정국사(大聖和靜國師)라는 시호를 주었다.

지로 쓰이다가 소실되고, 인조 15년(1636)에 서산대사의 제자 계원과 영철 두 선사가 현 위치에 중수하여 화방사라 이름하였다.

화방사에는 사찰이 건립되어 불상을 봉안할 때 불을 밝히는 옥돌로 만든 등잔인 옥종자 설화가 있으며, 한 번 불을 붙이면 꺼뜨려서는 안 되며, 어떠한 이유에서든지 불이 꺼지면 다시 불을 붙여서는 안 된다고 한다. 그러나 이 옥종자의 불씨는 임진왜란으로 사찰이 전소되면서 꺼져 버렸으니까 임진왜란 때에 불씨가 꺼진 후 현재까지 사용하지 않고 있다. 이런 궁금증을 풀기 위해 화방사는 5편의 중건중수기와 현판기문, 완문절목, 선생안 등을 비롯한 고문서 번역을 통해 사찰의 역사를 재조명하여 그 연유를 찾으며 노력하고 있다.

구름도 쉬어간다는 망운산에는 무엇이 있기에 구름이 떠나지 않고 머물고 있었을까. 연꽃이 핀 도량인 화방사가 자리하고 있기 때문이다. 화방사는 연꽃은 없지만 화방사는 장엄한 불광토의 아름다운 묘법이 자연과 함께 하는 도량이기 때문이다. 주차장에 차를 세우고 돌다리 건너 일주문 돌계단을 오르면 대웅전이 웅장히 서 있고 오른쪽으로 대숲이 조용한 정적 속에 미혹중생의 부처님 사람을 맞이한다.

채진루 맞은편에는 천연기념물인 산닥나무 자생지가 화방사의 역사를 품고 있다. 화방사 고문서의 완문절목에 보면 이곳에 한지를 생산하는 지소가 있었고, 서울의 각 관청에까지 종이를 보급하였으며, 31가지의 종이를 생산했다고 기록되어 있다. 경내 주변 3천여 평 부지에서 자생하는 산닥나무 껍질은 고급 종이를 만드는 원료로 사용되고 있다. 산닥나무는 6, 7월경에 공처럼 둥근 주홍색 열매를 맺는데, 꽃과 다른 아름다움을 뿜어내고 있으며, 단풍과 다른 느낌을 받는 주홍색으로 물든 산사를 만나게 된다.

대숲과 계곡을 끼고 망운산으로 오르는 길은 가파르지 않아 땀을 흘리지 않아도 하늘을 가린 울창한 숲 속을 걸으며 이름 모를 새들의 지저귐과 계곡에서 들려오는 물소리가 고요한 암자의 정적이 밝은 빛으로서 생명들에게 향기로운 기쁨을 준다. 부처님 진신사리가 봉안된 망운암까지는 멋진 수행 승려들의 유행코스처럼 사색하기에 매우 좋은 오솔길이다. 자기 자신을 산사가 품고 있는 대자연 속에서 내 몸에 가득 청정한 여유를 환희롭게 가질 수 있다.

망운암에서 조금 더 오르면 망운산 정상이다.

이곳은 한해로 가뭄이 들었을 때 강우를 기원하며 지내는 제사(기우제)를 도우(禱雨)라고 하며 가뭄으로 인해 비에 절대적으로 의존하는 천수답의 가뭄은 당시 농경사회에서 가장 큰 재앙이었다. 따라서 기우제는 조정으로부터 자연마을에 이르기까지 나라 전체가 지내는 가장 큰 행사였다.

하늘이 물을 주지 않으면 가뭄으로 농사를 지을 수 없는 농민들의 맥없이 무너져 내리는 농심은 땅, 나무, 바람, 바다 모두 하늘에 기원하며 비가 내리기를 빌었고 망운산에서 자암 김구가 기우제를 지내며 쓴 기우문(祈雨文)을 보면 다음과 같다.


## 기우문(祈雨文)


산이 높고 우뚝하니
바다를 누르는 관문입니다.
바다의 기움을 뿜고 머금으면서
비로도 내리고 구름으로 떠돕니다.

신령들이 모여안고 도우니
은택이 백성들을 맡으셨습니다.
시절이 바야흐로 농사철에 이르렀는데
가뭄 귀신이 일어나 위태롭고 고통스럽네요.
산은 어찌하여 땔감을 쓰느라 붉게 헐벗었고
물은 어이하여 메말라 버렸습니까?
쇠도 끈적거리고 돌은 녹았으니
하물며 농사짓는 벼이겠는지요.
열기를 씻고 마른 것들은 소생시키어서
직분을 맡은 신령은 이를 베푸소서.
신령이 외면하여 직분을 버렸다면
어찌 이를 참아내겠습니까?
내 조정의 명령을 받아서
이곳에 와서 바다의 땅을 맡았습니다.
두루 옹화한 기운을 베풀어서
이 근심을 깨끗하게 쓸어버리소서.
직접 희생을 잡아 실효를 요구하노니
구휼하신다면 잡아 실효를 요구하노니
이 미약한 정성을 받들어 올리는데
두려운 마음으로 공경을 다해 올립니다.
우러러 돌아보실 것을 바라보니
신령께서도 응답하여 내려주소서.
문득 구름 기운이 일어나더니
이곳에 두루두루 비가 퍼붓겠지요.

말라 버린 벼도 생기를 되찾고
삼도 자라지 못하다가 싹을 틔우리다.
은혜가 백성들에게 고루 베풀어져
끼니도 잇고 옷도 입으리이다.
오직 백성들의 운명은
오직 신령의 곡식에 있습니다.

## 望雲山 祈雨文(망운산 기우문)

維山峻極(유산준극) 鎭海之門(진해지문) 噴含海氣(분함해기)
以雨以雲(이우이운) 蓄靈擁祐(축령옹우) 澤司黎元(택사려원)
序屬方農(서속방농) 魃煽威赭(발선위자) 山焉爨赭(산언찬자)
水焉(수언) 涸(호) 金膏石融(금고석융) 矧伊稼穡(신이가색)
濯炎蘇枯(탁염소고) 職神攸施(직신유시) 神顧棄職(신고기직)
胡寧忍斯(호령인사) 我忝朝命(아첨조명) 來典海壤(내전해양)
分宣壅和(분선옹화) 厥咎靡爽(궐구마상) 躬犧責實(궁희책실)
莫恤湯聖(막휼탕성) 奉厥菲薄(봉궐비박) 伈伈薦敬(심심천경)
尙仰茲顧(상앙자고) 克對靈貺(극대영황) 條起膚寸(숙기부촌)
遍爾霈滂(편이패방) 禾燋而醒(화초이성) 麻閼而孼(마알이얼)
式俾齊氓(식비제맹) 伊粒伊褐(이립이갈) 惟民之命(유민지명)
惟神之食(유신지식)


　백성들은 나라님이 덕이 없어 비가 오지 않는다고 원망들을 하겠
지. 늙은 대신들은 하늘만 바라보며 한숨 지을 테고. 농민은 아침에

잠깨어 머리맡이 쌀쌀하면 오늘이나 비 오려나 창을 열고 하늘을 쳐다보지만 가뭄 때 농민(農民)들은 속 태우며 비를 몹시 기다리며 기우제를 지내기도 했다. 딱히 벼를 대신할 소득 작물이 없는 관계로 주곡의 생산이 천수답의 경우 가장 절실한 물의 곤란이었다.

바삭바삭 건조한 전답 속에 곡물을 더 많이 생산할지 더 이상 곡물을 생산하지 못하는 마른 땅이 될지 걱정 속에 노을이 짙다, 바람이 습기를 머금었다, 올해는 흉작이다를 부르짖는 원시농경의 농심에는 혀에 가시가 돋았다. 행복하게 살 만한 땅 궁핍한 환경 속에 생존권의 보장과 생활상의 행복을 추구하며 어려운 삶 속에 천수답의 고달픔을 알았기에 수로를 정비하고 저수지를 만들어서 안정적인 삶의 터전을 만들려 애썼으며 치수와 수로 정비에 능숙한 대비로 확고한 논리를 얻어 하늘에서 내리는 비를 언제 내릴지 천수답의 농경사회는 어려운 시절이기도 했다.


남해에서 가장 높은 망운산은 해발 786m로 4월에는 진달래 철쭉꽃 군락지로 산을 붉게 뒤덮어 꽃동산을 이룬다. 멀리 바다 위에 점점이 올망졸망 떠 있는 섬들과 강진만 청정해역과 서상 앞 바다와 남해읍의 전경을 볼 수 있으며, 멀리 삼천포항까지 한눈에 들어온다.

지리산의 천왕봉과 광양 백운산 하동 금오산이 조망되며 석양의 노을빛 황혼은 낙조에 극치를 이룬다. 붉게 타오르는 태양과 붉은 철쭉, 노을빛은 그림으로도 그릴 수 없는 절경이다. 또 정상에서 바라볼 수 있는 절경은 일몰과 일출로 남해 바다에 떠 있는 섬들이 명화와 같이 아름답다. 남해의 진산인 망운산과 영산인 금산을 탑승하면 누구나 그 절경에 감복하고 심취되어 각각의 한 수씩 시를 읊을 만큼 아름다운 곳이다.

 약천 남구만이 남해에 유배와 망운산에 올라 평화로움과 아름다운 비경에 한려해상과 조망을 보고 향수를 느껴 시를 지은 〈제영등망운산〉을 소개하고자 한다.


## 제영등망운산(題詠登望雲山)

넝쿨을 휘어잡고 바위를 기어올라 산정에 오르니
과연 망운이란 이름이 잘 붙여졌음을 알겠구나
백성들이 성원을 입어 요민 못지 않게 행복함을 보니
이 천한 몸도 몹시 고향 땅이 그리워지는구나
마음은 구름을 타고 고향하늘 맴도니
금성의 일타홍이 그립구나
끝없는 바다에는 섬 그림자 아롱지는데
이 몸 언제나 그리운 고향으로 돌아가게 되려나


## 題詠登望雲山

捫蘿攀石上爭嶸(문라반석상쟁영)
爲感慈山寓此名(위감자산우차명)
莫是堯民懷聖意(막시요민회성의)
將非狄子戀親情(장비적자연친정)
高飛白遠迷鄕井(고비백원비향정)
一朶紅遙隔錦城(일타홍요격금성)

更有愴冥浮點影(갱유창명부점영)
隨風何日向西怔(수풍하일향서정)

　남해의 진산 망운산(786m)에 약천 남구만은 겨우 넝쿨을 잡고 기어 올라가 보니 바라보이는 사방팔방이 그야말로 절경이라 햇살에 눈부신 조망은 운무에 서린 평화로운 전경이 유배에 묶여 비록 망운산(望雲山)에 있지만 마음은 고향땅이 그리워 사무치는 마음은 고향에 가 있다. 그리운 고향에는 유배에서 언제 풀려나 돌아가겠는가 하는 그리운 향수를 그리며 달래고 있다.

　산녘의 울창한 숲 나무들의 수려한 풍경은 산뜻하고도 맑아 푸른 대해의 물결이 일듯 그 청아함이 한눈에 시리도록 부딪쳐 온다.

　사방팔방이 망망하게 펼쳐진 곳에서 멀리 구름을 바라보며 고향을 그리워하는 마음이 희망차다. 나뭇잎은 붉게 타는 햇살에 맑고 청아한 숲 바람과 새 소리에 산록은 푸른 숨소리로 물결 가득하다.

　아래에는 먼 수평선의 푸른 물결이 은빛으로 빛나고 현란한 오색 자연 속의 그 비경의 풍광은 그림처럼 우뚝 자리하고 앉아 아름다운 자태를 자랑하고 있다.

# 충렬사(忠烈祠)

　내 길 떠나올 적에 노량포구 서원에 올라 심원하고 가고자 하였으나 죄인의 몸으로 들르지 못하여 다시 먼 길에 찾아올 기약 없어 귀양살이를 하고 나루를 건너면서 잠깐 참배하여 들르오니, 그 청사에 빛나는 검푸른 푸른 바다 흐르는 물결이 이 바다에 떨어진 순국의 충무공 넋을 그리듯 울창한 수목 속에 지금도 금수는 그리운 슬픔 울음 울며 그날의 그 공훈 말하고 있어 나는 숙연히 고개 숙여 큰 배(拜) 올리며 이순신이 싸운 바다 〈한산도야음〉(閑山島夜吟) 시(詩)를 생각해 본다.

바다에 가을빛 저무니
추위에 놀란 기러기떼 높이 나는구나
걱정에 잠 못 이뤄 뒤척이는 밤
기우는 달이 활과 칼을 비추네

水國秋光暮(수국추광모)

驚寒雁陣高(경한안진고)

憂心輾轉夜(우심전전야)

殘月照弓刀(잔월조궁도)


후송 유의양은 1771년(영조 47) 2월 26일부터 서민으로 남해로 방축되어 남해 적소에 들며 죄인으로 충렬사를 찾지 못하고 노량해협 바닷가에서 그는 충무공을 사모하는 〈충렬사헌시〉를 지은 것이다.

또한 그해 7월 30일 귀양에서 풀린 기별을 듣고 이튿을 치행(治行)하며 충렬사에 남긴 헌시를 소개하고자 한다.


## 충렬사 헌시

엄한 길 일천리에

고적을 노량가에 찾아보는지라

이무기의 머리는 하늘 군사의 승전비요

거북의 형상은 통제사의 함선이라

춘추를 읽을 땅이 없었으니

충효는 자손이 있어 전하였도다

귀양가는 과객의 마음이 오히려 장하니

보검편을 높이 읊도다


**忠烈祠 獻詩**

嚴程一千里(엄정일천리)

訪古露梁邊(방고노량변)

螭首天兵碣(이수천병갈)

龜形統制船(구형통제선)

春秋無地讀(춘추무지독)

忠孝有孫傳(충효유손전)

竄客心猶壯(찬객심유장)

高吟寶劒篇(고음보검편)

## 치행(治行)

시한(時限) 있는 노정(路程) 일천리 길

옛 노량 충렬사를 찾았네

이수(뿔없는 용머리)는 통제사의 비석이요

거북 모양의 전선은 통제사의 배로다

춘추좌전(春秋左傳)은 읽은 바 없으니

충효는 자손에 전하여졌는데

적객의 마음 오히려 장(壯)하니

보검편 글귀 소리 높여 읽노라

## 治行

嚴程一千里(엄정일천리)

訪古露梁邊(방고노량변)

螭首天兵碣(이수천병갈)

龜形統制船(구형통제선)
春秋無地讀(춘추무지독)
忠孝有孫傳(충효유손전)
竄客心猶壯(찬객심유장)
高吟寶劍篇(보음보검편)


　남해는 4면이 바다라 바다 가운데 떠 있는 남해는 한 점의 섬 선경이다. 푸른 파도와 운해 속에 싸여 있는 한려 남해는 풍광이 아름다운 청해 청정지역이다.

　남해를 예찬한 《남천잡록》을 저술한 김용(金容)은 1771년(영조 47) 1～2월 사이 남해로 유배 와서 7월까지 약 반년 정도 적도생활을 하며 남해에서 남긴 여러 시문 중 〈금산에 올라(登錦山)〉, 유배에서 풀려나 남해를 떠나기 전 8월 중에 쓴 〈홍문(虹門)〉, 〈감로수(甘露水)〉, 〈금산에서 내려오다 만난 비(下錦山遇雨)〉, 〈노인성(老人星)〉 등이 있는데 그 중 〈노량알충무사(露梁謁忠武祠)〉 헌시를 소개한다.


### 노량알충무사(露梁謁忠武祠)


충무사당 노량 들머리에 있어
문 앞에 다다르니 남해 바다 푸르네
매양 생각하던 감개 오늘에야 이루니
읊조리던 시 깨닫지도 못하고 이 나이 되었는데
공의 뛰어난 공적 남기신 말씀 참으로 장할시고
영웅의 기개 파도도 노하는구나

초로(初老)의 늙은이 더욱 늙어 돌에 새기니
사당을 참배하는 나그네 옛시조 읊조리네

## 露梁謁忠武祠

忠武祠堂入露梁(충무사당입노량)
門臨南海正蒼蒼(문임남해정창창)
遂因感慨追當日(수인감개추당일)
不覺況吟到夕陽(불각황음도석양)
如許奇功遺韻壯(여허기공유운장)
至今榮氣怒濤長(지금영기노도장)
春翁尤老銘諸石(춘옹우로명제석)
謁廟行人續舊章(알묘행인속구장)

남해의 노량에 3칸의 사당(祠堂)이 있으니, 그 안에는 위패를 모시어 놓고, 돌아가신 충무공(忠武公) 이순신 장군(李舜臣將軍)의 제사를 모시는 곳이다. 명(明)나라 신종황제(神宗皇帝) 만력원년(萬曆元年)에 왜놈 수장 도요토미 히데요시(豊臣秀吉, 풍신수길 : 1537~1598)가 그의 임금을 죽이고 온 나라를 들어서 우리나라를 도둑질하러 왔다.

이충무공(李忠武公)께서는 임진왜란(壬辰倭亂)이 일어나기 전에는 북쪽 변방에서 여러 번 큰 공을 세웠으나 사람들이 전혀 알지 못하였다.

선조 24년 신묘년(1591) 2월 전라도 좌수사로 임명된 이충무공께서는 부임하자마자 매일 전쟁 도구를 수리하면서 사졸들을 다독이어 보살펴 주었다. 마침내 왜적들과 싸우게 됨에 이충무공께서는 옥포에서 왜적들을 패주시켰고, 노량과 당포(唐浦)에서도 왜적을 물리쳤으며, 사량(蛇梁)에서도 왜적과 싸워 크게 이겨 적장의 귀한 목을 베었다.

또 당항포*에서도 왜적들과 싸워 크게 이겨서 적선 40여 척을 격파하였다.

이는 모두 적은 수의 수군으로 대적을 분쇄한 것이다. 선조는 공의 공훈을 높이 치하하는 조서를 내림과 동시에 그 벼슬도 올려 주었다.

또 거제군 장목면 영등포(永登浦) 해전에 이르러서도 왜적과 싸워서 그들을 물리쳤고, 견내량에 이르러서는 적을 유인 격파하여 바다를 적들의 피로 물들게 하였고, 또 안골포(安骨浦)에서는 왜적 40여 척을 불사르셨으며, 마침내 부산으로 나아가 적선 100여 척을 격파하였다.

드디어 좌수영의 본영을 한산도로 옮기고 군량을 비축하여 가면서 군사들을 재편성하고 의주에 몽진중인 선조(宣祖)를 맞이하고자 계획하였다.

조정에서는 공을 삼도수군통제사(三道水軍統制使)에 제수하여 부임하니 왜적은 매우 두려워하면서 간첩을 이용하여 어리석은 우리나라의 여러 장수들을 이간하였다.

원균(元均)이 또 공을 질시하여 일을 꾸미니, 조정의 공론이 양분되었다. 공은 마침내 체포되어 고문까지 받기에 이르렀다. 직언하는 대신도 있었고, 선조 또한 충무공의 공훈을 생각하여 장군의 벼슬만 뺏는 것으로 문책하였다.

바로 그 때에 '어머니께서 별세하셨다'는 부고를 받고 바삐 곡하며 즉시 친가로 가면서 "내 오직 한 마음으로 충과 효를 행하였거늘 이러

---

* ―당항포(唐項浦 · 固城) : 당항포에서 조선 수군이 일본군과 싸워 이긴 해전(1592년 선조 25년 음력 3월 4일)

한 때에 상까지 당한단 말인가" 라고 탄식하였다.

　같이 가던 군인과 민간인들은 말고삐를 붙잡고 울고 원근간의 모든 사람들이 매우 한스러워 하면서 같이 슬퍼하였다.


　원균*은 통제사를 대신하고 있다가 적의 계략에 빠져 크게 패하고 달아나다가 자신도 전사하니, 한산도도 마침내 적의 수중에 떨어지고

---

*－원균(元均 : 1540～1597). 조선시대의 무신. 임진왜란이 일어나자 옥포해전 · 합포해전 · 당포해전 · 당항포해전 · 율포해전 · 한산도대첩 · 안골포해전 · 부산포해전 등에서 이순신과 함께 일본 수군을 무찔렀고 이순신이 파직당하자 수군통제사가 되었다. 칠천해전(칠천량해전)에서 일본군의 교란작전에 말려 전사했다. 본관은 원주(原州)이고, 자는 평중(平仲)이다. 무과에 급제한 뒤 조산만호(造山萬戶)가 되어 북방에 배치되어 여진족을 토벌하여 부령부사(富寧府使)가 되었다. 전라좌수사에 천거되었으나 평판이 좋지 않다는 탄핵이 있어 부임되지 못했다. 1592년(선조 25) 경상우도 수군절도사에 임명되어 부임한 지 3개월 뒤에 임진왜란이 일어났다.
왜군이 침입하자 경상좌수영의 수사 박홍이 달아나버려 저항도 못해 보고 궤멸하고 말았다. 원균도 중과부적으로 맞서 싸우지 못하고 있다가 퇴각했으며 전라좌도 수군절도사 이순신에게 원군을 요청하였다. 이순신은 자신의 경계영역을 함부로 넘을 수 없음을 이유로 원군요청에 즉시 응하지 않다가 5월 2일 20일만에 조정의 출전명령을 받고 지원에 나섰다.
5월 7일 옥포해전에서 이순신과 합세하여 적선 26척을 격침시켰다. 이후 합포해전 · 적진포해전 · 사천포해전 · 당포해전 · 당항포해전 · 율포해전 · 한산도대첩 · 안골포해전 · 부산포해전 등에 참전하여 이순신과 함께 일본 수군을 무찔렀다.
1593년 이순신이 삼도수군통제사가 되자 그의 휘하에서 지휘를 받게 되었다. 이순신보다 경력이 높았기 때문에 서로 불편한 관계가 되었으며 두 장수 사이에 불화가 생기게 되었다. 이에 원균은 해군을 떠나 육군인 충청절도사로 자리를 옮겨 상당산성을 개축하였고 이후에는 전라좌병사로 옮겼다. 1597년(선조 30년) 정유재란 때 가토 기요마사가 쳐들어오자 수군이 앞장서 막아야 한다는 건의가 있었지만 이순신이 이를 반대하여 출병을 거부하자 수군통제사를 파직당하고 투옥되었다. 원균은 이순신의 후임으로 수군통제사가 되었다. 기무포해전에서 승리하였으나 안골포와 가덕도의 왜군 본진을 공격하는 작전을 두고 육군이 먼저 출병해야 수군이 출병하겠다는 건의를 했다가 권율 장군에게 곤장형을 받고 출병을 하게 된다. 그해 6월 가덕도해전에서 패하였으며, 7월 칠천량해전에서 일본군의 교란작전에 말려 참패하고 전라우도 수군절도사 이억기 등과 함께 전사하였다. 이 해전에서 조선의 수군은 제해권을 상실했으며 전라도 해역까지 왜군에게 내어주게 되었다. 그가 죽은 뒤 백의종군하던 이순신이 다시 수군통제사에 임명되었다.
임진왜란이 끝난 뒤 1603년(선조 36) 이순신 · 권율과 함께 선무공신 1등에 책록되었고, 숭록대부 의정부좌찬성 겸 판의금부사 원릉군(崇錄大夫議政府左讚成兼判義禁府事原陵君)으로 추증되었다. 선조가 그를 선무공신으로 책록한다는 '원릉군 원균 선무공신 교서'는 보물 제1133호로 지정되었다. 이 교서는 왜적을 격퇴하다가 장렬하게 전사한 데 대하여 공을 기리고 포상하는 내용으로 그를 새롭게 평가할 수 있는 자료가 된다. 묘소는 경기도 평택시 도일동에 있다.

왜적은 드디어 서해를 덮쳐 남원까지 진격하게 되었다.

조정에서는 마침내 공으로써 다시 통제사를 삼으니 공은 10명의 부하를 거느리고 급히 순천부로 들어가 달아났던 군졸들을 조금 모아 마침내 난도의 벽파정(碧波亭)에서 적과 싸워 왜적들을 크게 무찔러 버렸다. 크게 승리하였다는 보고가 조정에 들리니 선조는 공의 작위를 높여 줄려고 하였으나 공의 품계가 이미 높으니 그만두고 휘하 장졸들에게만 상을 주는 것으로 그치었다.

명나라 장수 양호도 또한 돈과 비단을 보내어 위로하면서 상을 주고 명나라 조정에 공의 이름을 알리니, 마침내 온 천하에 공의 이름이 알려지게 되었다. 이때에 공은 오히려 나물 반찬으로 밥을 드시고 잠자리를 괴롭게 하며 상주로서의 몸가짐을 지키었다. 선조는 특사를 보내어 보약을 하사하였고 공은 눈물을 흘려 울면서 더욱 충성할 것을 다짐하였다.

선조는 공이 거느리는 수군의 세력이 너무 약한 것을 생각하여서 "먼저 물러났다가 전세를 관망하라" 하였다.

이에 공은 급히 계문(啓文)을 올려서 여쭙기를 "신이 한 번 항구를 떠나가면 왜적들이 반드시 육지로 올라 멀리 쳐들어갈 것입니다"라고 하였다.

때마침 명나라 장수 진린(陳隣)과 유정(劉綎)이 수륙양면으로 와서 도와주게 되니, 공은 기쁜 마음으로 그들을 맞이하였다.

공은 고금도(古今島)에 머물면서 백성들을 모아 농사를 짓게 하며 공과 사로 그들을 편하게 하여 주니 남쪽의 백성들이 많이 몰려왔다.

왜군 장수 고니시 유키나가(小西行長, 소서행장 : 1555~1600)는 오직 달아날 길을 열기 위하여 명(明)나라의 두 장수에게 심히 공손히 굽실거리며 틈틈이 뇌물을 주니 두 장수들은 모두 길을 열어 주려고 하였다.

공은 풍자(諷刺)하여 그들을 꾸짖으니 심지어 고니시 유키나가가 또 공에게까지 사신을 보내어 직접 총검을 뇌물로 바쳤다. 공은 원수이기 때문에 왜적과는 사신을 교환할 수 없음을 엄한 말로 꾸짖어 돌려보냈다.

공의 휘하 장수와 군사들은 용기가 백배로 늘었다. 고니시 유키나가는 궁지에 몰리게 되자, 마침내 경상도 사천(泗川)에 머물고 있던 저희 도적들을 데려다가 그를 구원하게 하였다.

어느 날 저녁때에 큰 별똥별이 바다 가운데 떨어졌다. 군인들은 그것을 흉조로 보고 두려워하였다. 무술 선조 31년(1598) 11월 19일에 공은 명(明)나라 장수 진린(陳璘)과 함께 노량(露梁)에서 왜적을 맞이하여 싸워 크게 이겼는데, 공은 갑자기 적의 총알을 맞고 운명하였고 진린(陳璘)은 왜적에게 포위되어 위태롭게 되었다.

공의 조카 완(莞)은 담략이 있었으므로 곡성을 내지 않고 스스로 독전하여 마침내 진린(陳璘)을 구하여 내었고 고니시 유키나가는 겨우 도망치듯 달아날 수 있었다. 이미 공의 전사가 알려지니 우리 군사들과 명(明)나라 장수들의 두 진영에서 모두들 목을 놓아 울면서 울음소리가 바다를 뒤덮었다.

남해(南海)에서 아산(牙山)까지 이르도록 천리 길에 영구를 맞이하여 호곡하며 제물을 올리는 사람들이 끊이지 아니하였다. 또한 스스로 3년 상을 지키는 이들도 있었고, 중들은 곳곳에서 천도제(薦度祭)를 베풀어 올리기도 하였다.

사람들은 모두 말하기를 "우리의 목숨을 살려주시고 우리의 원수를 잡아 죽여 원한을 갚아 주신 어른이다"고 하였다.

공은 타고난 성품이 곧고 깨끗하여 스스로의 뜻을 지켜 정의를 독실하게 지키었다. 비록 높은 벼슬자리에 있으면서도 항상 의를 지켜 일을 처리할 때에도 조그마한 잘못이나 부끄러움이 없게 하였다.

한 번 용단을 내리면 어떤 강한 적이라도 반드시 이겨내었다.

군정(軍政)은 간결하면서도 법도가 있어서 망령되이 한 사람도 죽이지 아니 하였으니, 삼군(三軍)의 하나의 뜻으로 뭉쳐서 감히 군령(軍令)을 어기는 이가 한 사람도 없었다. 공이 지킨 대의(大義)는 모함하는 왜장의 밀사를 물리쳤고 밀사의 함정에 빠져서 화의론(和議論)을 주장한 사람들로 하여금 부끄럽게 꾸짖어 이마에서 흐르는 땀이 비수(泚水)같게 하였으니, 공의 충성은 장충헌(張忠獻)이나 악무목(岳武穆)보다도 뛰어났다.

그러므로 허약한 산졸을 통솔하여 천하에서 제일 강하다는 적과 크고 작은 수십 번의 싸움에서 한 번도 지지 아니하고 이겨 우리나라 동남쪽을 굳게 막아내었다.

이것은 우리나라 중흥의 위업을 이룰 수 있는 기틀이 되었다.

고인 위열은 명(明)나라 천자까지도 특별한 사랑을 베풀어 인부(印符)까지 하사하였다. 온 나라 안의 백성들은 비록 가가호호마다 공의 신주를 모셔 존경하여도 지나칠 것이 없을 것이다. 하물며 이 노량(露梁)이라는 곳은 군사를 지휘하던 곳이니 전사하여 말씀은 없지만 공의 혜택을 입은 사람들은 공의 충정을 두려워할 만도 하니 진실로 장래할 억만년을 두고 잊을 수 없을 것이다. 산을 박차고 바닷물을 내품듯하고 바람이 성나서 구름을 휘몰아 항상 대마도(對馬島)를 뛰어넘고 지금의 일본 도쿄(東京)까지 무찔러 버릴 기세이었으니, 공의 영위(靈位)를 엄숙히 받들어 모시고 있는 고장이다.

먼저 있던 옛 사당은 너무나 누추하고 좁은 데다가 지대마저 낮아서 공의 넋을 모시기에는 마땅하지 아니하기 때문에 통제사(統制使) 정익은 포은(圃隱) 정몽주*(鄭夢周 : 1337~1392) 선생의 이손(耳孫)으로, 공의 충의(忠義)에 감동되어 곧 고쳐서 새롭게 하였다.

---

*―정몽주(鄭夢周 : 1337~1392). 고려의 문신·학자이다. 본관은 영일(迎日)이며, 경상도 영천 출생이다. 초명은 몽란(夢蘭) 또는 몽룡(夢龍), 자는 달가(達可)요, 호는 포은(圃隱)이다. 추밀원 지주사(樞密院知奏事) 습명(襲明)의 후손으로 운관(云瓘)의 아들이다. 어머니 이씨(李氏)가 임신하였을 때 난초화분을 품에 안고 있다가 땅에 떨어뜨리는 꿈을 꾸고 놀라 깨어나 낳았기 때문에 초명을 몽란이라 하였다가 뒤에 몽룡으로 개명하고, 성인이 된 뒤에 다시 몽주라 고쳤다.
1357년(공민왕 6) 감시(監試)에 합격하고, 1360년 문과에 장원하여 1362년 예문관의 검열·수찬이 되었다. 이때 김득배(金得培)가 홍건적을 격파하여 서울을 수복하고서도 김용(金鏞)의 모해로 상주에서 효수되자, 그의 문생으로서 왕에게 청하여 그 시체를 거두어 장사지냈다.
이듬해 낭장 겸 합문지후(郎將兼閣門祗候)·위위시승(衛尉寺丞)을 거쳐, 동북면도지휘사(東北面都指揮使) 한방신(韓邦信)의 종사관(從事官)으로 종군, 서북면에서 달려온 병마사 이성계(李成桂)와 함께 여진토벌에 참가하고 돌아와 전보도감판관(典寶都監判官)·전농시승(典農寺丞)을 역임하였다. 당시 상제(喪制)가 문란하여져서 사대부들이 모두 백일 단상(短喪)을 입었는데, 그는 홀로 부모의 상에 여묘(廬墓)를 살아 슬픔과 예절을 모두 극진히 하였기 때문에 1366년 나라에서 정려를 내렸다. 이듬해 예조정랑으로 성균박사를 겸임하였다. 당시 고려의 《주자집주(朱子集註)》에 대하여 정몽주의 강설이 사람의 의표를 찌르게 뛰어나 모두들 의아해 하더니, 송나라 유학자 호병문(胡炳文)의 《사서통(四書通)》이 전하여지면서 이와 서로 맞아 떨어지는 것을 보고 모두 탄복하였고, 대사성 이색(李穡)이 정몽주를 높이 여겨 '동방 이학(理學)의 시조' 라 하였다. 태상소경(太常少卿)과 성균관 사예·직강·사성 등을 역임하고, 1372년 서장관(書狀官)으로 명나라에 다녀오던 중 풍랑으로 파선을 당하여 일행 12인이 익사하고, 정몽주는 13일 동안 사경을 헤매다가 명나라 구조선에 구출되어, 이듬해 귀국하였다.
경상도안렴사(慶尙道按廉使)·우사의대부(右司議大夫) 등을 거쳐, 1376년(우왕 2) 성균관대사성으로 이인임(李仁任)·지윤(池奫) 등이 주장하는 배명친원의 외교방침을 반대하다가 언양에 유배되었으나 이듬해 풀려났다. 당시 왜구의 침요(侵擾)가 심하여 나흥유(羅興儒)를 일본에 보내어 화친을 도모하게 하였으나 그 주장(主將)에게 구수(拘囚)되었다가 겨우 죽음을 면하고 돌아왔다. 전일의 일로 앙심을 품은 권신들이 정몽주를 천거하여 구주(九州)지방의 패가대(覇家臺)에 가서 왜구의 단속을 요청하게 하였다. 사람들이 모두 이를 위태롭게 여겼으나, 조금도 두려워하는 기색이 없이 건너가, 교린(交隣)의 이해를 개진하여 사명을 다하고 돌아왔을 뿐만 아니라, 왜구에게 잡혀갔던 고려 백성 수백 명을 귀국시켰다. 이어 우산기상시(右散騎常侍), 전공사(典工司)·예의사(禮儀司)·전법사(典法司)·판도사(判圖司)의 판서를 역임하고, 1380년 조전원수로 이성계를 따라 전라도 운봉에서 왜구를 토벌하고 돌아와 이듬해 성근익찬공신(誠勤翊贊功臣)에 녹훈되어 밀직부사 상의회의도감사 보문각제학 동지춘추관사 상호군(密直副使商議會議都監事寶文閣提學同知春秋館事上護軍)이 되었다.
1382년 진공사(進貢使)·청시사(請諡使)로 두 차례나 명나라에 봉사하였으나 모두 입국을 거부당하여 요동(遼東)에까지 갔다가 돌아왔다. 동북면조전원수로서 다시 이성계를 따라 함경도에 다녀온 뒤, 1384년 정당문학(政堂文學)에 올라 성절사(聖節使)로 명나라에 다녀왔는데, 당시 명나라는 고려에 출병하려고 세공을 증액하며, 5년간의 세공이 약속과 다르다 하여 고려 사신을 유배하는 등 국교관계가 몹시 악화되었기 때문에 모두 명나라에 봉사하기를 꺼렸으나 정몽주는 사명을 다하여 긴장상태의 대명국교를 회복하는 데 큰 공을 세웠다. 1385년 동지공거(同知貢擧)가 되어 우홍명(禹洪命) 등 33인을 뽑고, 이듬해 다시 사신으로 명나라에 가서 증액된 세공의 삭감과 5년간 미납한 세공의 면제를 요청하여 결국 그 뜻을 관철하였다. 귀국 후 문하평리(門下評理)를 거쳐 영원군(永原君)에 봉군되었으며, 또 명나라에 사신으로 갔으나 다시 국교가 악화되어 요동에서 되돌아와, 삼사좌사(三司左使) · 문하찬성사 · 예문관대제학 등을 역임하였다.

1389년(공양왕 1) 이성계와 함께 공양왕을 영립하여, 이듬해 문하찬성사 동판도평의사사사 호조상서시사 진현관대제학 지경연춘추관사 겸 성균대사성 영서운관사(門下贊成事同判都評議使司事戶曹尙瑞寺事進賢館大提學知經筵春秋館事兼成均大司成領書雲觀事)로 익양군충의군(益陽郡忠義君)에 봉군되고, 순충논도동덕좌명공신(純忠論道同德佐命功臣)의 호를 받았다.

이초(彝初)의 옥사가 일어나 당시 조정에서 몰려난 구파정객들에 대한 대간의 논죄가 끊임없이 계속됨을 보고 이를 부당하다고 말하여 탄핵을 받고 사직하려 하였으나 허락되지 않았으며, 이어 벽상삼한삼중대광 수문하시중 판도평의사사병조상서시사 영경령전사 우문관대제학 감춘추관사 경연사 익양군 충의백(壁上三韓三重大匡守門下侍中判都評議使司兵曹尙瑞寺事領景靈殿事右文館大提學監春秋 館事經筵事益陽郡忠義伯)이 되었다.

고려말 다사다난하던 때 정승의 자리에 오른 그는 아무리 큰 일이나 큰 의혹이라도 조용히 사리에 맞게 처결하였다. 당시 풍속이 모든 상제(喪祭)에 불교의식을 숭상하였는데, 그는 사서(士庶)로 하여금 《가례》에 의하여 사당을 세우고 신주를 만들어 제사를 받들게 하도록 요청하여 예속이 다시 일어났다. 또, 지방수령을 청렴하고 물망이 있는 사람으로 뽑아 임명하고, 감사를 보내어 출척(黜陟)을 엄격하게 하였으며, 도첨의사사(都僉議使司)에 경력과 도사를 두어 금전과 곡식의 출납을 기록하게 하였다. 서울에는 오부학당(五部學堂)을 세우고, 지방에는 향교를 두어 교육의 진흥을 꾀하는 한편, 기강을 정비하여 국체를 확립하고, 쓸데없이 채용된 관원을 도태하고 훌륭한 인재를 등용하며, 의창(義倉)을 세워 궁핍한 사람을 구제하고, 수참(水站)을 설치하여 조운(漕運)을 편리하게 하는 등 기울어져가는 국운을 바로잡고자 노력하였다.

1391년 인물추변도감제조관(人物推辨都監提調官)이 되고, 안사공신(安社功臣)의 호를 더하였으며, 이듬해 《대명률(大明律)》·《지정조격(至正條格)》 및 본국의 법령을 참작, 산정하여 신율(新律)을 만들어 법질서를 확립하려고 힘썼다. 당시 이성계의 위망(威望)이 날로 높아지자 조준(趙浚) · 남은(南誾) · 정도전(鄭道傳) 등이 그를 추대하려는 책모가 있음을 알고 기회를 보아 이들을 제거하려 하던 중, 명나라에서 돌아오는 세자 석(奭)을 마중나갔던 이성계가 황주에서 사냥하다가 낙마하여 벽란도(碧瀾渡)에 드러눕게 되자, 그 기회에 먼저 이성계의 우익(羽翼)인 조준 등을 제거하려고 하였다. 이를 눈치챈 이방원(李芳遠)이 아버지 이성계에게 위급을 고하여 그날밤으로 병을 무릅쓰고 개성으로 돌아오게 하는 한편, 정몽주를 제거할 계획을 꾸몄다.

정몽주도 이를 알고 정세를 엿보려 이성계를 문병하고 귀가하던 도중 선죽교(善竹橋)에서 이방원의 문객 조영규(趙英珪) 등에게 격살되었다. 그는 천품이 지극히 높고, 뛰어나게 호매(豪邁)하여 충효를 겸하였다. 어려서부터 학문을 좋아하여 게을리하지 않았고, 성리학을 연구하여 조예가 깊었으며, 그의 시문은 호방, 준결하며, 그의 시조 〈단심가(丹心歌)〉는 그의 충절을 대변하는 작품으로 후세에까지 많이 회자되고 있으며, 문집으로 《포은집》이 전하고 있다.

1405년(태종 5) 권근(權近)의 요청에 의하여 대광보국숭록대부 영의정부사 수문전대제학 감예문춘추관사 익양부원군(大匡輔國崇祿大夫領議政府事修文殿大提學監藝文春秋館事益陽府院

또 나무를 베고, 돌들을 다듬어 사당을 새로 지은 뒤 민학사(閔學士) 정중(鼎重)을 인연하여 나로 하여금 그 일을 글로 쓰게 하여 거칠게나마 다 이루어지니, 판서 홍공명하(洪公命夏)에게 알려져 임금님까지 전하여져 아시게 되매, 효종대왕(孝宗大王)께서는 이 초본을 바치게 하여 열심히 읽으시고, 또한 기뻐하였으니, 자못 백성들에게 격려하는 뜻이었을 것이다.

지금은 하늘나라에 계시며, 능백처럼 푸르른 공의 꿋꿋한 혼백도 거듭 구천에서 감읍하고 계실 것이다. 인하여 여기에 시말을 갖추어 아울러 적어 두는 것은 오직 세월이 흐를수록 옛날의 일을 피나는 교훈으로 삼아 우러러 받들게 하려 함이다.

공의 휘는 순신(舜臣)이고, 자는 여해(汝諧)이며, 본관은 덕수(德水)이다. 때는 숭정 신축(崇禎辛丑)년 10월이다.

당시 임금님이신 현종 계묘(顯宗 癸卯)년에 '충렬(忠烈)'이라는 현액(懸額)을 왕께서 쓰셔서 내려주었다. 이에 이르러서는 더한 영광이 없다. 비석을 세우는 일은 전후임(前後任)의 통제사(統制使) 박경지(朴敬祉)와 김시성(金是聲)이 맡아 하였다.


한양과는 너무나 멀리 떨어진 아름다운 하나의 섬 낙도에 지나지 않지만 반년의 세월은 적지 않은 긴 적소생활이기도 했다.

후송 유의양은 남해에서 생활하고 있는 동안 줄곧 마음은 언제나

<hr>

君)을 추증하였다. 1517년(중종 12) 태학생(太學生) 등의 상서(上書)에 의하여 문묘에 배향하고, 또 묘에 비석을 세웠는데, 고려의 벼슬만을 쓰고 시호를 적지 않아 그가 두 왕조를 섬기지 않은 뜻을 분명히 하였다. 또, 개성의 숭양서원(崧陽書院) 등 13개의 서원에 제향되었고, 묘 아래에 있는 영모재(永慕齋), 영천의 임고서원(臨皋書院) 등 몇 곳의 서원에는 그의 초상을 봉안하고 있다. 시호는 문충(文忠)이다.

한양 집에서 임금을 보필하는 마음으로 절도의 귀양살이는 괴로움의 나날이었다.

남해에서 생활하며 어느 정도는 자유로이 남해 밖의 관리나 다른 사람과도 서신 왕래도 하고 남해의 관리나 유향품 관리와도 사귀어 이곳 저곳 금산과 용문사도 유람하며 다니어 듣고 즐기기도 하였다. 땅의 끝이요, 머리인 남해는 산천이 수려하고 기이하게 빼어나 경치가 좋고 운치가 있어 그야말로 신선이 노닐다 간 아름다운 곳이었다.

# 아산으로 유배되다

후송 유의양은 남해에서 풀려나와 영조 48년(1772), 55살에 홍문관 부교리를 지내다가 4월에 아산(牙山)으로 유배되어 6개월간 귀양살이를 하면서 10월 10일경에 풀려난 것이 아닌가 풀이된다.

영조 51년(1775) 재등용되어 예조판서, 감훈관승지(監薰官承旨)로 있으면서 증보문헌비고수찬(增補文獻備考修撰)에 참여하기도 하였다.

영조 49년(1773) 여든에 이른 영조는 빠진 이가 다시 나고 백발의 머리는 점점 흑발로 변하고 있었다.

당시 전년도 인구조사 결과로 전국에 100살이 넘는 사람이 무려 120명이었고, 90살이 넘는 사람은 모두 600명이 넘었다.

영조는 기쁨을 감추지 못하며 말하였다.

"허허 100살이 넘는 사람이 이렇게 많다니 경하할 일이로다."

하며 회춘의 현상을 경험한 영조는 자신의 장수를 당연한 것으로 여겼다. 더욱이 전국에 장수한 사람이 많다는 것을 알고는 자신감이 생졌다.

정월에 영조는 흥화문(興化門)에 나가 민심을 파악하고 백성들의 고통이 무엇인가 알아보았다.

3월에는 금상문(金商門)으로 몸소 거동하여 노인들에게 잔치를 베풀며 영조는 기쁜 마음으로 어주를 내리며 말하였다.

"그대 노인들은 어려워 말고 오늘 하루를 기꺼이 즐기라."

하였다. 노인들은 화답하며, 모두 배를 올리며 말했다.

"상감마마 천수하옵소서."

노인들도 덕담으로 영조의 장수를 기원하였고 즐겁게 지냈다.

"옛날에는 환갑이 천수라 하였는데 모두 천수를 넘어 100세를 바라보는 것은 과연 하늘의 복이라. 이 어찌 기쁜 일이 아닐 수 있는가. 모두 노인들의 수복이요 나라의 경사로다."

임금 영조의 기뻐하는 모습에 배석한 신하들과 유의양도 흐뭇해 했다. 유의양은 산 좋고 물 좋은 남해 적소에서 지난날 귀양살이하며 "노인성이 빛이 매우 성하면 세상에 노인이 극히 많다"는 이성삼이 수명 장수 상징인 남극성의 남해 섬을 떠올리기도 했다.

# 종성으로 유배 오다

조선시대에 한 사람의 귀양살이 선비가 남북으로 옮겨 다닌 일은 있었지만, 후송 유의양처럼 3년간 남북과 중부지방을 옮아 다니며 귀양살이를 하고, 국문기행문을 남긴 일은 드문 일이다.

유의양은 조선시대 서울(한양)의 선비요, 조정의 옥당각신(玉堂閣臣)으로 글재주를 인정받았던 사람이다.

그는 영조 49년(1773) 56살 6월에 사헌부 집의(司憲府執義)로 있다가 함경도 종성(鐘城) 땅으로 유배되었다가 10월에 풀려나 12월 3일에 한양에 귀가하였다.

그는 가며 오며 보고 들은 관북지방의 산천과 민생과 풍속들을 일기식으로 기록하였다가 유배 생활이 끝난 뒤 집으로 돌아와 아내와 어린 딸에게 이야기하여 주었다.

귀양 가는 길에 부령 남쪽 20리 지점에 있는 형제바위를 보고서 자기의 외로움을 탄식하면서 비록 바위이지만, 형제가 다정하게 서로

의지하고 있는 것을 부러워하며, 시를 지었다.


　　　쌍암이 깎아서서 서로 어긋나지 않으니
　　　만고의 행인들이 취미를 바라보는도다
　　　마침내 고독한 나 같은 이 도리어 눈물 멎게 하니
　　　저희가 오히려 아우와 형이 의지함을 부러워하노라


　　　雙巖立立不相違(쌍암병립불상위)
　　　萬吉行人望翠微(만길행인망취미)
　　　終鮮如吾鰈不淚(종선여오환불루)
　　　羨其猶得弟兄依(선기유득제형의)


　　유의양은 배소인 종성에 이르러 거처할 보수를 정한 뒤에 지나간 2
년의 귀양살이와 또 이곳에서 앞으로 기약없이 살아가야 할 유배생활
의 고통스러운 아픔을 진솔하게 읊은 시로 후송 유의양의 경우도 역
시 끝구에서 "간밤 꿈속에서 자기를 이곳으로 귀양 보내신 임금님의
용안을 모셨다"고 술회하며 귀양살이의 고생이 심할수록 임금님에
대한 그리움이 자기 심정을 숨김없이 표출하듯 연군(戀君)의 정을 고
백하고 있다.


　　　삼년에 세 번 귀양가 일찍 한가(閑暇)하지 못하니
　　　남방섬과 서호 또 북관(北關)이로다
　　　성주(聖主) 지극히 어지시니 은혜 바다 같으시고
　　　고신(孤臣)이 갚지 못하니 죄는 뫼 같도다

시편(詩篇)은 반이나 근심 속에서 얻은 것이요

빈발(鬢髮 : 살쩍과 머리털)은 많이 마상에서 희였도다

벼슬 아니 다니기 향래에 본뜻이 아닌지라

어젯밤 꿈에도 용안(龍顔)을 모시도다


三年三謫未曾閑(삼년삼적말증한)

南島西湖又北關(남도서호우북관)

聖主至仁恩似海(성주지인은사해)

孤臣不報罪如山(고신불보죄여산)

詩篇半是愁中得(시편반시수중득)

鬢髮多從馬上斑(빈발다종마상반)

違伍向來非本意(위오향래비본의)

前宵夢亦侍龍顔(전소몽역시용안)


　이 작품도 유의양이 종성에 이르러서 과거 자기의 9대조인 호은(壺隱) 유감(柳堪 : 1513~1569) 공이 인종 1년(1545)에 이곳으로 귀양 온 일과 8대조 유영립(柳永立 : 1537~1599) 공이 선조 15년(1582)에 종성부사(鐘城府使)로 부임하여 백성 다스린 일을 생각하면서 후손인 자기가 불초하여 이곳으로 또 귀양 오게 된 것을 뉘우쳐 읊은 시다


두 할아버님 머무르시던 땅에

이제 온 이 또 후손이로다

귀양 와 계시던 집은 어느 곳이런가

끼친 은혜(恩惠)는 백년에 있도다

사적(事蹟)은 고을 관안(官案)에 실렸거늘
이름은 율곡(栗谷) 선생의 말씀에 높았도다
부끄러움은 내 재주 불초하여
한갓 스스로 난초를 캐는도다


二祖曾留地(이조증유지)
今來又後孫(금래우후손)
謫廬何處在(적려하처재)
遺愛百年存(유애백년존)
蹟在州官記(적재주관기)
名高栗老言(명고율노언)
傀吾才不肖(괴오재불초)
徒自採蘭蓀(도자채란손)


이 시는 유의양이 종성에서 고생하고 있을 때에 그의 아들 유영(柳詠 : 1749~1825) 공이 아버지에게 보낸 시에 답시로 차운하여 지어 보낸 것이다. 40자의 짧은 5언율시 1수로 편지에 화답하는 사연들이 다 들어 있을 뿐 아니라, 타향에 나가 있는 아버지가 집에 있는 자녀에게 "소년시절에 노력하여 후회 없는 삶을 살라"는 당부의 말까지 내포시켜 아버지로서의 후송 유의양의 자상함까지 잘 드러내고 있는 시다.


내 딸이 겨우 일곱 살에
능히 문안 편지를 쓰는지라
아비는 남해 밖에 있어

편지를 보고 저를 보는 듯하도다

명년엔 서호(西湖)에 있고

또 명년에는 북새(北塞)로다

딸이 오히려 열 살이 못되어서

아비는 귀양을 삼년이나 했도다

가늘게 쓴 손 가운데 글씨를

해마다 적소에서 보는도다

오던 때 집에 들지 못하였으니

듣자니 네 얼굴에 눈물이 가득했다며

부끄러운 바는 매양 손이 되어

너로 하여금 멀리 생각을 수곧게 하도다

또 천은(天恩)을 입어 돌아가기를 기다려

일실이 한 가지로 모여 즐기기로다

굴원(屈原)의 누이는 꾸짖지 아니하고

소진(蘇秦)의 형수는 기소(欺笑)하지 않도다

너의 모씨(母氏)는 하례(賀禮)하는 잔(盞)을 권(勸)하고

너의 오라비는 채의(彩衣)로 춤을 추도다

네 또한 내 띠를 잡고

조석(朝夕)으로 좌우(左右)에 모여 있도다

내 연명(淵明)의 말을 들으니

큰 즐거움은 처자식(妻子息)에 있다더라


吾女纔七歲(오녀재칠세)

能作問安書(능작문안서)

父在南海外(부재남해외)

見書汝見己(견서여견기)

明年在西湖(명년재서호)

又明年北塞(우명년북새)

女猶未十歲(여유미십세)

父謫連三載(부적연삼재)

細細手中字(세세수중자)

年年謫裏見(연년적리견)

來時不窺家(내시불규가)

聞汝涕滿面(문여체만면)

所愧常爲客(소괴상위객)

所汝勞遠憶(소여노원억)

且待夢恩歸(차대몽은귀)

一室同會樂(일실동회락)

屈原妹不詈(굴원매불리)

蘇秦嫂不欺(소진수불기)

汝母勸賀盃(여모권하배)

汝兄舞彩依(여형무채의)

汝亦挽我帶(여역만아대)

日夕左右侍(일석좌우시)

我聞淵明語(아문연명어)

大歡在妻子(대환재처자)


이 시는 현전하는 후송 유의양의 한시 중에서 분량이 가장 많은 작

품이다. 유의양이 종성에서 귀양살이하고 있을 때에 유의양의 어린
딸이 주야로 아버지를 생각하며 울고 편지하여 보내 왔음으로, 그 아
이에게 아버지 노릇을 잘 못한 미안함을 시로 지어서 자기 심정을 표
출한 것이다.

"자잘하게 손으로 쓴 편지를 3년간 계속 귀양살이하는 곳에서 보고
있다"고 한 것은 유의양이 빨리 해배(解配)되기를 기다리는 것이고, 뒤
의 것은 유의양의 큰 아들 유영이 과거에 급제하기를 바라는 유의양
의 간절한 소망이기도 하다.

# 장백산을 지나가다

장백산*은 경성에서 서로 100여리(40여km)에 있으니, 산세가 심히 높아 오뉴월에 눈이 비로소 녹고, 칠월에 눈이 와서 매양 산이 희기에 사람들이 '장백산' 이라 이름하였다.

---

＊ㅡ장백산 : 백두산(白頭山)을 말하며, 높이 2,750m로 북위 41°01′, 동경 128°05′에 위치하고 한반도에서 제일 높은 산이다. 백색의 부석(浮石)이 얹혀 있으므로 마치 흰 머리와 같다 하여 백두산이라 부르게 되었다. 백두산에서부터 지리산에 이르는 백두대간은 한국의 기본 산줄기로서 모든 산들이 여기서 뻗어 내렸다 하여 예로부터 성산(聖山)으로 숭배하였다. 또 단군(檀君)이 탄강(誕降)한 성지로 신성시해 왔다. 중국 금대(金代)인 1172년에는 영응산(靈應山)이라 하여 제사를 지냈으며, 청대(淸代)에는 이곳을 왕조인 애신각라(愛新覺羅)의 발상지라 하여 숭배하였다. 북동에서 서남서 방향으로 뻗은 창바이산맥[長白山脈]의 주봉으로 최고봉은 장군봉(2,750m)이다. 장군봉은 일제강점기에는 병사봉이라 불리며 해발 2,744m로 측량되었으나, 북한에 의하여 2,750m로 다시 측량되었다. 2,500m 이상 봉우리는 16개로 향도봉(2,712m), 쌍무지개봉(2,626m), 청석봉(2,662m), 백운봉(2,691m), 차일봉(2,596m) 등이 있다. 남동쪽으로 마천령산맥(摩天嶺山脈)이 뻗어 있다. 정상에는 천지(天池)라는 칼데라 호가 있다.
활화산으로 고생대부터 신생대까지 여러 시대의 지층들이 발달하였으며, 특히 중생대와 신생대의 구조운동에 의해 형성된 단열구조, 파열구조 단층이 발달하였다. 화산분출은 쥐라기(약 6억 년 전)에서 신생대 제4기까지 지속되었는데 특히 신생대 제3기부터 활발히 진행된 화산활동으로 현무암질 용암이 대량 유출되어 약 5,350㎢의 넓은 백두용암대지가 만들어졌다.
약 200만 년 전부터 화산활동이 약화되어 지금의 산세를 형성하였다. 화산활동 후기에는 대연

지봉, 소연지봉, 대각봉, 무두봉, 베개봉, 청봉 등 부속화산들이 형성하였으며 이들은 적갈색 다공질현무암용암의 분출로 생겼다. 최근의 분출은 1597년 · 1668년 · 1702년에 있었다고 문헌에 전하고 현재는 백두산 주변 50km 내외에 진도 2~3의 약한 지진이 발생하고 있다. 화산폭발시 용암이 잘게 부서져 쌓인 부석층이 곳곳에 남아 있는데 천지 부근의 부석층은 두께가 20m 가량 된다. 화산재, 화산탄, 화산모래 등의 층도 남아 있다.

토양은 여러 해 동안 동결층의 영향과 한냉한 기후에서 형성된 토양, 평탄한 현무암대지 파습조건에서 형성된 토양과 수평대성을 띤 포드졸성 갈색산림토 등이 다양하게 이루어져 있다.

백두산은 현재 천지를 경계로 조선민주주의 인민공화국과 중화인민공화국국의 국경을 이루고 있다. 량강도 삼지연군과 중화인민공화국 지린성(吉林省)에 걸쳐 있는 휴화산이다. 백색의 부석이 얹혀 있으므로 마치 흰 머리와 같다고 하여 '백두산' 이라 부르게 되었다.

중국에서는 창바이 산 장백산(長白山)이라고도 부른다. 한국 전쟁 이후 조선민주주의 인민공화국과 중화인민공화국의 국경 획정시 에는 백두산 천지를 반으로 분할하였다.

이는 1962년 10월 12일 평양에서 체결한 조중변계조약(朝中邊界條約)에서 확정된 것으로 조선민주주의 인민공화국의 김일성과 중화인민공화국의 저우언라이가 서명하였고, 1964년 3월 20일 의정서를 교환함으로써 발효되었다. 이 조약에는 백두산과 천지, 압록강과 두만강 그리고 황해의 영해에 대한 국경선을 명확히 밝히고 있다. 이 조약에 따라 백두산의 북서부는 중화인민공화국에 속하고, 남동부는 조선민주주의 인민공화국에 속하며, 천지의 54.5%는 조선민주주의 인민공화국에, 45.5%는 중화인민공화국에 속하도록 명시되어 있다. 다만 대한민국은 조선민주주의인민공화국이, 중화민국은 중화인민공화국이 외국과 체결한 조약을 인정하지 않기 때문에 실효 지배와 관련이 없는 대한민국과 중화민국은 이러한 국경 설정을 인정하지 않는다.

대한민국은 천지 전체를 자국 소유로 보며, 천지 북쪽의 봉우리 정상을 이은 선을 자국과 중화인민공화국의 국경으로 본다. 또한 중화민국은 백두산 전체를 중화민국의 강역에 포함시키고 있어서 자국과 조선민주주의인민공화국의 국경을 실제 중화인민공화국과 조선민주주의인민공화국이 합의한 국경선보다 더 남쪽으로 치우치게 하고 있다

백두산은 상단부가 5 km 너비에 850 m의 깊이를 가지는 거대한 칼데라에 의해 침식된 성층화산 또는 복식화산이다. 이곳 칼데라는 969년(±20년) 화산분출로 인해 형성되었으며, 물이 차 천지(天池)를 형성하고 있다. 이 화산분출로 인한 화산재가 멀리 일본의 홋카이도에서도 발견된다. 천지는 12~14km에 이르는 원주를 가지고 있으며, 평균 깊이 213m, 최대 수심은 384m에 이른다. 10월 중순부터 6월 중순까지 이 천지는 보통 눈과 얼음으로 덮여 있다. 산의 정상은 매년 해발 3 mm씩 솟아오르는데, 이는 산의 중앙부 천지를 둘러싼 칼데라 환의 2500 m 아래의 마그마의 활동을 알려 주는 것이다. 최고봉인 장군봉은 년 중 8개월이 눈으로 덮여 있고, 경사는 1,800 m에 이르기까지는 비교적 완만한 편이다. 천지에서 북쪽으로 흐르는 물은 70 m 높이의 폭포를 형성하고, 쑹화강(송화강, 松花江), 두만강(豆滿江), 압록강(鴨綠江)의 근원이 된다.

백두산의 기후는 매우 변덕스럽다. 산 정상의 연평균 기온은 -8.3°C이다. 여름은 18°C에 정도이지만, 엄동기는 -48°C까지 내려갈 때가 있다. 1월의 평균기온은 -24°C, 7월의 평균 기온은 10°C이며, 연중 8개월은 영하까지 내려가서 입산이 통제된다. 산 정상의 평균풍속은 초속 11.7m, 12월에는 평균으로 초속 17.6m의 강풍이 분다. 평균 습도는 74%, 연강수량은 600mm 정도이지만, 눈이 1400mm 정도까지 내린다. 백두산에는 시베리아 호랑이, 검은담비, 수달, 표범, 호랑이, 사향노루, 사슴, 백두산사슴, 산양, 큰곰 등의 희귀동물이 서식하고 있다. 또한 204종의 조류가 서식하는데, 천연기념물로 지정된 삼지연메닭(348호) · 신무성세가락딱따구리(353호) 등이 있으며, 특별보호대상 조류로 멧닭, 세가락메추라기, 북올빼미, 긴꼬리올빼미, 흰두루미, 재두루미,

경성 남쪽 100여리(40여km) 길가에 바위 하나가 누워 있고, 하나는 서 있고, 하나는 갓 모양과 같기에 이름을 입암, 와암이라 하고, 또 갓바위라고도 하였다. 귀문관(鬼門關)은 고을 남쪽으로 90리(36km)에 있으니, 행하여 언덕가에 가면 땅이 홀연히 꺼지고, 좌우 산봉우리들이 빽빽하고 바위 위에 암석들이 다 유흑(黝黑)하고, 대천이 장백산에서부터 흘러 내려와 여기서 극히 너르고 깊기에 잠깐 내리는 작은 비를 만나도 건너기 어려워 행인이 두어 날씩이나 묵었다.

밝은 대낮이라도 이 골에 들어오면 반드시 그윽하고 침침하여 근심과 두려운 기운이 있어서 귀문관이라 이름함이 고이 하지 아니하였다. 옛적 체소 이공(體素 李公)이 함흥서 어사(御使)를 만나 글을 지어 가로되,


자는 다시 와서 총마어사가 되었거늘
나는 이제 비로소 귀문관을 벗어났도다


이공의 글이 이러하니, 귀문관이라는 이름이 있은 지 오래된 줄을

---

원앙, 청둥오리, 붉은허리제비, 숲새 등이 있다. 북살모사와 긴꼬리도마뱀 등의 파충류와 무당개구리 · 합수도룡뇽 등의 양서류가 있으며, 천지에는 천지산천어가 살고 있다
과 2,700여 종의 식물이 분포하는데 분비나무, 가문비나무, 종비나무, 잎갈나무, 좀잎갈나무, 백두산자작나무가 많은 비중을 차지한다. 비교적 분포속도가 빠른 식물종이 다른 지역보다 많은 비중을 차지하며 화산 분출에 의해 피해를 받기 전의 식물종들이 정일봉을 비롯한 일부 지역에 자란다. 이 지역에서는 백두산의 다른 지역에서 볼 수 없는 흰병꽃나무 · 구름꽃다지 · 백리향 · 만삼 · 왜당귀 등이 자란다. 빙하기 이후 고산조건에 적응한 담자리꽃나무, 시로미, 물싸리, 두메김의털, 장군풀, 산할미꽃, 두메아편꽃, 큰산싱아, 각씨투구꽃, 끈끈이주걱, 두루미꽃, 눈사버들, 구름국화, 바위구절초, 만병초 등 한대성 식물들이 자란다. 또 매저지나무 · 들쭉나무 · 백산차 등의 냉대성 관목들이 군락을 이루고 있으며, 금방망이 · 삼잎방망이 · 자주꽃방망이 · 무수해 · 황기 · 부채붓꽃 · 손바닥란 · 동의나물 · 분홍노루발풀 · 왕바꽃 · 메바꽃 · 구름범의귀풀 · 물매화 등 냉대성 초본식물들이 있다.

알 만하였다. 호곡 남판서(壺谷南判書)가 젊었을 때에 주서(注書)로서 당후에 번을 들었을 때에 꿈에 글을 지어 가로되,

절새에 행인이 적었으니,
나그네 근심이 손의 얼굴에 올랐도다
소소한 십리 비에
밤에 귀문관을 지나도다

絶塞行人少(절새행인소)
羈愁上客顔(기수상객안)
蕭蕭十里雨(소소십리우)
夜度鬼門關(야도귀문관)

공이 꿈을 깨어 글의 뜻을 알지 못하더니, 40년 후 숙종 17년(1691) 신미년에 멀리 귀양 보내야 한다는 계사(啓辭)를 만나서야 비로소 공이 친속 무변(武弁)에게 물어 가로되,

"귀문관이 어디 있느뇨?" 하니, 그 무변이 대답하되,

"명천, 경성 사이에 있나이다" 하니, 공이 가로되,

"내 반드시 그리로 가리라" 하더니, 이튿날에 과연 명천(名川)으로 갔으니, 세상 일이 다 전정이 있도다.

이 말은 소화시평(小華詩評)에 있고, 또 도곡 이상국 문집에 가로되,

"남공이 귀문관을 꿈꾼 후에 외방 벼슬을 많이 다니고 벼슬이 판서에 오르되 그의 발자취가 귀문관에 이르지 아니하고, 북백을 두 번 수망 들어도 못하였더니, 기사년에 원자 책봉 반교문에 몽란(夢蘭)이라,

하는 문자를 썼다가 그로 죄를 입어 명천으로 귀양 가 비를 만나 참사에 드니, 꿈속에서 보던 광경과 같았다"고 하므로 이 공이 글을 지어 가로되,

"우환은 글자 알기로 인연하니 난초는 전나무와 같거늘 꿈은 이미 시에 징조하였으니 귀문관은 남관 같도다"라고 하였다.

대개 한퇴지(寒退之)는 남관(藍關)의 꿈을 꾸었다가 귀양갔고, 소자첨(蘇子瞻)은 전나무시를 지었다가 죄를 입은 일을 비긴 것이다.


장재못은 경성 남쪽 90리(36km) 쯤에 있으니, 귀문관 근처이다. 못 길이는 15리(6km)요, 너비는 3리(1.2km)이다. 못 가운데에 작은 바위 섬이 있으니, 사람들이 한(漢)나라 때에 소무(蘇武)가 있던 데라 하되 자세히 알지 못하겠다. 주촌역(朱村驛)에서 점심을 먹으니, 명천에서 60리(24km)요, 경성에서 75리(30km)이었다. 영강참(永康站)에서 저녁 밥을 먹으니, 주촌에서 45리(18km)이었다.

저녁에 떠나 경성으로 향하니, 밤은 어둡고 비는 오락가락하고 횃불도 없으니, 행색(行色)이 힘들고 고생스러워 애를 먹었다.

경성(鏡城)에 들어오니, 영강에서 40리(16km)이었다. 성 밖 여염(閭閻)에 드니, 밤은 삼경(三庚)인데, 의복은 다 젖어 있고, 몸이 곤하기가 심하였다. 경성 읍내는 성을 넓게 쌓고, 인민이 즐비(櫛比)하고, 북병사와 판관(判官)이 있어 규모가 웅장하여 영문(營門) 모양이 있었다.

남문 밖 3리(1.2km)쯤의 길가에 나무숲이 있어 유정(留亭)이라 일컬으니, 임진년 선조 25년(1592) 왜란 때에 의병장 정문부(鄭文孚)가 역적 국세필(鞠世弼)을 목 베던 곳이었다.

역적 국세필이 반역하여 군사를 거느려 경성에 웅거하고 왜적과 체

결(締結)하여 우리나라 인민을 다 위험하게 하니, 의관 사자와 인민들이 경황주복(驚惶晝伏)하여 감히 나서지 못하였다. 경성 유생(鏡城儒生) 이붕수(李鵬壽)가 개연분발(蓋然奮發)하여 가로되,

"방국(邦國)이 위태하여 흥망을 알지 못하는 때를 틈타 흉도(凶徒)의 장난함이 어찌 이렇듯 하리요?"하고, 드디어 의병을 일으켜 흉도들의 목 베기를 꾀함에, 문무 중 물망이 있는 사람을 얻어 장수를 삼고자 하되 얻지 못하더니, 정문부가 한인간(韓仁侃)의 집에서 오륙 일을 묵어 사잇길을 따라 남쪽으로 가다가 선비 최배천(崔配天), 지달원(池達源) 두 사람을 만났다.

이들은 모두 의기(義氣)가 있는 사람들이었다. 동행하여 가되 혹 사람들이 알아차릴까 염려하여 정서방(鄭書房)이라고만 일컬었다. 이들은 경성 어랑(漁浪) 땅에 이르러 이붕수(李鵬壽)의 집을 찾아들어 정문부를 추존(推尊)하여 장수(將帥)를 삼기로 하고, 이붕수가 몸소 양식을 지고 산길로 몰래 걸어서 길주에 가서 국세필과 왜적들이 서로 통하여 오고 감이 끊이지 아니함을 살피고, 강문우(姜文佑)를 시켜서 길에 가 왕래하는 도적을 다 죽이고 드디어 정문부로 창의대장(倡義大將)을 삼고, 이붕수는 창의별장(倡義別將)이 되고, 종성부사 정현룡(鄭見龍)은 창의중위장(倡義中衛將)을 삼고, 강문우는 척후장(斥候將)을 삼아 선조 25년(1592 임진) 9월 초 10일에 의병대장이 의병 100여 인을 거느리고 경성 유정(留亭)에 결진(結陣)하였다가 이튿날 성에 올라 대장기(大將旗)를 세우고 남문루(南門樓)에 앉아 강문우를 시켜서 국세필을 잡아내어 활과 칼을 빼앗고 동여매어 남문 밖으로 끌어내어 그 죄상(罪狀)을 헤아려 들리고 먼저 사지(四肢)를 끊고 후에 목을 베니, 군사의 기운이 백배 더하고, 인심이 기분 좋아하지 아니하는 이가 없었다.

경성 동문루(東門樓)에 오르면 바닷가가 5리요, 바다가 끝이 없어 일출(日出)을 볼 수 있다 하되 길이 빠를 뿐 아니라 죄명(罪名)으로 가기에 일이 어떨까 하여 오르지 못하고 지나치었다. 돌아올 때에 동문에서 해돋이를 보았다.

북병사 이한응(李漢膺)이 충무공(忠武公) 6대손이라 나와서 나를 맞이하여 대접을 매우 정답게 친절하게 하였다. 내가 영조 47년(1771 신묘)에 남해(南海)로 귀양 갈 때에 노량을 건너면서 충무공이 왜적을 많이 파하고 입절(立節)하던 터를 보고, 전년 영조 48년(1772)에 아산(牙山)으로 귀양 가서 충무공이 사시던 터를 보았는데, 두 곳에 다 서원이 있었다.

내가 해마다 귀양을 다니는 길에서 충무공을 만나는 듯한지라 시를 지어 가로되,


　　남해의 귀선이 예로 왔고
　　서호의 보검이 슬펐도다
　　해마다 찬객의 길에
　　곳곳이 장군의 사당이로다
　　세월은 용사해가 돌아왔거늘
　　정충은 초목이 알았도다
　　유신이 감개함이 많았으니
　　뉘 빈모 쇠하다 이르리요


　　南海龜船古(남해귀선고)
　　西湖寶劍悲(서해보검비)

年年竄客路(연년찬객로)

處處將軍祠(처처장군사)

歲月龍蛇返(세월용사반)

精忠草木知(정충초목지)

儒臣多感慨(유신다감개)

誰謂鬢毛衰(수위빈모쇠)


이 글을 병사들에 일러 가로되,

"첫해에 충무공께서 입절하던 터를 보고, 이듬해에 공이 사시던 데를 보고 기이(奇異)히 여겨 시를 지었더니, 오늘은 공의 자손을 만나노라."

하니, 병사 이한응(1711~?)이 대답하되,

"연 3년 일이 기이하오이다" 하고,

"북도(北道)에도 충무공이 오랑캐와 싸워 파하고 비를 세운 곳이 있소이다" 하였다.

수중대(水中臺)는 읍내 남쪽으로 들 가운데 있으니, 바위 언덕이 높아 냇물이 그 좌우로 둘러 있기 때문에 이름을 수중대라 하였다.

높이는 두어 길이나 되고, 길이와 너비는 수십 간이나 되고, 대 위에 편편하여 수백간이나 되어 수백 인이 앉음직하고, 소나무가 7, 8 그루 있으니, 사람들이 이르기를,

"동악 이판서(東岳 李判書)가 귀양 왔을 때 심은 것이다" 하였다.

오산(五山) 차천로(車天輅 : 1554~1615)가 이전에 귀양 왔을 때에 북도 감사(北道監司)가 하직하는 날 선조대왕(宣祖大王)께서 하교(下敎)하시어 가로되,

“차천로를 비록 귀양 보냈으나, 문재(文才)가 아까우니 굶어죽게 말라” 하시니,

천로가 듣고 감읍(感泣)하여 하더라 하였으니, 이 말이 국당배어(菊堂俳語)에 기록되어 있었다.

내 수주(愁州·함경북도 종성의 옛 이름) 적소(謫所)에서 보고 공경하여 탄식하며 가로되,

“오호대재(嗚呼大哉)라 대성인(大聖人)의 어진 말씀이여! 그때그때 천로(天輅)한 사람이 감읍(感泣)할 뿐 아니라, 백세하(百世下)의 축신(逐臣)들이 감읍하리로다.”

유응부(柳應孚 : ? ~1454)가 함길도절제사(咸吉道節制使)로 와 있다가 글을 지어 가로되,

장군이 절을 가지고 변방을 지켰으니
사새에 티끌이 없고 사졸이 졸도다
준마 오천 필은 버들 아래서 울고
오랑캐의 매 삼백은 누 앞에 앉았도다

將軍持節鎭夷邊(장군지절진이변)
沙塞無塵士卒眠(사새무진사졸면)
駿馬五千嘶柳下(준마오천시류하)
胡鷹三百坐樓前(호응삼백좌루전)

하였으니, 이 글은《추강잡기》(秋江雜記)에 실려 있다.

함경도(咸鏡道)를 옛 적에 함길도(咸吉道)라 하였다.

내가 이제 병영(兵營)을 지나면서 선생의 글을 생각하니, 기운이 호상(豪爽)하여 육신전(六臣傳)에 참예(參預)할 기상이 있는 것을 보겠다.

수성역(輸城驛)에서 점심을 먹으니, 경성에서 40리(16km)이었다. 역마을이 들 가운데 있으니, 동쪽으로 바다를 바라보면 광활하기 심하니, 풍경이 더할 수 없이 뛰어났었다.

내가 돌아올 때에 수성관에 들러 동래(東萊) 송상현(宋象賢 : 1551~1592)의 시현판(詩懸板)을 찾아보니, 시에 가로되,


서리 같은 칼날은 어제 풍성 썰던 것이 생각나
바다 일천 길을 건너가 고래 베기를 비기도다
초창한 장한 계교를 어느 날 이루리오
오운을 남으로 바라보니 촌심을 기울이로다


霜鋩憶昨採豊成(상망억작채풍성)
跨海千尋擬斬鯨(과해천심의참경)
怊壯壯圖何日了(초장장도하일료)
五雲南望寸心傾(오운남망촌심경)


이 글은 송공이 경성통판(鏡城通判)으로 오신 때에 지으신 것이었다. 동악이공(東岳李公)이 서(序)를 지어, "평생에 나라를 사랑하는 정성이 심상한 문자에 드러난다"라고 칭찬하였다.

내 어렸을 때 외가(外家)에서 동래(東萊) 남문루 사적비(南門樓 事績碑)를 박은 것을 보니, 우리 외조(外祖·유의양의 외조 한중희, 1661~1723)가 동래부사 때에 박아 온 것이니, 우암 선생(尤庵先生·송시열 : 1607~1689)

이 지은 것이요, 동춘 선생(同春先生·송준길 : 1606~1672)이 쓰신 바이다. 송공이 임진왜란을 당하여 의관(衣冠)을 정제(整齊)히 하고 입절하시던 기상을 자세히 기록하였으니, 보고 경앙탄복(敬仰嘆服)함을 이기지 못하였다.

금년 계사(癸巳) 영조 49년(1773) 여름에 북도로 귀양 오니, 북도가 또한 옛 임진란을 겪어 길가에 전쟁터가 많았다.

이따금 북인(北人)으로 더불어 그 때의 이야기를 주고받음에 매양 액완강개(阨脘慷慨)하여 세월이 쳐돌아옴을 느끼었다. 이제 수성에 와 공의 시를 읽으니, 경모(敬慕)하는 회포가 더욱 간절하여 드디어 그 글을 차운(次韻)하여 지어 보았으나 여기는 싣지 아니한다.

북간지(北關誌)에 가르되, 북도 풍속이 신(神) 섬기기를 숭상하여 활쏘기로 덕을 삼더니 번호(蕃胡)를 쫓아 보내고 수자리를 파한 후에 백성이 활쏘기와 말달리기에 일삼지 아니하고 귀양 오는 명인들이나 관장의 어진이들이 교화하기에 예의(禮儀)의 풍속이 점점 행하여졌다. 백성들이 병들면 의약(醫藥)하기는 전혀 모르고 다만 귀신에게 빌기만을 일삼았다.

농사는 다 수레를 부려 소 한 필을 매어 두어 바리의 짐을 한 수레 실어 물건을 실어 나르니, 밭 사이에서 쓰기가 심히 가볍고 편리한데, 함흥에는 바퀴가 큰 수레를 부리면서 그 이름을 장곡거(長轂車)라 하였다. 논은 전혀 드물고 비록 물을 댈 수 있음직한 곳이 있어도 논을 만들지 아니하니, 대개 일찍 춥기 때문에 추수하는 이가 밭곡식만 못하기에 그러 하였다.

농사하는 법은 타도와 달라서 조 심기를 둥근 기둥 밖에 넣어 흔들면 뒤웅박 구멍에서 씨가 새어 밭에 떨어지게 하고 전답에 김이 무성해지면 소를 들여 두둑 사이를 갈아 풀을 제치며, 산협에는 밭에서 모기가 극히 성하기 때문에 쑥대를 길게 묶어 허리 좌우에 뻗쳐 차고 두 끝에 불을 태워 모기를 피하니, 이름을 화상(火裳)이라 하였다.

토산(土産)은 목화가 되지 아니하기 때문에 다만 삼베만 일삼는다. 일년 내내 길쌈하여 삼베 두어 필을 겨우 하여도 즉시 관가(官家)에 바치고 사나이는 여름 겨울 없이 개가죽 옷을 입고 여인은 사시(四時)를 해어진 베옷으로 살을 겨우 가리고 바지와 버선이 없고 겨울의 극한(極寒)에는 토실(土室)에 들어가 부엌 앞에 있어 몸을 녹이고 눈을 녹여 물 긷기를 대신하되, 다만 배고프고 추움이 뼈에 사무쳐도 도적질하는 풍속이 적었다.

호반(虎班 : 조선때 문관의 반열)들은 비록 크게 벼슬하지 못하나 한양(서울) 왕래를 하다가 변장(邊將)을 하여 오면, 금의환향(錦衣還鄉)으로 알았다고 기록되어 있다.

이 북도의 풍속에 관한 이야기는 대체로 그러한데 북간지의 경성조에 모두 기록되어 있었다.

# 청암산은 푸르다

청암산(靑巖山)*은 부령(富寧) 읍내 남쪽으로 60리(24km)에 있으니, 산에 돌들이 다 푸르므로 청암이라 하고 남쪽은 수성이요, 수성 남녘은 용성이니, 옛날 선조 25년(1592)에 백성 한인간(韓仁侃)의 집이 이 용성(龍城)에 있어서 북평사 정문부(鄭文孚)를 밥 먹이던 곳이었다. 용성지명을 들음에 정평사(鄭評事)의 일을 생각하고, 글 한 수를 지어 가로되,

막막한 청암에 저녁 짓는 연기가 일어나니
장군의 주려가던 것이 옛 어느 해이던고
마을 사람의 한 그릇 밥이 천금같이 중하였으니
회음 표묘 홀로 착한 것이 아니로다.

漠漠靑巖起夕烟(막막청암기석연)

將軍饑走昔何年(장군기주석하년)

村人一飯千金重(촌인일반천금중)

不獨淮陰漂母賢(불독회음표모현)


  형제암은(兄弟巖)은 부령(富寧) 남쪽으로 20리(8km) 떨어진 길가에 있으니, 바위 둘이 있어 쌍(雙)으로 서 있는데 하나는 크고 하나는 작은 까닭으로 형제암이라 하였다.

  동악 이공(東岳李公)이 가로되,

  "북관 사람이 이르되, '부령의 형제암이 있기에 북도 벼슬 오는 이

---

* —청암산(青巖山) : 북한은 60여 차례 행정구역을 개편했는데 변경 내용이 남한에 제때 전해지지 않아 잘못 알려진 경우도 있겠으나 지명 소개에 유래를 덧붙인 것도 특징이다. 가령 함경북도 청진은 푸른 바위가 있는 청암산(青岩山) 앞의 나루 마을이라는 뜻에서 그런 이름이 지어졌으며 처음에는 푸를 청(青)자를 쓰다가 나중에 소리가 같은 맑을 청(清)자로 고쳤다고 말로 설명하는 것이다. 함경북도의 도 소재지이다. 서부는 부령군과 무산군, 남부는 경성군, 북부는 회령시, 동부는 라진시 그리고 동해에 면하여 있다. 청진시는 본래 함경북도에 속해 있다가 1960년 10월 직할시가 되었으며 그후 다시 함경북도에 속하였다가 1977년 11월 다시 직할시로 되었으나 1985년에 다시 직할시가 폐지되어 함경북도에 편입되었다.
행정구역은 6개 구역(신암, 포항, 청암, 수남, 송평, 라남)과 그 아래 76개 동, 13개 리, 1개 로동자구로 되어 있다. 청진시는 산지가 우세한 지역이며 시의 해발 평균높이는 693m이다. 시의 가운데로는 함경산맥이 북동—남서 방향으로 지나고 있다. 여기에는 백두산 다음가는 관모봉(2,540m)을 비롯하여 도정산(2,199m), 대련골산(1,549m), 고성산(1,754m), 마유산(1,525m), 가라지봉(1,418m) 등 높은 산들 이 솟아 있다. 연 평균기온은 바다가 지방에서 6.5~7.5℃, 내륙지방에서 5~6.5℃, 1월 평균기온은 바다가 지방에서 -6.5~-9.5℃, 내륙지방에서 -10~-14℃, 연 평균강 수량은 500~700㎜이다. 첫서리는 바다가 지방에서 10월 초순, 내륙지방에서 9 월 말에, 마감서리는 바다가 지방에서 5월 초에, 내륙지방에서는 5월 중순에 내린다.
시안의 큰 하천은 동해에 흘러드는 수성천, 라북천, 온포천, 포로천과 두만강에 흘러드는 성천수, 연면수 등이다. 산림은 시 넓이의 80% 이상을 차지한다. 1,000m 이상 되는 곳에는 이깔나무, 전나무, 분비나무, 가문비나무 등이 많다. 지질구성이 복잡한 시에는 철, 니켈, 크롬, 망간, 금, 고령토, 규조토, 석회석, 석탄 등이 묻혀 있다. 중공업도시로 금속공업, 채취공업, 기계공업, 건재공업, 화학공업 등이 있다. 이중 흑색금속공업이 가장 큰 비중을 갖고 있으며, 김책제철소, 청진제강소 등이 있다. 청진은 또한 주요 수산업 기지로서 원양어업의 근거지이다.
시에는 평라선과 이 선에서 갈라진 함북선 그리고 함북선에서 갈라진 무산선, 백무선, 강덕선 등 철도가 있다. 청진—부거, 청진—무산, 청진—경성 사이의 도로가 있다. 이 시는 역사가 짧아 명소는 거의 없으나 청암구역에는 청암산, 부거오천과 마전휴양소가 있다

가 반드시 거푸 두세 번 온다' 하니, 내 이전 평사로 오고 단천(端川)으로 오고 이제 경성(鏡城)으로 귀양을 오니 전후 세 번이로다" 하였더니, 동악의 이 말은 국당배어(菊堂徘語)에 있었다.

　내 형제암을 지나다가 그 이름을 듣고 마음에 느껴지는 바가 있어서 절구 한 수를 지으니, 시에 가로되,

　　쌍암이 갈아서서 서로 어긋나지 않으니
　　만고의 행인들이 취미를 바라보는도다
　　마침내 고독한 나 같은 이 도리어 눈물 나게 하니
　　저희가 오히려 아우와 형이 의지함을 부러워하노라

　　雙巖立立不相違(쌍암병립불상위)
　　萬吉行人望翠微(만길행인망취미)
　　終鮮如吾還不淚(종선여오환불루)
　　羨其猶得弟兄依(선기유득제형의)

　부령읍에서 머물러 자니, 수성에서 60리(24km)이었다. 고풍산(함경북도 창두면에 딸린 지명)에서 점심을 먹으니, 부령에서 50리(20km)이었다. 옛적 성종(成宗)* 때에 종묘(宗廟)에 친제(親祭)하실 때에 장령(掌令·사헌부의 정4품 벼슬) 한 사람이 대축(代祝)으로서 축문을 능히 읽지 못하여 한 소리를 내지 못하였다.

　이튿날에 상(上) 풍산만호(豊山萬戶)를 제수(除授)하시니, 언관(言官) 옳지 못함을 상소하오니, 상(上)이 가로되,

　"문관(文官)이라 이름하면서 축문 한 글자도 읽지 못하였다 들으니,

궁마(弓馬)일을 안다 하니, 보장(堡障)을 맡김이 족하다" 하오시더니, 수일 후에 다시 장령을 부르시었다.

이 말이 오산설림(五山說林)과 백수만록에 있었다.

---

* ─성종(成宗 : 1457~1494) : 조선 제9대 왕. 세조의 큰아들인 덕종(德宗)의 둘째 아들이다. 어머니는 한확(韓確)의 딸 소혜왕후(昭惠王后)이며, 비(妃)는 영의정 한명회(韓明澮)의 딸 공혜왕후(恭惠王后)이다. 계비(繼妃)는 우의정 윤호(尹壕)의 딸 정현왕후(貞顯王后)이다. 1461년(세조 7) 자산군(者山君)에 봉해졌다가 1468년 잘산군(乽山君)으로 개봉(改封)되었다.
이해 세조가 죽고 예종이 19살의 어린 나이로 즉위하게 되자 세조의 즉위 때 공을 세운 신숙주, 정인지, 한명회 등의 훈신(勳臣)들이 이시애(李施愛)의 난을 진압한 공으로 정치적 지위가 급상승한 남이 세력을 제거하고 권력을 장악했다. 이에 따라 왕권이 상대적으로 약화된 가운데, 1469년 예종이 죽자 병약한 형 월산군(月山君)을 대신하여 13살의 나이로 왕위에 올랐다. 7년간 정희대비(貞熹大妃 : 세조의 妃)의 수렴청정을 받아 독자적으로 정국을 운영하지 못했으며, 훈신세력이 모든 군국사무를 주도했다. 훈신세력은 성종이 즉위하던 해 가장 위협적인 정적이던 구성군(龜城君) 준(浚)을 유배시킴으로써 권력을 더욱 안정시킬 수 있었다. 1476년(성종 7) 친정(親政)을 시작했으나 세조와 같은 전제권을 확립하지는 못했다. 이해 공혜왕후가 아들이 없이 죽자 윤기견(尹起畎)의 딸 숙의윤씨(淑儀尹氏)를 왕비로 삼아 연산군을 얻었다.
그러나 윤씨의 투기가 매우 심해 왕의 얼굴에 상처를 입히는 사건까지 일어나자 1479년 윤씨를 폐위하고 1482년 사사(賜死)했다.
성종은 친정을 시작하면서 신진사림세력을 등용하여 훈신세력을 견제하고 왕권을 강화시키고자 했다. 사림세력은 성종대에 이르러 뚜렷하게 권귀화(權貴化)한 훈구세력을 비판하면서 향사례(鄕射禮), 향음주례(鄕飮酒禮) 보급운동과 두 의례(儀禮)에 입각한 유향소 재건운동을 통해 기존의 훈구세력에게 장악된 향촌질서를 성리학적 향촌질서로 재편하고, 나아가 중앙정계에 진출하여 그들의 이상이었던 도학정치(道學政治)를 실현하고자 했다.
이러한 사림세력의 정치적 지향은 성종의 왕권강화 노력과 많은 부분 일치했으므로, 성종대에는 김종직, 김굉필, 정여창, 김일손, 유호인 등의 사림이 정계에 진출하고, 1488년 유향소가 부활됨에 따라 조선 중기 사림정치의 막을 열었다. 그러나 사림의 정계진출 및 급속한 성장은 훈구세력과의 필연적 마찰을 불러일으켜 연산군 때부터 시작된 4대 사화(士禍)로 이어졌으며 지방에서는 유향소의 지배권을 둘러싼 대립으로 나타나게 되었다.
성종은 재위 기간 동안 선왕들의 통치제도 정비작업을 법제적으로 마무리하는 한편, 숭유억불 정책을 더욱 굳건히 펴 나갔다(숭유억불책). 조선왕조 통치체제의 기본방향을 제시하는 '경국대전'은 세조 때 건국초의 법전인 경제육전의 원전(原典)과 속전(續典), 그리고 그 뒤의 법령을 종합하여 편찬되기 시작하여 원래 예종 때 반포될 예정이었으나 예종의 죽음으로 보류되었다.
성종은 즉위 이후 경국대전의 편찬사업을 이어받아 1471, 1474년 2차례의 수정을 거쳐 1485년 이를 최종적으로 완성·반포했다. 이어 이극증(李克增) 등에게 명하여 1492년 당시 사회 실정에 비추어 경국대전과 불일치를 보이는 부분을 보완, 대전속록(大典續錄)을 편찬하게 했다. 이로써 '경국대전체제'라고 불리는 조선 일대(一代)의 통치이념과 국가체제가 완성되었다. 한편 성종은 불교를 통제하기 위해 1471년 간경도감(刊經都監)을 폐지했다. 이어 1469년 사족(士族) 부녀가 승려가 되는 것을 금지하고, 1471년에는 도성 안에 있는 사찰을 도성 밖으로 철거했다.

내가 옥당(玉堂)에서 고사(故事)를 기록한 것을 보니, 옛적 응교(應敎)
한 사람이 강연(講筵)에 입시(入侍)하여 능히 읽지 못하고 고하여 가로
되,

"신(臣)이 글을 못하기에 매양 강장(講章 : 글을 익혀)을 미리 사습(私習
: 사사로 배움)하고 들어와 강하옵더니, 이번은 장(章)을 바꾸어 사습하
기에 시방 당하 온 장은 사습지 못하였기에 읽지 못하오니, 신 같은
용렬(庸劣)한 강관(講官)은 물리치시고 법강(法講)을 확실히 하옵심을
바라옵나이다" 하니,

상(上)이 묵연양구(默然良久)에 강연(講筵)을 파하고 계시더니, 그날
밤에 하교(下敎)하오서, 응교(예문관 정4품 관직의 이름)의 스스로 아뢰는
말이 극히 질직(質直)하다 하오시고, 승지(承旨)를 제수(除授)하오시니
풍산만호를 하였다가 장령을 도로 시키신 일이 이 승지를 제수하온

<hr>

1492년에는 도첩(度牒)의 법을 중지시켰다. 이러한 억불정책으로 불교 및 사원세력은 세조대에
비해 위축되었다. 반면 유학을 장려하기 위해 1475년 존경각(尊經閣)을 세워 왕실소장의 경서를
보관하여 열람하게 했으며, 수차례에 걸쳐 성균관과 각도의 향교에 학전(學田)과 서적을 지급하
고 유생들의 군역을 면제시켜 주었다. 특히 1466년 겸예문관제도(兼藝文館制度)를 확충하여 사
령(辭令)을 제찬(製撰)하는 고유한 임무에 더하여 경연관(經筵官)·고제연구(古制硏究), 편찬사
업 등 옛 집현전의 기능까지 겸하게 했다.
1478년에는 단순한 장서(藏書) 기관에 불과하던 홍문관을 예문관의 집현전적인 기능을 편입시
켜 명실상부한 학문연구기관으로 개편했다. 이밖에도 유학의 진흥과 깊은 관련을 가지는 편찬
사업에도 힘써 '동국여지승람', '동국통감', '악학궤범', '국조오례의' 등을 간행했으며, 1484
년에는 갑진자(甲辰字) 30여 만 자를 주조하여 인쇄술을 발전시켰다. 조선의 수조권(收租權) 분
급제도인 과전법은 1466년 현직관리에게만 과전을 지급하는 직전법으로 바뀌었다. 이에 관료
들이 퇴직 후의 생활보장을 위해 현직에 있을 때 농민을 수탈하고 토지를 겸병하는 폐단이 발생
하게 되었다. 이러한 폐단을 시정하기 위해 1470년 관수관급제를 실시했다. 그 내용은 국가가
농민으로부터 직접 조세를 거두어들인 다음 관리들에게 녹봉을 현물로 지급하는 것이었다. 관
수관급제의 실시로 우리나라 토지제도의 한 축이 되었던 수조권적 토지지배가 소멸하게 된다.
한편 국방대책에도 힘을 기울여 윤필상(尹弼商)으로 하여금 1479년 압록강 이북의 건주야인(建
州野人)의 본거지를 정벌하게 하고, 1491년에는 허종(許悰)을 도원수로 삼아 두만강 이북의 우
디거 부락을 소탕했다. 능은 선릉(宣陵)으로 서울특별시 강남구 삼성동에 있다. 시호는 강정(康
靖)이다.

일과 같았다. 열성조(列聖朝)의 군하(群下)를 관용히 후대(厚待)하오시는 성덕(聖德)을 볼 수 있겠다.

회령(會寧)읍에서 숙소하니, 풍산(豊山)에서 60리(24km)이었다.

임진왜란 때에 전좌의정(前左議政) 김귀영(金貴榮 : 1519~1593), 장계부원군(長溪府院君) 황정욱(黃廷彧 : 1532~1607)과 그의 아들 전 승지 황혁(黃赫 : 1551~1613) 등이 양왕자(兩王子·선조의 서자 임해군과 순화군을 말함)를 모시고 북로(北路)에 들어와 왜적을 피하더니, 7월에 회령 본부(本府)에 귀양 온 죄인(罪人) 국경인(鞠景仁 : ?~1592)이라는 놈이 양 왕자의 여러 재상들과 남병사 이영(李瑛 : ?~1593)과 부사 문몽헌(文夢軒·의령 부사)과 여러 부녀와 비복(婢僕)들을 모두 잡아매어 별관(別館)에 손목과 발목 등 잠그고 한방에 모두 쌓아두니, 공성(恐聲)이 천지에 진동하였다.

국경인의 일당들이 왜적자에게 전갈을 날려 요공(要功)하니, 왜적의 장수 가토 기요마사(加藤淸正, 가등청정 : 1562~1611)가 말을 달려 성에 들어와 묶어 맨 것을 풀고 후자를 향해 경인(景仁)을 꾸짖어 가로되,

"너희 무리가 어찌 차마 이런 일을 하느뇨. 가히 벰직하고 상(賞)주지 못하리도다" 하였다.

그때에 김정승 귀영의 후부인(後夫人)이 나이 젊은지라, 경인 등이 핍욕(逼辱·폭력으로 욕보임)하고자 하여 거짓으로 남녀를 분변(分辨)하지 못하는 체하고 그 젖을 만져 보려 하니, 부인이 굳이 벙어리처럼 행세하여 수작을 받지 아니하고 객사(客舍)의 병풍틀에 목을 매어 죽었다고 하였다.

경인(鏡仁)은 뒤에 의병장(義兵將) 정문부(鄭文孚)에 의하여 베인 바가 되었다.

숙신(肅愼·여진족을 이르는 말) 씨들이 노시(石鏃)를 중국에 바쳤다는 말은 사기(史記)에 있고, 그 후 강목(綱目)에 노시가 여러 번 올랐으니 대대 노시는 돌로 만든 살촉이다. 옛 사람이 살촉을 만들 때에 쇠로 아니하고 돌로 만든 것은 반드시 뜻이 있을 듯하되, 내 일찍이 춘방(春坊)에 번(番)을 들었을 때에 강목을 강(講)하다가 동관(同官)을 데리고 이를 의논하되, 깊이 살펴보지 못하였다.

이번에 북도에 들어오니, 숙신(여진족) 씨 도읍이라 밭을 갈다가도 혹 돌살촉을 얻는다는 말을 들었던 것이매 회령부사 조규진(趙圭鎭 : 1723~1801) 더러 '얻어 달라' 고 하니, 두어 낱을 보내었거늘 보니, 요사이 늘 사용하는 유엽전(柳葉箭) 살촉과 같고 뿌리도 분명하고 혹 뿌리도 없고 날만 긴 것도 있으니, 옛 적에도 살촉이 여러 제도(制度)이었던가 싶었다.

회령 읍내로 들어올 때에 읍내 가까이 서편에 검은 산들이 있거늘,

"어느 고을의 뫼냐" 하고 물으니, 거기 사람들이 대답하되,

"호산(胡山)입니다" 라고 대답하거늘 또 묻되,

"아국 뫼들은 검지 아니하고, 호산은 검으니, 그 어인 일이냐" 고 하니, 사람들이 대답하되,

"우리 지경의 뫼는 인민들이 있기 때문에 나무를 매양 하기에 뫼들이 탁탁(濯濯)하여 있고 오랑캐 뫼에는 저희 사는 데가 수일정(數日程)이나 멀기에 뫼는 수목(樹木)이 오랫동안 길러져서 검습니다" 라고 하였다.

회령읍에서 종성으로 가는 길은 계속 연(連)하여 두만강(豆滿江)가로 가고 무산(茂山)과 회령, 종성, 온성(穩城), 경원(慶源), 경흥(慶興)의 이 여섯 고을은 육진(六鎭)이라 일컫는다.

이 여섯 읍내가 다 두만강가에 있으니, 서로 닿아 두만강가로 다니었다. 고령진(高嶺鎭)은 회령서 20리(8km)이었다. 성을 쌓고 첨사(僉使 · 정3품의 무관직)가 있는 곳이었다.

황제총(皇帝塚 · 운두산성)은 고령서 20리(8km)이니, 행영(行營)으로 가는 길가에 있다. 옛날 송(宋 · 북송의 왕조 이름) 황제가 오랑캐에게 잡히어 와서 묻힌 곳이었다.

사람들이 전하여 이르되,

"그 곁에 있는 언덕의 두둑한 곳들은 그 때 황제를 모시고 왔던 시신(侍身)의 무덤이랍니다"라고 하지만,

돌아올 때 그리로 둘러 살펴보니, 황제총인지 시신총인지 다 희미하여 분명하지 아니하거니와 만일 그 말이 옳게 되면 중원(中原)의 만승천자(萬乘天子)가 극북(極北)의 오랑캐에 붙들려 만리타국에 와 고혼(孤魂)이 되어 적막심산(寂寞深山)에 수목(樹木) 하나가 없고 무성한 가을 풀 속에 묻혀 행인(行人)들도 절할 사람이 없으니, 주자(朱子) 당시에 원한을 품고 아픔을 견디어 내시던 천자가 땅 속에 묻혀 있어 넉넉히 사람으로 하여금 느낌이 있게 하였다.

방원(防垣)은 만호가 있는 곳이니 고령서 50리(20km)이니, 여기는 종성 땅이다. 내가 수 천리를 급히 달려서 천산만수(天山萬水)를 지나 천 번 노고(勞苦)하고 만 번 힘들고 고생스럽게 와서 종성 땅을 비로소 디디니, 마음에 기쁘기가 내 집에 온 듯하니, 옛 사람의 시에 "타향에 이르러오니 돌아온 듯하다"라는 말이 과연 그르지 아니하였다.

# 종성(鍾城)

종성 읍내는 방원(防垣)에서 30리(12km)요, 서울에서 2000여 리(800km)이었다. 성 남문으로 들어가니 남문루(南門樓)는 2층 집이요, 여염(閭閻)들은 초가(草家)가 많고 기와집은 드물고 인민들이 매우 쓸쓸하였다.

종성 땅이 옛적 여진 오랑캐가 머물 적에 지명을 수주(愁州)라 하였기에 시방(時方)도 고을 별호를 수주라 하고 종성이라 하기는 고을 북녘 20리(8km)에 동건산(童巾山)이 있으니, 동건산 모양이 인경을 엎어 놓은 듯하기에 산의 이름을 종산(鍾山)이라고 하기 때문이었다.

남문 안에는 권관(權管·무관의 종9품 벼슬 이름)을 지낸 첨지(僉知·정3품 당상무관직을 줄인 말, 또는 나이 먹은 노인을 부르는 말) 최정주(崔正柱)의 집에 주인을 정하여 드니, 최정주와 그의 아들 국주(國周)가 다 양순한 인물이요, 이 집에서 적객(謫客) 판서(判書) 서명응(徐命膺)과 판서(判書) 정존겸(鄭存謙)이 있던 집에 들도록 하였기 때문에 방(房)과 집채도 있을 만하되, 거기 사람들이 나의 행색(行色)을 심히 쓸쓸히 여기었다.

내가 적소(謫所)에 들어와 생각하니, 작년과 재작년에 걸쳐 남해와 아산(牙山)에 가고, 지금 이리로 왔으니, 해마다 귀양살이로 다님이 지루하였다.

우리 9대조 사인공(舍人公) 유간(柳堪 : 1513~1569)이 인종(仁宗)* 1년(1545)에 이 종성으로 귀양 오시니, 열한 해를 주역(周易)을 읽으셨다. 부인(夫人) 노씨(盧氏)가 수 천리에 따라와 계시더니, 사인공이 병환으로 고생하심에 부인이 손가락을 베어 피를 내어 드린 후에 병환이 나으셨다.

그 후에 다시 사인으로 승소(承召 : 임금의 부름)하여 돌아오시고 8대조 시랑공(侍郞公) 유영립(柳永立 : 1537~1599)이 종성부사(鍾城府使)를 지내시며 끼친 바 은혜가 많으시어 그 후 다시 이 도(道)의 감사(監司)를 지내시니, 양대(兩代) 사적(事蹟)이 선배문집(先輩文集)들과 영문관안(營門官案)에 다 있다.

이제 내가 또 귀양을 오매 옛일을 느끼게 한다.

내 함흥을 지날 때 보니, 성 밖 길가에 베로써 저자를 벌렸더니, 종성에 들어오니, 집집마다 베틀 소리가 다 마포(麻布) 짜는 소리이니,

---

*—인종(仁宗) : 조선 제12대 왕. 이름은 호(峼)요. 자는 천윤(天胤)이다. 중종의 장남으로 어머니는 영돈녕부사 윤여필(尹汝弼)의 딸 장경왕후(章敬王后)이며, 비는 첨지중추부사 박용(朴墉)의 딸인 인성왕후(仁聖王后)이다.
인종은 1520년(중종 15년) 세자로 책봉되었다. 1522년에 성균관에 들어가 유신(儒臣)들과 옛 글을 강론(講論)했다. 형제간의 우애가 두터웠으며, 1544년 11월에 즉위했으나 부왕 중종이 병이 들자 침식을 잊고 간병에 정성을 다했으나 부왕의 상을 치르며 식음을 전폐하여 재위 기간의 반 이상을 눈물로 지새웠다. 인종은 왕위에 올랐으나 병약하여 제대로 정사를 살피지 못했다. 9개월 만에 31세의 젊은 나이로 승하하고, 이복동생인 경원대군 명종에게 왕위를 물려주었다. 그나마 이러한 와중에도 인종은 1545년 기묘사화 때 희생된 조광조(趙光祖), 김정(金淨), 기준(奇遵) 등을 신원하고 현량과(賢良科)를 다시 설치했다. 왕위에 오른 지 8개월 만에 승하했다. 능은 경기도 고양시에 있는 효릉(孝陵)이다.

대개 우리나라 안에서 생산되는 마포(麻布)가 북도(北道)에서 나는 것이 으뜸이 되고 육진에서 나는 것을 더 으뜸으로 헤아리기에 서울 사람들이 벼슬로 오거나 아무 일로 나오면 반드시 삼베를 구하는 까닭으로 북도 사람들이 기이(奇異)한 보배로 알고 있었다.

내가 이 일로 인하여 느끼는 바가 있으니, 영조 22년(1746)에 내가 이도암(李陶庵)* 선생을 한천우(寒泉寓)에 가 모시고 있었더니, 선생이 석년(昔年)에 지으신 글 한 편을 내어뵈시는데, 글제는 시가요(市街謠)라 하였으니, 시랑(侍郎) 김상직(金相稷 : 1661~1721) 씨를 위하여 지으신 글이었다.

김시랑이 북백(北伯)의 임기를 마치고 돌아온 지 두어 달만에 한양 서성(西城) 밖에서 졸(卒)하니, 평생에 청렴결백하여 집에 북포(北布) 한 필이 없는지라. 그 노자(奴子)가 창황(蒼黃)히 문 밖 저자에 나가 베를 사려 하였다.

문 밖 저자에 와서 추포(발이 굵고 거칠게 짠 베)를 구하니, 장사꾼이 말하되,

"뉘댁 상사(喪事)이온데, 문안에 가시지 않고 저자에서 구하느뇨?"

노자(奴子)가 대답하되,

"김시랑의 상사일세, 집이 심히 가난하여 습렴제구(襲殮諸具)를 여태 갖추지 못하여 문안 저자는 멀고 값도 비싸 이리 왔다네."

하니,

저자의 장사꾼들이 일러 가로되,

---

* ─이도암(李陶庵) : 본명 이재(李縡 : 1680~1746). 1702년 숙종 28년에 문과에 급제하여 검열이 되고, 찬집청 기사관으로(단종실록) 편찬에 참여하였다. 부제학과 함경도 관찰사를 거쳐 예조참판으로 있던 중, 1721년 경종 1년에 둘째 아버지 이만성이 신임사화에 관련되어 죽고 소론이 다시 권세를 잡자, 벼슬을 버리고 강원도 설악산에 들어가 성리학 연구에 힘썼다.

"김시랑은 어진 태위(台位)라 내 어찌 그 값을 받으리오?"

하며, 다투어 베를 내어주니, 노자가 받지 아니하려고 가로되,

"상전(上典)의 집이 값 주지 아니하고 저자의 장사꾼들의 것을 만일 쓸 양이면 어찌 일찍 가난이 그리하리오?"

하고,

노자와 장사꾼이 서로 사양(辭讓)하니, 도암 선생이 들으시고 시를 지은 것이다.


시랑 김공이 연관하니

들으니 전년에 함길도서 관찰하고 돌아왔더라

돌아올 적 토산(土産)이 몸을 따르기 쉽거늘

생사에 가져다가 옷 만들기 어이 방해로우리오?

상사(喪事)를 임하여 집에는 한 필 새것이 없었으니

돈을 안고 베를 사러 지주(踟躕)하는도다

어찌 문안 저자에 가서 구하지 아니하는고

대답하되 물화(物貨)가 적귀하고 힘이 적은지라

추하고 가늘고 길고 짧기를 겨를하여 의논하지 못하니

다만 두 염할 때를 잃지 않음을 원하노라

시정도 오히려 능히 자(子)의 절(節)을 아름다이 여겨

한 돈을 받지 않고 바로 주는도다

내 이때 집이 서문 밖에 있어

이를 듣고 탄식하고 탄식을 더하도다

비록 하여금 내일 청백리(淸白吏)를 뽑더라도

금세의 공의를 가히 아지 못하리라

아래 탐리(貪吏)는 혹 가히 들려니와

이 사람은 가히 바라지 못하리로다


侍郎金公纔捐館(시랑김공재연관)

文道昨年觀察咸吉歸(문도작년관찰함길귀)

歸時土宜易隨身(귀시토의이수신)

生死何妨持作依(생사하방지작의)

臨喪家無一疋新(임상가무일필신)

抱錢貿布來蜘躕(포전무포래지주)

胡不走易門內廛(호불주역문내전)

答云物貴而力微(답운물귀이력미)

麤細長短未暇論(추세장단미가론)

但願勿失二斂時(단원물실이렴시)

市井尙能嘉子節(시정상능가자절)

不受一錢直與之(불수일전직여지)

我時家在西門外(아시가재서문외)

聞此擊節增嘆噫(문차격절증탄희)

假使名日選淸吏(가사명일선청리)

今世公義可知不(금세공의가지불)

下貪或可入(하탐혹가입)

此子難可希(차자난가희)


하시며,

　"내 일찍 이 글을 지었더니, 요사이 세상들이 염리(廉吏) 몇 사람씩

을 각각 천거하였다 하되 이 사람이 그 안에 들지 못하리라 하였더니,
내 말이 과연 맞았다."
하시더니,

이 말씀은 영조 22년(1746) 여름에 추록하신 것이었다.

선생이 또 일러 가로되,

"김시랑은 그대 외삼촌의 외삼촌이라. 그대 계구(季舅) 한억중(韓億增) 공은 탐라(耽羅)에 들어가 청절이 또 그러하니 착하도다."
하시니,

그때 우리 계구(季舅) 한공(韓公)이 탐라어사(耽羅御使)로 가셨다가 인하여 목사(牧舍·정3품 외직문관)를 하였기 청렴결백이 유명하였으므로 이 말씀이 그리 일컬으심이었다.

우리 계구 졸하여 집을 팔아 영장(永葬)하니, 이웃마을에 사는 친척이 청백을 일컬어 아니할 사람이 없었다.

내 시가요시(市街謠詩)를 차운(次韻)하여 계구의 청백을 기록하니, 이름은 속시가요(續市歌謠)라 하였다.

내가 일찍이 오래 전에 회양(淮陽), 안변(安邊)을 지날 때 우리 외숙께서 벼슬살이하시던 치정(治政)을 듣고 이번 경성(鏡城)을 지나는데, 내 외숙께서 평사(評事)로 오셨을 때에 심부름 시키시며 부리시던 기생(妓生)을 불러보니,

그 기생이 말하기를,

"한평사(韓評事) 사또의 정치를 소인배(小人輩)가 아올 바 아니오나 청백하오시던 일은 소인 등이 목견(目見)하였나이다."
하였다.

나는 다시 묻되,

"무슨 일을 보았는가."

하니, 기생이 대답하기를,

"평사께서 매양 북도에 와 오래 머물기에 병영에서 의복을 지어 보내어 입으심이 전례려니, 한 사또는 초등에 오셔서 감진어사를 겸하였기에 이듬해 가을에 돌아가시니, 그 사이에 한서(寒暑)가 여러 번 환절(換節)하고, 조정(朝廷)도 극히 멀고 본댁(本宅)이 극히 가난하시되, 사시(四時)의 의복을 서울에서 오기를 기다려 입으시고, 병영(兵營)서 지어 드리는 것을 한 번도 받지 아니하시니, 지금까지도 북도(北道) 사람들이 일컫나이다."

하니,

"오희(於戲)라! 김공의 베 아니 가져 오심과 한공(韓公)의 옷 아니 받으심이 가위(可謂) 유시구 유시생(有是舅有是甥)이로다."

이 두 어른의 후임으로 북도로 벼슬 온 이 가운데 그 능히 물화(物貨)로 몸을 더럽히지 아니한 사람이 몇 사람일까 의심한다.

나는 이 말을 일기(日記)에 올려 스스로 경책(警責)하는 것이다.

남직장(南直長)의 이름은 명학(溟學)이니, 부계(涪溪) 마을에서 살고 있는데, 북도에서는 이름난 선비이었다.

또 들으니, 거상(居喪)을 잘하여 3년을 염장(鹽醬)을 먹지 아니하고 애척(哀戚)함이 곁의 사람까지도 눈물이 나게 하는 까닭에 가히 공경(恭敬)하고 가히 사랑하염직 하였다.

두어 번 나를 적소(謫所)로 와서 보거늘 내 그 행실을 아름다이 여겨 더불어 서로 좋아하더니, 하루는 편지하여 가로되,

"저즘께 가 뵈오니, 입으신 옷이 한양 모시뿐이니, 그 어찌 베곳에 와 머문다 이르리오?"

하고, 고운 삼베 한 필을 다듬어 보내었으니, 대개 내가 객중(客中)에서 옷이 없는 줄을 염려하였으되,

내가 말하기를,

"옷 없는 줄 근심하는 정을 이미 알았으니, 비록 받지 아니하여도 받으나 다르지 아니하오이다."

하고 도로 보냈더니, 그 수일 후에 남직장이 또 와서 보고 가로되,

"베를 아니 받으심이 어이 그리 박정하니이까?"

하거늘,

내가 도암(陶庵) 선생의 시가요(市街謠)를 외우고, 인하여 우리 계구(季舅)의 일을 일컬어 가로되,

"계구는 벼슬로 오셔서도 오히려 병영(兵營)에서 지은 옷을 입지 아니하였거늘 내 이제 그 생질(甥姪)로서 그 땅에 귀양으로 와서 어찌 그 땅의 사람의 베를 받아 내 몸 위의 옷을 지으리오? 몸 위의 옷을 하게 되면 이는 우리 구씨(舅氏) 외삼촌에게 첨(諂 : 고르지 못한 음조)함이 되는 것이오. 우리 구씨는 그 구씨께 원망거리를 만들지 아니하였거늘, 내 어찌 내 구씨께 원망의 대상을 끼치리이까?"

하니,

남직장이 가로되,

"한공의 어짊은 일찍 우리 스승에게 듣고, 또한 일찍 안변(安邊) 임소(任所)에서 뵈었습지요."

하니, 대개 남직장의 스승은 참봉(參奉) 한몽린(韓夢隣)이니, 별호는 봉암(鳳巖)이요, 학문하는 선비로 북도에 유명하고 우리 작은 외숙님과 친하던 사람이었다.

참봉(參奉) 한여두(韓如斗)는 한봉암(韓鳳巖)의 일가요, 남직장의 장인

(丈人)이었다. 또한 집이 부계(涪溪)에 있고, 나이 칠십이 가까웠다. 소시(小時)에 성품이 강직(剛直)하여 북도 선비 중에 이름 있는 사람이었다.

우리 외숙과 친하여 왕복하던 서찰(書札)을 많이 갖다가 보여주었다. 하루는 나의 수건(手巾)이 다 떨어진 것을 보더니, 고운 삼베로 수건을 하여 보내며,

"이는 적으니 받으라."

고 하였거늘,

내 도로 보내며 가로되,

"여기 베를 받지 아니하기로 정하였으니, 어찌 많고 적음을 의논하리오?"

하고 도로 보내니, 고집스레 여기었다.

내 귀양살이 이래로 조도간초(竈道艱楚 : 부엌살이 어려운)한 적이 있으니, 사람이 나에게 이르기를,

"인근(隣近) 수령(守令)에게 구하시오소서."

하거늘, 내 대답하여 가로되,

"평생에 성품이 졸(拙)하여 남에게 구하지 못할 뿐 아니라, 40년 내에 친척이 부유(富裕)하되, 내 일찍 한 번 구걸한 일이 없거늘, 이제 일시 귀양 와 인읍수령(隣邑守令)이 심히 친하지도 못한데, 어찌 본심을 변하리요?"

하니, 사람이 이르되,

"객리(客里)에 와서 그리하여서는 살아가기가 어려우니이다."

하였다.

"내가 올 때에 함흥판관(咸興判官)이 육진염장(六鎭鹽醬)이 맛이 참혹

하다."

하니,

　"지령을 가져가시오."

하거늘, 내 대답하되,

　"육진 사람들도 먹는 장이 있을 것이니, 맛이 좋지 못하나 먹을 것
이요, 내 집이 가난하여 음식을 가리지 못하였거늘, 이제 천여리(千餘
里)에 장을 싣고 가면, 내 평생 지켜 온 본래(本來)의 규도(規道)가 아니
오이다."

하고 그저 왔더니, 본관(本官)과 인읍들이 보내는 장을 먹으니, 맛이
좋지 아니하나 나은 장 구하는 일 없이 지냈더니, 장이 떨어져 주인께
얻어먹으니, 그 장은 극히 맛이 비상(非常)하여 한양서도 드물게 먹던
장이다.

　"북도는 천염(天鹽)이기에 장을 담아도 맛을 얻지 못한다."

하되, 이 주인의 장을 보니, 담기에 있지 소금 맛에 달린 것이 아니었
다.

　풍속(風俗)이 소 먹이기를 일년 내에 하루도 콩 먹이거나 죽 먹이거
나 하지 아니하고, 여름에는 초장(草場)에 매어 두고, 겨울에는 짚만을
먹이니, 마치 남해(南海)에서 소 먹이는 것과 같되, 값은 남해의 소 값
에 비겨 오륙 배나 넘으니, 대개 해마다 개시(開市)할 때에 오랑캐에게
들어가는 소가 수삼천 필(數三千匹)이요, 또 습조(習操)에 소가 수백여
필(數百餘匹)이 호궤(犒饋)에 들어, 합하면 1년에 사천 필(四千匹)이나 들
기에 값이 그리 귀하였다.

　소에게 곡기(穀氣)를 아니 먹이기에 황육(黃肉)이 맛이 전혀 없어 남
해의 황소의 고기맛과 같았다.

꿩은 흔하고 닭도 흔하되 맛이 다 좋지 아니하되 그곳 사람이 이르
되,

"꿩은 도토리를 먹어야 맛이 있는데, 여기는 뫼가 걸지 않아도 도리
가 없어 먹지 못하므로 꿩이 맛이 없고, 닭은 쌀을 먹여야 맛이 있는
데, 여기에는 논이 귀하기 때문에 쌀알이 극히 귀하여 닭이 보리만 먹
기에 맛이 없나이다."
하였다.

마침 닭에 입쌀을 주니 닭이 다투어 먹었다. 대개 그곳 닭들이 쌀낱
을 못 먹어 본 줄을 가히 알 만하였다.

꿩, 닭, 쇠고기, 생선(生鮮) 따위가 다 맛이 좋지 못하고, 염장도 좋지
아니하니, 사람들이 북도 음식이 먹기가 어렵다고 함이 고이 하지 아
니하나, 내가 집에 있을 때에 음식을 치레하는 바가 없었기 때문에 북
도에 온 후에도 그 염장으로 노자(奴子) 겸종(傔從)이 익혀 내어도 족히
먹을 만하였다.

내가 북도 온 후에 선비들이 혹 와서 보는 사람들이 있었는데, 그들
이 가로되,

"소생(小生)이 북도에서 생장(生長)하였기에 학식(學識)과 문한(文翰)
이 노무하니 가히 부끄럽나이다."
라고 하거늘,

내 가로되,

"몸이 청성(靑城) 땅에 있으매 청성 땅에 침 뱉지 아니한다 하거늘,
사람이 스스로 학문(學文) 아니하였거늘, 어찌 생장한 땅을 탓하리요?
하늘이 사람 품부(稟賦)하심에 어찌 반드시 남방(南方)에 풍후(豊厚)하
게 하고, 북방(北方)에 적게 하리요? 나라에 충신(忠臣) 노릇하는 이는

경성(鏡城)에 이붕수(李鵬壽)가 있고, 어버이께 효자(孝子) 노릇한 이는 종성(鐘城)에 한양(韓揚)이 있고, 부부간(夫婦間)에 열절(烈節) 있는 이는 임명(臨溟) 군사가 있고, 문한(文翰)을 의논하면, 비록 작은 재주라도 박흥종(朴興宗)의 해당시(海棠詩)를 만구전송(萬口傳誦)하여 번화한 한양에서 유명하고, 박원령(朴元柃)의 상소(上疏)를 쓴 글씨는 천포(綿布)를 많이 입어 상전(相傳)하심이 편번(翩翻)하니, 이 두어 사람들이 어찌 북방에서 나지 아니하였는고? 이도 오히려 옛 사람들이어니와 근래 일로 이를지라도 경성(鏡城)의 이지평(李持平)과 종성(鐘城)의 한봉암(韓鳳巖)이 과연 어떠한 사람들이니까? 어찌 가히 북도 사람이라 하여 적게 여기리요?"

하니,

"선비도 그러하나이다."

하고 가거늘 붓을 잡아 기록하여 다른 선비들에게 이르는 것이다.

# 풍속(風俗)의 이모 저모

철령(鐵領) 이북에는 술맛이 극히 좋지 못하여 마셔도 술인 줄을 알지 못할 정도이다. 많은 사람들은 전부 소주(燒酒)를 항상 마신다. 한양의 후주(後酒)의 맛과 같았다.

이 술맛은 북도로 들어갈수록 괴이하고, 육진(六鎭)은 더욱 괴이하여 차마 마시지 못하니, 대개 북도 사람들이 술을 한 번 빚은 후 누룩을 말리어 감추었다가 다시 술을 빚어 먹고 두세 번도 되 빚어 오륙 차례 되 빚고 또 아들 손자에게 전하여 가기 때문에 누룩 이름을 부조(父祖) 누룩이라 하고 혹 오륙대도 전하여 가고 혹 제 집에 없으면 이웃집의 누룩을 빌어다가 쓰고 도로 보낸다고 하였다.

이 땅의 곡식이 경기(京畿)와 다른 것이었으되, 완두라 이름하는 것이 있으니, 경기에 없는 것이었다. 완두 모양이 둥글고 대소는 쥐눈이 콩만 하고, 빛은 녹두 같고 2, 3월에 보리심을 때에 심어 6, 7월에 거두니, 덩굴이 지며 꽃이 피고 열매 맺으니 맛이 녹두 같고 가루를 만들어 미시와 의이(薏苡)를 한다고 하거늘, 내가 먹어 보니 맛이 좋았다. 이것이 본초에 일컫는 완두(豌豆)인가 한다.

이 땅에 밤이 없고 도토리는 혹 있으나, 사람들이 도토리를 밤이라 일컫고 밤은 참밤이라 하였다. 거기 사람들이 밤을 별실과(別實果)로 아니, 대개 드물게 보기 때문에 그러한 것이다. 도토리를 밤으로 알아도 해롭지는 아니하나만 선비 집들에서 장사 지내고 신주(神主)를 만들 때에 예문(禮文)의 신주는 밤나무로 만들라 한 말만 보고서 저희들이 밤나무라고 일컫는 나무로 신주를 만드니, 이름은 밤나무라도 기실(其實)은 도토리나무일 것이다.

한양 사람들이 다리를 육진에서 나는 것을 상품으로 아는 까닭은 이제 보니, 북도 사람들이 남녀 상하 없이 대여섯 살부터 머리감기를 일삼으니, 매양 뜨물을 데워 머리를 감는데, 추운 때나 더운 때를 가리지 아니하고 날마다 감고 혹간 일하여 감으니, 이러므로 머리털이 금방 빗고 기름을 바른 듯한 때문이다.

길이가 60~70㎝쯤 되면 베어서 파는 까닭에 서울 사람들이 다투어 구하므로 그곳 사람들이 기이한 보배로 알아 고운 삼베보다도 더 귀하게 여기고 혹 한양서 헐하게 사다가 섞어 팔기도 한다니 다리 한 채에 백목(白木) 두세 동이나 들어야 모양이 있다면 서울 부녀들이 다리 치레 하기에 폐단(弊端)이 이곳에서 더한가 싶었다.


여기 읍내 동성(東城) 밖에 뫼가 있고, 또 뫼 언덕에 포기나무가 있으니, 읍내 사람들이 신(神)을 위하여 집에 질병이 있으면 달려가 빌고, 돼지다리나 닭이나 술잔이나 저희 힘대로 가져다가 놓고 배례(拜禮)를 무수히 하며 손을 비벼 빌고 베를 짜면 두어 치를 끊어 내어 가지에 걸고 빈다.

먼저 비는 이가 내려오면 뒤에 올라가는 이가 있어 바람이 불고 비
가 와도 사람이 끊이는 날이 적었다.

이는 내가 있는 집에서 마주 대하여 있기에 본 바가 이러하니, 북관
지에 이르되 귀신(鬼神)을 좋아한다 한 말이 과연 옳구나 싶었다.

여염(閭閻)집 지은 모양은, 집마다 부엌을 넓게 하고, 부엌 안에 방앗
간과 말이나 소를 재우고 먹이며 기르는 외양간을 만들었으니, 대개
겨울의 추위가 심하기에 방앗간과 마구간을 따로 꾸미면 사람과 짐승
들이 추위를 견디지 못하여 부엌 안에 꾸미니, 형세가 과연 그러하였
다. 부뚜막 위를 넓게 하여 한 간이나 혹 간 반이나 되게 하여 가속(家
屬)들이 거기 모여 앉고 눕기를 하고, 그릇 씻고 음식하기를 그곳에서
하고, 밥 익힐 때에 잠깐 내려서 불을 때고 익은 후에 도로 올라가 가
속들과 모여 앉아 먹고, 부뚜막과 방과의 사이에 문을 내어 왕래(往來)
하니, 대체로 물 길러 가는 외에는 밖에 나서지 아니하였다.

외방(外方)의 큰 고을에 기생(妓生)을 두기는 팔도(八道)가 다 그러하
거니와 북도는 고을마다 있으니, 대개 길이 극히 멀기에 사객(使客)이
왕래할 때에 그들이 국경지대 변방으로 나오는 괴로움과 서울 떠난
근심이 타도(他道)보다 더한 까닭으로 반드시 기생을 단장(丹粧)하여
놀음하고 음식을 장만하여 위로하여 국경을 지키는 데에 심부름을 시
키며 부리기를 반드시 기생을 부리니, 왕명을 받든 사신들이 방탕(放
蕩)하여 유전(流轉)하지 않을 이가 적으나, 봉명 사신들은 일시 지나가
기에 그 해(害)가 되는 것이 오히려 적거니와 수령과 병사(兵使) 감사(監
司)들은 해포씩 있기에 가까이 하면, 마침내 침혹(沈惑)하여 정사(政事)
를 황폐(荒廢)하고 심신을 장해(障害)하는 이가 많으니, 북도에 벼슬 가

는 사람이 꼭 경계(警戒)하여야 할 일이었다.

연어(鰱漁)는 8, 9월에 바닷물에서 두만강을 거슬러 올라와 더 이상 올라갈 수 없는 데에 와서 물가 바위에 몸을 스스로 문질러 비늘이 떨어지고 부리가 상하고 꼬리가 무지러져 나중에 죽기에 이르니, 물성(物性)이 고이하였다.

바다 가까이 있을 때에 잡지 못하고 경원(慶源), 온성(穩城) 즈음에서 비로소 잡고 종성, 회령 즈음에서 잡는 것이 맛이 있어 위아래 두어 고을에서 잡는 것보다 낫다 하고, 송어(松魚)는 4월에 잡히니, 물로 올라와 물이 없는 곳에 가 죽으니, 연어와 한 유(類)인 듯하다.

"전배(前輩) 명인들이 육진에 귀양 오는 이가 많기에 이 종성의 사슴이 으뜸 낫고, 회령·경원이 지차 되고, 온성이 또 그 다음이고, 경흥은 가장 어리석고 둔하다."
하니, 이 말은 북관지(北關誌)에 있다.

칠월에 내 홀로 앉아 주인의 우물을 먹으니, 극히 상쾌(爽快)하여 옛 글의 천냉무삼복(泉冷無三伏)한 구를 외우다가 인하여 옛 글귀를 모아 율시(律詩)를 이루니 가로되,

궁도는 한할 바가 아니니,
회포 곧 의연하도다
샘이 냉하매 삼복이 없는 듯하고,
날이 길매 소년 같도다
구름을 헤쳐 옛길을 찾고,
언덕에 올라 오랑캐의 하늘을 바라보는도다
매양 맑은 밤 달에 이르러

마음이 인하여 북궐에 달렸도다

窮途非所恨(궁도비소한)
懷抱卽毅然(회포즉의연)
泉冷無三伏(천냉무삼복)
一長如少年(일장여소년)
撥雲望胡天(발운망호천)
每到 淸宵月(매도청소월)
心因北闕縣(심인북궐현)

칠월에 우리 선비(先妣)와 망형(亡兄) 두 위(位)의 기일(忌日)이 있다.

이천여 리(800km)에 와 있어서 집을 생각하니, 심사(心事)를 정하지 못하고 처음 오던 때를 생각하니, 시절이 판에 너무도 비슷하기에 어찌 내 집에서 편벽(偏僻)되게 심히 굴었던고?

우리 매부 황윤지(黃允之)도 당록사(堂錄事)로 참예(參預) 간여하여 교리(校理·홍문관 정5품), 수찬(修撰·홍문관 정6품), 말부망(末部望)에 들고 훗번 옥당(홍문관 별칭) 궐의하게 되었는데, 대간의 수망을 부디 여허(如許)하여 죄를 중히 입고 흑산도로 급히 가고, 노모와 아우는 흑산도 가까이 가고, 나는 정언(正言·사간원 정6품), 지평(持平·사헌부 정5품)만 지내고 품(品)이 돋지 못한 것을 우격으로 집의를 하여 이런 궂은 길을 올 지경이 되었는가 싶었다.

그러나 내가 벼슬 돋지 못한 것을 위하여 한 것이 아니고, 시절 사람들이 매양 대간의 직을 피할 일이 있으면, 나를 몰아넣는 일이 실로 괴이하고, 우리 남매가 마침내 일시에 이리 되니, 우리 신수(身數)도 불행하거니와, 옛 사람이 이른바 채역장자학소위(債亦長者學所僞)라는 말이 괴이하지 아니하였다.

내 전정(殿庭)에 내입(內入)하였다가 천은(天恩)을 입어 동대문(東大門)으로 내어 보내시니, 떠메여 대궐문(大闕門)을 나올 때에 눈을 잠깐 떠 보니, 아들이 머리를 두드려 얼굴이 핏빛이 되고, 경혼(驚魂)을 정하지 못하여 열 번이나 길에 엎어지며 길에 따라오고, 집의 아홉 살 먹은 딸이 어른과 같이 하늘에 축수(祝手)하며 땅을 허위어 손가락에서 피가 땅에 흘렀다고 하니, 나의 경상(景狀)도 윤지(允之)나 다르지 아니하였다. 누이 황윤지의 실내(室內)는 윤지(允之)를 흑산도 적소에 보낸 후에 내 집에 와서 우리 실인(室人)과 한 가지로 있다고 하니, 남북적객(南北謫客)의 아내들이 서로 대(對)하여 흑산 해도(黑山海島)와 종산 절새(鍾山絶塞)의 수천리(數千里) 밖에서 차갑게 떨 생각을 하는 일을 보는 듯하고, 윤지(允之)는 오히려 노친(老親)과 아우가 있어서 가까이 바라보고 있으니, 내 스스로 일러 가로되,

"세상에서 적객으로 하여금 노모가 있어 이문(里門)을 의지하여 기다리고, 아우가 있어 뫼에 올라 바라보면, 비록 10년을 관새(關塞)에 있은들 근심이 어이 있으리오?"
하고, 야반(夜半)에 홀로 앉아 있으니, 슬픈 느낌을 금하지 못하겠었다.

집의 아이 영(詠)이 시를 지어 보내어 아비에게 위로를 하였거늘 내 그 글을 차운(次韻)하여 보내니 시에 이르기를,

치자의 시가 새로 이르렀으니
천애의 일이 다시 기특하도다

합문이 다 감축하니
박찬이 또한 은혜로다
나그네로 먹기를 매양 본분대로 평안히 하니
돌아갈 기약이 더딘 것을 한하지 말라
경성상에 가법이 있으니
소년 때에 힘쓸지어다.


雉子詩新至(치자시신지)
天涯事更奇(천애사갱기)
閤門皆感祝(합문개감축)
薄饌亦恩斯(박찬역은사)
旅食常安分(여식상안분)
歸期莫恨遲(귀기막한지)
慶醒家法在(경성가법재)
努力少年時(노력소년시)


내가 온 후에 어린 딸이 생각하고 주야(晝夜)로 울고 편지하여 왔으니, 재작년 영조 47년(1771 신묘)에 내가 남해 적소에 있을 때에 제가 언문(諺文)을 급히 배워 편지하고, 작금 양년(兩年)에 연하여 적소로 편지하니, 내가 연년(年年)이 집에 못 있어 그렇게 하는 일을 스스로 추회(追懷)하고, 글을 지어 보내어 제 울음을 달래노라.
시에 가로되,

내 딸이 겨우 일곱 살에

능히 문안 편지를 쓰는지라

아비는 남해 밖에 있어

편지를 보고 저를 보는 듯하도다

명년엔 서호(西湖)에 있고

또 명년에는 북새(北塞)로다

딸이 오히려 열 살이 못 되어서

아비는 귀양을 삼년이나 했도다

가늘게 쓴 손 가운데 글씨를

해마다 적소(謫所)에서 보는도다

오던 때 집에 들지 못하였으니,

듣자니 네 눈물이 얼굴에 가득했다며?

부끄러운 바는 매양 손이 되어

너로 하여금 멀리 생각을 수곧게 하도다

또 천은(天恩)을 입어 돌아가기를 기다려

일실이 한 가지로 모여 즐기리로다

굴원(屈原)의 누이는 꾸짖지 아니하고,

소진(蘇秦)의 형수는 기소(欺笑)하지 않도다

너의 모씨(母氏)는 하례(賀禮)하는 잔(盞)을 권(勸)하고

너의 오라비는 채의로 춤추도다

네 또한 내 띠를 잡고,

조석(朝夕)으로 좌우(左右)에 모셔 있도다

내 연명의 말을 들으니,

큰 즐거움은 처자식(妻子息)에 있다더라

吾女纔七歲(오녀재칠세)

能作問安書(능작문안서)

父在南海外(부재남해외)

見書汝見己(견서여견기)

明年在西湖(명년재서호)

又明年北塞(우명년북새)

女猶未十歲(여유미십세)

父讁連三載(부적련삼재)

細細手中子(세세수중자)

年年適所見(연년적소견)

來時不窺家(내시불규가)

聞汝涕滿面(문여체만면)

所愧常爲客(소괴상위객)

便汝勞遠憶(편여노원억)

且待夢恩歸(차대몽은귀)

一室同會樂(일실동회락)

屈原妹不詈(굴원매불리)

蘇秦嫂不欺(소진수불기)

女母勸賀盃(여모권하배)

汝兄舞彩依(여형무채의)

汝亦挽我帶(여역만아대)

日夕左右侍(일석좌우시)

我聞淵明語(아문연명어)

大歡在妻子(대환재처자)

# 북도의 사투리

북도(北道) 말들이 알아듣지 못할 사투리가 많으나, 경성(鏡城) 이북은 도리어 경성 이남에 비겨 나으니, 대개 경성 이북의 아홉 고을은 옛적에 난중(亂中)의 인민(人民)을 옮겨 왔기에 고향의 언어를 자손이 전하였으므로 조금 나은 듯하다고 하나 처음으로 들으니, 알기가 어려웠다.

여기에 사투리를 후에 보도록 약간 기록한다.

어미를 '워미' 라 하고, 형을 '형애' 라 하고, 오라비의 처를 '올집어미' 라 하고, 아우는 '더런' 이라 하고, 도토리를 '밤' 이라 하고, 밤은 '참밤' 이라 하고, 호박은 '동화' 라 하고, 동화는 '참동화' 라 하고, 수수는 '숙기' 라 하고, 옥수수는 '옥숙기' 라 하고, 천둥소리는 '쇠나기 운다' 하고, 장마 지면 '마졌다' 하고, 강가를 '개역' 이라 하고, 병아리는 '뱡우리' 라 하고, 꿩의 새끼를 '질우개' 라 하고, 솔개를 '술개' 라 하고, 닭 부르기는 '죠죠' 하고 불렀다.

돼지 부르기는 '오러러' 하고, 돼지 새끼는 '꿀꿀' 하고, 고양이를 '곤냥' 이라 하고, 망아지 부르기는 '허허' 하고, 황소는 '둥구레' 라 하고, 벙거지는 '털갓' 이라 하고, 그저 갓은 '빗갓' 이라 하고, 홍두깨 는 '다드미대' 라 하고, 괭이는 '곽지' 라 했다.

머리 댕기는 '당긔' 라 하고, 체는 '채' 라 하고, 바삐 걸으라는 말은 '재오 걸으라' 하고, 또 '종종 걸으라' 고도 하고, 오색빛을 일컫기는 홍색은 '발가가' 라 하고, 청색은 '퍼러러' 라 하고, 황, 백, 흑색들은 '누러러, 허여여, 검어어' 라 하여 말을 거듭 이르고, 다섯을 '닷쾌' 라 하고, 여섯은 '엿꽈' 라 하고, 일곱은 '일쾌' 라 하고, 가져오라는 말은 '개야오라' 고 하였다.

차래지식(借來之食)은 주린 사람도 먹지 아니하고, 축이(蹴爾)하여 주 는 것은 걸인(乞人)도 받지 아니한다 하니, 내 적소에 온 후로 근처의 관장(官長)들이 궤유(饋遺)하는 것이 혹 예(禮)로 하지 아니하는 사람이 있어 받거나 사양(辭讓)하기가 모두 어려웠다.

이전에 도곡집(陶谷集)을 보니, 궤유를 예(禮)로 아니하는 것이 차래 지식(借來之食)과 축이(蹴爾)하여 주는 것들과 다름이 없으니 옛적 장무 구(長無垢)의 궤유를 일절(一切) 아니 받던 것을 "쾌활(快活)하다" 일컫 으시니, 도곡의 이 말씀이 "내 마음을 먼저 얻었다"고 하겠다.


가히 사랑홉다 맑은 밤 들어
못가에 다시 많은 줄을 깨달았더라.
우는 개구리는 어지러운 풀에 의지하였고
깃들이는 새는 깊은 가지에 나아갔더라
집은 하늘가에서 바라보았고

시편은 귀양 속에 기다리고
고인이 한 사람 부치지 아니하니,
장차 서로 생각하는 데 어찌하리오?

可愛淸宵月(가애청소월)
池邊更覺多(지변갱각다)
鳴蛙依瀾草(명와의난초)
棲鳥就深柯(서조취심가)
家室天涯見(가실천애견)
詩篇謫裏待(시편적리대)
古人不寄子(고인불기자)
將來相思何(장래상사하)

가군이 멀리 귀양을 갔으되 군이 서로 따라 서니,
이별이 뉘 이런 이별이 있으리오?
부자는 외로이 하늘 다한 곳에 의지하였고,
제형은 서로 달그림자 질 때를 생각하였도다
장야에 마시기를 끊는 것은 술 없음이로다
다른 지경에 정을 통하는 것은 다못 시 있도다
정히 일양이 처음 동하는 날을 만나
바다 산을 남으로 바라매 슬픔을 견디지 못하리라

家君配遠謫君相隨(가군배원적군상수)
離別孰如此別離(이별숙여차별리)

夫子孤依天盡處(부자고의천진처)

弟兄相憶月影時(제형상억월영시)

長宵絶飮緣無酒(장소절음연무주)

異域通情但有詩(이역통정단유시)

正致日陽初動日(정치일양초동일)

海山南望不堪悲(해산남망불감비)

# 종성(鐘城)에서 서울로 돌아오다

시월 초오일 탕척(蕩滌)하라 천은(天恩)을 입으니, 서울 편지가 함흥(咸興)으로 와서 들어오기 때문에 17일에야 들으니, 처음 오던 때를 생각하면, 만만 황름(惶凜)하더니, 2,3개월이 겨우 지나 어느덧 은사(恩赦)를 입으니,

"실로 어지오신 하늘에 뇌정(雷霆)이 하루를 지나지 아니한다"는 말이 과연 옳은 것 같다.

임금님이 계시는 남쪽을 바라보며 느끼어 울고 행장(行裝)을 대수로이 차리려 아니함으로 3일을 묵어 떠나기로 하였다.

내 3년째 귀양살이를 하니 두루 소문을 들으니, 전후 이름난 벼슬아치들이 귀양살이하는 곳마다 다 조용히 귀양살이를 하고자 하여도 노자(奴子) 비자(婢子)와 비장(裨將) 겸종(兼從)이 여럿이 가면 자연히 적객(謫客)을 말 듣게 하는 이가 있었으므로 나는 겸종 1인과 노자 1인을 데리고서 밥 짓고 반찬(飯饌) 익히기를 저희만 부리고, 술 빚기도 저희

만 시키고, 밤낮으로 앞에 두고 사립문 밖에는 잠깐도 내보내지 아니
하였더니, 들으니 동네 사람들이 이르기를,

"이번 적소(謫所)에 오신 이는 하인도 안 데려온 듯하다"고 하였다.

유월에 내가 적소(謫所)에 오던 날 망건(網巾)을 벗어 봉(封)하여 대들
보에 걸었다가 올 때에 내어 쓰려 하니, 그 사이에 다 삭아 떨어지니,
곁의 사람이 보고 이르되,

"고운 망건(網巾)이 공연(空然)히 아깝습니다."

하거늘, 내가 웃으며 대답하였다.

"자고로 경륜을 품은 인재들이 세상에 쓰이지 못하고 초야에서 늙
은이가 무수하니, 이 망건 하나가 극히 소소(小小)하거늘 아깝다 할 것
이 어이 있으리오?"

하니, 손님이 웃고,

"그렇소이다" 하더라.

내 희롱(戱弄)하여 글을 지었으되 여기에는 싣지 아니한다.

종성부사(鍾城府使)는 성명이 강유(姜游 : 1722~ ?)요, 자는 우하(友夏)
이니, 19살에 진사하고 계미 영조 39년(1763)에 나와 동방급제(同榜及
第)하여 승자(陞資) 지내고 여기 원(員)을 4월에 왔었다. 조정 안에서 가
끔 만난 일이 있었다.

처음부터 끝까지 극진(極盡)히 친절하고 인정이 많게 대하여 정의(情
誼)가 좋은 지친(至親)이나 다르지 아니하였다. 대개 그 벗의 사람됨이
인후충질(仁厚忠質)하여 거가(居家)에 효우(孝友)하는 행실이 올발라서
향당(鄕黨)에 유명(有名)하였다. 본성이 그러하기에 대인접물(待人接物)
도 또한 진실로 그러하였다. 본관(本官)의 가행(家行)이 그러하니, 과연
심복(心腹)하거니와 글도 매우 잘하여 대면하지 아니하고 글씨 또한

재필(才筆)이요, 그 정사(政事)하는 일을 혹 들어보면 나랏일에 갈진심력(竭盡心力)하고 백성(百姓)을 대함에 측달인애(惻怛仁愛)하는 마음이 애연(藹然)히 드러나니, 진실로 옛날의 모범관리와 비겨도 부끄럽지 아니하고 행동거지가 모두 옳으며 문화(文化)와 정사(政事)가 다 이러하되, 벼슬이 잘 오르지 못하였으나 세상이 분개할 만하였다.

읍내(邑內) 가운데 3층 누각(樓閣)이 있으니, 이름을 수항루(受降樓)라 하였더니, 오랑캐 때 왕래(往來)하며 볼까 하여 이름을 고쳐 뇌천각(雷天閣)이라 하여 현판(懸板)하였었다.

내가 적거(謫居)한 때에 본관(本官)이,

"한 가지로 올라 보자" 하되, 내가

"귀양살이하는 나그네로서 누각(樓閣)에 오르는 것은 반드시 하여야 할 일이 아니오."

하고 아니 오르니 본관이 이르되,

"악양루(岳陽樓) 봉황대(鳳凰臺)에도 적객들이 올랐거늘 어이 고집하느뇨."

하더니, 귀양 놓인 기별을 듣고 10월 17일에 오르니, 원(員)은 병들어 누웠기에 함께 못 오르고 혼자 올라 앉아 구경하노라니, 재미가 심히 없었다.

여름에 한 가지로 못 오른 일이 애닯기만 하였다. 내가 3일을 치행(治行)하여 떠나려 하니, 눈이 쌓이고, 큰 바람이 불어서 이 수십 리 길도 어려우므로 백두산(白頭山)을 겨울이기 때문에 못 올라보고 서수라(西水羅)도 또 못 보면 다시는 보기가 어렵겠기에 온성(穩城), 경원(慶源), 경흥(慶興)을 지나 서수라로 향하였다. 동관진(潼關鎭)은 종성(鍾城) 땅이니, 읍내 북으로 15리(6km)요, 동성(潼城)을 쌓고 첨사(僉使)를 두

었었다. 온성(穩城) 읍내는 강가에 있으니, 영달(永達)의 북으로 30리
(12km)이었다.

옛적 기준(奇峻)이 소시(小時)에 꿈속에서 율시(律詩) 한 수를 지으니,
첫 구에 가로되,

"이역 강산이 고국동이라" 하였으니, 이는

"귀양 온 산하가 옛 꿈과 같다"는 말이다.

이로 보아도 인사(人事)가 다 앞길이 미리 정하여져 있는 것이 분명
하다. 이 말이 서포일록(西浦日錄)에 있었다.

황자파(黃柘坡)는 온성(穩城) 읍내에서 동쪽으로 30리(12km)이었다.
돌로 성을 쌓고 권관(權管)을 두었었다. 훈융진(訓戎鎭)은 경원(慶源) 땅
이니, 황자파(黃柘坡)에서 25리(10km)이니, 돌로 성을 쌓고 첨사(僉使)
를 두었다.

내가 21일에 종성을 떠나 경원으로 향하니, 30리(12km)를 와 웅곡
(鷹谷)에서 점심 하고 오다가 큰 고개를 넘으니, 고개 위에 올랐을 때
에 그곳 사람들이 두만강(頭滿江) 건너 넓은 들을 손가락으로 가리키
며 이르되,

"호촌(胡村)입니다" 하니,

마침 날이 어두워 자세히 보이지 아니하므로,

"청명한 날이면 오랑캐의 집들이 또렷이 보입니다" 하였다.

경원 읍내에 들어가 숙소(宿所)를 정하니, 훈융(訓戎)에서 30리
(12km)요, 종성(鍾城)에서 바로 오기는 70리(28km)이었다.

괘궁정(掛弓旌)이라 하는 별당이 있고, 여러 사람들이 지은 글의 현
판(懸板)이 있었다.

나도 글 한 수를 지으니, 시에 가로되,

일천 봉과 일만 영에 길이 초요(岧嶢)하니

동국지도에 육진(六鎭)이 멀더라

장백산(長白山)은 사시(四時)에 매양 눈이 있고

창명(滄溟) 바다는 만고(萬古)에 조석(朝夕)이 수없도다

수레 모는 들 늙은이는 가죽으로 머리를 쌌거늘

말 달리는 관가(官家) 기생은 살이 허리에 있더라

정히 먼 땅이 성화(聖化)를 입음을 기뻐하라

마을 마을 이 피리와 북에 강구 노래를 들을러라


千峰萬領路岧嶢(천봉만령로초요)

東國輿圖六鎭遙(동국여도육진요)

長白四時堂有雪(장백사시당유설)

滄溟萬古本無潮(창명만고본무조)

驅車野老皮幪首(구차야로피몽수)

馳馬官娥箭在腰(치마관아전재요)

定喜遐荒覃聖化(정희하황담성화)

村村笳鼓聽衢謠(촌촌가고청구요)


　후송 유의양은 종성에서의 유배가 풀린 뒤에 한양으로 돌아오는 길에 경원읍(慶源邑)을 구경하다가 괘궁정(掛弓亭)에 올라 그가 직접 지어서 판에 새겨 걸어놓았던 현액이다. 이 시는 관북읍지(關北邑誌), 경원부읍지(慶源府邑誌) 통군정 제영조(題詠條)에도 실려 전하고 있다.

　용당(龍堂)은 고을 등으로 40리(16km)라 이르고, 북관지(北關誌)에 가로되,

"목조대왕(穆祖大王 : ? ~1274. 조선 태조 이성계의 고조부, 이름 李安社)이 사시던 데라 일컫는다"고 하였더라.

충렬사(忠烈祠 : 함북 경원 읍내에 있는 고적)가 읍내 북문 안에 있으니, 장군(將軍) 김응하(金應河 : 1580~1619)와 참판(參判) 최진립(崔震立 : 1568~ 1636)이 이 땅의 고을 원을 지낸 뒤에 대를 이을 자손이 끊어졌기 때문에 배향(配享)하였다고 하였다. 안원보(安原堡)는 고을 남으로 30리(12km)에 있으니, 권관(權管)을 두었고, 건원보(乾原堡)에서 점심 하니, 건원(乾原)서 30리(12km)요, 만호(萬戶)를 두었다.

무이보(撫夷堡)에서 점심 하니, 아산(牙山)에서 40리(16km)요, 성을 쌓고 만호(萬戶)를 두었었다.

동악이공(東岳李公)이 성에 올라 시를 지어 가로되,


가을 바람에 목릉관(穆陵關)에 불어 지나니
황사(黃砂)에 행하기를 다하니 몇날만에 돌아가리오
서쪽으로 바라보니 장안(長安)이 삼천리라
무이성(撫夷城) 위에 서서 천산(天山)을 의지했도다


秋風吹度穆陵關(추풍취도목릉관)
行盡黃沙幾日還(행진황사기일환)
西望長安三千里(서망장안삼천리)
撫夷城上倚天山(무이성상의천산)


내가 뒤에 매봉에 올라보니 북으로 두만강 건너편에 들이 매우 넓고 팔지(八池)라고 하는 못 여덟이 들 가운데 벌려 있으니, 고요하고 엄숙함이 장하였다.

"어느 때에 호지(胡地)를 다 앗아 이 너른 들과 팔지에 놀아볼까"를 일컬으며, 삼연 김창흡(金昌翕 : 1653~1722) 선생의 글에 가로되,

"어찌 장사를 얻어 슬해(瑟海)를 삼켜 팔지(八池)에 채련(採蓮)하는 배를 띄워 볼까 하노라."

라고 한 구를 외우고 지나쳤다.

봉에 올라앉으니, 날이 12시가 되었었다.

봉 위에 봉화(烽火) 둑이 있어서 나무를 피워 연기를 내니,

"대개 밤은 불을 켜거니와 낮은 불빛을 멀리서 보지 못하기 때문에 연기를 피워 응(應)하고, 이 땅에서는 낮에 시작하여 켜야 수천리(數千里) 길에 차차 전하여 한양 남산에 이르면 해가 지고 어두워지기 시작하는 때가 된다"고 하였다.

적지(赤地)는 경흥부(慶興府) 남쪽 10리(4km)에 있으니,

"주위는 두어리(0.8~1.2km)쯤 되고 유전(流轉)하는 말에 도조(度祖) 이춘(李椿 : ?~1342, 조선 태조의 조부)께서 용을 쏘신 못이라" 이르니,

도조께서 소년시에 백용이 꿈에 보여 가로되,

"그대는 활을 잘 쏘시는 사람이요, 나는 적지(赤池)를 맡은 임자인데, 흑룡이 내 못을 빼앗고자 하여 서로 싸운 지 오래이니, 그대가 가히 와서 흑룡을 쏘아달라."

하여 도조께서 이튿날 활과 화살을 가지고 못가에 가 언약과 같이 가만히 엿보니, 두 마리의 용이 있어 서로 싸우되, 주객(主客)을 분변(分辨)하지 못하여 물러 돌아와 계시더니, 이 밤에 백룡이 또 꿈에 보여 가로되,

"그대는 어찌하여 쏘지 않느뇨."

하니, 도조께서 대답하오시되,

　"두 용이 서로 싸우니, 흑백을 분별하지 못하여 능히 살(鏃)을 발(發)하지 못하였노라."

하니, 백룡이 가로되,

　"내일 싸움에 먼저 오는 이는 나요, 후에 오는 이가 손이니, 그대는 모름지기 알아두라" 하였다.

　도조께서 꿈을 깨어 즉시 가 보니,

　또 두 용이 서로 싸우거늘 후에 오는 용을 보고 활을 가득 그어 한 번 발하여 정히 허리를 맞히니, 그 색룡(色龍)이 피를 흘려 못이 붉은 까닭으로 적지라 이른다, 하고 또 사룡연(射龍淵)이라고도 하였다.

　적지(赤池)로부터 5리(2km)쯤에 가서 굴신묘라는 곳이 있으니,

　"적지에서 화살을 맞은 색룡이 굽이치며 서려가던 터인 까닭으로, 이름을 굴신포라 한다"고 하더라.

　이 말이 북관지에 있기 때문에 사람들이 이르되,

　"굴신포(경원군에 있는 지명) 아흔아홉 굽이라" 하더니,

　내가 살펴보니 과연 굽이가 무수(無數)하니 기이(奇異)하였다.

　삼연 김선생이 적지에 와 구경하시고 시(詩) 이십여 구를 지으시니, 첫 구와 마지막 구에 가로되,

　　내가 경홍에 와 고적을 찾아보니
　　경흥성 남쪽 십리 못물이 붉더구나
　　당시의 감격스런 덕을 어찌 잊으리요
　　경서를 바쳐 기른 건국의 맥 되었구나

我到匡城訪古迹(아도광성방고적)

城南十里池水赤(성남십리지수적)

當時感德豈有窮(당시감덕기유궁)

毓慶呈瑞引國脈(육경정서인국맥)


안릉(安陵·목조의 妃)과 덕릉(德陵·목조의 능침)이 옛적에는 경흥부(慶興府) 남쪽에 계셨으니, 남편(南便)은 안릉이요, 북편(北便)은 덕릉이더니, 조선 제3대 태종대왕(太宗大王)* 10년(1410)에 함흥(咸興) 땅으로 옮겨 모시니, 경흥 사람들이 그 터를 능령(陵嶺)이라 하였다.

---

*－태종대왕(太宗大王 : 이방원, 1367~1422) : 태조의 5남. 어머니는 신의왕후(神懿王后) 한씨(韓氏). 비는 민제(閔霽)의 딸 원경왕후(元敬王后). 1382년(우왕 8) 문과에 급제하여 밀직사대언(密直司代言)이 되고, 후에 아버지 이성계(李成桂) 휘하에서 신진정객(新進政客)들을 포섭하여 구세력의 제거에 큰 역할을 하였다.
1388년 정조사(正朝使)의 서장관(書狀官)으로 명(明)나라에 다녀오고, 1392년(공양왕 4) 정몽주(鄭夢周)를 제거하여 이성계를 중심으로 한 신진세력의 기반을 굳혔으며, 같은 해 이성계가 조선의 태조로서 등극(登極)하자 정안군(靖安君)에 봉해졌다. 태조가 이모제(異母弟) 방석(芳碩)을 세자로 책봉하자 이에 불만을 품고 1398년(태조 7) 중신(重臣) 정도전(鄭道傳)·남은(南誾) 등을 살해하고, 이어 강씨 소생의 방석·방번(芳蕃)을 귀양 보내기로 하고 도중에 죽여 버렸다. 이것을 제1차 왕자의 난이라 하며 방원은 이때 세자로 추대되었으나 이를 동복형(同腹兄)인 방과(芳果 : 定宗)에게 사양하였다.
1400년(정종 2년) 넷째 형인 방간(芳幹)이 박포(朴苞)와 공모하여 방원 일당을 제거하려 하자, 이를 즉시 평정하고 세제(世弟)에 책봉되었다. 방간·박포의 난을 제2차 왕자의 난이라 한다. 제2차 왕자의 난이 평정된 후 정종의 양위(讓位)를 받아 조선 제3대 왕으로 즉위하였다.
즉위하자 사병을 혁파(革罷)하고 1402년(태종 2) 문하부(門下府)를 폐지하였으며 의정부(議政府)를 설치하였다. 또 낭사(郞舍)는 사간원(司諫院)으로 분립시켰으며, 삼사(三司)는 사평부(司平府)로 개칭하고 삼군도총제부(三軍都摠制府)를 신설하였으며, 1405년 1월에는 의정부의 서무(庶務)를 육조(六曹)에서 분장(分掌)하게 하는 등, 관제개혁을 통하여 왕권의 강화를 도모하였다. 한편 억불숭유(抑佛崇儒) 정책을 강화하여 전국의 많은 사찰(寺刹)을 폐쇄한 후, 그 사찰에 소속되었던 토지, 노비를 몰수하였으며, 또 비기(秘記), 도참(圖讖)의 사상을 엄금하여 미신타파에 힘썼다. 한편 호패법(號牌法)을 실시하여 양반 관리에서 농민에 이르기까지 국민 모두가 이를 소지하게 함으로써 인적 자원(人的資源)을 정확하게 파악하였으며, 개가(改嫁)한 자의 자손은 등용을 금지하여 적서(嫡庶)의 차별을 강요하였다. 국방정책으로서 10년 여진족의 일파인 모련위(毛憐衛) 파아손(把兒孫)의 무리를 죽였고, 노략질이 심한 야인(野人 : 여진인)들을 회유하여 변방의 안정에도 힘을 기울였다. 또 문화정책으로서 주자소(鑄字所)를 세워 1403년(태종

경흥에 적도(赤島)라 하는 섬이 읍내에서 남쪽으로 40리(16km)에 있으니, 주위가 10리(4km) 남짓하였다. 목조대왕(穆祖大王)이 알동(斡東·지명) 땅에 계시다가 여진(女眞) 천호(千戶·元나라 벼슬)들과 자주 연회(宴會)를 가졌다. 익조대왕(翼祖大王·이행리, 태조의 증조부)이 승습(承襲)하오시며, 대왕의 위력과 명승이 점점 성하시니, 여진(女眞) 천호의 소속들이 다 마음을 익조께로 돌리었다.

모든 천호들이 시기(猜忌)하여 모해(謀害)하려 하여 거짓 고하여 가로되,

"우리들이 장차 북방(北方)에 사냥하고 올 것이니, 모이기를 이십 일 차퇴(蹉退)하여 주십시오."

하니, 익조께서 허(許)하여 계시니, 기약(期約)이 지나되, 오지 아니하거늘 익조께서 친히 가보려 하시더니, 길에서 한 노구(老嫗)를 만났다.

그 늙은 할미는 물통을 이고 손에 한 개 사발을 들고 오는지라 익조께서 목이 말라 물을 잡숫고자 하시니, 늙은 할미가 사발을 깨끗이 씻고 물을 담아 나아오며 고하여 가로되,

"공(公)이 모르시나이까? 이 땅의 사람들이 군사(軍士)를 청(請)하여 오는지라 공의 위엄(威嚴)과 덕(德)이 가히 아까운 까닭으로 이리 고하나이다."

---

3) 동활자(銅活字)인 계미자(癸未字)를 만들었으며, 하륜(河崙) 등에게 《동국사략(東國史略)》, 《고려사(高麗史)》 등을 편찬하게 하였다. 경제정책으로서 호포(戶布)를 폐지하여 백성의 부담을 덜어 주었고, 저화(楮貨)를 발행하여 경제유통이 잘 되도록 유의하였다.
1402년(태종 2) 상하 국민의 남소(濫訴), 월소(越訴)를 엄금하였고, 백성들의 억울한 사정을 풀어주기 위하여 신문고(申聞鼓)를 설치하였는데, 그 뜻은 매우 좋은 것이었으나 뚜렷한 실효는 거두지 못하였다. 고려 말기의 순군제도(巡軍制度)를 여러 차례 개편하여 최고의 법사(法司)인 의금부(義禁府)를 설치하였는데, 이것은 국왕 직속의 근위대(近衛隊)로서 역모(逆謀)를 방지하는 기관이었다. 1405년 송도(松都)에서 한성(漢城)으로 천도하였으며, 1418년 세자(世子:世宗)에게 선위(禪位)하고 상왕(上王)으로서 국정을 감독하였다.

하니, 익조께서 놀라서 당황하여 돌아와 가인(家人)으로 하여금, 배를 타고 두만강으로 순류(順流)하여 적도(赤島) 즈음으로 모이라 기약하고 익조께서 스스로 손부인(孫夫人)으로 더불어 경흥 뒤 고개에 올라 바라보니, 알동(斡東)들에 도적의 군사가 널리 가득 차게 오는데 선봉 300명은 거의 다 닿게 되었는지라, 익조께서 손부인으로 더불어 말을 돌려 바닷가에 이르니, 바닷가에서 적도 섬에 들어가기까지의 물 넓이가 약 3리(1,200m)는 되고 본래 조석수(潮汐水)가 왕래(往來)하는 데가 아니고 물 깊이가 깊어 가히 건너지 못할 곳인데, 기약한 배는 미처 오지 못하였으니, 할일 없어 하는데, 홀연(忽然) 물이 물러가 건너게 되니, 익조께서 부인으로 더불어 한 필(匹) 백마(白馬)를 한 가지로 타고 건너가시니, 오신 사람들이 다 건넌 후에 물이 다시 많아져 도적이 이르러 건너지 못하여 돌아가니, 북방(北方) 사람들이 지금까지 일컫되,

"하늘이 시킨 바요, 인력(人力)이 아니다" 하였다.

익조께서 인하여 거기 계시다 후에 덕원부(德源府)로 옮아가시니, 이제까지 적도에 그 사시던 터가 있어 전하여 이른다 하였다.

이 적도의 말은 북관지에 있기에 기록한다.

노산촌(爐山村)에서 점심 하니, 읍내(邑內)에서 50리(20km)이었다. 마을이 바닷물 속에 들어 섬처럼 깊이 앉았으니, 서편으로 적도(赤島)를 바라보고 동으로 서수라(西水羅)를 바라보고 바다 경치가 매우 넓고, 멀리 바라다볼 수 있도록 앞이 탁 트이어 있었다.

물가에 소금밭이 있기로 들어가 구경하니, 무쇠 가마를 크게 걸고 옆에 구유 같은 것을 걸고 거기에 바닷물을 많이 길어 부어 대통을 이어놓아 가마로 흘러내리게 하고, 가마에 불을 때어 그 물을 졸여 소금

이 된다 하고,

"바닷물을 길을 때에 깊이 바닥의 물을 떠내어 반이나 엎질러 버리고 반은 남는 것을 모아 고아야 소금이 된다"고 하니,

대개 바닷물에 민물이 섞여 있기에 그릇에 떠내면 그릇 위의 물은 민물이요, 그릇 바닥의 물은 바닷물이기에 소금이 잘 된다고 하였다.

서수라에 가 숙소하니, 경흥 읍내에서 동으로 60리(24km)요, 서울이 팔도 중 으뜸 먼 곳이니, 이수(里數)는 이천 삼백여리(120km)라 하되, 사람들이 일컬으되,

"남중길로 이르면 서울서 삼천리(750km)로 배나 된다"고 하였다.

서수라(西水羅) 앞에 동쪽으로 높은 뫼가 있으니, 일출(日出)을 본다고 하거늘, 날이 새지 아니하여 올라가 앉아 있으니, 바람이 크게 불고 날이 더할 수 없이 추운지라 봉(峰) 위에 앉아있는 사람들이 날아갈 듯하고 봉 아래는 좌우의 바닷물이 황양(黃羊)하니, 사람들이 앉아 있기를 무서워하였다.

술 두어 잔을 마시고 이윽히 앉아 있었더니, 이윽하여 동쪽 바다의 물과 구름이 다 붉어지고 점점 밝기를 더하여 다홍 휘장(揮帳)을 둘러친 모양과 같고 그 중에 별로이 붉은 빛 많은 곳에 해가 올라오니, 천지수륙(天地水陸)이 다 밝아져서 그 광경이 과연 기이(奇異)하였다.

이날이 시월 이십오일이니, 내 생일 날이라.

생일에 일출의 기이한 경을 보았다.

서수라(西水羅)의 지형이 아국 동국 모퉁이에 있으니, 동해는 막힌 곳이 없이 전혀 다 보이고 남해(南海)와 북해(北海) 더러 보이니, 대개 뫼가 물 속에 섬같이 길게 들어와 뫼 위에 앉으면 바다 가운데에 일엽선(一葉船)을 띄운 듯하였다.

강요주(江瑤珠)와 어곽(魚藿 : 해산물을 통틀어 말함)을 그 앞에서 딴다고 하였다. 난도(卵島)는 서편에 있는 섬이니, 주위가 10리(4km) 남짓 되고 바닷새와 오리, 기러기 같은 것이 무수히 와서 이 섬 무인지지(無人之地)의 물가 절벽에 모여 새끼를 치는지라 근처 사람들이 알을 낳을 때에 배를 타고 이 섬에 들어가 바위틈의 알을 걷어다가 먹으려 하되, 바다 위의 절벽이라 발을 붙여 공중(空中)으로 오르기 어려운지라 사람이 섬 속 봉우리에 올라가 밧줄을 사람의 허리에 매고 절벽에 드리워 짐승들의 알 낳은 것을 상하좌우(上下左右)에 옮아가며 주워 가지고 위에 있는 사람이 다시 밧줄을 다려 올라온다고 하니, 들음에 그 모양이 본초강목(本草綱目)에 옥(玉)을 캐는 사람이 높은 절벽에 있는 옥을 캐기 위하여 둥우리에 사람을 앉히고 정과 망치를 주고 밧줄을 둥우리에 매어 들리어 절벽의 옥을 캐는 그림과 같았다.

이 섬은 알이 많기로 유명해서 이름을 난도(卵島)라 한다고 하였다.

옛날 숙종 40년(1714)에 숙종께서 환후(患候)가 계신 데에 물오리를 약으로 진상하니, 하교(下敎)하시어서 예 경서(經書)에 짐승의 알을 상(傷)하여 오지 말라 한 말씀을 일컬으시고,

"물오리를 잡아 바치지 말라."

고 하시니 대성인(大聖人)의 은급금수(恩及禽獸)하오신 일을 뉘 아니 존경하여 감탄하리요.

내 이 일을 숙묘보감에서 보았던 것이기에 여기 사람들에 일컬어 이르고,

"섬의 짐승의 알을 잡지 말라."

고 이르고 오희(嗚戱)라! 명년(明年)태세(太歲)가 갑오 영조 50년(1774)이니 오호(嗚呼) 불망(不忘)이로다.

조산보(造山堡)는 고을 동으로 35리(14km)이었다.

녹둔도(鹿屯島)는 조산보에서 30리(12km)이었다. 옛적 이충무공(李忠武公)이 조산만호(造山萬戶)로 온 때에 이 녹둔도에서 오랑캐와 싸워 이기니, 사람들이 이 봉(峰)을 승전대(勝戰臺)라 일컬었다

공(公)의 5대손 이관상(李觀祥)이 사적비를 세우니, 판서 조명정(趙明鼎 : 1709~1779)이 글을 짓고 참판 조영순(趙榮順 : 1725~1775)이 글씨를 썼다고 하였다.

경흥(慶興)의 열녀(烈女) 정인덕(鄭人德)의 처 이씨(李氏)는 자소(自少)로 남편 섬기기를 극진히 하더니, 임진년(1592년) 오랑캐의 난(亂)에 아들 백란이와 한 가지로 오랑캐에게 포로(捕虜)로 잡혀가니 울며 백란더러 일러 가로되,

"내 박명(薄命)하여 일찍 과부가 되고 이제 또 포로로 잡혀 오니, 죽을 밖에 수가 없다. 너는 살아 돌아오기를 도모(圖謀)하여 네 아비가 살던 터나마 보라."
하고 강에 빠져 죽으니, 백란이 그 후 십년 만에 돌아왔다.

이 일이 조정(朝廷)에 들려지니, 열녀정문(烈女旌門)을 내렸다. 이 말은 북관지(北關誌)에 실려 있었다. 일출을 보고 즉시 떠나 노산(爐山)에서 점심 하고 경흥(慶興) 읍내로 돌아와 숙소하였다.

익일(翌日) 떠나서 아오지(阿五地)에 오니, 경흥읍에서 40리(16km)였다. 일세가 저물어 자고 덕명에서 점심 하니, 아오지(경흥군에 딸린 지명)에서 40리(16km)이었다. 여기는 온성(穩城) 땅이다. 부계 참봉(參奉) 한여두(韓如斗)의 집에 들러서 숙소하니, 덕명에서 30리(12km)이었다.

한참봉과 남직장(南直長) 옹서(翁壻, 장인과 사위)가 한 마을에 있기에 모여서 한 가지로 말하고, 한몽필(韓夢弼 : 1689~1782)이 또 오니, 나이

가 70살이 넘고 한봉암(1684~1762)의 두 아우다.

문학이 있기로 북도(北道)에서 이름 있는 선비이었다.

이 세 사람이 다 우리 평사(評事)에 오신 때에는 많이 친하던 때문에 상대하여 말함에 우리 막내 외숙께 말이 미미히 칭찬하여 가로되,

"한공(韓公)의 학문(學文)과 문장이 실로 요사이 세상에 드무시니, 조정(朝廷) 진신간(縉紳間)에 명망이 있을 뿐 아니라 산림현자(山林賢者)들에 섞여도 부끄럽지 아니할 것이다. 북도 사람들이 지금까지 못잊어 한다."

하니, 우리 구씨께서 도회(韜晦·자기의 지위나 재능을 감춤)하심이 너무 심하시어 학문 문장을 남에게 내어 보이지 아니하시더니, 이 사람들이 뵙고 따라 노님이 그리 오래지 아니하였으되, 심복(心腹)을 깊이하여 삼십 년 후에도 잊지 못하여 함이 이렇듯 하니, 막내 외숙께서 사람들에게 중하게 보이신 것을 가히 알 만하였다.

종산서원(鍾山書院)에 심원(尋院)하니, 한참봉 집에서 20리(8km)이었다. 행영(行營)에 들어오니, 종산서원에서 40리(16km)이니, 행영은 종성 땅이었다. 종성 동남 50리(20km)에 있었다. 성을 쌓아 영문(營門) 모양을 만들어 두었으니, 병사(兵使)가 경성병영(鏡城兵營)에 있다가 두만강이 얼게 되면 지키기 위하여 행영에 있고 해빙 후에 도로 돌아 나가고 비장(裨將)을 머물러 둔다고 하였다. 북평사(北評事)는 병사 따라와 있고 집은 재필당(在畢堂)이라 하였다.

정두경*(鄭斗卿 : 1597~1673, 풍시 20편을 찬진하여 왕으로부터 호피를 하사받았다)이 옛적에 북평사로 와 있을 적에 밤에 홀로 시를 짓다가 고퇴(敲堆)를 정하지 못하고 있을 때에 밤이 들어 새벽닭이 우니, 평사가 하인을 명하여 닭을 잡아내게 하고, 죄를 주며 말하기를,

"내 시를 이루지 못하였거늘, 네 어찌하여 먼저 날 샘을 알려 울까
싶으냐?"
하고 명하여 목을 베었다.

　그 후 평사로 도임한 박태상(朴泰尙 : 1636~1695)이 또 그 일을 풍자하
여 시를 지으시되,


　　　닭의 울음이 글 짓는 일에 방해롭지 아니하거늘
　　　시객(詩客)이 어이하여 소리내어 꾸짖느뇨
　　　응당히 너무 이른 계료(鷄嘹)를 꾸짖으니
　　　가히 능히 소리를 남보다 먼저 하랴?


　　　鷄鳴不解吟詩訶(계명불해음시가)
　　　詩客綠何生聲讀(시객록하생성진)


＊―정두경(鄭斗卿 : 1597~1673) : 풍시 20편을 찬진하여 왕으로부터 호피를 하사받았다. 조선 중
기의 문인이며 학자이다. 본관은 온양(溫陽)이다. 자는 군평(君平)이요, 호는 동명(東溟)이다.
아버지는 호조좌랑을 지낸 회(晦)이며, 어머니는 광주정씨(光州鄭氏)로 사헌부장령 이주(以周)
의 딸이다. 이항복(李恒福)의 문인이다.
할아버지 지승(之升)과 증조부 담(磏), 종증조부 염(磏) · 작(碏)은 모두 시인으로 이름이 났다.
14세 때 별시 초선(初選)에 합격하여 문명을 떨쳤다.
1626년(인조 4) 문학으로 이름 있는 중국의 사신이 왔을 때 그는 벼슬없는 선비로서 부름을 받
아 김류(金瑬) 등과 함께 중국 사신을 접대하였다. 1629년 별시문과에 장원, 부수찬 · 정언 등을
역임하였다. 이때 북방의 호족(胡族)인 청나라가 강성하여지자 〈완급론(緩急論)〉을 지어 무비
(武備)의 급함을 강조하였다. 병자호란 때 척화 · 강화의 양론이 분분하자, 그는 10조(條)의 소를
올려 대책을 강조하고, 또 〈어적십난(禦敵十難)〉이라는 글을 지어 올렸으나 조정에서 채택하지
않았다. 그 뒤 여러 차례 벼슬을 내렸으나 모두 나아가지 않고 〈법편(法篇)〉 · 〈징편(懲篇)〉 등 2
편의 풍시(諷詩)를 지었다. 효종이 즉위하자 임금이 하여야 할 절실한 도리를 27편의 풍시로 지
어올려 효종으로부터 호피(虎皮)를 하사받았다. 그 뒤 1656년(효종 7)에 칠조소 〈七條疏〉와 원
이설 〈原理說〉을 지어 올렸다. 1669년(현종 10) 홍문관제학을 거쳐 예조참판 · 공조참판 겸 승문
원제조에 임명되었으나 모두 노병으로 사양하고 나아가지 않았다. 이조판서 · 대제학을 추증하
였다. 저서로는 《동명집》 26권이 있다.

應時謓吒太早鷄(응시진타태조계)
可能阻絶捿先人(가능조절서선인)

하였으니, 정공의 이 일은 실없는 소리로 희롱한 것이거니와, 박공(朴公)의 시는 말이 좋으니, 사람들이 아무 일이나 앞을 다투기에 힘쓰므로 경개함 직하였다.

내가 서수라(西水羅)를 구경하고 돌아올 적에 행영성중(行營城中)의 병사(兵使)와 평사(評事)가 만류(挽留)하거늘, 하루를 더 묵어서 돌아왔다. 행영의 첨지(僉知) 김태경(金泰景)은 내가 읍내 적소(謫所)에 있을 때에 자주 왕래(往來)하여 친하였더니, 이번에 와서 보고 이별함에 세포(細布) 한 필을 가져 와 노자(奴子) 겸종(傔從)들에게 나누어 주려 하니, 두 하인이 행차(行次)를 모시고 다니며 받기가 여하(如何)하여 못 받노라 하니, 무안(無顔)히 여기거늘 김첨지가 가져온 검은 엿 한 광주리를 받아 왔다. 방원(防垣) 만호지학해(萬戶池學海)는 내가 적소에 있을 때에 자주 와서 보았기 때문에 친한 터이었다.

처음에 닭 열 마리를 가져 왔거늘, 반은 받고 반은 도로 돌려보냈더니, 그 후 행영(行營)으로 와서 이별할 때에 또 고운 삼베 두 필을 가져 와 주는 것을 받지 아니하였더니, 노자에게 나누어 주려 하니까 노자가 이르기를,

"퇴(退)하시는 것을 하인인들 어찌 도로 받으리오."
하고 도로 주어 보내었다.

이틀을 묵어 행영을 떠나오니 종성 땅의 마을을 아주 떠나는 까닭에 경국(京國)으로 돌아가는 일이 다행하기는 하나 달포나 있던 곳을 이별하고 돌아가니, 오히려 창연(愴然)한 마음이 있으니, 옛 사람의 삼

숙지연(三宿之椽)이 이렇던가 하였다.

　황제총(皇帝塚)을 지나 고령진(高嶺鎭)에 오니, 일세가 이미 저물어 자기로 하니, 행영서 40리(16km)이었다. 희령읍내에 와서 점심을 먹으니, 고령에서 20리(8km)이었다. 고령 첨사 박성선(朴性善)은 연전(年前)에 내가 광주(廣州) 팔곡에 가 있을 때에 가까이 있어 왕래하여 가장 친하던 터이었다.

　이번에 귀양살이하러 와서 보고 타향 상봉(相逢)을 기뻐하였더니, 이번 이별에는 고령서 희령까지 따라 나와 나를 보내며,

　"타향에 홀로 머무나이다."

하고, 눈물을 흘리며 이별하니, 내 마음도 또한 처연(凄然)하였다.

　회령 이후는 여름에 가던 길이기에 거의 돌아오는 노정기(路程記)는 별로 하지 아니하고, 또 풍설(風雪)이 사납고 일력(日力)이 짧아서 간혹 하루 이틀씩 지체(遲滯)하는 곳이 있으나 자잘구레하기에 또한 기록하지 아니한다. 내가 가장 더운 때에 들어갔다가 더할 수 없이 추운 때에 나오니, 지나면서 겪어야 하는 어려움은 다 겪었다.

　대개 북도길이 뫼와 물이 많다. 물들은 다 태산장곡(泰山長谷)에서 흘러오기 때문에 가뭄 때에는 발목에 차는 물들이라도 잠깐 비가 오면 깊기도 매우 깊을 뿐 아니라 물 힘이 극히 세어 건널 길이 없고 또 배들을 하류(下流)에서 끌어 올려다 건너려 하여도 자연 지체하기 쉽다.

　그 배라는 것도 모양은 널판 한 잎을 길게 놓고 두 옆에 성주목(成柱木)을 구유처럼 파서 양옆에 하나씩 모로 붙였으니, 대체로 모양도 괴이하거니와 그렇게 센 물을 타고 건너가기에 나도 곧 타고 건넜으나 바쁘지 아니한 길이라도 바로 길손이 나가지 못하고 사람을 먼저 내

보내 길을 밝힌 후에야 길을 떠나야 하였다.

이 북쪽의 기후는 눈이 오기는 바닷가 쪽으로 올 때가 있는가 하면 큰 왼쪽으로 올 때가 있다고 하며 춥기는 무산령(茂山領) 북으로 더 춥고 무산령을 넘어 남으로 나오면 춥기가 갑자기 줄어들고 바닷가로 가는 길은 겨울이 덥고 봄이 춥다고 하니, 대개 물 기운이 겨울은 덥고 봄은 차기 때문에 길이 그러하다고 하였다.

후송 유의양은 동해 경포대에 와서 아름다운 경치에 넋이 빠져 7언 절구로 시를 지었다.

경포호수의 맑고 잔잔함을 거울에 비유하여 죄 많은 인간들의 간담을 비치어 상벌을 준다면, 아마도 경포대 위에서 즐기며 노는 수다한 유람객 중 그 누가 이 호수 물에 가까이 다가서서, 자기의 간담을 비치어 보겠느냐고 풍자하고 있다.

그는 윤리를 철저히 준수하며 살려고 노력하였는 바 인품을 숨김없이 표출한 시라고 할 수 있다.


　　잔잔한 경포호수 깊지만 거울같고
　　그림자 비친 거울 마음만은 못비치네
　　만약에 간담마저 분명히 비친다면
　　경포대 많은 손들 뉘라서 접근하랴


　　鏡面磨平水府深(경면마평수부심)
　　只鑑形影未鑑心(지감형영미감심)
　　若教肝膽俱明照(약교간담구명조)
　　坮上應知客罕臨(대상응지객한림)

십이월 초삼일 서울 집에 돌아오니 왕림일자는 일백 팔십 팔일이
요, 27읍 땅을 지났고 도로 행력(行歷)은 4600리(8400km) 남짓 된다.

함경도 23관(咸鏡道二十三關)에 무산(茂山), 삼수(三水), 갑산(甲山) 세 고
을만 못보고 그 나머지 고을은 다 보고 왔다 한다.

후송 유의양이 기록하고 있는 것을 대조하여 보면 1773년 5월 25일
종성부의 서민으로 방축의 명을 받고 5월 26일에 출발하여 5월 30일
까지 5일이며, 6월 7월이 29일이어서 58일, 8월 9월 10월은 다 큰달이
라서 90일이며, 11월이 29일 12월에 3일간을 더하면 모두 185일이 되
는데, 떠나는 첫날과 도착한 마지막 날 2일을 빼면 183일이 되는 것이
다.

# 영남 어사로 나서다

조선시대는 전국 8도와 부, 목, 군, 현 등 총 334개 구역에 파견한
수령, 방백 등의 임무수행에 대한 감시, 감독은 사헌부에서 담당하였
으나 교통기관이 발달하지 못한 것 등 여러 가지 제약으로 인하여 지
방관에 대한 감독이 철저하지 못했다.

따라서 국왕이 어사를 비밀리에 임명하여 각 지방에 파견하여 그
목적에 따라 특정의 행정임무를 수행하기 위하여 파견하여 광범위한
권한을 행사하도록 하였다.

우리나라에서는 제13대 명종* 5년(1550)에 행해졌으나 실질적으로

---

*―명종(明宗 : 1534~1567) : 조선 제13대 왕. 중종의 둘째 아들이다. 인종의 이복동생이며, 어머
니는 중종의 2번째 비(妃)인 문정왕후(文定王后)이다. 비는 청릉부원군(靑陵府院君) 심강(沈鋼)
의 딸인 인순왕후(仁順王后)이다. 성종 때 싹튼 훈구파와 사림파 사이의 대립은 연산군대의 무
오사화·갑자사화, 중종대의 기묘사화로 나타나면서 단순한 훈구파와 사림파 사이의 대립 차
원을 넘어 양반관료층의 분열과 권력투쟁으로 발전해 가고 있었다.
명종의 즉위는 이러한 정치적 분위기 속에서 이루어졌다. 중종의 첫번째 비인 장경왕후(章敬王
后) 윤씨 소생의 세자 호(岵 : 뒤에 인종)를 왕위에 앉히려는 외척 윤임(尹任) 일파의 대윤(大尹)

암행어사를 파견한 것은 제11대 중종 4년(1509)으로서 중종 때에 암행어사제도가 본격적으로 시행된 것으로 보고 있으며, 암행어사는 신분을 감추고 변장, 잠행으로 민정을 살피고 정보를 수집하는 바, 만일 수령 등의 불법, 비리사실이 탐지되면 출도를 행하여 그 신분을 밝히고 직무를 개시하였다.

후송 유의양은 영조 51년(1775) 58살에 영남 암행어사로 나섰다.

유의양은 여러 곳의 궁벽한 고을까지 찾아다니며 민심을 살피고 억울한 사람을 구제하기에 힘썼다.

---

과, 문정왕후 소생의 세자 환을 즉위시키려는 윤원형 일파의 소윤(小尹) 사이에서 왕위계승을 둘러싼 암투는 중종 말년부터 치열하게 전개되었다.

1544년 인종의 즉위를 계기로 윤임 일파가 권력을 장악하자 이언적(李彦迪) 등 사림들이 정권에 참여하게 되었다. 그러나 1545년 인종이 병으로 죽고, 명종이 12세의 나이로 즉위하여 문정왕후가 수렴청정을 하게 되자 윤원형 일파의 소윤이 권력을 장악하여 대윤에 대한 대대적인 숙청을 단행했다. 숙청은 윤임이 중종의 여덟째 아들인 봉성군(奉城君)을 왕으로 삼으려 한다는 윤원형의 탄핵을 계기로 시작되었다. 문정왕후는 윤임·유관(柳灌) 등을 사사(賜死)케 하고 봉성군, 이언적, 노수신(盧守愼) 등을 유배시켰다. 그 뒤에도 반대파에 대한 숙청이 계속되어 을사사화 이래 5~6년 동안 100여 명에 달하는 사림들이 죽었다.

1555년 세견선(歲遣船)의 감소로 곤란을 겪어온 왜인들이 전라도지방을 침입한 을묘왜변이 일어났다. 이에 1510년(중종 10) 삼포왜란 때 설치되어 임시기구로 존속해 오던 군사기관인 비변사가 상설기구로 되어, 청사가 새로 마련되고 관제상으로도 정1품 아문의 정식아문이 되었다. 그러나 이 시기의 비변사는 군사문제를 총괄하는 관청으로서는 한계를 지니고 있었다. 비변사 기능의 강화는 임진왜란을 겪으면서 전쟁수행을 위한 최고기관으로서 정치·경제·군사·외교 등 군국사무 전반을 처리하면서 이루어졌으며, 이러한 최고 권력기관으로서의 역할은 조선 후기까지 지속되었다. 1553년 문정왕후가 수렴청정을 거두고 친정(親政)을 하게 된 명종은 문정왕후와 윤원형을 견제하고 왕권을 안정시키기 위하여 이양(李樑)을 이조판서, 그 아들 이정빈(李廷賓)을 이조전랑으로 기용했다.

그러나 이양 등은 왕의 신임을 믿고 파벌을 형성하여 횡렴을 일삼았으며 사림 출신의 관료들을 외직으로 추방했다. 이에 사림들이 반발하자 이양은 사화(士禍)를 꾀했으나 심의겸(沈義謙)에게 탄핵당하여 1563년 숙청되었다. 결국 1565년 문정왕후가 죽기까지 20년 동안 명종은 자신의 세력기반을 지니지 못한 채 문정왕후와 윤원형의 전횡 속에서 왕위를 지킬 수밖에 없었다. 문정왕후가 죽은 뒤 윤원형과 보우(普雨)를 내쫓고 인재를 고루 등용하여 정치를 하려고 노력했으나, 1567년 34세의 나이로 죽었다. 인순왕후와의 사이에 낳은 순회세자(順懷世子)가 일찍 죽어, 왕위는 중종의 9번째 아들인 덕흥부원군(德興府院君)의 셋째 아들 선조가 계승했다. 능은 강릉(康陵)이며, 시호는 공헌(恭憲)이다.

사또의 횡포와 착취가 그칠 줄 모르는 조선시대의 한 고을, 고을을 순방하면서 백성들이 이유 없이 재산을 빼앗기고 매를 맞으며 억울하게 빼앗기는 부정한 사람들의 얘기를 염탐하고 보고 들으며 유흥에만 즐기는 고을 원님들의 방종한 실상을 낱낱이 감찰하였다.

유의양과 함께 수행하던 길봉이도 오늘은 심부름으로 떠난 후, 산 높은 산길을 넘어가는 고갯길은 사람의 발자국 소리도 들리지 않는 외딴 한적한 곳이다. 하늘과 땅이 환히 숲길에 아득히 펼쳐졌다.

흰 구름이 산골짝에 깔린 것이 망망히 펼쳐져 깊은 잠 속에 빠진 듯 골짜기를 타고 운무에 젖어 있고 산봉우리가 드러난 것은 섬들이 점점이 떠 있는 듯하다. 지세는 높고 넓어, 높은 곳에서 하늘을 보고 발 아래를 보니 몸도 마음도 천지와 하나가 되어 흘러가는 내 모습을 보는 듯 오색 수레를 타고 저 구름바다 위를 훨훨 날아가는 기분이다.


유의양 어사는 어느 쓸쓸한 산길을 홀로 걷고 있었다. 그 때 한 사람의 과객이 있었다. 이때 문득 과객이 와서 유 어사를 향해,

"네 이놈 꼼짝하지 말아라"하며, 과연 무서운 얼굴을 한 채 유 어사의 눈앞에 비수를 들이댔다.

"네 이놈 목숨을 부지하려면 당장 가진 것을 내놓아라. 그렇지 않으면 살아남지 못하리라."

어사는 여유만만하나 지친 산길은 전신이 무겁기만 하다. 그러나 참다 못한 유 어사는 말했다.

"이놈 무엄하다."

이때 과객의 주먹이 펀치를 날리며 일격에 쓰러뜨렸다.

제아무리 유의양 어사라고 해도 어떻게 해볼 수 없이 그 괴한에게

당한 것이다.

깊은 산 속이기는 하나 파릇파릇한 풀들은 제법 많이 자라 있었다. 이때 나물캐던 여자들이 유 어사를 발견했다. 앞서가던 여자 하나가 갑자기 고함을 질렀다.

"에그머니!"

그 여자의 고함소리에 모두들 놀라 그 쪽을 돌아보았다.

"무슨 일이야?"

"이리 와 봐 빨리, 사람이 죽었나 봐!"

앞섰던 여자의 손짓에 각기 흩어졌던 여자들이 모여들었다. 거기에 한 나그네가 죽은 듯이 엎어져 있었다. 하지만 서둘러 쳐다만 볼 뿐, 누구 하나 가까이 가려 하지 않았다.

이 때 이 모습을 물끄러미 지켜보고 있던 한 여인네가 나그네 곁으로 다가갔다. 가까이 다가와서 가슴에 귀를 대어 본 그 여인네는 나그네가 아직 살아 있음을 알았다.

"아직 살았어!"

"그래? 그럼 어떡하지?"

여인네들은 서로 얼굴만 쳐다볼 뿐이었다.

"지쳐 쓰러진 사람을 무슨 수로 살려낸담!"

"혹시 거지는 아닌가?"

"안 됐다."

이런 말들만 주고받을 뿐 여자들이라서 어떻게 해야 좋을지 몰라 망설이고 있었다. 어떤 여자는 자기가 나물 뜯던 자리로 돌아가 아무 일 없었다는 듯이 나물을 캐었다.

하지만 인정 많기로 소문난 이윤방 댁은 쓰러진 사람에게로 가서 가슴을 헤치며 살피었다. 그러더니 결심한 듯 자신의 젖가슴을 헤쳤다. 이내 퉁퉁 불은 뽀얀 젖을 꺼내더니 쓰러져 누운 나그네의 입에다 자신의 젖꼭지를 물린 뒤 젖을 짜 넣은 것이었다.

"에그머니!"

"웬 저런 망측스러울 데가!"

이 모양을 보고 섰던 여인네들은 저마다 얼굴을 가리며 돌렸다.

"아니, 이윤방 댁이 어쩔려구 저래. 이서방이 알면 기절초풍을 하고 말 거야."

"누가 아니래요."

이윤방 댁의 이런 모양을 보며 수군대던 여자들은 그만 나물바구니를 들고 다른 곳으로 가 버렸다.

그 중에 몇몇 여자들은 아예 마을로 내려갔다.

하지만 이윤방 댁은 나그네를 살리기 위해 정신이 없었다. 양쪽 젖을 다 짜 넣어도 나그네는 기척이 없었다.

이윤방 댁은 이번엔 나그네의 온몸을 주물러 주는가 하면 찬물을 떠가지고 와서 입에 넣어주기도 했다. 이런 이윤방 댁의 정성이 하도 지극해서인지 드디어 나그네가 부시시 눈을 떴다.

"어머나! 이제야 정신이 드시는 모양입니다."

눈을 뜨고도 한동안 멍하니 사방을 둘러본 나그네는 천천히 몸을 일으켰다. 그러자 이윤방 댁은 얼른 나그네를 부축하였다.

"아니, 댁은 뉘시온데 제게 친절을 베풀어 주십니까?"

"친절은 무슨~."

그제서야 이윤방 댁은 수줍은 듯 고개를 돌리며 말했다.

"아닙니다."

"댁같이 인정 있는 분을 못 만났다면 저는 이 산골에서 죽고 말았을 겁니다."

나그네는 정중하게 고마움을 표시했다.

"지나가다가 쓰러진 나그네를 보고 어찌 그냥 지나칠 수 있습니까? 그건 도리가 아니지요."

이렇게 대답한 그녀는 아직도 자신의 앞가슴이 풀어 헤쳐진 채로 있는 것을 보고는 얼른 돌아서서 가슴을 여몄다.

"정말 오늘의 은혜는 평생을 두고 잊지 않겠습니다. 무슨 말로 감사를 드려야 할지 모르겠습니다."

나그네는 거듭 고맙다고 인사를 차렸다.

"그런 말씀 마십시오. 그저 사람의 도리를 지켰을 뿐인 걸요. 참 그런데 어쩌시다가 이런 변을 당하실 뻔하셨는지요?"

이윤방 댁의 물음에 나그네는 천천히 입을 열었다.

"예, 이 산마루를 넘어오다가 좀 시장해서 허기가 졌으나, 주막을 찾으면 되려니 했습니다. 허나 주막을 찾아볼 수가 없었던 것입니다. 아무것도 먹지 못하고 산마루를 넘으니 그만 기진해서 정신이 없던지라 웬 과객한테 봉변을 당해 쓰러지고 만 것입니다. 아마 댁같이 친절하신 분을 만나지 못했던들 그대로 죽고 말았을 것입니다."

말하는 나그네의 인품은 초라한 차림새에 비해 매우 점잖고 의젓했다.

"참 큰일 날 뻔하셨습니다. 지금 몹시 시장하실 텐데 그냥 이대로는 아무데도 가실 수 없으실 겁니다. 그러니 누추하지만 저의 집에라도 가셔서 요기라도 좀 하시지요."

이윤방 댁의 친절함에 나그네는 더욱 감격하지 않을 수 없었다.

"뭐라고 고마운 인사를 드려야 할지 모르겠습니다."

나그네는 천천히 몸을 일으켜 일어났다.

이윤방 댁이 급히 나그네를 부축하였다.

"아니 됩니다. 혼자서는 걷지 못하십니다. 저를 잡으세요."

"이거 참 송구스럽습니다."

이윤방 댁은 나그네를 부축하여 동네를 향해 걸어 내려갔다.

한편 이윤방 댁을 버려두고, 먼저 동네로 내려간 여자들의 가벼운 입은 그대로 있지를 않았다.

이윤방 댁이 낯선 거지의 입에 선뜻 젖꼭지를 물렸다는 소문은 나그네와 이윤방 댁이 동네로 내려오기도 전에 벌써 퍼져 있었다.

"에구머니, 저 일을 어쩌누."

"망측하기도 해라. 이윤방이 알면 길길이 뛰겠는걸."

여인네들의 입과 입을 통해 조그만 동네는 떠들썩했다.

이윤방이 이 소문을 듣기 전에 이 일을 미리 이윤방에게 일러 바친 여자가 있었다.

이 말을 전해 들은 이윤방은 금세 얼굴이 일그러졌다.

"아니 뭐라구! 그년이!"

이야기를 듣자마자 그는 미친 사람처럼 산으로 내달았다.

얼마 가지 않아서 산에서 내려오는 아내와 부축당한 나그네를 만났다. 이윤방은 대뜸 아내에게 달려가 따귀를 올려붙였다.

"이 화냥년아."

두툼한 손으로 어찌나 거세게 때렸는지 한 대 맞은 이윤방 댁은 나그네와 함께 쓰러졌으나, 그 경황 중에도 이윤방 댁은 얼른 일어나 함께 쓰러진 나그네를 일으켰다.

"당신 왜 이러시는 거예요?"

한 대 맞은 아내가 그래도 거지놈만 얼싸안은 꼴을 본 이윤방은 눈에 불이 났다.

"아니, 그래도 이년이 어디다 대고 말대꾸야! 그래 대낮에 화냥질을 하고도 내가 왜 그러는지 모르겠단 말이냐."

이미 화가 날 대로 난 이윤방은 분에 못이겨 아내를 발로 차고 때리며 어찌 할 바를 몰랐다.

갑자기 일을 당한 나그네는 어찌 일을 수습해야 좋을지 몰랐다.

"저 어르신네 잠깐 고정하시고 제 말 좀 들어보십시오."

나그네는 길길이 날뛰는 이윤방을 붙잡고 말하였다.

그러자 이윤방은 나그네의 멱살을 붙잡으며 달려들었다.

"뭐라구! 이놈아! 대낮부터 남의 계집 끼고 다니는 놈이 무슨 할 말이 많다더냐? 이놈아!"

이윤방은 나그네의 따귀도 후려갈기며 말했다. 걸을 힘도 없어 부축받았던 나그네는 그만 맥없이 그 자리에 쓰러지고 말았다.

그러자 이윤방 댁은 다시 나그네에게로 가 감싸안으며 일으켰다.

"여보! 이분은 아무 죄가 없어요. 때리려거든 저나 때리셔요."

끝내 나그네만 감싸고 도는 아내를 보자, 이윤방은 더욱 화가 나서 아내에게 달려들었다.

"아, 여보십시오. 잠깐만 진정하시고 제 말을 들어 보십시오."

쓰러졌던 나그네가 아내에게 달려드는 이윤방을 붙잡으며 말했다.

"뭐라구! 이놈이 이젠 아주 죽고 싶은 모양이지. 오냐 아주 죽여주마, 에잇!"

하며 농사만 짓던 억센 주먹으로 밀치듯 때린다.

한 대 얻어맞은 힘없는 나그네는 저만치 나가떨어지고 말았다.

이러고 있는 동안에 마을 사람들이 모여들었다.

우르르 모여든 마을 사람들은 그저 구경만 할 뿐 누구 하나 말릴 생각을 하지 못했다. 마을 사람들이 모여들자 이윤방은 더욱 길길이 뛰며 흥분을 하였다.

"이년아! 어디 째진 입 가지고 말해 봐! 이년 그래 대낮에 화냥질이 재미가 어떻더냐! 어디 여러 사람 있는 데서 말해 봐!"

아내의 머리채를 움켜 쥔 이윤방은 당장 때려 죽일 것 같았다.

이때 쓰러졌던 나그네가 다시 비칠거리며 이윤방에게 말했다.

"이것 보십시오, 제발 내 말 좀 들어 보시오. 말을 들어보면 내막을 알 것 아닙니까? 그저 죄가 있다면 내가 쓰러져 누운 것 밖에는 없소이다."

어떡하든지 나그네는 이윤방을 이해시키려고 애썼다.

하지만 농사만 짓던 우직한 이윤방이었다.

더구나 자기 마누라가 낯선 남자를 안고 산을 내려오는 것을 직접 두 눈으로 똑똑히 본 이윤방이 아닌가!

머리 끝까지 화가 치민 이윤방이 나그네의 말에 귀 기울일 리가 없었다.

"듣기 싫다. 이 고얀놈아! 그래 대낮에 남의 계집 끼고 다닌 재미 얘기하려고 그런다면 어디 한 번 해 봐라. 동네 사람들도 좀 들어보게. 어디 해 봐라, 이놈아!"

이윤방의 기세는 더욱 살아서 이대로 가다가는 꼭 누가 맞아 죽을 것만 같았다. 형세가 험악하게 돌아가는 것을 보자 나그네는 무엇을 결심하는 듯했다.

비실비실 뒤로 몇 걸을 물러서더니 허리춤에서 무엇을 찾는 듯했다. 이윽고 주머니에서 동그랗게 생긴 물건을 꺼내 번쩍 쳐들었다.

"네 이놈 이 패를 보고도 경거망동하겠느냐! 꼼짝 말고 내 말을 듣거라!"

지금껏 비실비실대던 나그네는 어디서 기운이 솟았는지 위엄있는 목소리로 호통을 쳤다.

모여 선 동네 사람들도 그 위엄에 눌려 숨을 죽이고 서 있었다.

이윤방도 나그네의 위엄에 눌려 쳐들었던 팔을 슬그머니 내려놓았다.

"마패다!"

누군가가 이렇게 말하자 모여 선 동네 사람들은 놀라서 어쩔 줄을 몰랐다. 나그네는 팔도강산을 두루 돌아다니는 암행어사였으니 농부들이 놀라는 것은 당연한 일이었다.

무식한 그들이 아는 바로는 암행어사가 나타나면 산천초목이 덜덜 떤다는 거였다.

바로 그 암행어사가 자기들 눈앞에 마패를 쳐들고 서 있으니, 사람들은 어느 사이 그들도 모르게 고개 숙여 엎드렸다.

"소인, 그만 죽을죄를 지었나이다."

먼저 이윤방이 머리를 조아리며 간신히 말을 했다. 나그네는 지그시 이윤방을 내려다보며 위엄있는 목소리로 말했다.

"너 이놈, 듣거라. 내가 이 험준한 고개를 넘어 오느라고 지친 데다가 아무것도 먹지를 못해 쓰러져 있는 것을 네 처가 인정을 베풀어 이렇게 살아난 것이다. 그런 고마운 일을 하였거늘 너는 어찌 남편 된 몸으로 그런 너의 처를 칭찬은 못해 줄망정 아내를 죄인 다스리듯 때리니 이런 네 죄는 무엇으로 어찌 다스려야 한단 말이냐?"

이윤방은 비로소 눈앞이 캄캄해짐을 느꼈다.

한동안 대답을 못하고 있다가 모기소리만한 소리로 대답했다.

"배우지 못해 무식한 백성이 죽을죄를 지었습니다. 어사 나으리이신 줄 모르고."

말끝을 잊지 못한 채 이윤방은 머리만을 조아렸다. 그러나 어사또의 노여움은 풀리지 않는 모양이었다.

"네 이놈! 아무리 배우지 못한 백성이라도 인정은 있고 인정이 있다면 또 쓸 줄 알아야 하는 법이니라. 너는 죽어가는 사람을 살려주었다고 아내를 때렸으니 인정도 없고 눈물도 없는 놈이냐!"

이윤방은 어찌할 바를 몰라 땀만 흘리고 있을 뿐이었다. 머리를 조아리고 꿇어앉은 동네 사람들도 그저 숨을 죽이고 있었다.

이때 이윤방의 아내가 사또 앞으로 기어왔다.

"사또님! 그저 한 번만 용서해 주십시오. 죄를 주시려거든 저에게 주십시오."

이윤방 댁의 말에 어사는 비로소 웃는 낯이 되었다.

"부인은 고개를 드시오."

그리고는 이윤방을 향해 조금 누그러진 목소리로 점잖게 말했다.

"이윤방은 들으라. 네가 한 짓을 생각하면 마땅히 네게 벌을 내려야 할 것이나 네 아내의 친절함으로 살아났으니 용서하겠다. 그러나 이후 부인을 함부로 때린다거나 지나가는 사람에게 행패를 부리는 일은 각별히 조심해야 하느니라. 그리고 너의 처는 인정이 많고 훌륭한 사람이니, 네 잘못을 빌고 앞으로 화목하게 살아야 하느니라."

이윤방 내외는 어사또에게 몇 번이나 머리를 조아려 감사의 뜻을 표시했다.

"사또님의 은혜를 잊지 않겠습니다."

어사는 이어서 엎드려 있는 마을 사람들에게도 인정 많고 마음씨 착한 이윤방 댁을 본받아서 착한 사람이 되라고 훈계를 한 뒤 어디론 가 떠났다.

이렇게 해서 마을로 돌아온 이윤방 내외였으나 암행어사를 때렸다 는 죄책감에 사로잡혀 일이 손에 잡히지 않았다.

"여보! 아무래도, 어사또께서 가만 있지 않으실 거요."

"용서하신다고 했는데 무슨 일이 있을라구요."

"어사또야 점잖은 분이시니까 일단 용서하겠다고 말씀하셨으니 어 쩌시지 않겠지만 관가에 소문이 퍼지면, 관가에서 날 가만 두지 않을 거란 말야."

"아무래도 불려가서 곤장을 맞을 거란 말이야."

"별 일이나 없으면 좋으련만~."

이윤방 내외는 이런 말들을 주고받으며 초조하게 며칠을 지낸 어느 날 정말로 관가에서 이윤방 내외를 호출하였다.

"이윤방은 집에 있느냐?"

"이젠 죽었구나."

이윤방은 물론 그의 아내까지도 불안했다. 뿐만 아니라 싸움을 말 리지 않고 그저 구경만 하고 있던 동네 사람들까지도 내심 불안해 했 다.

아무래도 매맞은 어사또를 보고 구경만 한 것이 죄가 될 것 같았다. 잔뜩 겁을 먹은 이윤방 내외가 관가로 들어갔다.

과연 이윤방 내외가 생각한 대로 높은 동헌마루에는 어사또가 정좌

하고 있었고, 그 옆에 이 고을의 원님이 서 있었다.

이윤방 내외가 그 앞에 가서 꿇어 엎드리자 원님이 호령하였다.

"네 이놈! 네 놈이 바로 어사또께 행패를 부렸다는 이윤방이냐?"

원님의 쩌렁쩌렁한 호령에 이윤방은 그만 사색이 되었다.

"예, 소인이 바로 죽을죄를 지은 죄인 이윤방이옵니다."

"흥! 죄를 지은 줄은 알긴 아는 모양이구나. 그래, 죄를 지었으니, 그것도 어사또께 행패를 부린 죄이니, 그 죄를 무엇으로 다스릴꼬? 곤장 가지고야 되겠느냐! 죽어 마땅하렸다!"

이 모습을 지켜보고 있던 어사또는 얼굴에 웃음을 가득 담으며 손을 들었다.

"어허! 그만 해 둡시다. 사또의 호령에 지레 숨넘어가겠구료."

이어 어사또는 고개를 떨구고 앉아 있는 이윤방에게 부드러운 목소리로 말했다.

"내가 오늘 너희들을 이곳으로 부른 것은 벌을 주거나 꾸짖기 위해서가 아니다. 나는 너의 처에게 크나큰 은혜를 입은 몸이다. 그래 그 인정에 보답하기 위해 불렀느니라. 참으로 이윤방 네 처는 이 세상에서 보기 드문 여자이니라!"

꼭 죽은 줄로만 알고 있던 이윤방은 어사또의 이 뜻밖의 말에 황송해서 어찌할 바를 몰랐다.

"황송하옵니다."

그저 머리를 조아리고 이렇게 대답할 따름이다.

"내 이곳에 와서 듣자니, 너희들의 살림이 매우 어렵다고 들었기에 살림을 좀 도와주려 하는 것뿐이다. 그러니 네 소원이 있으면 어려워 말고 말해 보도록 하여라."

어사또의 이 말에 이윤방은 더욱 쩔쩔 맸다.

"소인의 처가 조그만 인정을 베풀었기로 그것이 어찌 상 받을 일이 되겠습니까. 더구나 소인은 어사또님께 죽을죄를 지었사옵니다. 그저 이대로 돌려보내 주십시오. 그것이 저희들의 소원이옵니다."

"아니다. 착한 사람에게 상을 내리는 것은 이 나라 법도이니라. 어찌 너의 처 같은 갸륵한 사람을 보고 표창하지 않겠느냐. 조금도 사양할 것 없느니라!"

어사또의 근엄한 말에 이윤방은 한참을 곰곰 생각하더니 이윽고 대답했다.

"어사또님께서 굳이 소인에게 상을 내리시겠다니 염치불구하고 소인의 청을 말씀드리겠습니다. 저희들은 논이 한 마지기도 없어 살림이 어려웠습니다. 전답 몇 마지기만 내려주신다면 잘 살 수 있겠습니다."

이윤방의 말을 들은 어사또는 빙그레 웃었다.

"네 소원이 그것뿐이냐?"

"예, 그것이면 족합니다. 그것만 있으면 평생을 잘 지낼 수가 있사온데 무엇을 바라겠습니까?"

이윤방의 이같은 말을 들은 어사는 원님에게 일렀다.

"사또는 이 착한 백성에게 이 마을에서 제일 좋은 전답으로 이십 마지기를 내리도록 하시오."

이리하여 이윤방 내외는 크나큰 상을 받은 고마움에 눈물을 흘리며 물러 나왔다. 이런 일이 있은 후, 나라에서는 마패를 가진 높은 벼슬에 있는 사람은 이 험준한 고개를 넘지 말라는 뜻에서 금패(禁牌)의 푯대를 만들어 세우게 하였다.

높은 벼슬에 있는 사람들이 멋 모르고 험준한 이 고개를 넘다가 또 쓰러질 것을 걱정해서였다.

이후 사람들은 이 고개를 금패령이라 불렀다.


풍산을 벗어난 암행어사는 다시 남쪽으로 발길을 옮겼다. 강산은 온통 봄빛이어서 아름다웠다.

그러나 농사를 짓는 백성들의 표정은 어둡기만 한 것이었다.

한해 농사의 시작부터 가뭄이 시작되고 있었다.

메마른 북풍이 불어 하늘에는 누런 먼지가 날고 있었다.

"이거 큰일이군!"

농사일을 잘 모르는 암행어사의 눈에도 계속되는 가뭄이 예사롭지가 못했다.

농민들은 하늘만 쳐다보며 탄식을 하고 있었고 흉년에 대비하라는 왕의 엄명에도 불구하고 지방방백들은 속수무책이었다.

농촌에는 모내기를 겨우 끝낸 이후 비 한 방울 내리지 않고 있었다.

싹이 트고 자라려던 묘판은 누렇게 마르기 시작했다.

어린 모가 튼튼해도 그해 농사가 어쩔지 알 수 없는 형편인데 처음부터 가뭄이 시작된 것이다.

농민들은 논밭에 주저앉아 넋을 잃고 있었다. 구름 한 점 없이 맑은 하늘에는 농민들의 이런 탄식을 아는지 모르는지 붉디붉은 태양이 빛나고 있었다.

# 감춰진 악행

유의양은 고을 원과 앉아 말하고 있다.

"놈을 잡아다 문초를 하면 자백할지 모르겠소. 그러나 고문하지 않고 순순히 자백 받으려면 그 놈을 잡아다 놓고 자백 받는 것이 옳을 것이요."

"알았습니다. 어사또님."

이리하여 날랜 포졸이 다음날 새벽에 꼴을 베러 나온 덕만이를 이유 불문하고 잡아왔다. 영문도 모르고 잡혀온 덕만이는 관가의 문턱을 들어서면서 얼굴빛이 흙빛으로 되어 버렸다. 덕만이를 아무도 모르게 옥에 하옥시켜 비밀리에 신문할 작정이다. 그리고 동헌에 다른 사람의 접근은 엄금하고 각종 형구를 준비시켰다.

"덕만이를 끌고 오너라."

덕만이는 오랏줄에 묶여 포졸에 끌려 왔다.

끌려 오던 덕만이는 동헌에 준비된 형틀을 보고 부들부들 떨기 시작했다.

“죄인 덕만이를 데려 왔습니다.”

동헌 사또는 취조하기 시작한다.

“죄인 덕만이는 듣거라. 내가 묻는 말에 사실대로 고해야 할 것이다. 만일 거짓으로 고하면 물고를 낼 것이니 그리 알렸다.”

“무슨 죄이오니까, 사또 나으리.”

“이놈 네 죄를 네가 알렸다. 모두 알고 묻는 것이니 거짓이 있으면 안 되느니라.”

“사또 저는 아무 죄도 없습니다.”

“저놈이! 안 되겠구나. 여봐라! 저놈을 매우 쳐라.”

사또의 호령에 형리들이 덕만이의 볼기를 치기 시작했다. 철썩 철썩 곤장이 사정없이 덕만이의 살을 파고들었다.

“어이구 어이구 흐흑……”

“네가 그래도 사실대로 고하지 않겠느냐? 내가 다 알고 묻는 것이니 맞아 죽기 전에 고하렸다.”

“어이구 모르겠습니다. 사또 나리 살려 주십시오.”

“뭐라구 애들아 저놈을 더 쳐라.”

비명을 지르며 몸을 뒤채이던 덕만이는 그만 기절해 버렸다.

포졸들이 달려들어 찬물을 퍼붓자 덕만이는 간신히 눈을 뜬다.

“죄인 덕만이는 듣거라. 여기가 감히 어디라고 네가 거짓말을 하느냐? 네가 언덕 산에서 점돌이를 죽였지?”

이 말을 들은 덕만이는 깜짝 놀란다.

“왜 대답이 없느냐? 여봐라, 저놈을 더 쳐라.”

“아 아니옵니다,…… 사또, 제가 죽였습니다.”

매에 겁먹은 덕만이가 사실을 불기 시작했다.

"그래 이놈 왜 점돌이를 죽였느냐?"

"그건 그냥 죽였습니다."

"뭐라고 그냥 죽여? 네가 아직도 정신을 못 차리는구나. 사실대로 고하지 못할까."

"그건 그냥 죽이고 싶어서 그냥 죽였습니다."

덕만이는 둔한 머리로 사실을 감추고 말하지 않으려 입을 열지 않는다.

"안 되겠구나. 저놈의 말하지 않는 입을 불로 지져라."

"예이~."

하고 형리가 시뻘겋게 단 인두를 들고 덕만이에게 다가가기 시작했다. 마침내 인두가 덕만이 입술에 닿으려 할 때였다.

"사또 바로 말하겠습니다. 어이구 살려 주십시오."

이것이 고비였다. 그 이후부터 덕만이는 있는 사실대로 자초지종을 불기 시작했다.


그해 봄이 되면서 심한 가뭄이 시작되었다.

보리가 가뭄에 누렇게 말라붙었다. 밭에는 먼지가 풀썩 풀썩 날았고 모를 내야 할 논바닥은 거북이 잔등처럼 말라 쩍쩍 갈라졌다.

농민들은 빈손을 놓고 하늘만 바라보았다. 무심한 하늘은 구름 한 점 없었고 따가운 햇살이 눈부셨다. 농민들은 기우제를 지내며 이제나 저제나 비 오기를 기다리지만 석달이나 맑은 날씨가 계속되고 있었다. 이러니 지방에는 도둑이 창궐하여 백주에 민가를 털었으며 곳곳에서 강도가 출몰했다. 불쌍한 것은 양민으로, 배고픔에 시달리고 다시 도둑들의 만행에 전전긍긍하고 있었다.

아침 일찍 덕만이는 지게를 둘러메고 나무라도 하여 좁쌀이라도 바꾸어 먹을 심산으로 산으로 떠난 것이다. 덕만이는 산에 오르며 골짜기에 흐르는 물을 양껏 들이마셨다.

얼마를 물가에서 쉰 덕만이는 기운을 차리고 나무를 하기 시작했다. 가물었는데도 산에는 온갖 잡목과 수풀이 키를 넘게 자라고 폭양을 받아 풀숲은 후끈후끈 열기를 품고 있었다. 그는 나무를 하면서 검붉은 산딸기를 보이는 대로 입에 따 넣었다.덕만이는 대충 나무를 끝내고 그늘을 골라 펄썩 주저앉았다. 지금쯤 집에서 밥 생각을 하고 있을 어린놈을 생각하니 죽고 싶은 심정이었다.

이때 산길을 따라 웬 사내가 올라오고 있었다. 그런데 사내의 등 뒤, 지게에 지워진 보따리가 덕만이 눈에 번쩍 들어왔다. 제법 묵직해 보이는 것이 네 식구가 보름은 먹을 수 있는 식량이었다.

덕만이는 이것을 보자 솟구치는 범죄 충동을 억제하지 못하고 가슴이 부들부들 떨고 있었다. 덕만이는 상을 받고 둘러앉아 밥을 먹는 식구들의 모습이 떠올랐다.

"어, 이보시오, 양반."

유유자작하고 걷고 있던 점돌이는 덕만이를 바라보았다.

"여보시오. 식구들이 굶어서 그러는데 그거 곡물이면 좀 나눠 주시오."

갑자기 점돌이의 안색이 변한다.

"뭐라구? 무례한 소리 마시오. 도대체 이 쌀이 무슨 쌀인 줄 아시오? 너 따위 놈이 달랠 쌀이 아니야."

점돌이는 불쾌한 듯 덕만이를 무시하고 째려보았다.

“여보 양반 벌써 며칠째 애들이 굶고 있소.”

“어허 내가 알아듣게 말해도 그러시오. 이것은 김 첨지가 원에 보내는 납공물이야 알았어?”

순간 덕만이는 눈에서 살기가 돈다.

“야 이놈아, 민초도 입이야. 이 자식아 사람이 죽는데 납공물이라니⋯⋯.”

하며 쏘아붙인다.

“네 이놈, 저런 발칙한 놈이, 벌 받을 놈.”

“오냐 좋다. 벌은 내가 받으마. 천벌 아니라 만벌이라도 받을 테니 그 쌀은 이리 내라. 우리 식구가 먹어야겠다.”

덕만이는 지게 작대기를 들고 달려들었다.

겁이 난 점돌이는 당황하기 시작했다. 덕만이의 지게 작대기가 점돌이의 대갈통으로 날아들었다. ‘타닥’ 하는 소리에 이어, ‘픽~’ 하는 둔탁한 소리를 내며 점돌이는 쓰러졌다.

순간적으로 때린 것이 사람이 죽어 버려 부들부들 떨고 있었다.

막상 사람을 죽이고 나니 힘이 빠져 걸을 수 없이 넋이 나갔다. 덕만이는 시체를 끌어다 덤불에다 감추고 숨을 돌렸다.

가슴이 쿵당거리고 덕만이는 애써 마음을 진정시키고 있었다.

“나만 꾹 참으면 자식 놈들이 한 달은 걱정 없이 살 수 있지 않은가.”

덕만이는 힘을 내어 일어섰다.

그리고 깊이 땅을 파고 점돌이를 묻었다. 다음에 묵직한 보자기를 나뭇짐 속에 숨기고 골짜기를 내려와 피를 닦았다. 알 수 없는 불안이 덕만이를 꽁꽁 묶듯이 엄습하고 있었다.

"에이 썅~."

덕만이는 갑자기 손에 침을 뱉고는 얼른 지게를 짊어졌다. 그리고 그는 집을 향해 허겁지겁 가고 있었다.


한편 덕만이가 나무하러 떠난 다음 김 여인은 생각에 골몰하고 있었다. 배를 곯아 지친 자식 놈은 방에 쓰러져 누워 있었다.

"어쩐다지, 어쩐다지?"

김 여인은 마당을 서성이며 안절부절 못하고 있었다. 아범이 산에 나무를 하러 갔지만 먹을 것이 생기리라고는 믿지 않는 김 여인이었다. 요새 같은 형편에 누가 쌀을 바꾸어 줄까. 오늘도 아이들에게 요기를 시키지 않는다면 그냥 죽어 버릴 것만 같았다.

촌부답지 않게 곱상한 김 여인은 그런대로 예쁜 편이었다.

김 여인은 며칠 전 다녀간 강 첨지를 생각하고 있었다.

수일 전 죽을 끓이기 위해 풀을 다듬던 김 여인은 이상하게 등이 스멀거리는 것 같아 뒤를 돌아보았다. 그랬더니 낮은 울타리 너머로 강 첨지가 끈적거리는 눈으로 바라보고 있었다. 당황한 김 여인은 풀을 주섬주섬 거두어 안으로 들어갈려 할 때였다.

"여보 덕만 어멈, 그래 아이들에게 풀을 쑤어 먹이나? 쯧쯧."

동네에서 구두쇠로 유명한 강 첨지가 속이 들여다보이게 허튼 수작을 걸고 있었다.

"아니 풀은 그냥."

김 여인이 부끄러워 얼버무리며 미처 말을 맺기도 전에 강 첨지가 말을 잘랐다.

"부끄러워 할 것 없소. 요즘 제대로 먹고 사는 집이 몇 있나. 그러지 말고 우리 집으로 한 번 오시오. 내 말만 잘 들으면 섭섭지 않게 잘해 주리다. 딱 한 번이니까.”

강 첨지는 능글맞은 웃음을 남기며 떠났다. 그러나 지금 배고픈 아이들은 눈을 감고 누워 있었다.

“딱 한 번 뿐인데⋯⋯.”

만일 아무도 모른다면 그까짓 것 착한 남편과 사랑스런 아이들을 위해서 문제 될 것이 무어람. 김 여인도 부들부들 떨고 있었다.

비록 지금 절박한 상황에 처해 그러한 일을 치룬다 하여도 소박한 윤리가 김 여인을 꼭 잡고 놓아주지 않고 있는 것이다.

“딱 한 번이면, 잘하면 강 첨지가 쌀 한 가마는⋯⋯.”

갑자기 쌀 한 가마의 무게가 현실이 되어 김 여인의 등을 사정없이 떠밀고 있었다. 김 여인의 생각은 지체없이 그곳으로 달려가고 있었다. 그러나 어디에 자리잡고 있었는지 냉엄한 정조 관념이 그녀를 망설이게 하고 있었다.

“어쩐다지?”

김 여인은 안타까운 심정으로 안절부절하고 있었다.

“쌀 한 가마니만 있으면 올해는 무사히 넘길 터인데, 내년은 남편이 알아서 잘 할 테니~.”

김 여인은 확실한 마음을 세운 듯 움직이고 있었다.

지금 용서치 않는 양심의 갈등에 머뭇거리는 것은 굶어 죽는 것보다는 낫겠지, 하고 마음을 세운 것 같다. 김 여인은 아들 민에게 동생이랑 잘 있으라며, 먼 타관으로 떠나는 사람처럼 구슬프게 말했다.

지금 김 여인에게 필요한 것은 자신의 행동에 대한 확신이었다.

그러나 그 같은 경우에 누가 확신을 가질 수 있단 말인가. 다시 못올

나그네처럼 슬프게 인사를 한 김 여인은 쌀을 구하기 위해 걷기 시작
했다. 그 오랜 동안의 주저함을 제쳐두고 처음부터 일은 이렇게 되려
고 정해 있었던 것 같았다. 넓은 들판에 누렇게 말라 죽은 벼들이 바
람에 비비적거리며 목마른 비명을 지르고 있었다.

　김 여인은 이윽고 강 첨지 집에 도착하여 대문 앞에서 쭈빗거리자
개가 요란하게 짖었다.

　"누가 왔소?"

　강 첨지가 어슬렁거리며 나왔다.

　"아니 민이 어멈 아니오?"

　강 첨지는 반가움에 입가에 야릇한 미소가 떠올랐다.

　"며칠 전에 하신 말씀…… 저 쌀이 필요해서……."

　"아 그 일 때문에 오셨구료. 마침 잘 되었소. 집에 아무도 없으
니……."

　발끝만 봐도 수줍어하는 김 여인을 보고 강 첨지는 들어가자는 시
늉을 한다. 김 여인은 얼른 뒤를 돌아보고 황급히 집안으로 들어섰다.

　강 첨지가 느긋한 미소로 표정 지으며 방으로 들어갔다.

　김 여인도 뒤따라 방으로 들어갔다.

　"나이들어 그런지 요즘은 몸이 왜 이리 쑤시는지 몸이 제대로 말을
듣지 않아서 민이 어멈 여기 좀 주물러 줘."

　김 여인이 등을 돌리고 엎드린 강첨지를 바라보았다.

　"에라 이왕 왔으니……."

　김 여인은 다가가서 강 첨지를 주무르기 시작했다.

　"아아 시원하다."

　강 첨지는 슬금슬금 김 여인을 쓰다듬었다.

김 여인은 송충이가 기어가는 것처럼 몸이 긴장되었다.

"너무 어렵게 긴장할 필요 없어. 님도 보고 쌀도 생기고, 꿩 먹고 알 먹고 아닌감?"

강 첨지의 손은 이제 김 여인의 엉덩이를 더듬고 있었다.

김 여인은 얼른 일을 보고 돌아가고 싶었다.

그녀는 자리에서 일어나 스스로 옷을 벗었다.

"어머 민이 어멈도 보통이 아니네. 좋지~."

강 첨지도 고이춤을 풀더니 옷을 벗었다. 나이에 비해 단단한 근육통을 가졌다. 김 여인은 엷은 홑이불 속에 누워 있었다.

김 여인은 아범의 얼굴을 떠올리며 머리를 가로 세로 저었다. 자신의 몸 위를 누르는 강 첨지를 의식하지 않으려고 천장의 얼룩만 바라보았다. 늙은 강 첨지는 혼자서 거친 숨을 내쉬며 위에서 내려왔다.

김 여인은 얼른 일어나 옷을 입었다.

"저 갈래요."

"벌써? 아니 좀 누웠다 가지."

김 여인은 아무 말 없이 방문을 열고 마루로 나왔다.

강 첨지는 느릿느릿 나오더니 광으로 갔다.

"이제 자주 만나자구. 한 번에 이거야."

강첨지는 이렇게 말하고 지켜든 자루는 생각보다 적었다.

그러나 김 여인은 아무 말도 하지 않고 받아들었다.

"자주 들르라구."

강 첨지의 징그런 소리를 들으며 김 여인은 집으로 향했다.

그녀의 처량한 마음같이 걸음도 따라 허청거리며 걷고 있었다.

김 여인은 쌀을 씻어 밥을 안쳤다. 부엌 불을 때면서 자꾸 눈물이 났다. 저녁상을 차리는데 덕만이 돌아왔다.

김 여인은 덕만을 보는 순간 가슴이 철렁 내려앉았다.

덕만이 얼굴이 여느 때와는 달랐다. 혹시나 저 양반이 눈치나 챈 것이 아닐까 하는 조바심에 가슴이 콩당거리며 아무데나 숨고 싶었다.

"시장하시죠. 진지 드세요."

"아니 쌀이 어디서 났소?"

"오늘 일이 잘 되어서요. 강 첨지댁에서 일을 맡았어요."

김 여인은 아직도 간이 풍당거리고 있었다.

다행히 덕만이는 더 이상 묻지를 아니하였다.

"나도 쌀을 가져 왔는데……."

나뭇짐 속에서 덕만이도 쌀자루를 꺼내었다.

"쌀을요?"

"나도 일이 잘 되어서……."

덕만이의 가슴도 벌렁벌렁 뛰고 있었다.

다행히 김 여인이 더 이상 묻지 않았다.

둘은 가슴을 쓸어 내렸다.

"야, 쌀밥이다."

누워있던 자식들이 벌떡 일어났다.

네 식구는 둘러앉아 밥을 먹기 시작했다.

아들 석은 부지런히 손을 놀리고 있었지만 그들 내외는 말이 없었다. 식탁 주위엔 어색한 침묵이 맴돌았다.

저녁을 먹고 난 이들은 일찍이 자리에 누웠다.

오랜만에 포식을 한 자식들은 곯아 떨어졌지만 두 내외는 등을 맞대고 누워 말이 없었다.

　좁은 방에 넷이 누웠으니 방안은 후텁지근했고 퀴퀴한 땀내가 나고 있었다. 둘은 자는 것처럼 누워 있었지만, 비밀을 가진 이 부부는 서로를 경계하며 겁내고 있었다.


　후송 유의양은 암행어사의 직책을 맡아 백성들의 고충과 애로사항을 살피며 보아오면서, 숱한 실상을 파악하는 데는 감탄스런 일도 있지만 주지육림에 빠져 기생들과 어울려 풍악을 즐기며, 흥에 젖어 술에 무르익어 육담이 난무하기도 해 안타깝기만 했다.

　유의양은 바라는 바 평정(平正)하는 대책을 세우는 데 전하의 충의로운 신하로 한 몸, 맑고 바르게 공정(公正)하면서도 정의로운 새 세상을 만들고자 온갖 고생을 다하면서도 오로지 나라를 위해 백성의 안위를 위해 자신을 헌신하면서 매사에 최선을 다했다.


　당시 암행어사의 임무는 왕이 확정하여 이를 사목(事目 : 公事에 관하여 정해놓은 규칙) 등에 기록하여 수여하였다. 암행어사는 지방 수령 등이 행한 업무처리와 그의 공사생활 전반을 감찰대상으로 하였다. 또한 선정을 베푼 사실이나 위법부당 사례가 있는지 등을 주로 규찰하였다. 암행어사가 당하관인 점과 관찰사의 수령 감독권을 존중하여 처음에는 수령까지만 규찰하도록 하였는데, 인조 때 암행어사 이명준(李命俊 : 1572~1630, 인조 8년)을 파견하면서 관찰사와 병사도 규찰하도록 지시한 이후로 그들도 암행어사의 규찰대상이 되었다.

　17세기 전국을 강타한 굶주림, 추위 및 역질 등이 너무나 극심하여 백성들의 참상은 이루 말할 수 없을 정도로 비참하였음에도 관리들이 백성들의 구제보다는 사리사욕을 채우려고 혈안이 되었으므로 암행어사의 규찰범위도 지방통치 행위에서 거의 모든 영역을 망라하게 되었다. 그래서 암행어사들에게 불공정한 감사(監司) 군졸을 침학하는 병사나 수사까지 규찰하도록 숙종 때에 어사사목(御史事目)에 명시하였다. 이때에는 당시 조선사회에 현실적으로 존재하였던 각종 사회적 병폐와 관리들이 자행하던 불법, 부정을 구체적으로 적시하며 암행어사에게 규찰하도록 하였다. 이는 암행어사제의 일대 강화라고 할 수 있으며, 중앙정부의 통치력이 강화된 데에 따른 변화였다.

그 후 정조(正祖 : 조선 제 22대 왕) 때에는 왕이 8도의 구관당상(句管堂上)으로 하여금 자세한 사목(司牧)을 작성하게 하였다. 이들 사목에는 어사의 임무가 자세히 규정되어 있으나 규찰방법에 대한 규정은 없었다. 따라서 암행어사제도를 300여 년간 운영하였음에도 규찰방법이 체계화 되거나 발전하지는 못했으며, 각 어사의 개인적인 능력에 의존하였다고 하겠다.

우리나라에서 암행어사라는 말은 조선 제13대 명종(明宗) 5년(1550)에 쓰여졌으나 실질적으로 암행어사를 파견한 것은 제11대 중종 4년(1509)으로서 중종* 때에 암행어사제도가 본격적으로 시행된 것으로

---

* —중종(中宗 : 1488~1544) : 조선 제11대 왕. 자는 낙천(樂天), 휘(諱)는 역(懌)이다. 성종의 2남이며 연산군(燕山君)의 이복동생이다. 어머니는 정현왕후(貞顯王后) 윤씨(尹氏), 비는 신수근(愼守勤)의 딸 단경왕후(端敬王后), 제1계비(繼妃)는 윤여필(尹汝弼)의 딸 장경왕후(章敬王后), 제2계비는 윤지임(尹之任)의 딸 문정왕후(文定王后)이다. 1494년(성종 25) 진성대군(晉城大君)에 봉해졌는데, 1506년 박원종(朴元宗)·성희안(成希顔) 등이 일으킨 중종반정(中宗反正)으로 왕에 추대되어 즉위하였다. 연산군 시대의 폐정(弊政)을 개혁하였으며, 1515년(중종 10) 이래 조광조(趙光祖) 등의 신진사류(新進士類)를 중용하여 그들이 표방하는 왕도정치를 실시하려 하였다. 그러나 조광조 등의 개혁방법이 지나치게 이상주의적이고, 또 조급하게 서둘렀기 때문에 훈구파(勳舊派), 즉 반정공신(反正功臣)들의 반발을 초래하였다.
뿐만 아니라 중종 자신도 조광조 등의 왕에 대한 지나친 도학적(道學的) 요구에 염증을 느끼고 있던 차에, 1519년 남곤(南袞)·심정(沈貞)·홍경주(洪景舟) 등의 훈구파의 모함에 따라 기묘사

보여진다. 이후 400년간 수많은 암행어사가 임명되어 국왕의 성덕을 백성들에게 전달하고, 지방 수령, 방백들의 탐학을 방지하였으며, 암행어사는 국왕이 단독으로 선택하여 임명했는데, 영조 11년(1735)부터 암행어사 추천정책이 실현되었다. 그리고 이때부터 국왕이 극비로 단독 임명하는 경우와 대신의 천거로 임명하는 방법이 병행되었다.

암행어사의 임명은 패초와 추생의 절차를 거쳐 봉서, 사목, 마패, 유척을 내리는 것으로 이루어졌는데, 패초는 국왕이 선정된 자를 어전으로 불러들이는 절차이고, 추생은 암행어사가 관할할 구역을 결정하는 것이다. 국왕은 봉서와 사목에 임명사실과 임무 및 암행조건, 관할구역을 쓴 후 밀봉하여 마패와 유척(鍮尺 : 한 자 한 치 길이의 표준 자)과

---

화(己卯士禍)를 일으켜 조광조 등의 신진사류를 숙청하였다. 그 뒤 훈구파의 전횡(專橫)이 자행되었으며, 또 1521년에는 송사련(宋祀連)의 무고로 신사무옥(辛巳誣獄)이 일어나 안처겸(安處謙) 일당이 처형되었다.1524년 권신(權臣) 김안로(金安老)의 파직, 1525년 유세창(柳世昌)의 모역사건, 1527년 작서(灼鼠)의 변에 따른 경빈(敬嬪) 박씨(朴氏)의 폐위 등 크고 작은 사건이 연이어 일어났다. 1531년 김안로의 재등장으로 정국은 혼미를 거듭하였는데, 문정왕후를 배경으로 한 윤원로(尹元老) 윤원형(尹元衡) 형제가 등장하여 1537년(중종 32) 김안로를 숙청하였으나, 이번에는 윤원형 일당의 횡포가 시작되었다. 그러는 동안 나라의 남북에서 외환이 그치지 않아, 1510년(중종 5)의 삼포왜란(三浦倭亂), 1522년 동래(東萊) 염장(鹽場)의 왜변(倭變), 1524년 야인(野人)의 침입, 1525년 왜구(倭寇)의 침입 등이 잇달았다. 치세 초기에는 미신타파를 위하여 소격서(昭格署)를 폐지하고, 과거제도의 모순을 시정하기 위해 현량과(賢良科)를 실시하여 인재를 등용하였으며, 향약(鄕約)을 권장하여 백성들의 상조(相助)정신을 고취시켰다. 또, 그 시기에 소학(小學) 이륜행실(二倫行實) 경국대전(經國大典) 대전속록(大典續錄) 천하여지도(天下輿地圖) 삼강행실(三綱行實) 신증동국여지승람(新增東國輿地勝覽) 이문속집집람(吏文續集輯覽) 대동연주시격(大東聯珠詩格) 등 다방면에 걸친 문헌이 편찬·간행되었다. 그러나 기묘사화 이후 이와 같은 문화발전을 위한 정책은 거의 정지되었다. 다만, 치세 말기에 군적(軍籍)의 개편과 전라도·강원도·평안도에 대한 양전(量田)을 실시하였으며, 진(鎭)을 설치하고 성곽을 보수하는 한편, 평안도 여연(閭延)·무창(茂昌) 등지의 야인을 추방하는 등 국방정책을 추진하였다.
한편, 주자도감(鑄字都監)을 설치하여 활자를 개조하고, 지방의 사실(史實)을 기록하기 위하여 외사관(外史官)을 임명하였으며, 1540년(중종 35) 역대 실록(實錄)을 인쇄하여 이를 사고(史庫)에 보관하게 하였다. 중종의 치세에서 처음에는 어진 정치를 펴는 데 상당히 의욕적이었으나, 기묘사화 이후 간신(奸臣)들이 판을 치는 통에 정국은 혼미를 거듭하여 볼만한 치적을 남기지 못하였다. 능은 경기 고양(高陽)으로 하였다가 1562년(명종 17)에 이장하였다. 능호는 정릉(靖陵)이며 서울 강남구 삼성동에 있다.

함께 암행어사에게 건네주는 것이다.

암행어사는 임명과 동시 한양을 벗어난 후 볼 수 있도록 하여 임무와 암행 지역의 사전누설을 철저히 방지했다.

조선 초기에는 지방 수령의 임무인 7사(농사와 양잠을 성하게 하고, 호구를 늘리며, 학교를 일으키고, 군정을 닦고, 부역을 고르게 하고, 소송을 간명하게 하며, 간활을 그치게 할 것)를 제대로 거행하고 있는지의 여부와 실적 허위 보고 유무 등을 조사하는 것이었다.

부정 등의 증거가 명백한 자는 가두고, 국문 또는 신문을 할 수 있도록 어사의 권한을 강력하게 규정하였고, 암행어사제도가 발전되면서 임무가 구체화 되어, 조선 후기에는 3정(전정 : 세금을 부과하는 면적단위. 군정 : 군정에 올라있는 지방 장정. 환곡 : 봄에 주어 가을에 이자와 받는 곡식)의 문란 상황과 관리들의 근무 실적 조작 등 조사 항목을 구체적으로 나열하여 살피게 했고, 동시에 암행어사의 활동방법에 대한 규제도 늘어나, 암행어사가 자신의 권한을 남용하거나, 크게 부풀리는 것, 직무를 게을리 하는 것들을 엄격하게 경계했다.

암행어사는 신분을 감추고 변장하여, 몰래 백성들의 동태를 살피고 정보를 수집하였다. 만일 관리의 비리 사실이 발견되면 출두를 행하여, 신분을 밝히고 직무를 시작하는 것으로 특히, 어사가 관청에 출두할 때는 부하, 또는 역졸을 지휘하여 고을관청에 와서 "암행어사 출두"를 소리치게 한다.

관청에서는 수령을 제외한 모든 직원이 예를 갖춘 후 동헌(수령이 업무를 보는 자리)을 내놓고 보통 직원실로 옮긴다. 수령을 벌할 필요가 없는 때에는 수령에게 직무수행을 위하여 동헌을 사용하겠다고 통지한 후 아무도 모르게 동헌을 사용하였다.

암행어사가 임무를 마치면 내용을 서면(서계와 별단)으로 작성하여 왕에게 보고하였다. '서계'에는 현전직의 관찰사, 수령의 비리 행위와 치적을 구체적으로 기록하고, '별단'에는 자기가 살핀 민정, 군정의 실정과 숨은 미담이나 열녀, 효자의 행적 등을 기록하였다.

1892년(고종 29)에 전라도 암행어사로 임명된 이면상(李冕相) 어사(御史)는 1889년(고종 26) 친림경무대문과에 알성시(謁聖試) 갑과1(甲科1)에 급제하여 임해 오다 승정원 우부승지에 파격적으로 임명되었고, 다음해에는 대사간에 임명되기도 했다.

그는 1892년 6월 6일 전라도 암행어사로 어명 받아 백성의 고통을 덜기 위해서는 수령구임법의 필요성과 계방촌을 혁파할 것 등을 건의하였다. 그는 몹시 재물을 탐하고 호기롭던 운봉(雲峰)의 향리 출신인 박문달(朴文達)을 잡아 가두고 뇌물을 빼앗으려고 하였다 한다.

그는 영선사(領選使)의 후신격인 제2대 주진독리(駐津督理)로 중국 텐진(天津)에 약 반년 동안 파견되기도 했다. 조선시대 왕명을 받고 비밀리에 지방을 순행하면서 악정(惡政)을 규명하고 민정을 살핀 이면상(李冕相) 어사(御史)를 마지막으로 이 제도가 없어지게 되었다.

# 위국단성(爲國丹誠)이 강하였다

유의양은 청백하여 남해에 유배될 적에 죄인의 몸이기 때문에, 이충무공의 사당을 심원(尋院)하지 않고 해배 이후 찾아뵈온 마음 씀씀이라든가 종성의 수항루(受降樓) 구경을 동방급제(同榜及第)의 벗인 종성부사(鐘城府使) 강유(姜游)공이 함께 오르자고 권하여도 스스로 죄인임을 살피어 거절한 일들은 다 그의 준법정신(遵法精神)을 말하여 주는 강직하고 엄격한 실례(實例)라고 하겠다.

후송 유의양은 벼슬살이 하면서 나라의 녹을 먹고 사는 신하로서 나라와 겨레를 위해서는 충성(忠誠)된 마음을 가지고 있었다.

그는 남해에서 귀양살이를 하면서도 관방지형(關防地形)과 생민질고(生民疾苦)를 살피는 데 신경을 썼으며, 벼슬살이하는 사람으로서의 자세에 있어서도 율기(律紀)의 청백강엄(淸白剛嚴)을 강조하면서 변방(邊方)의 관장(官長)은 나라의 위험을 염두에 두어야 함을 내내 말한 중에서 찾을 수 있겠다.

그는 또한 종성유배에서 함흥(咸興), 길주(吉州), 회령(會寧) 등지의 임진왜란(壬辰倭亂) 당시의 사적(史籍)들을 말하며 의사 충신(忠臣)들을 찬미(讚美)하고 역모(逆謀)를 한 국적(國賊)을 매도(罵倒)한 점에서 그의 위국단성(爲國丹誠)을 엿볼 수 있다.

그는 또한 예절(禮節), 궁행(躬行)을 중시하고 효우(孝友)를 대단히 중시(重視)하였다.

그 예로는 남해에서 귀양살이할 때 같은 귀양살이의 죄인인 유언호와 교우에 관한 대담(對談)에서 교우(交友)의 근본을 효우에 둔다고 한 것과 부령(富寧)의 형제암(兄弟巖)을 지나며 형제상의(兄弟相依)를 부러워한 것이나 임명참(臨溟站)의 세 군사(軍士)가 신의(信義)를 지켰었던 일을 지극히 칭찬한 것이나, 남해배소(南海配所)에서 이성삼(李聖三)의 효성과 김연대(金連臺)의 절의(節義)를 칭송한 일 및 북관(北關)에서 효자(孝子) 한양(韓揚)과 열녀(烈女) 오창윤(吳昌胤)의 아내 이씨(李氏)와 주수문(朱壽文)의 아내 김씨(金氏)와 열녀기생(烈女妓生) 정형(貞亨)을 더할 수 없이 칭찬한 것들은 다 후송(後松) 유의양이 평소에 예절궁행(禮節躬行)을 중시한 하나의 증거(證據)라고 하겠다.


그는 자상(仔詳)하고 다정다감(多情多感)한 사람이었다.

유의양이 자상(仔詳)하다는 것은 남해문견록(南海聞見錄)에서 포작들이 어물(魚物)을 머리에 이고 와서 사라고 할 때에 종에게 값을 깎지 말고 많이 사라고 하며, 그들의 고생됨을 동정하여 원에게 특별히 선정(善政)하여 줄 것을 특별히 청탁한 일이 있다.

또 처자(妻子)를 버리고 남해(南海)나 제주(濟州) 같은 섬에 들어가서 정착하여 살며, 고향의 부모처자를 돌보지 아니하여 그 가족 모두가

고생함을 동정하여 그 폐단을 없이 하려 한 것들도 그 좋은 예로 들
수 있다.

　다감(多感)하다는 것은 북관노정록(北關路程錄)에서 아내와 누이가
'북쪽 변방의 귀양살이' 처지인 자기와 '남녘 흑산도(黑山島) 귀양살
이' 중인 매부 황윤지(黃允之)를 한 집에서 서로 근심하는 것이 눈에
보이는 듯하다 하고, 어린 딸에게 대하여 3년씩이나 아버지 노릇 못
함을 안타까워한 것이 그 예라고 하겠다.
　그는 마음 깊이가 바다같이 깊어 넓게 생각하는 인간적인, 유리알
마냥 맑기만 한 성품이었다고 여겨진다.

# 유의양은 저술가였다

후송 유의양은 벼슬살이를 하면서도 동서남북으로 부평초처럼 떠돌아 옮겨 다니면서 귀양살이를 하는 사람이지만 이 지역 저 지역을 다니면서 생활습관상을 비롯한 지방의 방언과 그가 경험한 귀양살이를 통하여 듣고 보고 한 것들을 유배가 풀린 뒤 집에 돌아와 그리움으로 기다려 준 아내와 어린 자식에게 구술하여 국문기행으로 저술한 작가이다.

그는 국가적 차원에서 왕명을 받들고 많은 저술(著述)들을 편서하여 글을 쓰고 간행하는 데에 실무자로 관여하였다는데, 유의양은 당시 보기 드문 저술가였음을 그의 문집으로도 알 수 있다.

《춘관지》, 《춘관통보》, 《춘방지》, 《오예의통편》, 《오예의보집》, 《영희전지》, 《증보문헌비고》 등의 많은 편서사업에 직접 또는 간접으로 참여하였다는 것은 유의양의 문사적 기질(文士的氣質)과 학자적 자질(學者的資質)이 있었기 때문이라고 여겨진다.

더욱이 순조(純祖 : 1790~1834, 조선의 제23대 왕) 10년(1810, 정미) 6월 24일에 의하면 '호군 이지영 소략왈(護軍李祉永疏略曰)' 이하에 기록된 내용이다.

"정조(正祖 : 1752~1800, 조선의 제22대 왕) 12년 무신해(1788) 72살 되던 해의 봄에 호조참판 신 유의양에게 '오례통편' 을 지어 올리도록 특명을 내리셨습니다. 신 이지영(李祉永 : 1730년~?)도 또한 교정의 일을 맡아 보도록 뽑혔습니다. 유의양은 널리 더듬고 살펴서 심력을 아끼다, 유의양은 책이 거의 다 이루어졌는데 불행히도 병이 일어나 다 못했습니다."

라고 한 것을 보거나, 유의양 자신이 또 정조 11년(1787) 7월 3일 부총관 직책으로 《오례의보집》을 찬진하면서 그 어려움을 밝힌 글 널리운데, 연원을 더듬고, 빠진 것은 새로 더하여 보태고, 잘못된 것들을 찾아 바로 잡겠다는 뜻을 정조께 아뢴 데서도 원래 성실하고도 치밀한 성격의 소유자로 학구적(學究的)인 면이 강한 저술가이었음을 이해하게 된다.

후송 유의양이 남긴 문집이나 유고집은 전하지 아니하고 현재로서는 별로 드러내어 소개할 만한 글이 없으나 《남해문견록》과 《북관노정기》는 유의양이 조선시대 벼슬하며, 거의가 귀양살이를 통하여 겪은 경험을 기행문으로 기록 저술한 것이다.

정조 9년(1785) 안동부사(安東府使)로 부임하였을 때에 《진주유씨재병오보서문》이 대표적인 것이고 조선왕조에 간간히 보이는 상소문이 있으나 그 중 정조 11년(1787) 7월 3일 부총관 유의양은 《오례의보집》을 찬진하면서 그 어려움을 밝힌 글 가운데, 연원을 더듬고 빠진 것은 새로 더하고 보태고, 잘못된 것들은 찾아 바로 잡겠다는 뜻을 정조께

아뢰어 상소한 2,200여 자의 긴 글의 상소문이다.

후송 유의양은 치밀한 성격의 소유자로 예의 바르고 강직한 곧은 마음으로 매사에 학구적인 저술가임을 이해한다.

그가 저술한 기행작품이야말로 오늘날 남북이 분단되어 왕래가 부자유한 현실에서 두고 온 산하에 가 보고 싶은 그리운 고향을 200년이 훨씬 지나간 시간의 수레바퀴를 되돌려 남북으로 꼭 가서 보면서 음미할 가치가 있는 민속지(民俗誌)로 그때 그 시절을 감회해 보는 문학지의 평가로서, 또한 고귀한 작품으로 높이 평가 받을 인물이다.

후송 유의양(柳義養) 기념비는 남해 이동면 성현리 앵강고개 군민동산에 있다.

조선왕조 영조 47년(1771) 때인 54살에 문신 유의양이 남해로 유배되어 남해의 풍물, 경승, 풍속, 지리, 위생 등을 자세하게 기록한 한글 기행문《남해문견록》을 남겼는데, 1991년 12월 이러한 사실을 기념하기 위하여 남해군수 황기준, 문화공보실장 김태봉이 이 기념비를 세웠다.

# 조선후기 적객들의 유배생활

기나긴 세월이 흘러, 그 긴 역사를 돌아볼 때 인간에게 중요하지 않은 시기가 한 때라도 있었을까마는, 조선중기야말로 유배문화는 급물살을 타듯 정쟁의 사화가 가장 많이 일어난 시기라고 할 수 있을 것이다.

조선후기 18세기는 어떠했을까? 영조(英祖)가 1724년 등극하였고 뒤를 이은 정조(正祖)가 1800년에 죽었으니, 우리나라의 18세기는 대체로 영조가 태어나서 정조가 죽을 때까지로 보면 될 것 같다. 영조, 정조 시기는 우리나라 문화의 부흥기이며, 정조는 우리나라의 대표적인 계몽군주로 알려져 있다.

18세기는 우리 조선에서도 이제까지 인간을 짓누르던 주자학의 굴레에서 벗어나 실사구시(實事求是)의 합리성과 인성(人性)에 대한 열정이 일어난 시기였다. 때마침 청나라에서 쏟아져 들어오는 신문물이 우리나라의 지식인들에게 막대한 영향을 주었고, 이는 곧바로 저술활

동으로 이어져 많은 책들이 저작 발간되는 시기로 연암 박지원을 필두로 하여 박제가, 이덕무, 유득공 이외에도 신문물을 접한 많은 지식인들이 이용후생(利用厚生)을 위한 책들을 많이 저작하였다. 이들은 당시 우리 사회의 문제점을 깨닫고 정치, 사회, 역사, 물류, 농업 등의 다양한 부문에 대한 저술을 펴냈으며, 청나라에서 쏟아져 들어오는 정보를 정리하여 백과 사전류의 편집을 시행하였다. 과연 이전에는 볼 수 없었던 변혁이요 대사건이라고 할 수 있는 시대의 변화였다.

조선시대 귀양살이로 각 지역에 유배된 사람들이 적소생활 중에 지역주민들과 교류하고 그들을 향교나 서당에서 훈육하면서 중앙의 수준 높은 문물을 전해주어 변화된 지역문화 발전을 말하는 것이나 반대로 유배인 스스로가 유배지역의 토착문화나 민속, 예술 등에 영향을 받아 자신의 학문이나 경륜, 예술적 자질들을 발전시킨 측면도 유배생활에서 얻어 지는 토착문화로 특유의 정취가 담겨있다.

조선시대 유배지를 도별로 분류 조사한 연구에 의하면, 우리나라 여덟 개 도 중에 전라도 지역이 유배가 가장 많았던 지역으로 나타나고 있으며 그 중 전라도 지역을 다시 세분해 보면 진도가 가장 많고, 다음으로 흑산도, 고금도, 강진, 장흥, 지도 등의 순이다. 이 연구의 결과를 전적으로 따르기는 어렵지만, 전라도 지역, 그리고 진도지역에 유배가 많았던 사실은 인정할 수 있다. 진도가 이처럼 유배지로 널리 이용되었던 것은 아무래도 바다 가운데 있는 섬이면서도 크고 비옥한 지방이라는 조건에서 말미암은 것으로 볼수 있으나 남해도 못지않게 여겨진다.

남해에 유배된 사람의 수를 정확하게 헤아리기는 어렵지만, 기록에서 확인할 수 있는 유배인들은 200여 명에 이른다. 이들의 반 수 가까이는 반년에서 10년 미만의 적거생활을 하였고, 그리고 가장 오랜 유배기간은 13년을 지낸 것으로 나타났다.

유배인 들이 남해로 유배된 사유는 대체로 정치범, 사상범의 범주에 속한다. 곧 정변이나 왕위교체, 사화나 당쟁에 연루되거나 행정적 과실에 대한 처벌, 한말의 의병이나 독립운동에 관련된 경우 등이다.

남해 유배인 중 남해 사회에 크게 영향을 미친 인물과 사례로는 노량에서 오랫동안 머물며 남해를 찬송하며 경기체가 《화전별곡》을 찬가한 4대 문필의 자암 김구와 약천 남구만의 《약천집》에서 망운산과 금산의 선경을 노래하였으며, 소재 이이명은 죽산리로 이배(移配) 온 후, 장인(丈人) 김만중의 돌아간 적소에 들러 시들어가는 매화나무를 옮겨 심고 〈매부〉(梅賦)를 지어 칭송하였다.

서포 김만중은 용문사와 노도섬이 적거지로 남해향교를 들르며 《주자요어》를 집필하며 《구운몽》과 《사씨남정기》를 창작한 한국 3대 고전 문학가이다. 후송 유의양의 읍성남문 밖에 칩거하며 3개월간 남해를 섭렵하며 주민들을 상대로 보고 듣고 느낀 이야기를 기행문으로 기록한 《문견록》을 남겼다. 태소 김용의 읍 한여원의 집에서 반년 정도 머물며 〈감로수〉, 〈노인성〉, 〈노량충렬사 홍문〉 등의 한시 《남천잡록》을 남겼다.

유배인이 남긴 많은 시류와 남해를 거쳐간 유배객들의 영원한 문화역사를 기록으로 남기는 소중한 역사 유배문학은 민족의 영혼 남해의 문화유적으로 새로운 남해의 문화시대를 열어갈 밑거름이 될 것이기 때문이다.

당시 조선후기 적객들이 죄인에 따라 다르기는 하겠지만 어떻게 생활하였는가를 살피는 데도 이 작품에 나타난 당시 유배자들이 어떻게 생활하였는가를 지적하여 보면 다음과 같다.

### 적소에서 유배생활

① 배소(配所)에서의 유배자들의 거소(居所)는 현지 관장(官長)이 정하여 주었었다.

② 비록 죄인이지만 경우에 따라서는 관(官)에서 노자(奴子)와 식모(食母)까지를 붙여 주기도 하고, 가족 및 타인과의 접촉도 때에 따라서는 자유로웠다.

③ 적객(謫客)의 생활비는 죄인 스스로가 부담하였으며, 아는 사람이 많으면 인근 관장(官長)들의 물질적 후원도 많이 받았음을 짐작할 수 있다.

다음으로는 숙종(肅宗)과 영조(英祖)시대 남해 서민들의 생활상을 엿보는데 좋은 자료가 된다.

### 서민생활의 예

① 일반 서민들의 곤궁한 생활상 및 해녀들의 생활상까지도 그 어려움을 충분히 알려주고 있다.

② 무명 촌부(無名村夫)들이 귀양살이하는 사람에게까지 동종 문안(同宗問安)의 사교적 친분(社交的親分)을 맺어 자기들의 미천(微賤)한 신분(身分)을 사회적으로 드높여 보려는 의도적 심방(尋訪)은 한 피찬자(被竄者)의 양심을 괴롭혀 주었다는 점에서 당시의 사회 현실까지도 엿볼 수 있다.

### 장례문화의 예

① 당시 남해 서민들의 상장지례(喪葬之禮)에 있어서 풍악(風樂)을 잡혔다는 사실은 중국의 만주족(滿洲族) 당시 청국인(淸國人들)에서도 쉽게 볼 수 있었던 장례 풍속으로 민속학 적 고찰의 자료가 될 것이다.

② 당시 남해 서민들의 관혼지절(冠婚之節)에서 번잡한 6예(禮)를 다 갖추지 아니하고 대례(大禮)로써 끝내는 것은 오늘날의 의례 간소화(儀禮簡小化)라고 하겠고, 신랑을 곯리는 일은 신랑의 지혜 다루기의 한 토속적 행위라 하겠다.

③ 여거사(女居士)들의 놀음놀이는 당시 남해 서민들의 무미건조한 생활에 소화제(消化劑)의 역할을 하기도 하고, 실의에 빠졌거나 삶에 지친 백성들에게 새로운 힘의 재비축(再 備蓄)을 위한 오락 대용물이었기 때문에 이해(利害)의 고려(考慮) 없이 모든 섬 속의 사람들이 즐겼던 것으로 여겨진다.

④ 또 남해섬 이외의 타 지역민들이 들어와서 정착하는 문제에 관한 것은 따로 이 당시 사회의 인구 이동문제와 문화 교류문제 등의 면에서 살펴볼 가치가 있는 것이라고 하겠다.

### 지방 방언의 예

영조시대 국어 연구에도 방언수집(方言蒐集)의 귀중한 자료가 된다.

① 지은이가 훌륭한 언어학자는 아니었지만 당시 언어로서는 거의 표준어 사용자에 가까웠을 것이라는 전제 아래 이 작품에 표기된 철자를 놓고 보면, 몇 가지 당시의 국어 현상을 엿볼 수가 있게 된다.

② 평평한 입술소리모음(平脣母音)이 둥근 입술 소리되기(圓脣化)로 변하는 과도기적 현상을 엿볼 수 있다.

예) 믈=물(水) 등의 혼용.

③ 모음조화(母音調和)가 파괴되는 현상을 엿볼 수 있다.

예) 行資롤 = 行資룰, ᄒ야 = ᄒ여 등의 혼용.

④ 된소리 표기의 이중성(二重星)을 엿볼 수 있다.

예) 흔쌍 = 흔빵의 혼용.

⑤ 입천장 소리되기 현상으로, 구뎡 = 구정(九井)이 혼용된 것을 볼 수 있다.

⑥ 「ᄒ」 동반체언이 상당수 상존하고 있었다는 점을 알 수 있다.

예) ᄒ나히, 나라희, 바다희, 길히, 돌희 등.

⑦ 현재 사어(死語)가 된 「ᄇᆞᆺ(겨우), 맛디ᄂᆞᆫ(맡기는), ∼다히(∼쪽 ∼·∼편), 즈레(지레), 바히(전혀·아주), ᄆᆞ이(매우)」 등도 당시에는 널리 쓰였음을 알 수가 있다.

⑧ 이미 소실된 것으로 논의되는 「ᅌ」음가가 일부 어휘에서는 상존(尙存)하였음을 알 수 있다.

예) 「말(言) = 몰(馬), ᄒ다(爲) = 하다(多·大)」의 엄격한 구별 사용.

⑨ 무엇보다도 오늘의 독자들에게 관심을 가지게 하는 것은 지은이가 남해 방언을 30여 단어를 지적하여 서울말과 대조한 것이다.

예) 경지(부엌), 육궁(매양), 볼모(옷), 청(키), 쟉지(지팡이) 등.

⑩ 이 문견록을 통하여 저자는 문장표현에 있어서 언문 일치주의(言文一致主義)로 사실 전 달에 애쓴 흔적을 보여주고 있다.

예를 든다면 대화의 전달에 있어서의 언어경제의식(言語經濟意識)이 대단하였음을 보여주는 것으로 주격조사와 목적격조사 등 토씨들과 체언과 용언에 접속되는 허사들을 많이 생략하고 있다는 점을 들 수 있다.

이것은 저자의 문장 표현력이 부족하여서라기보다는 이 작품의 서술 내용의 흐름이 누군가가 듣고 있음을 가정하고 혼자 옛날 이야기를 하듯 구술식(口述式)으로 서술하고 있기 때문에 어떻게 보면 무미할 만큼 간결하고 단조롭게 표현된 것이라고 하겠다.

이상의 몇 가지 가치 이외에 더욱 값진 것은 우리 선인들의 숨결이 맥맥이 흐르고 있음을 이 작품을 통하여 역력히 느끼며 교감(交感)할 수 있다는 사실 바로 그것이라고 하겠다.

# 유시조(柳始祖)의 유래(由來)

유씨(柳氏) 유래는 차씨(車氏)와 같은 시조(始祖)에서 갈린 동족이성(同族異姓)으로서, 예로부터 삼한갑족(三韓甲族)으로 일컬어져 왔다.

증보문헌비고(增補文獻備考)에는 고려사인(高麗士人), 이족망상고(異族望相高) 柳, 崔, 金, 李 사성위귀종(四姓爲貴種)이라 하여 유씨(柳氏)를 고려시대(高麗時代)의 사대명족(四大名族)의 하나로 꼽고 있었으며, 권문해(權文海)도 대동운부군옥(大東韻府群玉)에서 동한명벌(東漢名閥) 20성을 꼽는 가운데 유씨(柳氏)를 9번째로 넣고 있다. 따라서 여조(麗朝) 이래 많은 명신현경(名臣賢卿)을 배출했는데, 특히 조선조에서는 잇단 사화(士禍), 당쟁(黨爭)에 손상을 입기도 했으나 꾸준히 신장(伸張)했다.

유씨(柳氏)의 시조는 고려(高麗) 태조(太祖) 때의 대승(大丞) 유차달(柳車達)이다.

본래 유주(儒州), 현(現) 황해도 신천군 문화면 지방의 호부(豪富)였던 그는 고려 개국(開國) 당시 태조 왕건*(王建)이 후백제의 견훤*(甄萱)을

＊―왕건(王建 : 太祖, 877~943) : 고려 제1대 왕(재위 918~943)이다. 궁예의 휘하에서 견훤의 군사를 격파하였고 정벌한 지방의 구휼에도 힘써 백성의 신망을 얻었다. 고려를 세운 후, 수도를 송악으로 옮기고 불교를 호국신앙으로 삼았으며 신라와 후백제를 합병하여 후삼국을 통일하였다. 본관 개성(開城)이며, 자 약천(若天)이다. 성씨는 왕(王)가요, 휘는 건(建)이다. 시호는 신성(神聖)이다. 금성태수(金城太守) 융(隆)의 아들이며, 어머니는 위숙왕후(威肅王后 : 追尊) 한씨(韓氏)이다. 29명에 이르는 많은 후비(后妃)를 두었는데 이는 혼인관계를 통해 호족세력을 통합하고자 했기 때문이다. 895년(진성여왕 9) 아버지를 따라 궁예(弓裔)의 휘하에 들어가 898년(효공왕 2) 정기대감(精騎大監)이 되고, 900년 광주(廣州)·충주(忠州) 등을 공취, 그 공으로 아찬(阿粲)의 위계를 받았다. 903년에는 수군을 이끌고 전라도 지방을 공략, 궁예의 영토를 확장하여 알찬(閼粲)에 승진되고 계속하여 전라도·경상도 지방에서 견훤(甄萱)의 군사를 격파하는 한편 정벌한 지방의 구휼(救恤)에도 힘써 백성의 신망을 얻었으며, 913년 시중(侍中)이 되었다. 918년 세력이 강대해짐에 따라 난폭한 행동을 자행하는 궁예가 민심을 잃자 홍유(洪儒)·배현경(裵玄慶) 등에 의해 왕으로 추대되어 즉위, 국호를 '고려'라 하고 연호를 천수(天授)라 정하였다. 이듬해 수도를 송악(松嶽)으로 옮기고 융화정책·북진정책·숭불정책을 건국이념으로 삼아 정책을 펴나갔다. 지방 호족들을 회유·무마하는 한편, 서경(西京)을 개척하고 여진을 공략했으며 불교를 호국신앙으로 삼아 각처에 절을 세웠다.

935년 투항해 온 신라 경순왕을 맞아 평화적으로 합병하고 이듬해에는 앞서 항복해 온 견훤과 함께 신검(神儉)의 후백제를 공격, 이를 멸망시켜 마침내 후삼국(後三國)을 통일하였다. 이 해 《정계(政誡)》,《계백료서(誡百寮書)》를 저술하여 정치의 귀감으로 삼게 하고 943년 후세의 왕들이 치국의 귀감으로 삼도록 〈훈요십조(訓要十條)〉를 유훈으로 남겼다. 서예에 뛰어났으며, 능은 현릉(顯陵 : 개성)이다.

＊―견훤(甄萱 : 867~936) : 후백제의 초대 왕(재위 900~935). 관제 정비, 중국과의 국교를 맺고, 궁예의 후고구려와 충돌하며 세력 확장에 힘썼다. 후에 고려 왕건에게 투항했다. 왕건에게 신검 토벌을 요청, 후백제를 멸망시켰다. 전주견씨(全州甄氏)의 시조이고, 본성은 이(李)이며, 아자개(阿慈介)의 아들이다. 상주(尙州) 가은현(加恩縣 : 지금의 문경시 가은읍)에서 태어났다. 신라에서 태어나 서남해(西南海) 지방 방위에 공을 세워 비장(裨將)이 되었는데, 나라가 혼란한 틈을 타서 892년(진성여왕 6) 반기를 들고 일어나 여러 성을 공략하고, 무진주(武珍州 : 광주)를 점령하여 독자적인 기반을 닦았다. 900년(효공왕 4) 완산주(完山州 : 全州)에 입성하여 나라이름을 후백제라 하고 정치체제를 갖추었다. 관제를 정비하는 한편, 중국에도 사신을 보내어 국교를 맺으면서, 궁예(弓裔)의 후고구려(後高句麗)와 자주 충돌하며 세력 확장에 힘썼다. 그 뒤 왕건(王建)이 세운 고려와도 수시로 혈전을 벌여 군사적 우위(優位)를 유지했다.

927년 신라의 수도인 금성(金城 : 경주)을 함락하여 친려(親麗)정책을 쓰던 경애왕(景哀王)을 살해한 후, 효종의 아들인 김부(金傅)를 왕(경순왕)으로 세웠다. 그러나 경순왕 역시 친려(親麗)정책을 고수하였으며, 신라의 민심은 고려의 왕건에게 기울어져 갔다. 929년 고창(古昌 : 안동)에서 왕건의 군사에게 크게 패한 후부터 차츰 형세가 기울어 유능한 신하들이 계속 왕건에게 투항하고, 934년 웅진(熊津 : 공주) 이북의 30여 군현, 동해연안의 110여 성이 고려에 귀속했다.

이듬해 왕위계승문제로 맏아들 신검(神劍)이 견훤을 금산사(金山寺)에 유폐했으나 탈출하였다. 그리고 고려 왕건에게 투항하여 상부(尙父) 칭호와 양주(楊州)를 식읍(食邑)으로 받았다. 936년 왕건에게 신검의 토벌을 요청하여 후백제를 멸망시켰다. 그러나 고려의 왕건이 신검 등을 우대하는 것을 보고 분을 못이겨 앓다가 얼마 뒤 황산(黃山 : 충남 논산시 연산면) 불사(佛舍)에서 등창이 나서 죽었다.

정토함에 군량보급(軍糧補給)이 어려움을 알고 수레 1천 량을 제작, 사고(私庫)를 털어 군량을 보급해 줌으로써 익찬벽상공신(翊贊壁上功臣)에 서훈(敍勳)되고 벼슬이 대승(大丞)에 올랐으며 이차위달(以車爲達)의 뜻으로 태조로부터 차달(車達), 초명(初名)은 해(海)이란 이름을 사명 받았다고 한다.

그의 조상(祖上)에서 변성한 사실을 안 태조가 차씨(車氏)의 공을 잊을 수 없고, 또한 유씨(柳氏)로 변성(變姓)한 지 6세가 지났으니 이도 역시 폐할 수 없다 하며 그에 두 아들 중 장자(長子) 효전(孝全)은 조상의 구성(舊姓)인 차씨성(車氏姓)을 계승(繼承)케 하고 본관(本貫)를 연안(延安)으로 하여 오늘에 연안차씨(延安車氏)의 시조(始祖)가 되었고, 차자(次子) 효김(孝金)에게는 유주(儒州)에 살면서 유씨성(柳氏姓)을 승계(承繼)하였는데, 뒤에 유주(儒州)가 문화현(文化縣)으로 개칭(改稱)됨에 따라 후손(後孫)들이 본관(本貫)를 문화(文化)로 하여 세계(世系)를 이어왔다. 그 후 후손이 번성하여 6개의 본으로 분적(分籍)되어 10세손 자성(資成) 풍산유씨(豊山柳氏), 10세손 성간(成澗) 서산유씨(瑞山柳氏), 10세손 양재(良梓) 전주유씨(全州柳氏), 10세손 인비(仁庇) 보주유씨(普州柳氏), 13세손 해(瀣) 선산유씨(善山柳氏)를 각각 1세조로 하여 계대(繼代)하고 있으나 모두 유차달(柳車達)의 혈손이라는 신념으로 대승장학회(大丞奬學會)를 조성하는 등 친목을 돈독(敦篤)히 하고 있다.

본관의 유래로 유차달의 선대는 원래 중국(中國) 고대의 제왕(帝王)인 황제의 후예(後裔)로서 기씨조선(箕氏朝鮮), 실은 한씨조선(韓氏朝鮮) 때에 동쪽으로 옮겨와 동래, 평양 일토산(一土山) 아래에 은거하며 산(山)의 이름인 일토를 따서 왕씨로 변성했다고 한다.

그러다가 기씨조선의 준왕(準王)이 위만(衛滿)에게 쫓겨나 남천(南遷)

하게 되자, 그 무렵 일토초가자왕(一土草家者王)이라는 참요(讖謠)가 유
포되어 이에 의구심(疑懼心)을 품은 준왕(準王)이 일토산 왕씨를 모조리
잡아 죽이게 되니 왕몽이란 이가 아들 림(琳)과 함께 지리산(智異山)에
들어가 신인의 계시를 받고 왕자의 변형인 전씨성(田氏姓), 신씨성(申氏
姓)으로 고쳤다가 다시 차씨성(車氏姓)으로 개성(改姓)하고 이름도 무일
(無一)로 바꾸었다고 한다.

　이 차무일의 32대손 차승색이 신라(新羅) 애장왕*(哀莊王) 때에 좌상
(左相)을 지냈는데, 애장왕 10년(809) 왕의 숙부인 언승(彦昇)이 난(亂)

---

＊―애장왕(哀莊王 : 788~809) : 신라 제40대 왕이다. 재위 800~809년. 성은 김씨(金氏)요, 이름
은 청명(淸明)인데 뒤에 중희(重熙)라 개명하였다. 소성왕과 계화부인(桂花夫人) 김씨 사이에서
원자로 태어나 800년 6월 부왕의 뒤를 이어 13세에 즉위하였다. 따라서 즉위 초부터 왕은 작은
아버지인 병부령(兵部令) 김언승(金彦昇 : 뒤의 憲德王)의 섭정을 받았다.
애장왕의 치적으로는 두 가지를 들 수 있으니, 805년(애장왕 6) 공식(公式) 20여조를 반포하였으
며, 808년 12도(道)에 사신을 파견하여 군(郡)·읍(邑)의 경계를 정하였다. 이것은 애장왕의 중
앙과 지방제도에 대한 개혁조치로 볼 수 있다. 공식 20여조를 반포하기 1년 전 동궁(東宮)의 만
수방(萬壽房)을 새로 만들었으니, 이는 곧 태자의 위치를 굳건히 하려는 조처로 생각된다. 이러
한 분위기 속에 취해진 공식 20여조는 왕권을 강화하기 위한 제도개혁으로 봄이 마땅하다. 805
년 위화부(位和府)의 금하신(衿荷臣)을 고쳐 영(令)이라 하고, 예작부(例作府)에 성(省) 두 사람
을 두는 등의 관제개혁 조처도 같은 성격으로 이해된다.
806년에는 교지를 내려 불교사원의 새로운 창건을 금하고 오직 수리만을 허락하며, 금수(錦繡)
로써 불사하는 것과 금은으로 기물(器物) 만드는 것을 금하였는데, 이 조처 역시 2년 뒤에 취해
진 지방 군현의 경계를 정하는 것과 연관되는 것으로 볼 수 있다. 귀족들은 막대한 토지와 재력
을 지니고 지방의 연고지를 가지고 있었으며, 대체로 원당(願堂)과 같은 절을 세워 재산을 관리
하고 있었다. 애장왕 7년에서 9년에 이르는 개혁조처는 귀족세력을 왕권에 복속시키려는 것이
다. 그러나 왕권강화를 위한 애장왕의 개혁조처는 중대의 전제주의가 무너지고 귀족세력이 난
립하는 하대사회의 풍조 속에서 많은 도전을 받아 성공할 수는 없었으며, 그 결과 그는 왕위에
서 쫓겨나지 않을 수 없었다. 한편, 애장왕대의 개혁은 이전 경덕왕대의 한화정책(漢化政策)을
이은 것으로 왕권강화이지만, 그 개혁의 주체는 애장왕이 아니라 당시 실력자인 김언승과 수종
(秀宗 : 뒤의 興德王)이라고도 추측된다. 애장왕은 국내정치의 개혁과 병행하여 대당외교(對唐
外交) 외에 일본과의 국교를 트고 있다.
802년 12월 균정(均貞)에게 대아찬(大阿飡)을 제수하고 가왕자(假王子)로 삼아 왜국에 사신으
로 보내고자 하였으며, 803년에는 일본국과 우호하여 수교하였다. 그리하여 804년·806년·
808년에 각각 일본국 사신이 내조(來朝)하였다. 이와는 별도로 802년 순응(順應)·이정(利貞)에
의하여 가야산에 해인사가 세웠졌는데, 해인사는 당시 왕실에서 경영하는 절이었다.
809년 7월 언승이 제옹(悌邕)과 함께 군사를 이끌고 궁궐에 들어와 왕을 죽였다.

을 일으켜 조카 애장왕(哀莊王)을 죽이고 스스로 헌덕왕*(憲德王)이 되니, 차승색은 교목세신(喬木世臣 : 여러 대(代)에 걸쳐 중요한 지위에 있어 나라와 운명을 같이하는 신하)의 도리로써 아들 공숙(恭叔)과 전왕(前王)의 원수를 갚고자 헌덕왕(憲德王)을 암살하려다가 실패하고 체포령이 내리므로 아들 공숙을 데리고 탈신도피(脫身逃避)하여서 유주(儒州, 현 황해도 신천군 문화면 구월산 목방동)로 들어가 은거하면서 조모(祖母)의 성(姓)인 양씨성(楊氏姓)을 모방하여 유씨(柳氏)로, 이름을 색(穡)으로 다시 변성명(變姓名)하고 아들 공숙은 숙(叔)으로 개명(改名)하여 그곳에서 정착 세거하였고, 이 유색의 5대손이 곧 유차달(柳車達)인데, 그가 출차급향(出車給餉)의 공으로 벽상공신에 서훈(敍勳)되면서 장자(長子) 효전(孝全)은 태조(太祖)의 윤허(允許)를 받아 본성(本姓)인 차씨성(車氏姓)을 승계(承繼)하게 되었다는 것이다.

그래서 차씨(車氏)는 유씨(柳氏)의 큰 집이며 이것이 유씨(柳氏)와 차씨(車氏)가 분파되기까지의 대략의 전부인데, 상계(上系)를 멀리 4천 여 년 전까지 소급하여 중국 고대의 전설상의 제왕인 황제나 하후(夏后)에게까지 접근한 점 등등은 다분히 전설적인 소재여서 그대로 접하기가 어렵다고 하겠으나, 유씨(柳氏), 차씨(車氏)가 우리나라에서 가장 연원(淵源)이 오랜 성씨(姓氏)의 하나임에는 틀림이 없다고 전한다.

어느 일본인 학자가 제문헌을 토대로 조사한 바에 의하면 우리나라에는 귀화족 성씨가 무려 130여 성씨에 이르고 있으며 그 중에서도 하(夏)시대에 귀화했다는 유(류)씨, 차씨가 가장 연원이 오랜 것으로 나타나 있다.

조선의 성씨와 동족부락(同族部落) 한 가지로 우리나라의 족보(族譜)의 효시(嚆矢)는 명(明)의 가정년간(嘉靖年間) 명종대에 해당하며 16세기 중엽에 만들어졌다는 문화유씨보(文化柳氏譜)라는 것이 통설이라고 전한다.

그러나 문화유씨 대동보소(大同譜所), 도유사(都有司) 유인봉(柳寅鳳) 측의 말에 의하면 가정보(嘉靖譜)보다도 140년 전이 되는 영락년간(永

樂年間) 세종(世宗) 5년 계묘(癸卯)에 이미 문화유씨보(文化柳氏譜)가 나왔다고 한다.

유씨(柳氏) 인구는 지난 1960년도 당시 국세조사 당시 5만7천여 가구에 33만6천 여 명으로, 인구 순위는 19위가 된다고 한다.

대종(大宗)은 문화유씨(文化柳氏)이다.

관(貫), 향(鄕)은 문헌(文獻)에 130여 본이 전하고 있으나 현재는 대종(大宗)인 문화유씨를 비롯하여 대종 삼산(三山), 이주(二州) 즉 서산(瑞山), 풍산(豊山), 선산(善山), 보주(普州), 전주(全州)와 고흥(高興)의 7본뿐이라는 것이 유씨 대종회(大宗會) 측의 이야기이다.

그러나 이들도 모두 문화류씨 시조 유차달의 9대 손대의 대종회 분적종(分籍宗)이어서 유씨 대동보(大同譜)상으로는 풍산파(豊山波), 선산파(善山波), 보주파(普州波), 전주파(全州波) 등등 문화유씨의 일분파로 다루어지고 있다.

여조의 벌족이었던 유씨는 이조에서도 문과 급제자 428명에 상신 14명, 문형(文衡) 6명을 비롯하여 20여 명의 공신(功臣)을 배출하는 한편, 특히 12명의 청백리를 배출하여 성씨별로는 이씨 52명, 김씨 27명에 다음가고 있다.

본관별로는 문화유씨가 134명으로 상신 9명, 문형 4명, 공신 9명, 청백리 5명 등으로 단연 수위를 차지하고, 보주유씨가 132명으로 상신 2명, 문형 1명, 공신 8명, 청백리 4명으로 그에 버금가며 전주유씨가 98명, 풍산 및 고흥유씨가 각 23명, 서산유씨가 6명, 영광 및 선산유씨가 3명, 백천유씨가 4명, 연안 및 인동유씨가 각 1명씩이다.

# 남해의 문화유적, 향교와 사당

남해는 훌륭한 문인과 무인들이 지형만큼이나 아름다운 남해 고장에서 지방민과 백성을 보우하며 유풍진작(儒風振作)으로 후학을 양성하며 애국 충절의 정신으로 국가 수호에 큰 공을 세운 곳이기도 하다. 그들이 남긴 얼과 정신을 계승하며 문화유적을 보호하고 발전시켜 문화국가 민족으로 꽃피우고 지역사회 문화 발전도 활성화 되기를 앙망하는 바이다.

다양한 해안선의 드나듦이 섬마을을 이루고 해풍에 하얗게 황백색으로 분장한 채 밀려오고, 은은한 치자향기가 바닷바람과 함께 불어오는 남해는 집집마다 유자향기가 가을 하늘을 날고 언제나 푸른 물결이 잔잔히 춤추는 아름다운 고장이다. 남해는 문화유적이 현저히 많은 곳이나 미흡한 기록으로 누락된 부분도 없지 않겠으나 간단 명료하게 역사 문화유적을 기술(記述)하였다.

삼남 제일의 남해 영산과 주요지정문화재와 자연풍광의 수려한 관광 남해의 아름다운 명소와 문화유적의 역사 발자취는 선대에서 후대로, 문화의 참모습을 당시에서 오늘에 이르기까지 문화유산을 계승 발전시켜 후손들에게 어떻게 물려주어야 할 것인가를 생각하여 볼 수 있는 계기가 되었으면 하고 바라는 마음이다.

남해에는 선열을 모시는 5대 사당이 있다. 난곡사, 무민사, 운곡사, 율곡사, 녹동사에서 연이어 제례를 봉행하고 있다.

우리의 삶의 역사 속에서 뿌리 깊게 내려오는 유학의 전통 사상은 우리 자신의 정체성을 확립하는 일이다. 선대에 유명한 인물을 찾아보고 정통성을 확립하는 일환으로 지방유림을 모시며 배양(拜襄)하는 곳이나 문화유적 및 발자취를 찾아 정리해 본다.


### 남해향교(南海鄕校)

남해향교는 남해읍 북변리에 있으며, 경상남도 유형문화재 제222호이다. 1450년(세종 32년, 문종 원년)에 봉황산 아래에다 당시 남해 현령을 지낸 하신(河神)이 현유(賢儒)의 위패를 봉안·배향하고 지방민을 교육하기 위하여 설립하였다. 현령이 있는 관청과 가까운 봉강산 아래에 대성전과 명륜당(明倫堂)이 앞뒤로 나란히 자리잡고 있었는데, 임진왜란 때 모두 불타 없어졌다.

그 후 1669년(현종 10) 2월에 대성전을 수리하고, 1678년(숙종 4) 4월에 명륜당을 중수하였다. 그 후 1892년(고종 29) 4월에 대성전과 동, 서무를 북변동 594번지에서 현 위치로 이전하였고, 1917년 4월에 명륜당과 부속 건물을 모두 옮겨 왔으며, 1982년에는 홍살문을 건립하였다.

이 향교는 대성전과 동무, 서무, 명륜당과 동재(東齋), 서재(西齋), 외삼문, 내삼문, 도덕동산으로 이루어져 있다. 대성전에는 공자를 비롯한 중국의 오성(五星), 송조 6현(宋朝六賢), 최치원을 비롯한 한국 18현(十八賢)의 위패가 봉안되어 있다.

## 무민사(武愍祠)

무민사는 미조면 미조마을에 있는 최영(崔瑩 : 1316~1388) 장군의 시호인 무민공의 이름을 딴 사당으로 조선 중기에 지어 영정을 모시는 곳이다. 최영 장군은 고려 말의 충신으로 '황금을 돌같이 하라' 는 금언을 남긴 청백리로서 조선을 건국한 이성계와 쌍벽을 이루며 왜구를 토벌하고 나라와 백성을 구한 영웅이었다.

조선 중엽 미조진항을 지키는 첨사의 꿈에 나이 많은 노인이 나타나 최영 장군의 영정과 칼을 전해 받고 바닷가에 나가 나무로 된 궤짝을 발견하여 첨사는 짚으로 싸서 모셔 놓았는데 갑자기 불이 나자 영정이 하늘로 날아 올랐다. 앉은 자리에 사당을 짓고 무민사라 하였다.

장군께서 끝까지 나라사랑으로 목숨을 바쳐 애국 애족한 뜻을 높이 받들어 기리기 위해 봄 가을 두 차례 제례를 올린다.

최영 장군은 1358년에 양광전라도 왜구체복사가 되어 서해안과 남해안에 침입하는 왜구들을 격파하는 데 큰 전과를 올린 명장이다. 1380년에는 해수도통사가 되어 삼남지방을 순찰, 왜구의 침입을 막기도 했다. 1388년에는 지금의 총리인 문하시중이 되었다.

최영 장군은 문화시중이 되어 자신과 고려왕조의 운명을 결정한 요동정벌 계획을 세우게 된다. 그는 왕과 비밀리에 의논하여 원나라를 도와 요동을 정벌하기로 결정했다.

최영 팔도도통사, 이성계 우군도통사, 조민수 좌군도통사, 이렇게 구성된 요동정벌군 3만으로 원정을 떠났다.

고려 말의 혼란을 극복하고 새 왕조를 건설할 야심에 차있던 이성계는 위화도에서 역사적인 회군을 하여 우왕을 폐위시키고 창왕을 세웠다가 다시 공양왕을 왕위에 앉혔다. 그리고 1392년 7월 공양왕을 폐하고 왕위에 올랐다.

최영 장군도 이성계의 손에 의해 파란만장한 생을 마쳤다. 최영 장군은 고려 우왕 때 남해군 평산포 수군 진영(만호가 주둔하던 곳. 지금의 해군기지)을 순시한 뒤 미조항에 들러 수군들을 격려한 사실이 기록으로 남아 있다.

## 운곡사(雲谷祠)

운곡사(雲谷祠)는 남해군 서면 중현리에 소재한 경상남도 문화재 제41호이다. 정희보(鄭希輔 : 1488~1547) 선생을 모신 사당으로 철종 4년(1853)에 창건하였고, 흥선대원군(興宣大院君)의 서원 철폐령으로 일시 철거되었다가 1874년(고종 11)에 남해군과 인근 사림(士林)이 중건(重建)하였다.

본당은 정면 3칸, 측면 3칸 팔각지붕으로 내삼문(內三門), 외삼문(外三門)이 있고, 돌담을 갖추고 있다. 음력 3월 15일 제례를 올린다. 정희보는 성종 19년 진양정씨 정효충(鄭孝忠)의 둘째 아들로 남해 초양리에서 출생하였다. 형 정희철(鄭希哲)은 자암 김구와 교유가 있었다는 설도 있다. 그는 삼남(三南)의 대학자(大學者)로서 남해군 이동면 초양리(草陽里)에서 태어났다.

정주학(程朱學) 전수를 위해 17살에 진주시 수곡면 당곡(唐谷)으로 이거(移居)하였다. 조정에서 관직에 나아갈 것을 종용하였으나 강경하게 거절하고 후진 양성에 힘을 기울였다. 이곳 운곡사는 1930년대까지만 하여도 온종일 시 읊는 소리, 글 읽는 소리가 끊이지 않았다고 나이든 부락민은 그 때를 회고한다.

중현마을은 550년 전 진양정씨가 처음으로 들어와 마을을 만들고 살면서 1945년경에 중현마을이라 이름이 붙여졌다.

당곡 정희보 선생은 덕이 깊으시고 학문이 높으신 당대의 사표(師表)였다. 정주학을 개척한 대선각자로서 후학을 키우며 일생을 사신 분으로 노옥계, 이청훈, 오덕계 같은 저명한 대학자를 제자로 두었다.


## 율곡사(栗谷祠)

율곡사는 남해군 남면 당항리 1473-1번지에 있는 경상남도 문화재 자료 제44호이다. 안에는 조선조의 대유학자며 정치가인 율곡 이이*(李珥 : 1536~1584)의 위패를 모신 사당이다. 그곳에는 율곡사(栗谷祠)와 남면(南面) 향약계(鄕約契)가 있다.

---

＊―이이(李珥 : 1536~1584) : 조선 중기의 학자 · 정치가. 본관 덕수(德水), 자 숙헌(叔獻), 호 율곡(栗谷) · 석담(石潭), 시호 문성(文成), 강원도 강릉 출생이다. 사헌부 감찰을 지낸 원수(元秀)의 아들이며, 어머니는 사임당 신씨이다.

1548년(명종 3) 진사시에 합격하고, 19세에 금강산에 들어가 불교를 공부하다가 다음해 하산하여 성리학에 전념하였다. 22세에 성주목사 노경린(盧慶麟)의 딸과 혼인하고, 다음해 예안의 도산(陶山)으로 이황(李滉)을 방문하였다. 그해 별시에서 〈천도책(天道策)〉을 지어 장원하고, 이 때부터 29세에 응시한 문과 전시(殿試)에 이르기까지 아홉 차례의 과거에 모두 장원하여 '구도장원공(九度壯元公)'이라 일컬어졌다. 29세 때 임명된 호조좌랑을 시작으로 관직에 진출, 예조 · 이조의 좌랑 등의 육조 낭관직, 사간원정언 · 사헌부지평 등의 대간직, 홍문관교리 · 부제학 등의 옥당직, 승정원우부승지 등의 승지직 등을 역임하여 중앙관서의 청요직을 두루 거쳤다. 아울러 청주목사와 황해도관찰사를 맡아서 지방의 외직에 대한 경험까지 쌓는 동안 자연스럽게 일선 정치에 대한 폭넓은 경험을 하였고, 이러한 정치적 식견과 왕의 두터운 신임을 바탕으로 40세 무렵 정국을 주도하는 인물로 부상하였다. 그동안 〈동호문답(東湖問答)〉, 〈성학집요(聖學輯要)〉 등을 지어 국정 전반에 관한 개혁안을 왕에게 제시하였고, 성혼과 '이기 사단칠정 인심도심설(理氣四端七情人心道心說)'에 대해 논쟁하기도 하였다. 1576년(선조 9) 무렵 동인과 서인의 대립 갈등이 심화되면서 그의 중재 노력이 수포로 돌아가고, 더구나 건의한 개혁안이 선조 백성의 존경을 받는 사람은 세월이 흘러도 잊혀지지 않는다.

향약은 착하고 선한 것을 권장하고 나쁜 짓을 하면 벌하고 징계하는 제도로 풍속을 바르게 하며 기강을 세워 효율적으로 행정을 추진하려는 목적으로 설립된 조선조의 지방자치제도라 할 수 있다.

중종 12년(1517) 3월에 김안국이 경상도 관찰사로 있으면서 향리 단위로 여씨향약을 보급하면서 시작됐다. 유일하게 남면에만 남아있는 남전여씨향약(藍田呂氏鄕約)을 기본 이념으로 면행정의 의결 명령기관이면서, 효열표창은 물론 불효하고 친목을 파괴하는 자는 곤장으로 다스리는 등 향리의 풍기와 후손을 가르치는 교육기능까지 담당했다.

정조 8년(1784) 계장, 총무, 재무를 둔 것이 오늘에까지 이르고 있다. 매년 3월과 9월중 15일에 율곡사에서 지금도 계회를 한다. 율곡사는 조선시대부터 현령으로부터 하달 받은 절목(향약계에서 지켜야 할 사항) 11통과 오래된 문헌 등이 있어 향약연구에 귀중한 자료가 되고 있다.

---

에 의해 받아들여지지 않자 벼슬을 그만두고 파주 율곡리로 낙향하였다. 이후 한동안 관직에 부임하지 않고 본가가 있는 파주의 율곡과 처가가 있는 해주의 석담(石潭)을 오가며 교육과 교화 사업에 종사하였는데, 그동안 《격몽요결(擊蒙要訣)》을 저술하고 해주에 은병정사(隱屛精舍)를 건립하여 제자교육에 힘썼으며 향약과 사창법(社倉法)을 시행하기도 하였다.
그러나 당시 산적한 현안을 그대로 좌시할 수 없어, 45세 때 대사간의 임명을 받아들여 복관하였다. 이후 호조·이조·형조·병조판서 등 전보다 한층 비중 있는 직책을 맡으며, 평소 주장한 개혁안의 실시와 동인·서인 간의 갈등 해소에 적극적 노력을 기울였다.
이 무렵 기자실기(箕子實記)와 경연일기(經筵日記)를 완성하였으며 왕에게 '시무육조(時務六條)'를 지어 바치는 한편 경연에서 '십만양병설'을 주장하였다. 그러나 이런 활발한 노력에도 불구하고 선조가 이이의 개혁안에 대해 계속 미온적인 태도를 취함에 따라 그가 주장한 개혁안은 별다른 성과를 거둘 수 없었으며, 동인·서인 간의 대립이 더욱 격화되면서 그도 점차 중립적인 입장을 유지할 수 없게 되었다. 그 때까지 중립적인 입장을 지키려고 노력한 그가 동인측에 의해 서인으로 지목되는 결과를 가져오고, 이어서 동인이 장악한 삼사(三司)의 강력한 탄핵이 뒤따르자 48세 때 관직을 버리고 율곡으로 돌아왔으며, 다음해 서울의 대사동(大寺洞) 집에서 죽었다. 파주의 자운산 선영에 안장되고 문묘에 종향되었으며, 파주의 자운서원(紫雲書院)과 강릉의 송담서원(松潭書院) 등 전국 20여 개 서원에 배향되었다.

이이(李珥 : 1536~1584)의 어머니는 신사임당(申師任堂 : 1504~1551)으로 조선 중기의 여류 서화가, 문학가이다. 신사임당의 주요작품은 〈자리도〉〈산수도〉〈초충도〉 등이 있다.

율곡이 남긴 말로,

"사람은 한 번 일을 시작하면 끝까지 정성을 다하라. 맡은 일에 정성을 다하면 부지런하고 성실한 사람이 될 수 있다. 그러나 하는 일에 정성을 다하지 못하면 그 일을 제대로 끝낼 수 없다"가 유명하다.

## 녹동사(鹿洞祠)

녹동사는 남해군 고현면 대사리 방월 1041번지 녹두산(451m) 기슭인 방월 우회도로 마을 윗쪽에 위치하고 있다. 1878년에 창건했으며 이곳에서 태어나 살았던 선현 삼위(三位)의 위패를 봉안하고 그들의 얼을 기리고 있는 녹동정사이다.

사당은 목조와가(木造瓦家)이고 녹동청계에서 관리하고 있다. 선현 삼위로는 김창성(金昌聲), 자(字)는 덕수(德洙)요, 호(號)는 석계(石溪)이다. 또 한 분은 김유용(金裕鏞), 자는 영환(永煥)이요, 호는 회산(晦山)이다. 다른 한 분은 하한위(河漢緯), 자는 형서(亨瑞)요, 호는 몽와(蒙窩)이다. 녹동사는 소박함과 엄숙함을 풍기고 있으며, 지방 향토 유학자들의 얼을 후세에 전하고 있다.

이분들은 고향을 사랑하고 후학을 양성하며 유교를 선위하여 남해 발전과 고향 사람으로부터 크게 추앙을 받았다. 이 마을은 지금도 삼베를 짜면서 옛스러움과 소박함을 전하며 살고 있다.

김창성(金昌聲 : 1867~1907) 선생은 1867년 12월 10일에 탑동에서 출

생하셨고, 본관은 경주(慶州)다. 그는 8살 때부터 예의범절이 남보다 뛰어나 어른과 같았으며, 배움이 지극하여 매사에 열성적이었고, 시율도 탁월하여 재주를 보였다. 평상시 말씀을 미루면, 속된 것은 언급하지 않으시며, 언제나 지극한 덕과 행실로 칭찬하였고, 또 내조의 공도 중요하게 여기며 예와 공경을 스스로 지키고 지극하게 하였다.

어떤 사람이 생선을 선물하였는데 선생은 그것을 알아차리고 말하기를, "선물이란 함부로 받아서는 안 되는 것이여! 또, 아무리 작은 물건이라도 선물로 보내는 것은 나의 입이나 배에 넣어주는 것이 아니요, 반드시 어떤 의미가 있는 것이니 받아 먹으면 마음이 편치 않느니라"고 하였다. 그는 젊어서 많은 일을 남기고 1907년 5월 24일 세상을 하직하였다. 석계(石溪) 선생 묘지는 향리 대사리 녹동사 건너 양지바른 산 밑에 있다.


김유용(金裕鏞 : 1869~1953) 선생은 1869년 9월 30일에 출생하셨으며, 탑동 분으로 경주김씨(慶州金氏)다. 어릴 적부터 정숙하고 총명하여 옳고 그름을 논하며 사람의 착함과 그렇지 못함을 분별하심에 진실로 식견이 높았다고 한다. 항상 말이나 행실에 법도가 있고, 자세히 가르치는 엄숙한 모습이 있었다.

그는 평생을 마을 훈장으로 있으면서 후학을 가르쳤다. 끊임없이 순리대로 세파에 살면서 물처럼 깨끗하게 기쁜 얼굴로, 일생을 죽마고우로 지낸 몽와 하한위 선생은 진정한 벗이었다. 그들은 모두 2살 터울로 애틋한 우정을 나누었고 1953년 1월 20일 별세하였다. 회산(晦山)의 묘지는 대사리 녹두산 기슭에 있다.

하한위(河漢緯 : 1871~1950) 선생은 1871년 3월 28일 천동마을에서 태어나셨다. 그는 한학을 했던 분으로 많은 후진을 양성하신 분이다. 그의 행실과 아름다운 덕성은 모든 사람에게 편안하게 즐거움을 주었고, 친구간에도 항시 공경하는 자세로 응대하지 않았고 사치스러움이 없었다. 실제로 가난하고 어려운 분들의 아픔과 한을 덜어주고 위로해 준 사람이다. 그는 1950년 12월 27일 돌아가셨고 몽와(蒙窩)의 묘지는 향리 녹두산 동산에 있다.

특히 녹동사는 1922년 후학들이 녹동정계를 조직하여 1978년에 창건해 매년 음력 3월 18일에 제례를 봉향하고 있다.

## 난곡사(蘭谷祠)

난곡사는 남해군 이동면 난음리 910번지에 있다.

백이정(白頤正 : 1247~1323) 선생을 모시는 사당으로 경상남도 문화재자료 제237호이다. 본당은 앞면 3칸·옆면 1칸 규모이며, 지붕은 옆에서 볼 때 여덟팔(八)자 모양인 팔작지붕을 하고 있으며 내부 정면에 선생의 위패를 모시고 있다.

이 외에 근래에 세운 외삼문과 경내의 도동재 및 내삼문이 있다. 해마다 음력 3월 10일이면 이 고장의 유림들이 선생의 위패를 모시고 제례를 지내고 있다

고려 후기 뛰어난 유학자였던 백이정은 고려 충렬왕 24년(1298)에 왕을 모시고 중국에 가 10년간 성리학을 연구하고 돌아와 이 땅에 성리학을 제대로 전파한 인물이다. 이제현, 박충좌 등의 제자를 두었으며, 스승의 학문을 이색, 정몽주(鄭夢周 : 1337~1392, 문신학자)에게 전했다. 스승의 학문을 세상에 전한 공으로 두 분은 스승과 더불어 이곳에

배양되었다. 그는 상의회의도감사(商議會議都監事)를 거쳐 상당부원군
(上黨府院君)에 봉해졌다. 백이정은 고려 고종 34년(1247)에 태어나서
충숙왕 10년(1323)에 세상을 떴다.

　고려 말 충선왕이 원나라에 오래 머무르게 되자 세자를 따르는 무
리들이 세자를 왕위에 앉히려고 하였다. 충선왕은 세자와 그 무리들
을 죽여 버렸다. 그리고 나서 왕위를 둘째 아들 충숙왕에게 물려주고
동시에 조카 왕고를 세자로 세웠다. 조카를 세자로 세운 것은 충숙왕
을 감시하기 위함이었다.

　충선왕 자신이 아비를 쫓아내었던 임금이다 보니 그 자신 자식을
믿지 못한 탓이었다. 그리하여 고려에서는 충숙왕*(忠肅王 : 1294~1339,
고려 27대 왕, 충선왕 둘째 아들)파와 충선왕*(忠善王 : 충렬왕 아들)이 미는 왕

---

* ─충숙왕(忠肅王 : 1294~1339) : 고려 제27대 왕이다. 1313년 왕위에 올랐으나 심양왕 고(暠)가
왕위를 노리고 그를 헐뜯어 5년간 연경에 체류해야 했다. 1325년 귀국하였으나 눈과 귀가 멀어
정사를 못 돌본다는 조적 일당의 거짓 고발 때문에 정사에 더 염증을 느껴 1330년 태자 정에게
왕위를 넘기고 원나라에 갔다. 충혜왕이 폐위되자 1332년 복위하였으나 정사는 잘 돌보지 않았
다. 초명 도(燾), 휘 만(卍), 자 의효(宜孝), 시호 의효(懿孝), 충선왕의 둘째아들, 어머니는 몽골
출생의 의비(懿妃). 비는 원나라 영왕(營王)의 딸 복국공주(濮國公主), 홍규(洪奎)의 딸 명덕태
후(明德太后), 원나라 위왕(魏王)의 딸 조국장공주(曹國長公主) 및 바이앤후두[伯顔忽頭]의 딸
경화공주(慶華公主). 1299년(충렬왕 25) 강릉군(江陵君)에 봉해졌고, 선왕을 따라 원나라에 갔
다가 1313년 왕위를 물려받고 돌아와서 즉위하였다.
즉위 후 정치를 소홀히 하여 혼란이 오자 이 기회를 틈타 심양왕(瀋陽王) 고(暠)가 왕위 찬탈을
꾀하여 원나라에 무고, 1321년 연경(燕京)에 들어가 돌아오지 못하고 5년간 체류하였다. 1325년
에 귀국, 이듬해 심양왕에게 선위할 계획을 세웠으나 한종유(韓宗愈) 등 충신들의 반대로 취소
했다. 그 후 눈 · 귀가 멀어 정사를 못 돌본다는 조적(曺頔) 일당의 무고를 받고 정사에 더욱 염
증을 느껴, 1330년 태자 정(禎 : 忠惠王)에게 선위하고 원나라에 갔다.
그러나 아들 충혜왕을 황음무도(荒淫無道)하다는 이유로 원나라가 폐위하자 1332년에 자신이
복위, 그 뒤 원나라의 무리한 세공(歲貢)을 삭감하고, 공녀(貢女) · 환자(宦者)의 선발 등을 중지
하도록 청원한 사실 등 업적을 세웠으나, 여전히 연락(宴樂)과 사냥에 몰두하여 정사를 돌보지
않았다. 글씨를 잘 써 예서(隷書)에 능했다. 능은 의릉(毅陵 : 開城)이다.
* ─충선왕(忠善王 : 1275~1325) : 고려 제26대 왕이다. 재위 1308~1313. 1298년 왕위에 오르자
정방을 폐지 등 관제를 혁신하고 권신들의 토지를 몰수하였으며 원나라에 대해서도 자주적인
태도를 취했다. 그러나 7개월 만에 폐위되었다가 1308년 충렬왕이 죽자 다시 왕위에 올랐다. 정

고파로 두 개의 파당이 만들어졌다.

두 파당은 왕권을 위하여 무려 10년 동안에 걸쳐 권력투쟁을 벌렸다가 많은 대신들이 죽거나 귀양갔다. 백이정도 이러한 아귀다툼에서 귀양 온 것으로 여겨진다. 난포는 신라시대에는 산군, 난포현이었고, 지금은 난음이다.

개경으로부터 2천리 길, 유배 2천리면 중죄인이 아닐런지! 아니면

---

치에 싫증을 느껴 원나라로 가 전지(傳旨)로써 국정을 처리하였으나 그 와중에도 각염법을 제정하여 사원과 권문세가의 소금 독점에 의한 폭리를 막았다. 초명은 원(謜)이고, 휘는 장(璋)이요, 자는 중앙(仲昻)이다. 충렬왕의 아들이다. 어머니는 원나라 세조(世祖, 忽必烈)의 딸 제국대장공주(齊國大長公主). 비는 원나라 진왕(晉王) 감마라(甘麻剌)의 딸 계국대장공주(蓟國大長公主), 조인규(趙仁規)의 딸 조비(趙妃), 서원후(西原侯) 영(瑛)의 딸 정비(精妃), 홍규(洪奎)의 딸 순화원비(順和院妃) 등이었다. 1277년(충렬왕 3) 세자에 책봉되었으며, 1291년(충렬왕 17) 원나라로부터 특진상주국 고려국왕세자(特進上柱國高麗國王世子)의 호(號)를 받았다. 1297년(충렬왕 23) 충렬왕의 총애를 빙자, 횡포가 심하던 궁인 무비(無比)와 환관(宦官) 도성기(陶成器)·최세연(崔世延) 등 40여 명을 죽여 궁중의 기강확립을 기도했다. 이 때 충렬왕은 정치에 흥미를 잃고 있었으므로, 무비 등을 죽인 사건을 계기로 1298년 충선왕이 왕위에 올랐다. 그는 즉위하자 정방(政房)을 폐하는 등 관제를 혁신하고, 권신이 소유한 광대한 토지를 몰수하여 백성들에게 나누어 주었으며, 군제(軍制)·세제(稅制)를 정비하고 원나라에 대해서도 자주적인 태도를 취하였다. 그러나 계국대장공주와의 불화로 원나라와의 사이가 원만치 못하였고, 곧 이어 원나라 사신에게 국새(國璽)를 빼앗기는 사태가 벌어져 선위 7개월 만에 왕위는 다시 충렬왕에게로 돌아갔다. 충선왕은 원나라에 소환되었는데, 이 때 간신 왕유소(王維紹) 등이 충선왕을 아주 폐하고, 그 대신 서흥후(瑞興侯) 전(琠)을 그 후사(後嗣)로 삼으려는 공작을 했다.
1305년(충렬왕 31) 원나라의 성종(成宗)이 죽고, 그 후 황위(皇位) 쟁탈전이 일어났는데, 충선왕은 승자가 된 무종(武宗)을 도왔으므로 그 세력의 힘으로 왕유소 일당과 서흥후 등을 제거하였다. 1308년 심양왕(瀋陽王)에 봉해졌고, 같은 해에 충렬왕이 죽자, 귀국하여 다시 왕위에 올랐다. 복위 후 기강의 확립, 조세의 공평, 인재 등용과 공신자제(功臣子弟)의 중용, 농·잠업의 장려, 동성결혼의 금지, 귀족의 횡포 억제 등 과단성 있는 혁신정치를 단행하였다.
그러나 그는 곧 정치에 싫증을 느껴, 제안대군(齊安大君) 숙(淑)에게 정치를 대행하게 하고 원나라로 가 전지(傳旨)로써 국정을 처리하였다. 그러면서도 그는 각염법을 제정하여 소금의 전매를 단행하여, 그때까지 사원(寺院)과 권문세가(權門勢家)에서 소금을 독점하여 폭리를 취하는 것을 막았다. 1313년(충선왕 5) 아들 강릉대군(江陵大君, 충숙왕)에게 전위하고 계속해서 연경(燕京)에 머물러 만권당(萬卷堂)을 지은 뒤 내외의 고금서적을 수집하였으며, 이제현(李齊賢 : 고려인)·조맹부(趙孟頫 : 원나라 사람) 등 대학자를 초빙하여 고전 연구에 몰두하였다.
1320년(충숙왕 7) 원나라의 환관 임파이엔토그스[任伯顔禿古思]와 틈이 생겨 그의 참소로 토번(吐蕃)에 귀양갔다가 이제현 등의 간절한 소청으로 3년 만에 풀려나 돌아왔다.
1325년(충숙왕 12) 5월에 원나라에서 죽었다. 그림을 잘 그렸으며, 능은 덕릉(德陵 : 開城)이다.

은둔하여 세상을 등지고 싶었을 것이다. 자식이 아비를 내쫓고 아비가 자식을 내치는 더러운 세상에 그는 미련 없이 세상을 등지고 싶었을런지?

백이정은 남해를 본관으로 하였으며 남해인이라 하였다. 이는 족보에도 기록되었고, 비문에도 쓰여 있다. 난곡사 상량문에 적혀 있는 글이다. 백이정 노인은 난포에서 보냈고, 난포에서 돌아가셨다. 또한 남해 입문 백씨가 되었고, 그저 남해 섬에서 살다가 가신 분이다.

백이정 정승의 묘는 남해읍에서 서쪽 방향 20분 거리에 있는 남면 평산마을 망기산 동쪽 계곡인 우지막골 산골짜기에 있다.


## 이재 백이정의 묘

이재(彝齋) 백이정*(白頤正 : 1247~1323)의 묘는 남해군 남면 평산리 54의 1 필지에 있으며, 경상남도 기념물 제155호이다. 고려 후기의 유학

---

* ―백이정(白頤正 : 1247~1323) : 고려 충선왕 때의 유학자. 본관은 남포(藍浦)이다. 자는 약헌(若軒)이요, 호는 이재(彝齋)이다. 보문각학사(寶文閣學士) 문절(文節)의 아들이며 안향(安珦)의 문인이다. 1275년(충렬왕 1) 문과에 급제, 충선왕 때 첨의평리(僉議評理)로 상의회의도감사(商議會議都監事)를 겸하였고 뒤에 상당군(上黨君)에 봉해졌다.

1298년 원(元)이 사신을 보내어 세자를 왕으로 삼고, 8월에 왕을 불러가자 충선왕을 따라 원의 연경(燕京)에서 10년간 머물러 있었는데, 그동안 주로 성리학에 깊은 관심을 기울여 연구하였고, 귀국할 때 정주(程朱)의 성리서적과 주자의 가례(家禮)를 가지고 돌아왔다.

그 뒤 후진양성에 힘써서, 이제현(李齊賢) · 박충좌(朴忠佐) · 이곡(李穀) · 이인복(李仁復) · 백문보(白文寶) 등 많은 문인을 배출하였으며, 도학과 예학을 발전시키는 데 크게 공헌하였다. 우리나라에 처음으로 성리학을 들여온 사람은 안향이지만 성리학을 본격적으로 연구하고 그 체계를 파악하여 크게 일가를 이룬 이는 백이정이라 할 수 있다. 안향과 백이정의 학통은 이제현에게 전승되었고, 이제현은 이색(李穡)에게, 이색은 권근(權近)과 변계량(卞季良)으로 이어졌다. 선조 때 김제남(金悌男) · 최기남(崔起南) 등이 송경(宋京)에 서원을 세워 안향 · 권부(權溥)와 함께 배향하기로 경기사림(京畿士林)과 논의하다가 임진왜란으로 인하여 뜻을 이루지 못하였지만 남포의 신안원(新安院), 충주의 도통사(道統祠), 진주의 도통사(道通祠), 남해의 난곡사(蘭谷祠)에서 향사하고 있다. 시호는 문헌(文憲)이다. 묘소는 충청남도 보령군 웅천면 평리 양각산(羊角山)에 있으며, 신도비 등이 남아 있다. 유고로는 〈연거시(燕居詩)〉 · 〈영당요(詠唐堯)〉 · 〈한벽루(寒碧樓)〉 · 〈여홍애집구(與洪厓集句)〉 등의 시구가 전해지고 있다.

자인 이재 백이정 선생의 묘소이다.

경상남도 남해군 남면 평산리 망기산의 우지막골은 수백년간 '백정승의 묘'라고 전해 내려오는 곳이다. 봉분 주위에는 평평한 긴 바위로 담장이 둘러져 있고 바닥에는 자연석을 깔았다. 묘지 주위에는 소나무가 우거져 있고 산사태를 방지하기 위해 계단식으로 쌓은 석축이 있다.

봉분을 쌓아 올린 돌이나 주변 담장을 쌓은 수법이 고려시대의 성곽 축조법과 비슷해 그 시대의 기법을 파악하는 데 중요한 자료가 되고 있다. 충청남도 보령시 웅천면 성동리에도 백이정의 것이라 전해지는 묘와 신도비(왕이나 고관 등의 평생 업적을 기리기 위해 무덤 근처 길가에 세우던 비)가 있다.

## 봉천사(鳳川祠)

봉천사(鳳川祠)는 남해읍 북변동 동쪽의 죽산리에 있다. 마을 아래쪽으로 개천이 있어 이를 봉천(鳳川)이라 부른다. 봉천사는 궁정(弓亭) 건너편 낮은 언덕바지에 묘정비(廟庭碑)만 황량하게 남아있다.

숙종조의 사대신의 한 사람인 이이명을 모시던 곳으로 봉천사는 정조 24년(1800) 경신년에 남해유학도(南海幼學導)와 진양 향사(鄕士)들이 뜻을 모아 향사를 짓고, 서울에서 영정을 모셔다가 봉안하였다는 사실에 비추어 명약관화(明若觀火)한 일이라 하겠다.

이 서원이 없어지고 묘정비마저 봉천 상류에서 현재의 지점으로 옮겨진 것은 역시 대원군의 향사 서원(書院) 철폐령이 그 원인이라 하겠다. 이이명은 1692년 장인이 귀양살이를 하고 있는 남해에 이배되어 2년간에 걸쳐 귀양살이를 하면서 그는 사당을 열어 향사는 물론 인근 고을 선비들에게까지 학문을 가르쳤다. 1694년 갑술옥사(甲戌獄事)로 남인이 실각되자 사면된 이이명은 형조, 예조참판을 거쳐 대사헌부 판의금부사(判義禁府事) 벼슬을 역임하고, 1720년 숙종이 승하하자 부고사로 청나라에 파견되어 북경에 머무르며 독일 신부(神父) 괴글리와 포르투갈 신부 사우레스 등과 교유를 하여 천주교 천문학 역산법(歷算法)에 관한 책을 구해 귀국하여 전수하기도 하였다.

그러나 이해 노론의 사대신(四大臣)의 한 사람으로 세제 영조(英祖)의 대리청정(代理聽政)을 주청하여 그 실현을 보았으나 소론(小論)측 최석정(崔錫鼎), 조태억(趙泰億) 등의 반대 탄핵으로 그 결정은 철회되고 관직을 박탈 당해 남해로 두 번째 유배되었다. 그는 다시 남해로 오자 낡은 옛집을 손질하여 다시 학문을 가르치기 시작했는데, 구름같이 모여드는 제자는 물론 장사치들과 바닷가의 떠돌이 불량배까지 모아서 올바르게 이끌어 가르치며, 충신효제(忠信孝悌)를 가르쳤다.

서당의 이름은 습감(習坎 : 배우는 움집)이라 불렀다. 그는 절의(節義)를 위해 항시 믿음으로써 주위 사람을 대함이 군자의 길임에 반해 몸을 던져 충성을 다함이 충신의 길이라 가르치는 데 여념이 없었으나 소론파(小論派) 목호룡(睦虎龍)이 "이이명이 이천기(李天紀) 등에 의해 왕으로 추대되어 역모(逆謀)를 꾸미고 있다"는 모함으로 즉시 소환되어 1722년 4월에 어처구니없게도 사약(賜藥)을 받았다.

남해 선비들은 공이 살아 있을 때는 떳떳이 스승으로 모셨고 공이 죽음을 당하게 되자 마치 친 어버이를 잃은 듯이 슬퍼들 하였다. 공을 공경하고 숭앙하는 마음이 얼마나 두텁고 변함없는 것이었는가를 가히 짐작할 수 있을 터라 하겠다.

이곳 선비들은 공의 은덕과 추념을 잊지 못했던 것이다. 남해는 이

이명이 사거한 뒤 정조(正祖) 24년(1800)에 남해읍 봉천 상류에 봉천사를 짓고 유허묘정비(遺墟廟庭碑)를 세워 그 덕을 추앙해 왔으나 지금 그 봉천사는 없어지고 묘정비만 북평동 궁전 건너편 밭 기슭에 옮겨져 쓸쓸하게 남아있다.

봉천사는 현(縣)의 1리에 있다. 남해현은 해도 가운데 있는 바 현의 동쪽에 죽산리가 있고 그 아래쪽에 냇물이 흐르고 있으니 이를 봉천사라 하느니라. 좌의정 충무공(忠武公) 호가 소재(蔬齋)인 이선생의 영정을 받들어 모시고 있는 곳이다. 그러면 어찌하여 이곳 선비들이 이 어른 소재공의 사당을 모시게 된 것일까?

공은 백강선생의 후손이라 선덕(先德)에 근원하여 유시부터 재기가 뛰어났는데 성장함에 점점 옛 성인들의 가르침을 계승하고 도의나 문장으로 당세에 탁연한 군자로 추앙되었다. 23세에 문과에 급제하고 29세에 중시(重試, 과거에 급제한 사람에게 다시 보게 하는 시험 여기 합격하면 정3품 당상관의 품계에 올려줌)를 거쳐, 30세에 통정계급에 오르고 39세에 가선대부, 44세에 정경(正卿, 정2품 이상의 벼슬)에 승진되고, 49세에는 정승에 올랐다.

경종때 신축년(1721)에 영의정 김충헌공 충익공 조태채와 종제 충민공 이건명과 함께 어전에서 연잉군(延礽君, 뒷날의 영조)의 왕세자 책봉을 주청하다가 남해에 위리안치되었다.

이듬해 체포되어 한강 나루에 이르러 후명(後命, 귀양살이하는 죄인에게 사약을 내려 죽게 함)을 받아 돌아가신 뒤 3년만에 복관되면서 시호를 받고 노량진의 4충신 사당에 봉안되었다.

공을 세칭 건저(建儲) 4대신의 한 분이라 한다.

공은 뜻을 세움에 있어 도를 호위하고 간사함을 다스림에 있어서도 자기 임무를 다하였다. 임금을 모실 때에는 지혜를 다하고 충성을 다함이 충신의 질이요 군자는 화친과 믿음을 위주로 사람들을 대하며 소인배들은 사람을 꺼리고 질투하는 법이다. 그러므로 자기를 알아주는 현군을 모시고 삼사를 위하여 자기 할 일을 다했다. 그러나 정유년 이후 하루도 마음 편할 날이 없었거늘 이윽고 가사하화에 말려들어 영해(寧海)로 5년 동안 귀양갔다가 남해로 이배되었다.

남해에서 일소재(一小齋)를 지어 전한의 관의가 장사에 귀양가서 지은 붕조부어(鵬鳥賦語)를 따와서 지감(止坎)이라 이름지었다.

다시 건저의 화가 일어나서 재차 남해로 유배되어 오자 공은 낡은 옛집을 수리하여 이름을 고쳐 습감(習坎)이라 불렀다.

그러나 얼마 못가서 공을 화를 입고 말았던 것이다.

공이 전후 4~5년 동안 효제충신의 도를 섬사람들에게 가르쳤다.

선비들은 공이 살아 계실 때에는 떳떳이 스승으로 모셨고 공이 죽음을 당하자 마치 친부를 잃은 듯이 슬퍼들 하였다. 백년을 두고 공이 남긴 덕택은 오래 오래 갈 것이며 공을 공경하고 사랑하는 마음은 시간이 지날수록 더욱 두텁고 변함없음을 짐작할 수 있는 것은 공의 위패를 모시고 향사(享祠), 추념함을 보아도 알 수 있다.

정조 때 경신년에 이곳 선비들은 진양군 선비들과 마음을 합쳐 공의 사당을 새로 지으니 습감재(習坎齋)가 있던 옛터에서 멀지않은 거리였다. 또 한편 불원천리 서울로 달려가서 노량진 사당의 영정을 본떠 모시고 돌아와서 조순(趙淳)에게 부탁, 비문을 마련하여 입석까지 하게 되었으니 이곳 선비들은 군자의 지성을 다한 것이다.

곰곰이 생각하건대 천지가 사람을 낳을 때는 그 성품이 충직한 것이었으나 이익만 추구하는 자는 그 천성이 교란되어 소인이 되고 마는 것이니 도를 위해 순사하는 자, 이 충성스런 군자의 마음은 하늘을 우러러 한 점 부끄러움이 없는 것이다.

신임사화를 당하여 조정이 불안할 때 왕께서 병중에 계시어 보위계승에 대한 문제를 둘러싸고 종묘사직의 위태로움이 구슬을 쌓아둔 것과 같은 때 흉당들은 거꾸로 법통을 무시하고 법통 아닌 사람을 왕으로 내세우려 하였다.

어찌 처음에는 사람의 마음이 없으리오마는 흉도들은 그 권세를 앞세워 흉계가 극에 달했다. 마침내는 충량(忠良)들을 말살하려 했으며 심지어는 오륜, 오상(五常 : 仁, 義, 禮, 智, 信)까지도 묵살하려 하였다.

이는 다름 아닌 자기 파당의 일시적 이익만을 위함이니 아 슬픈 일이다. 공은 다른 3대신과 더불어 이 몸이 죽는다 한들 원통할 것이 없고 가문이 망한다 해도 두려울 것이 없다 하여 오직 종묘사직에 대한 근심과 저사(儲嗣 : 왕세자, 여기서는 영조)의 호위를 위한 일 이외에는 일체 알려고 하지 않았다. 오직 사직을 편안케 하는 것만이 그의 즐거움이었다.

그러나 옛적에는 국가를 편안케 하려는 자는 왕왕 몸도 편안하고 가정의 부귀도 누리면서 아무런 재액 없이 무사히 지낼 일도 있었고 반드시 오형(五刑)을 받고 칠족이 멸사할 근심이 없으나 뒤에 능히 구오형(具五刑)과 잠칠족(湛七族)을 분별하였으니 어찌 공의 기뻐하는 마음이 미워하는 마음보다 심함이 있겠는가?

일신이 죽고 가문이 망할지라도 신념을 굽혀 하늘에 한 점 부끄러움을 남길 분이 아니다. 지난날의 흉도들의 계교대로라면 동궁의 자리가 보전되기 어려웠고 왕세자의 자리마저 보위되지 못하였을 것이고 많은 사람들의 원통함도 밝히지 못하였을 것이다.

공도 이를 명백하게 밝히지 못할 줄 알았으나 두려워하지 않은 것은 공의 의리분별이 바르고 밝은 까닭이다.

그러나 왕세자가 보위에 오르자 마침내 흉당은 패하고 백성의 원통함을 다 밝혀지고 국시가 정해지니 어찌 다른 3대신과 더불어 공이 지켜온 충성스런 공덕이 아니라고 할 수 있겠는가? 진실로 국가영장의 복은 하늘과 더불어 가이없으니 선인에게는 복을, 음탕한 사람에게는 화를 주는 법이니 참으로 하늘을 믿는지라 속이지 못하였다.

옛날 맹자께서는 '제일 맛있는 웅장(熊掌, 곰발바닥)보다 보배로운 의(義)를 취할 것'이라 하였고 공자께서는 '살신성인(殺身成仁)이 참된 인(仁)'이라 하였거늘 공은 군자로서 의도 취하고 인(仁)도 이루었으니 무슨 유감이 있으리오.

옛날 구래공(寇萊公, 송나라 진종 때의 명재상)은 소인배의 배척을 받아 뇌나라에 귀양가서 죽었지만 뇌나라에 공이 있었기로 뇌나라 사람들은 지금도 그의 제사를 모신다.

이 섬에서 공의 제사를 모시는 것은 또 한 사람의 래공(萊公)을 섬기듯이 마땅한 일이다. 공이 시운을 만난바가 또한 래공과 같은 바 건저 4대신 모두가 귀양가고 사약을 받은 것은 경종께서 병중에 계시어 조사를 충분히 받지 못한 탓이다.

하루는 대신들을 거느리고 어전회의를 하는 자리에서 갑자기 좌우에 물으시었다.

"항상 보니 백발상신이 경연 자리에 나오더니 지금은 어디 있을까? 제공들보다 머리도 허옇게 세었지."

하자 흉도들은 모두 목을 움츠리고 감히 고개조차 들지 못하고 대답도 못하였다. 이는 송나라 진종이 '내 오래도록 래공을 보지 못했다'

는 말과 서로 닮았다. 흉도들은 비록 자기들이 죽더라도 성스러운 시호까지 가질 생각으로 꾸며놓고 있었으나 흉도들에게 어찌 이 거짓 광영이 무슨 소용이 있었으랴. 천년 후에도 자기 분수를 헤아리지 못한 이 많은 무리들을 두고 보아야 하는 일이 참으로 슬픈 일이다.

영안부원군 김조순 지음<br>승정기원후 4<br>무자 5월　일 세움

## 남양사(南陽祠)

남양사는 남해군 삼동면 영지리 303번지 시문마을에 소재한 팔각 와가로 당홍계 문정공파의 사당이다. 시조는 당나라 태종이 고구려에 문화사절로 파견한 8학사중 한 사람으로 홍천하(洪天河)가 들어와 유학과 문화(文化)를 혁신시키고 공을 세워 문무왕(文武王 : 626~681, 태종무열왕의 맏아들. 신라 30대 왕) 때 당성(唐城 : 남양의 옛 지명) 백(伯)에 봉해졌고, 신문왕이 태자 태사(太子太師)로 추대했으며, 효소왕(孝昭王 : 643~702, 문무왕의 장남. 신라 32대 왕)은 당성후(唐成候)를 삼았다고 한다.

본관을 당성으로 하였으나 후에 남양으로 바뀌어 본관을 남양으로 하고 있다. 그 후 고려시대에 삼중대광태사인 홍은열(원래 이름은 유—儒)을 중시조로 1세 조상으로 하여 세계(世系)를 이어오고 있다. 조선조 남양홍씨는 모두 329명의 문과 급제를 냈다.

우리나라 249개 성씨 중 전주이씨는 884명, 안동권씨 359명, 윤씨 336명에 이어 4번째 순이며 전국에 40만 홍씨가 살며, 남양홍씨 16개 공파로 남양, 문정, 판중, 대언, 시중, 사랑, 상서, 김령, 익산, 당성, 회임, 사간, 중랑, 예사, 재신, 공파로 큰집 자손 순위로 되어 있다. 남해

입남조(入南祖)는 홍씨 23세손 홍중학(洪仲鶴)이다

중학은 덕산촌에서 조실부모하고 사로점철(仕路漸撤)하여 인조 25년(1648) 수장포에 입간하여 후학에 전념하였다.


홍락연(洪洛淵 : 1787~1876)은 정미년 1월 17일에 향촌에서 출생하였다. '남양홍씨(洪氏) 28세 손으로 조부 홍몽량(洪夢良 : 1730~1784)은 통훈대부(通訓大夫, 조선시대 문관의 정3품 당하관의 품계명)와 당상관*(堂上官)을 지낸 분이었다. 부친 홍우범(洪郞範 : 1760~1811)은 삼형제중 막내로 법도와 행실이 겸손하고 성품이 기만하며 학문에 통달하여 후인을 가르침이나 덕망으로 한 세상 명인으로 덕망이 높았다. 그리고 홍락연은 아들 두 형제 중 장남으로 태어났다. 그는 7남매 중 6남을 두었다.

소나무가 무성하고 산세가 뚜렷한 해안에 강진바다를 끼고 푸른 물결 은빛 물살이 번쩍이는 물빛과 같이 어려서 뛰어난 지혜로 기민하고 용맹하며 총명했다. 또, 그는 단정하면서도 기질과 도량이 준걸하고 민첩한 성품으로 심신을 단련하며 청운의 꿈을 키우고 자랐다.

맑은 물과 샘물은 태초의 모습으로 끝없이 흐르고 산록이 바다의 조망과 운치를 이룬 해안마을은 그가 일찍부터 문예에 숙성하고 학문이 높아 과거(科擧) 식년시(式年試)에 급제하여 영예롭게 현달하였으니 당대의 고귀함이 집안의 큰 명성이었다.

조정에서 여러 벼슬을 제수 받고 절충장군을 역임한 후 통정대부에 이르러 많은 사람의 추앙을 받았고, 홍대동 가문으로 빛을 냈다. 견식

---

* −당상관(堂上官) : 조선시대 관리 중에서 문신은 정3품 통정대부(通政大夫), 무신은 정3품 절충장군(折衝將軍) 이상의 품계를 가진 자. 넓게는 명선대부(明善大夫) 이상의 종친, 봉순대부(奉順大夫) 이상의 의빈(儀賓)을 포함.

의 고견함과 뜻과 행실이 탁월하여 가난하고 어려운 사람은 의롭게 위안해 드리며, 돌봐 드리기도 하였지만 대민을 조언하고 자애로 돌봤다.

"항상 절대로 일반 사람을 대하여 얼굴에 화내는 모습을 보이지 말라"고 하였다. 그는 그것을 훈(訓)으로 항상 가르쳤다.

平心豈可輕害人乎(평심개가경해인호)

故俟物議如何(고사물의여하)

正心誠意(정심성의)

固學與行之體也(고학여행지체야)

開物成務(개물성무)

非學與行之用乎(비학여행지용호)

學者三等(학자삼등)

有義理之學(유의리지학)

有經濟之學(유경제지학)

有詞章之學(유사장지학)


要之三者(요지삼자)

舍一不足以言學(사일부족이언학)

而義理非其本乎(이의리비가본호)

明貴人賤物(명귀인천물)

明父慈子孝(명부자자효)

明夫婦和順(명부부화순)

明兄弟長幼(명형제장유)

明朋友之交(명붕우지교)

明立志修身(명립지수신)


마음을 평정하라

가벼이 사람을 해치지 말라

공론을 기다려라

정심과 성의가

학과 행의 체이며

만물의 뜻을 열어 천하의 사물을 성취하는 것

학과 행의 쓰임이다

학문에는 의리에 대한 학문

경제에 대한 학문

(시가와) 문장에 대한 학문 삼등이 있다

요컨대 삼자 중에서

그 어느 하나라도 결여하면 학문이라고 할 수 없는 것이로되

역시 의리가 그 근본이 되는 것이 아니겠는가

사람이 귀함과 물건의 천함을 밝혀라.

부모에게 존경과 섬김을 다할 것을 밝혀라.

부부간에는 화순함이 있어야 할 것을 밝혀라.

형제간에는 어른과 어린이의 질서가 있어야 함을 밝혀라.

친구간에 사귐에는 신의가 있어야 함을 밝혀라.

뜻을 세워 몸을 닦을 것을 밝혀라.


특히 벼슬을 그만두고 고향으로 돌아와 서당에서 후학인을 양성,

그는 가르침을 보람으로 삼고 세상 뜨실 때까지 그렇게 하셨다.

조선시대 당상관(堂上官)의 서반 무관(西班, 武官)에게 주던 관계를 보면 정3품 이상의 벼슬로 차관급에 해당된다. 조선시대 관리 중에서 문신은 정3품 통정대부(通政大夫), 무신은 정3품 절충장군(折衝將軍) 이상의 품계를 가진 자. 넓게는 명선대부(明善大夫) 이상의 종친, 봉순대부(奉順大夫) 이상의 의빈(儀賓)을 포함한다. 조정에서 정사를 볼 때 대청[堂]에 올라가 의자에 앉을 수 있는 자격을 갖춘 자를 가리키는 데서 나온 용어로 왕과 같은 자리에서 정치의 중대사를 논의하고 정치적 책임이 있는 관서의 장관을 맡을 자격을 지닌 품계에 오른 사람들을 가리킨다. 태조 1년(1392) 7월 처음 관제를 정할 때 문산계에서 독립된 무산계 가운데 가장 높은 관계로 정하였다.

또한 통훈대부(通訓大夫)는 문관 정3품의 하(下)이며 고종 5년(1865)부터는 종친(宗親) 및 의빈(儀賓) 관계로도 사용하였다. 세조 12년(1466)에 당상관(堂上官)으로 되었으며, 승진하여 종2품 이상이 되면 문산계에 따르게 하였다. 통정대부(通政大夫)는 국가의 중요한 정책을 결정하는 데 참여하였으며 근무일수에 상관없이 능력에 따라 가자(加資) 또는 가계(加階)되었다.

관직에서 물러난 다음에도 봉조하(奉朝賀)가 되어 녹봉(祿俸)을 받는 등 영화로운 추앙을 받으며 생을 영위하였다.

## 남해 충렬사

남해 충렬사는 사적 제233호로 남해군 설천면 노량리 350에 소재하고 있다. 조선시대 임진왜란이 끝나던 해 노량해전에서 순국한 충무공 이순신의 충의와 넋을 기리기 위해 세워진 사당으로 노량 충렬사라고도 한다. 통영의 충렬사와 함께 '충렬'이란 현판을 처음부터 같이 사용해 왔으며 인조 때 지어졌다.

충무공이 전사한 후 그의 시신이 한 때 이곳에 모셔졌는데 인조 10년(1632) 유림들이 옛 터에 작은 집을 짓고 제사를 지냈던 것이 최초의 사당이다. 충무공이 순국한 지 60년이 되던 효종 9년(1658)에 좁고 초라한 옛집을 헐고 새집을 지었다.

그 후 현종 4년(1663)에 통영 충렬사와 함께 임금이 내려준 현판을 받게 되었다. 이런 사실들을 기록한 충무이공묘비가 사당 곁에 있으며, 비문은 현종 2년(1661)에 송시열이 썼고, 1663년에 박경지 등이 세운 것이다. 옛날에는 이 사당 곁에 호충암이란 암자가 있었는데, 화방사의 승려 10명과 승장 1명이 번갈아 와서 사당을 지켰다고 한다.

또한 공이 죽은 후 자운이란 승려가 공을 사모하여 쌀 수백섬을 싣고 와서 공을 위해서 제사를 지낸 것으로도 유명한데 자운은 원래 충무공의 밑에 있던 승병이었다. 충렬사는 충무공의 노량 앞바다를 지키고 있는 수호신의 사당이라 할 수 있다.

경내에는 비각·내삼문·외삼문·관리사 등이 있고 사당 뒤의 정원에는 충무공의 시신을 임시 묻었던 자리에 묘가 남아 있으며, 1948년 정인보가 쓴 충열사비가 있다.

## 이충무공 전몰유허

이충무공 전몰유허는 사적 제232호로 남해군 고현면 차면리 산 125에 소재하며 면적 94,751.95㎡를 차지하고 있다. 남해대교에서 4km 정도 들어오면 국도변에 유허지가 나온다. 노량해전으로 더 잘 알려진 임진왜란의 마지막 격전지로 충무공 이순신이 순국한 곳이 관음포

(觀音浦)이다. 선조 31년(1598) 조선과 명나라의 수군이 도망가는 왜적들을 무찌르다 관음포 앞바다에서 최후의 결전을 벌였다.

이때 이순신 장군은 적의 탄환에 맞아 최후를 마쳤다. 이에 관음포 앞바다는 이순신이 순국한 바다라는 뜻에서 '이락파(李落波)' 라고도 부르며, 마주보는 해안에는 이락사가 있다.

그 후 순조* 32년(1832)에 왕명에 따라 제사를 지내는 단과 비, 비각을 세웠다. 1965년 4월 13일에 박정희 대통령이 이락사(李落祠)와 '대성운해(大星殞海)—큰 별이 바다에 떨어지다' 라는 뜻인 친필을 현판(懸板) 액자를 경내에 걸었다.

이락사와 관음포 앞바다는 임진왜란의 명장 이순신의 공로와 충의

---

* —순조(純祖, 1790~1834) : 조선의 제23대 왕(재위 1800~1834). 김조순 및 외가 인물들의 권력 강화에 맞서 선왕의 여러 정책을 모범으로 국정을 주도하려고 노력하였다. 암행어사 파견,《만기요람》 편찬, 국왕 친위부대 강화, 하급 친위 관료 육성 등의 방식으로 국정을 파악하고 국왕의 권한을 강화하려 했다.
이름 공(玜), 자 공보(公寶), 호 순재(純齋). 묘호는 당초에 순종(純宗)이었으나 1857년(철종 8)에 개정되었다. 묘호 외에 6차례에 걸쳐 존호(尊號)가 바쳐져 정식 칭호는 70자에 이른다. 정조의 후궁인 박준원(朴準源)의 딸 수빈(綏嬪)에게서 부왕의 2남으로 태어났으나 1남 문효세자(文孝世子)가 일찍 죽어 1800년(정조 24) 왕세자에 책봉되고 그해 6월에 11세의 나이로 즉위하였다. 즉위와 함께 영조비 정순왕후(貞純王后)의 수렴청정이 실시되어 경주김씨 김관주(金觀柱)와 심환지(沈煥之) 등의 벽파가 정치를 주도하였으나, 1803년 말에 친정을 시작한 후 몇 단계에 걸쳐 그들을 축출하였다. 그 후로는 정조의 결정에 따라 장인이 된 김조순(金祖淳) 및 외가 인물들의 권력 강화에 맞서 선왕의 여러 정책을 모범으로 국정을 주도하려고 노력하였다. 특히 19세 되던 재위 8년 이후로 정승 김재찬(金載瓚)의 보필을 받아 실무 관원과의 접촉, 암행어사 파견, 만기요람(萬機要覽) 편찬, 국왕 친위부대 강화, 하급 친위 관료 육성 등의 방식으로 국정을 파악하고 국왕의 권한을 강화하려 하였다. 그러나 조선 중기 이래 강화되어 왔고 영조·정조대의 탕평책에도 꺾이지 않은 소수 명문 가문이 주도하는 정치질서를 개편하지 못하고 건강을 상한 데다가, 1809년의 유례없는 기근과 1811년의 홍경래의 난에 부딪히면서 좌절하게 되었다. 그 이후 국정 주도권은 외척간의 경쟁에서 승리한 김조순에게 돌아가고 이른바 세도정치(勢道政治)가 자리 잡음으로써 적극적인 권한행사를 하지 못하였다. 1827년에는 오랫동안 계획해 온 대로 아들 효명세자(孝明世子)에게 대리청정시키고 국정 일선에서 물러났다. 세자는 김조순 일파를 견제하면서 의욕적으로 정치의 개편을 추진하였지만 3년 후에 급서함으로써, 다시 순조가 정사를 보게 되었다. 그 이후 죽을 때까지 태도와 권한이 위축된 상태를 벗어나지 못하였다. 1835년(헌종 1)에 세실(世室)로 모셔졌으며, 저술은 열성어제(列聖御製)에 묶여진 데 더하여 문집으로《순재고(純齋稿)》도 있다. 능은 서울 서초구 내곡동의 인릉(仁陵)이다.

가 담긴 역사의 옛터일 뿐 아니라 전쟁극복의 현장이기도 하다. 유허 경내 입석되어 있는 비문과 시설물 그리고 고문헌은 다음과 같다.


유명수군도독조선국삼도통제사증의정부영의정시충무이공순신비


바로 남해현 동쪽 2십리쯤에 바닷물결이 넘실거리는 군용선이 드나드는 바 그곳을 일컬어 관음포라 하니 옛 삼도통제사 증 의정부 영의정 충무이공이 순국하신 곳이다. 공이 수군을 지휘하여 바다에서 왜구를 대파함으로써 해상에서는 왜구를 경계할 필요가 없어졌다. 지금으로부터 230여 년 전 공은 적의 비환에 맞아 순국했던 것이다.


아! 슬프다 임란은 실로 우리 동국의 양구(陽九, 재앙)라 말할 정도로 큰 재액이었다. 그러나 이때에 충성스럽고 용기 있는 공과 같은 이가 좌우에 있어 선조 임금을 도와 사직을 지키고 국가의 중흥을 이루었다. 그때 이미 이종(공신의 이름을 새겨 보관하여 오래 전한 일종의 제기)에 새겨지고 사록에도 등재되어 환하게 빛나도다.

그 빛이 있음이여! 지대한 공훈은 천지가 넓다 한들 어찌 이를 모두 채우겠는가? 그 충성스런 명성은 명나라 이웃 오랑캐 나라에까지 떨쳐 마치 우주를 비치는 일월성진(日月星辰)처럼 적적하였다.


이와 같이 신사(紳士) 및 부녀자, 심지어 어린이에 이르기까지 서로 한 번도 의논하지 않고 충무공을 으뜸으로 숭앙하는 것은 대개 공이 노약하고 쓸모없는 군사로 백만의 용기 있는 적군을 격퇴하고 일방(바다)를 막아서 홀연히 국가의 간성(干城)이 됨은 장수양(張雎陽 : 장순 별칭 709~757, 당나라 수양성에서 안록산을 막음)과 같고, 거센 물결을 막고 종횡무진 신출귀몰(神出鬼沒)한 전술을 써서 적을 섬멸하여 후환을 남기지 않은 것은 주공 근(瑾 : 삼국시대 오나라 명장)과 같고, 소수의 군사로써 중적을 상대하여 승리를 거둠에 앞에는 강한 적군이 없고 위엄 있는 명성은 원근에서 추모하였으니 악무목(岳武穆 : 남송의 충신 호 忠武)과 같고, 천하를 재조하여 위태한 것을 돌려 태연하게 하고 한 몸으로써 종국의 경중을 책임짐은 곽분양(郭汾陽 : 당의 명장), 이서평(李西平 : 당의 명장)과 같고, 정성을 다하고 공정을 앞세워 마음과 힘을 바쳐 나라에 헌신하니 덕과 위엄이 같이 나타나 어리석은 백성들까지도 뜻을 결단하고 생사를 겁내지 않음은 오직 제갈무후(諸葛無後 : 호 孔明)가 이러함과 같다.

그러나 제갈무후의 죽음은 병사한 데 반하여 공은 적과 싸우다 순국하셨다. 공명이 죽은 후 얼마 안 가서 한나라가 위태로워졌거니와 공은 비록 죽었어도 지우금일(至于今日)에 사목(社穆)을 봉안케 하였다.

이에 공은 무슨 여한이 있겠는가? 공의 공적과 충성은 위로는 주상께서 포상하시고 백성들로부터 추앙을 받아 아름다운 비취보다 빛났으며 태상(太常 : 奉尙寺의 별칭, 시호를 맡아보던 관청)에 기록되어 있고 맹부(盟府 : 소류를 넣어두는 창고)에 등재되어 있으며 그 충절과 공열은 학사 대부들에 의해서 시가(詩歌)로 혹은 문장으로 찬양되어 더욱 길이 빛났다.

이는 진실로 췌언(贅言)이 불요(不要)하는 것이다.

오직 공은 해상에서 이룩한 공이 크고 많아 그 처음 무공을 펼침은 호남수역에서 녹유함인 즉 좌수영에 대첩비가 있고 흉측한 왜군의 진영을 막아 호기지방(湖畿地方)을 안정시킴은 벽파해전에 있음인즉 여기에는 명랑대첩비가 있고 수아건곤(壽牙建閫)하여 앉아서 청안함을 얻었음은 삼도총제영에 있음인즉 고성에는 충렬사비가 있고, 순천의 충렬사와 남해의 충렬사와 고금도의 탄보묘에 모두 현액이 있어서 무궁토록 전하거늘 홀로 이 땅은 정성스런 인(仁)을 이루는 성역이라 하겠다. 돌이켜 보건대 아직 이 공훈이 기록된 문서가 없더니 우리 성상(聖上, 순조) 32년 임진년에 선조임금께서 도회(圖恢)하신 네 번째 환력(還曆)을 맞는 때라 주상께서 임란 당시의 그 해를 회상하시고 함께 충신들의 공훈의 크고 작음의 차이에 따라 신의를 모시는 자리에서 공의 영위(靈位)를 수위(首位)로 모신 바 있다.

이즈음 공의 8세손 항권(恒權)이 마침 공이 옛날 통제하던 삼도수군통제사로 있던지라 왕명을 받들어 공이 순국한 이 자리에 사당을 지어 영(靈)을 모시고 여러 지방 인사와 의논하니 많은 인근 사람들이 모여들어 나무를 치고 돌을 깎아 그 터를 표하고 글을 새기니 이때 사람들은 항권통제사가 능히 그 세대를 이었다 하더라.

그 명에 이르기를 오직 남해에 태양을 이고 있으니 큰 물결이 망양하도다. 바람이 자고 파도가 없으니 이무기와 악어가 그 몸을 깊이 감추었도다. 세상이 편안하니 아녀자의 얼굴도 화락하고 황소도 부지런히 밭을 갈며 양잠하고 길쌈하니 이제 전쟁은 끝이나고 평안하도다. 누구의 주심인가 공의 충성을 생각하도다. 무용이 뛰어나신 공이시어 실로 동사를 안정시켰도다. 큰 거북과 건강한 매도 크고 분발하여 기상을 펴도다. 명량에서 갑옷 씻고 옥포에서 싸움을 끝내었다. 많은 고기잡이배가 만선으로 돌아오매 오리떼는 물가에서 노는구나. 난여(鸞輿 : 임금이 타는 수레)가 서서히 돌아오다 악기를 제 틀에 걸었으니 사방이 고요하도다. 공이 남긴 공훈은 만세에 빛날 것이나 공은 먼저 떠났도다.

아득한 바다 물결처럼 많은 사람들 눈시울에는 슬픔이 가득하니 공의 영령은 길이 살아남으리라. 하늘에 북두칠성이 있어 재앙을 물리치며 목을 낳으시고 적은 두 번 다시 바다를 침범할 수 없음이 확연하니 백성들은 영원히 평안하리라. 공의 높고 어진 공열은 영구히 이어져 오직 돌처럼 굳은 절개일지다.


자현대부예조판서겸지경연사홍문관대제학예문관대제학지성균관사규장각제학 홍석주(洪奭周) 짓고

자현대부형조판서겸지경연춘추관사예문관대제학 이익회(李翊會) 쓰다.

숭정기원후 사년 임진. 1832년  월  일 세우다.

## 남면향약계(南面鄕約契)

남면향약계는 경상남도 문화재 자료 제44호로 정조 8년(1784) 계장, 총무, 재무를 둔 것이 오늘에까지 이르고 있으며, 남해군 남면 당항리에 있는 율곡사에서 지금도 매년 3월과 9월 중 15일에 계회를 하고 있다. 또, 김구 선생 적려유허비(金絿先生謫廬遺墟碑)가 설천면 노량리에, 장양상동정마애비(張良相東征磨崖碑, 경상남도 유형문화재 제27호)가 남해읍 선소리에, 이이명(李頤命)을 배향했던 봉천사묘정비(鳳川祠廟庭碑)가 북변리에 있다.

이 밖에 남해 객관의 동쪽에는 주변루가 있고, 이동면 용소리에 임진왜란 때 썼던 삼혈포(三穴砲)가 남아 있다. 또한 유배문학으로서 김

구의 《화전별곡》, 김만중(金萬重)의 《구운몽(九雲夢)》, 유의양(柳義養)의 《남해문견록(南海聞見錄)》 등은 조선시대 유배지였던 남해군의 역사를 대변하고 있다.

## 김백렬 영모문(金栢烈永慕門)

김백렬 영모문(金栢烈永慕門)은 남해군 남해읍 서변리에 효자문 삼거리라는 곳에 있다. 효자문 삼거리는 바로 남해에서 이름난 김백렬(金栢烈 : 1873~1917)을 기리기 위해 세운 영모문(효자문)이 있어 붙은 지명이다. 김백렬 영모문은 1925년 10월 건립되었으며 남해군 보호 문화재 제6호로 지정되어 있다. 전각 정면에 걸린 영모문(永慕門)이라는 현판 글씨는 조선 후기의 문신이자 서화가인 윤용구(尹用求 : 1853~1939)가 썼으며 내부에는 김백렬의 초상화와 그의 행적이 적힌 현판이 걸려 있다. 어려서부터 사리분별이 바르고 총명했던 김백렬은 지극한 정성으로 부모를 섬겨 주변의 칭송이 자자했다. 아침 일찍 일어나 문안 드리고 하루의 일을 의논하고 승낙 받아 일했으며, 부모가 출타했을 때에는 아무리 먼 곳이라도 찾아가 모시고 왔다 한다.

또 부모가 병상에 있을 때에는 손수 약을 달여 올리고 만약의 일을 대비하여 옷을 벗지 않고 잠자리에 들었다. 김백렬은 1909년 경상남도 관찰사 황철이 내린 표창을 비롯해 생전에 10여 차례의 효행 표창을 받은 바 있다.

# 남해의 천연기념물

## 미조상록수림(彌助常綠樹林)

미조상록수림은 20여 종 230수 정도가 자생하고 있는 미조리의 상록수림으로 천연기념물 제29호이다. 이 상수림은 비보풍수의 산물이었지만 방풍림과 어부림의 역할을 두루 갖추고 있었다. 지금은 도로 건물 등으로 인해 그 역할이 매우 퇴색되었다.

아열대 수종수림이지만 낙엽활엽수인 느티나무와 팽나무가 상층부를 이루고 다음 층에는 이팝나무, 말채나무, 졸참나무 등이 자라고 있다.

## 물건방조어부림(物巾防潮魚付林)

삼동면 물건리의 물건방조어부림(勿巾防潮魚付林)은 천연기념물 제150호이다.

바다 숲이 한눈에 드는 산등성이에 올라 굽어 보면 타원형의 숲이 바다와 뭍의 경계선에 그림처럼 놓여 있다.

아름다운 풍광을 조망하고 있는 울타리 모양의 바다 숲으로 길이 1500m, 폭 30m 내외로 7000여 평에 이르는 광대한 숲이 해변을 가로질러 조림되었다. 이팝나무, 모감주나무, 느티나무, 팽나무, 푸조나무, 상수리나무, 말채나무, 후박나무가 윗자리를 차지하고, 그 뒤를 따라 산달나무, 까마귀밥여름나무, 생강나무, 화살나무 등이 앞 다퉈 자리를 잡고 있다. 상목 2000여 그루, 하목 8만여 그루, 도합 1만여 그루가 300년 된 40여 종의 수종이 어우러진 수목을 이루고 찾아오는 이들을 위하여 운치를 뽐내는 이 숲은 천년기념물 150호로 지정된 숲이다.

겨울이면 맨몸인 채로 강풍도 막아내는가 하면, 여름이면 그 뜨거운 햇살을 신록으로 순화시켜 주는 삶 속에 살아 숨쉬는 생명체인 마을 숲은 산림이나 목재를 위해 조림된 숲과는 달리 이 마을의 역사 문화 신앙 등, 사람의 생활과 밀접한 관계를 갖고 있다.

1960년대까지만 해도 봄이면 숲 바로 앞까지 멸치 떼가 몰려들었다. 은백색의 멸치가 몽돌해변으로 몰려들면 후리그물을 둥그렇게 둘러치고 주민들이 모두 몰려나가 그물의 양 귀를 잡아당겨 끌어올렸다.

숲가에서는 드럼통을 개조한 가마솥에다 멸치를 연신 삶아냈고, 이를 햇살 좋은 들판에 널어말려 '메루치'를 만들었다. 고기떼는 숲 그늘로 몰려드는 습성이 있다. 물고기도 사람과 마찬가지로 숲을 그리워한다. 동물만이 숲으로 가는 것이 아니라 물고기도 해변이나 섬의 숲 그늘로 몸을 숨기고 그늘의 미학을 즐긴다. 선사시대의 인간들이 바위 그늘에 거주처를 마련하였듯 물고기들도 본능적으로 바위 그늘이나 숲 그늘을 찾는다.

물건숲은 이런 물고기들에게는 가히 '호화판 별장' 에 버금하는 거주조건을 갖춘 곳이기도 했다. 방풍림이 대개 해송 같은 단일 품종이기 마련인 바닷가에 이처럼 식물의 다원종이 확보된 바다 숲이 자리하고 있음은 이 마을의 엄청나게 큰 기쁨이고 자랑이다.


## 남해산닥나무

천연기념물 제152호로 자생지(自生地)는 고현면 대곡리에 면적 3000평을 차지하고 있다. 산닥나무는 팥꽃나무과에 속하는 낙엽관목으로서 키는 1m 내외이다. 나무껍질의 섬유는 고급 인쇄지를 만드는 원료가 되며 경기도 강화도 전등사 부근 산지와 남해 화방사 주변 여러 곳에서 자생하고 있다.

원종은 일본에서 가져와 진도, 남해 거제도, 창녕 등지에 심었고, 도래종(渡來種) 재배식물로서 자생장을 이루고 있는 것이다.

전주에 털이 없고 잔가지가 가늘고 녹색이다. 잎이 부드럽고 위쪽에서 가지가 갈라지며 끝이 뾰족하며 길이가 2.5~4.5cm 너비가 1~2cm이고 뒷면은 백색을 띠며 8~9월경에 잔가지의 끝쪽에 10개 내외의 꽃이 군데군데 모여 핀다.

꽃받침은 황색이며 꽃받침통의 길이가 5~7mm이고 과실은 달걀모양인 타원형인데 길이가 약 5mm 정도이다. 8개의 수술과 1개의 암술이 있으며 위쪽에 있는 4개의 수술꽃밥은 꽃받침통 밖으로 다소 나오고 밑쪽 4개의 꽃밥은 꽃받침통 위쪽에 붙었다. 열매는 짧은 자루가 있으며 10월경에 익는다.

망운산록 화방사 부근에 많이 서식하고 있다.

## 남해 고현 갈화(南海 古縣葛花)

천연기념물 제276호로 느티나무. 고현면 갈화리에 소재하고 있다.

느티나무 높이가 17.5m, 흉고(사람 가슴 높이) 둘레가 9.3m인 노거수(老巨樹)로서 수령이 약 500년이 넘었다고 전해지고 있다. 동쪽 가지에서 서쪽 가지까지는 27m가 되고, 남쪽 가지에서 북쪽 가지까지는 25m가 된다.

500년 전 동네 이장인 부농(富農) 유동지(劉同志)가 자기논의 한가운데인 냇가에 나무를 심어서 여름철에 농사를 관리하며 휴식처로 삼아오다 언제부턴가 해방 후에까지도 매년 여름이면 마을 사람이 모여 회의를 하고 명절이면 술과 음식을 푸짐히 장만하여 그늘에서 마을의 노인들에게 잔치를 베풀었다고 전해 온다.

## 남해 창선 왕후박나무

천연기념물 제299호로 창선면 대벽리에 소재하고 있다. 삼천포대교를 지나오면 남해 창선도에 들어선다. 이곳 창선도 북쪽 끝 바닷가에 단항마을이란 자그마한 마을이 있고, 이 마을 앞 바닷가 들판에 홀로 우뚝 서 있는 나무 하나가 눈길을 끈다.

후박나무는 녹나무과에 속하며, 일본, 대만 및 중국 남쪽에도 분포하고 있다. 우리나라에선 제주도와 울릉도, 남해나 진도와 홍도와 같은 따뜻한 남쪽 섬지방의 해안을 따라 주로 자란다.

후박나무는 그 모습이 아름다워 정원수와 공원수로 이용되거나 바람을 막기 위한 방풍용으로 심어졌다. 그리고 껍질과 열매는 약재로도 쓰인다.

약 500년 전 이 마을에서 고기잡이하는 노부부가 어느 날 큰 고기를 잡았는데, 고기의 뱃속에 씨앗이 있었다 한다. 이를 이상하게 여겨 씨앗을 뜰에 뿌렸더니 지금의 왕후박나무가 되었다는 것이다. 이 외에도 임진왜란 때 이순신 장군이 왜병을 물리치고 이 나무 밑에서 점심을 먹고 휴식을 취했다는 이야기도 전해지고 있다.

창선면 왕후박나무는 남해의 아름다운 바다를 내려다보며 들판 가운데 우뚝 서있고 나무 아래엔 여러 명이 앉아 쉴 수 있을 평상과 같은 장소가 마련되어 있다.

나무 밑동은 어른 몇 명이 팔을 벌려 서로 맞잡아야만 할 만큼 둘레가 11m로 크다. 이 왕후박나무의 높이는 9.5m로 가지가 밑에서 11개로 갈라져 있다. 무성한 나뭇잎들이 만들어내는 남해의 아름다운 풍경과 넓고 시원한 그늘 또한 맑은 바다와 함께 바닷바람이 멋있는 쉼터를 마련해 준다.

# 남해의 비와 산성

### 장량상동정마애비

장량상동정마애비는 경상남도 유형문화재 제27호로 남해군 남해읍 선소리 169-9에 소재하고 있다.

선소마을 선착장의 오른쪽 해변에 자리하고 있는 비로, 중국 명나라 장수인 장량상이 동쪽을 정벌하고 바위에 글을 새겼다 하여 '장량상동정마애비' 라 이름붙인 것이다. 비의 형태는 커다란 자연석의 윗면을 직사각형으로 평평하게 갈아 글을 새겼다. 직사각형의 테 주변에는 덩굴무늬를 아름답고 정교하게 조각하였다.

비문은 이여송과 진린이 원군으로 조선의 남해에 와서 왜군을 무찔렀다는 내용으로, 명나라 군인의 우월성을 나타내는 전승기념비적 성격을 띠고 있다. 역사적 자료에는 선소마을에서 명의 수군과 왜군이 싸웠다는 기록이 없어 비문의 내용이 의심스럽지만, 노량해전 직후나 그 이듬해인 선조 32년(1599)에 이 글을 새겨 놓은 것으로 추측된다.

남해지방과 관계 있는 비는 아니지만, 역사에서 명확히 밝혀지지 않은 명나라 장수의 마애비라는 점에서 귀중한 가치를 지닌다. 명나라 이여송과 진린이 왜군을 무찔렀다는 전승내용이 많이 기록되어 있어 일제시대 당시 조선총독부가 작성한 '파괴대상 왜구격파 기념비' 목록에 이 비가 포함되었었다고 한다.


### 고인돌

남해군 다정리에 있는 지석묘는 청동기시대의 대표적인 무덤으로 고인돌이라고도 부르며, 주로 경제력이 있거나 정치권력을 가진 지배층의 무덤으로 알려져 있다. 남해군 이동면 다정리 911-5에 소재한 고인돌은 경상남도 기념물 제62호이다.

우리나라의 고인돌은 4개의 받침돌을 세워서 돌방을 만들고 그 위에 거대하고 평평한 덮개돌을 올려놓은 탁자식과 땅 속에 돌방을 만들고 작은 받침돌을 세운 뒤 뚜껑돌을 덮고 그 위에 거대한 덮개돌을 올린 바둑판식으로 청동시대로 구분된다.

들판의 논둑을 따라 대체로 3~4m씩 사이를 두고 15기의 고인돌이 있다. 주위에는 민묘도 함께 있다. 형태상 모두 바둑판식으로 덮개돌의 크기는 길이 3m, 4m 정도이고 짧은 쪽은 너비 2m 정도로서 높이는 1.3m~1.8m에 달한다. 땅 속에 마련된 하부구조는 정확히 알 수 없으나 상자 모양의 석관일 것으로 추정된다.

북방식은 두 개 내지 세 개의 지석 위에 넓적한 큰돌을 얹히는 탁자식의 방식이며 남방식은 지하에 냇돌 또는 관석으로 묘실을 만들고 머리 크기 정도의 돌로 지석을 한 다음 그 위에 상석을 얹는 방식인데 이 유적 주변에서 청동기시대의 민무늬토기 조각들이 발견되었다. 때문에 큰 바위가 땅에 놓여 있는 것같이 보인다.

지석묘는 모두가 남방식으로 마제석검, 민무늬토기, 석기 등의 유물이 출토되었다.

한편, 고현면 도마리에서는 초기철기시대의 조개더미가 발견되었으며, 김해식 토기조각이 수습되었다.

이들 고인돌 외에 남해군에는 남면리, 평현리, 심천리, 죽전리, 대곡리, 서호리, 당항리, 상가리 등 각지에 100기의 고인돌들이 폭넓게 분포되어 있는데, 이 지역 청동기시대의 문화를 연구하는 데 중요한 자료로 평가된다.

## 대국산성(大局山城)

대국산성(大局山城)은 경상남도 기념물 제19호로 남해군 설천면 진목리의 184에 소재하고 있다. 성의 둘레가 1.5km, 성벽의 높이는 5~6m이고 윗부분의 높이는 2.4m인데 성벽의 바깥쪽은 깬돌을 이용하여 겹으로 쌓아 올리고 안쪽은 자갈과 흙을 섞어서 채워 성벽을 다졌다. 성벽의 둘레에는 네모꼴의 망대가 있었던 흔적이 있다.

성안의 중앙에는 건물터와 연못터가 있으며 천씨(千氏) 성을 가진 장군과 일곱 시녀 사이에 얽힌 전설이 있는 제사터가 있다. 성의 동남쪽과 북쪽에 성문이 있었던 듯한데 이중 동남쪽의 문이 정문으로 추측된다.

《동국여지승람》에 고현산성은 현의 북쪽 17리 지점에 있으며 석축으로 둘레는 1,740척(527m)이고 높이는 10척(3m)이라는 기록이 있는데 고현산성이 바로 대국산성으로 여겨진다.

## 임진성(壬辰城)

임진성은 경상남도 기념물 제20호로 남해군 남면 상가리 291에 소재하고 있다. 민보성이라 부르기도 하는데 임진왜란 때 왜적을 막기 위하여 군, 관, 민이 힘을 합쳐 쌓았다 하여 붙여진 이름이다.

평산포 북쪽에 뻗은 낮은 구릉에 돌을 이용하여 286m의 자룽 규모로 쌓은 산성으로 동쪽과 서쪽에 문을 내었는데 현재는 동문터만 남아 있다. 성안에는 우물터가 있으며 성벽의 바깥으로는 주변에 물길을 돌린(해자) 흔적이 있고 옛날에는 성루, 훈병사, 감시사, 망대, 서당들도 있었다고 전해 온다.

조선 초기에는 왜구의 침입이 예상되어 관리를 파견하여 지켰던 곳이었으나 16세기 중엽 이후부터는 지방 주민들이 유사시에 피난하는 곳으로 이용되었다. 현존하는 남쪽 동문터와 서문터 사이의 173m는 최근 보수공사를 거친 곳이다.


## 옥기산성(玉岐山城)

옥기산성은 남해군 서면 대정리 금곡마을 뒷산을 말한다. 해발 252m에 위치한 옥기산 9부 능선에 자연석(20cm×25cm) 직선형 석축 방법으로 축성되어 있으며, 정상봉을 중심으로 급경사를 이룬 혁봉의 지형으로서 산성까지 진입할 수 있는 길은 금곡마을과 자작촌에서 골짜기를 이용하여 진입할 수 있고 장항에서는 능선을 이용하여 진입할 수 있도록 되어 있으나 매우 가파르다.

옥기산성은 임진왜란시 왜적을 방어하기 위하여 조선 선조 때 주민의 힘으로 성을 쌓아 왜적의 침입을 막았다고 전한다. 타원형의 석성으로 둘레 약 1000자, 높이 7~10자, 폭 5자로서 북쪽 일부는 붕괴되었고 남문지만 양호하게 남아 있다.

산성 중앙에서 보아 남쪽의 성곽은 길이 60여m, 높이 2m로 자연석 석축을 쌓고 석축 내 흙과 잡석으로 채워 토루(110cm)를 만들었고 동·서·북쪽은 겹 석축으로 높이 150cm, 두께 90cm로 낮게 쌓은 퇴뫼식 산성이다.

문지(160cm×110cm)는 남쪽 중앙에 있으며 동쪽에서 서쪽의 길이는 60m, 문지에서 우측 남·북의 길이는 10m, 좌측 남북의 길이는 30m로서 타원형으로 석축되어 있다.

산성내외에서 유물이 채집되지 않는 것으로 보아 왜적의 침입을 감시 경계하는 망대 역할을 하였던 곳으로 추정한다.

금곡마을은 심씨 집성촌인데 심 장사라면 군에서 모르는 사람이 없을 정도로 힘센 장사가 있었다.

씨름대회에 나가 송아지를 타오면 동네잔치를 벌였는데 심 장사는 인심이 후해서인지 늘 송아지 1마리보다 잔치비용이 더 들었다고 한다. 심 장사처럼 이 마을은 여전히 인심 좋고 힘센 사람이 많은 부지런한 마을이다

## 금오산성(金鰲山城)

금오산성은 경상남도 기념물 249호로 남해군 창선면 당항리 산 102외 일원에 소재하고 있다.

산성으로 오르기까지의 경사가 매우 급해 접근이 용이하지 않으며 성에서는 창선의 동쪽 해안과 삼천포 일대가 훤히 내려다 보인다.

체성은 비교적 얄팍한 활성을 무질서하게 쌓아 축조한 것으로 여장도 부분적으로 남아 있다.

남쪽과 서쪽에 문지가 있었다고 알려져 있으며 지금은 무너져 흔적만 남아 있다. 서문지는 폭 4m이며 비교적 흔적이 뚜렷하다. 골짜기에 해당되는 남문지는 내부는 골짜기에 속하는데 연못이나 우물이 있었던 것으로 보이며 배수도를 따라 성 밖으로 물이 흘러 나간다. 성안의 건물이 있었던 자리는 찾기가 어렵고 초소와 같은 건물이 성벽 안쪽에 만들어져 있다.

이 밖에 상주포성(尙州浦城), 미조진성(彌助鎭城), 평산포진성(平山浦鎭城), 노량진성(露梁鎭城), 당항포성(唐項浦城), 창선성(昌善城 혹은 鎭洞鎭城) 등의 수군의 진성(鎭城)과, 1597년(선조 31) 왜군이 축성한 남해읍 선소리의 천남대왜성지(天南臺倭城址)가 남아 있다.

## 남해장성

남해장성은 경상남도 기념물 제154호로 남해군 이동면 신전리 115 외 12필지에 있다. 신전에서 시작하여 복곡-금산-내산-대지포-수장포로 연결된 성으로, 길이가 무려 15km였던 것으로 조사됐으며, 남아있는 성곽의 높이는 1~2m이고, 넓이는 1.1~2m, 면적 72.580㎡이다.

30~50cm 가량의 자연석을 이용하여 성벽을 쌓은 장성이다. 양쪽으로 겹겹이 정교하게 쌓아 올려 만들었는데, 국경의 경계지대에 쌓아 적의 침입에 대비하고자 쌓은 것이다. 축성 방법으로 미루어 고려 말이나 조선 초기에 쌓아올린 것으로 추정하고 있다.

이 성은 장성을 말한다.

## 객관의 동루

객관의 동루는 조선시대 남해 객관의 동루(東樓)였던 주변루(籌邊樓)로 '변방의 방비를 계획, 강구한다' 는 뜻에서 유래한 것으로 추측되는데, 그 존폐에 대한 정확한 기록은 별로 전해지지 않고 있다. 또, 경관이 빼어나고 조선 태조와 관련된 전설을 간직한 상주면 상주리에 경상남도 기념물 제18호인 남해금산(南海錦山)이 있고, 이 산에 경상남도 기념물 제87호인 남해금산봉수대가 있다.

양아리에는 경상남도 기념물 제6호인 남해상주리석각(南海尙州里石刻)이 전한다. 이는 평평한 자연암에 화상문자(怜象文字)를 새긴 것으로 아직 해독하지 못하고 있다.

# 남해의 사찰과 사찰유물

## 용문사(龍門寺)

용문사는 경남 남해군 이동면 용소리 호구산(虎丘山)에 있는 고찰이다. 신라 문무왕 3년(663)에 원효대사가 금산에 보광사라는 절을 세웠다가 뒤에 이리로 옮겨와서 용문사라 했다고 한다.

임진왜란 때에 불타고 그 후에 다시 지었다. 대웅전은 크고 웅장한데 정면 3칸, 측면 3칸의 큰 건물로 다포계 팔작지붕으로 되어 있다.

처마의 돌출이 심하고 지붕이 크게 자리잡고 있는데, 처마 밑의 목조 용머리 조각이 정교하여 생동감이 있다. 용문사에는 대웅전(경상남도 유형문화재 제85호), 석불(경상남도 유형문화재 제138호), 천왕각(天王閣, 경상남도 문화재자료 제150호), 명부전(경상남도 문화재자료 제151호) 등이 있다.

용문사는 신라 신덕왕 2년(913) 대경대사가 창건하였다고 전하며, 일설에는 경순왕*(927~935 재위)이 친히 행차하여 창사하였다고 한다. 고려 우왕* 4년(1378) 지천대사가 개풍 경천사의 대장경을 옮겨 봉안하였고, 조선 태조 4년(1395) 조안화상이 중창하였다.

세종 29년(1447) 수양대군이 모후 소헌왕후 심씨를 위하여 보전을 다시 지었고, 세조* 3년(1457) 왕명으로 중수하였다.

---

*―경순왕(敬順王 : ?～978) : 재위 927～935. 성은 김(金)씨요. 이름은 부(傅)이다. 문성왕의 6대 손이며, 아버지는 이찬(伊飡) 효종(孝宗)이며, 어머니는 헌강왕의 딸 계아태후(桂娥太后)이다. 큰아들은 마의태자(麻衣太子)이고 막내아들은 범공(梵空)이다.

9세기말 신라는 국력이 약해져서 지방호족들이 독자세력을 형성하여 각 지방을 나누어 지배하고 있었다. 그 가운데 견훤과 궁예의 세력이 가장 강성하여 후삼국의 성립을 보게 되었다.

신라가 진골왕족의 권력 다툼에 휩싸여 경상도 일대로 지배권이 축소되었던 데 반해, 견훤과 궁예는 전라도 일대와 중부지방에서 커다란 세력을 형성했다. 927년 후백제의 침공으로 경애왕(景哀王)이 죽은 뒤 견훤에 의해 즉위했다. 재위 동안 국가의 기능이 완전히 마비되었으며 국토는 날로 줄어들고 민심은 고려로 기울었다. 이에 군신회의(君臣會議)를 소집하여 고려에 귀부(歸附)하기로 결정, 935년 김봉휴(金封休)를 시켜 고려 태조에게 항복하는 국서를 전했다. 그 뒤 왕건의 딸 낙랑공주(樂浪公主)를 아내로 맞고 정승(正承)에 봉해졌으며, 녹(祿) 1,000석을 받고 경주를 식읍(食邑)으로 받아 경주 사심관(事審官)에 임명되었다. 무덤은 장단에 있다.

*―우왕(禑王, 1365～1389) : 고려 제32대 왕(재위 1374～1388). 신돈(辛旽)의 시녀 반야(般若)의 소생이다. 이인임(李仁任)의 유배로 정치적 지지기반을 잃자 강릉에 유배된 후, 아들 창왕(昌王)과 함께 이성계에 의해 살해되었다. 아명 모니노(牟尼奴). 공민왕이 신돈의 집에 미행하여 낳은 아들이다. 1371년(공민왕 20) 신돈이 처형된 다음 궁중에 들어가, 1373년 우(禑)라는 이름을 받고 강령부원대군(江寧府院大君)에 봉해졌다. 때를 같이 하여 명덕태후(明德太后)의 명으로 궁인(宮人) 한씨(韓氏)의 소생으로 발표하였다. 1374년 공민왕이 시해되자, 수시중(守侍中) 이인임(李仁任)의 후원으로 10세에 즉위하였다. 처음에는 경연(經筵)을 열어 학문을 닦기에 힘썼고, 명덕태후의 훈계를 받아 몸가짐을 바로하여 기대를 모았으나, 명덕태후가 죽은 다음 사냥·음주가무·엽색 등 방탕에 빠져 백성들의 신망을 잃었다. 여기에다 국왕을 믿고 권력을 휘두른 이인임이 최영(崔瑩)·이성계(李成桂) 등으로부터 미움 받아 경산부(京山府)에 유배됨에 따라 정치적 지지기반을 잃었다. 1388년 6월 왕족의 혈통이 아니고 신돈의 자식이라는 이성계의 주장에 따라 왕위에서 쫓겨나 강화에 유배되었다. 강릉(江陵)으로 옮겨져 1389년 12월 그의 아들 창왕(昌王)과 함께 이성계에 의해 살해되었다. 우왕·창왕은 모두 폐위되었기 때문에 죽은 뒤에 왕으로서의 시호를 받지 못하여 폐왕 우, 폐왕 창으로 기록되었다.

*―세조(世祖, 1417～1468) : 조선 제7대 왕(재위 1455～1468). 휘(諱) 유(瑈). 자 수지(粹之). 시호 혜장(惠莊). 세종의 제2왕자. 어머니는 소헌왕후(昭憲王后) 심씨(沈氏), 비(妃)는 윤번(尹璠)의 딸 정희왕후(貞熹王后)이다. 무예(武藝)에 능하고 병서(兵書)에 밝았으며, 진평대군(晉平大君)·함평대군(咸平大君)·진양대군(晉陽大君)이라 칭하다가 1428년(세종 10) 수양대군(首陽大君)에 봉해졌다. 세종의 뒤를 이은 문종이 재위 2년 3개월 만에 승하하고, 12세의 어린 나이로 단종이 즉위하였다. 수양대군은 권람(權擥)·한명회(韓明澮)·홍달손(洪達孫)·양정(楊汀) 등 30여 인의 무인세력을 휘하에 두고 야망의 기회를 엿보다가 1453년(단종 1) 10월 무사들을 이끌고 김종서를 살해한 뒤 사후에 왕에게 알리고 왕명으로 중신들을 소집, 영의정 황보인, 이조판서 조극관(趙克寬)·찬성(贊成) 이양(李穰) 등을 궐문에서 죽이고 좌의정 정분 등을 유배시켰

다. 그리고 안평대군을 강화도로 유배시킨 뒤 사사(賜死)하였다. 이와같이 일거에 실권을 잡은 수양대군은 영의정부사(領議政府事), 이조·병조판서(吏曹兵曹判書), 내외병마도통사(內外兵馬都統使) 등을 겸하면서 병마권을 장악하고 좌의정에 정인지(鄭麟趾), 우의정에 한확(韓確)을 임명하고 집현전으로 하여금 수양대군 찬양의 교서를 짓게 하였다. 1455년 단종이 선위(禪位)하게 하고 마침내 왕위에 올랐다. 그러나 그의 치적에는 괄목할 만한 것이 많다.

① 의정부의 정책결정권을 폐지, 재상의 권한을 축소시키고 6조(六曹)의 직계제(直啓制)를 부활시켜 왕권을 강화했으며, 이시애(李施愛)의 난(1467)을 계기로 유향소(留鄕所)를 폐지하고 토호세력을 약화시키는 등 중앙집권체제를 강화하였다. ② 국방력 신장에 힘써 호적(戶籍)·호패제(戶牌制)를 강화, 진관체제(鎭管體制)를 실시하여 전국을 방위체제로 편성하였으며, 중앙군(中央軍)을 5위(五衛) 제도로 개편하였다. 북방개척에도 힘써 1460년(세조 6) 북정(北征)을 단행, 신숙주(申叔舟)로 하여금 두만강 건너 야인(野人)을 소탕하게 하고, 1467년(세조 13) 서정(西征)을 단행, 강순(康純)·남이(南怡)·어유소(魚有沼) 등으로 건주(建州) 야인을 소탕하는 등 서북면 개척에 힘쓰는 한편, 하삼도(下三道) 백성을 평안·강원·황해도에 이주시키는 사민정책(徙民政策)을 단행하는 등 국토의 균형된 발전에 힘썼고 각도에 둔전제(屯田制)를 실시하였다. ③ 경제정책에서 과전법(科田法)의 모순을 시정하기 위하여 과전을 폐하고 직전법(職田法)을 실시, 현직자에게만 토지를 지급하여 국가수입을 늘렸다. 또한 궁중에 잠실(蠶室)을 두어 비(妃)와 세자빈으로 하여금 친히 양잠을 권장하도록 하는 한편,《금양잡록(衿陽雜錄)》《사시찬요(四時纂要)》,《잠서주해(蠶書註解)》,《양우법초(養牛法抄)》 등의 농서를 간행하여 농업을 장려하였다.

④ 성삼문(成三問) 등 집현전 학사들이 단종복위운동에 가담하자 집현전을 폐지하였으나 문교면에도 진력하여 제도를 정비하고 많은 서적을 편찬하였다. 그는 즉위 전에 역대병요(歷代兵要), 오위진법(五衛陣法)을 편찬했으며, 1465년(세조 11)에는 발영등준시(拔英登俊試)를 두고 인재를 널리 등용하였다.《역학계몽요해(易學啓蒙要解)》,《훈사십장(訓辭十章)》,《병서대지(兵書大旨)》 등 왕의 친서를 저술하고《국조보감(國朝寶鑑)》,《동국통감(東國通鑑)》 등의 사서(史書)를 편찬하도록 했다. 국초 이래의《경제육전(經濟六典)》,《속육전(續六典)》,《원육전(元六典)》,《육전등록(六典謄錄)》 등의 법전과 교령(敎令)·전례(典例)를 종합 재편하여 법전을 제정하고자 최항(崔恒)·노사신(盧思愼) 등에게 명하여《경국대전(經國大典)》을 편찬하게 함으로써 성종 때 완성을 보게 한 것은 그의 치적 중에서도 특기할 만하다. 그는 불교를 숭상하여 1461년(세조 7) 간경도감(刊經都監)을 설치하고 신미(信眉)·김수온(金守溫) 등에게《법화경(法華經)》,《금강경(金剛經)》 등 불경을 간행하게 하는 한편, 대장경(大藏經) 10권을 필인(畢印)하기도 했다. 그의 능은 경기 남양주시의 광릉(光陵)이다.

＊－고종(高宗, 1852~1919) : 조선 제26대 왕(재위 1863~1907). 명성황후와 대원군의 세력다툼 속에서 일본을 비롯한 열강의 내정 간섭을 겪었다. 개화, 수구의 양파가 대립하였고, 병자수호조약, 한·미, 한·영수호조약 등이 이루어졌다. 초휘(初諱) 재황(載晃). 아명(兒名) 명복(命福). 초자(初字) 명부(明夫). 자 성림(聖臨). 호 주연(珠淵). 영조의 현손 흥선대원군(興宣大院君) 이하응(李昰應)의 둘째 아들이다. 비(妃)는 명성황후로 여성부원군(驪城府院君) 치록(致祿)의 딸이다. 1863년(철종 14) 12월 철종이 후사 없이 승하하자 조대비(趙大妃)의 전교(傳敎)로 12세에 즉위하였다. 새 왕의 나이가 어리므로 예에 따라 조대비가 수렴청정하였으나 대정(大政)을 협찬하게 한다는 명분으로 정권은 대원군에게 넘어가 이로부터 대원군의 10년 집정시대가 열렸다. 척신(戚臣) 세도정치의 배제, 붕당문벌(朋黨門閥)의 폐해 타파, 당파를 초월한 인재의 등용, 의

정부의 권한 부활에 따른 비변사(備邊司)의 폐지 및 삼군부(三軍府)의 설치, 한강 양화진(楊花津)의 포대(砲臺) 구축에 따른 경도수비(京都守備) 강화, 양반으로부터의 신포징수(身布徵收), 양반 유생의 발호 엄단 등은 고종 초기 10년 동안 대원군이 이룩한 치적이다. 그러나 경복궁 중수(重修)에 따른 국가재정의 파탄, 악화(惡貨)인 당백전(當百錢)의 주조(鑄造)와 민생의 피폐, 과중한 노역(勞役)으로 인한 민심의 이반과 소요, 가톨릭교 탄압에 따른 8,000여 명의 교도 학살, 통상수교거부정책, 병인양요(丙寅洋擾), 신미양요(辛未洋擾) 등 어두운 정치적 자취를 남기고 1873년(고종 10) 11월, 명성황후의 공작에 따라 대원군이 섭정에서 물러나자 고종이 친정(親政)을 선포하게 되었다. 이로부터 정권은 명성황후와 그 일족인 민승호(閔升鎬)·민겸호(閔謙鎬)·민태호(閔台鎬)로 대표되는 민씨 일문의 세도정치가 다시 시작되었다. 이때부터 고종은 명성황후와 대원군의 세력다툼 속에서 국난을 헤쳐나가야 했다. 1875년 운요호사건[雲揚號事件]을 계기로 통상수교거부정책을 버리고 일본과 병자수호조약을 체결, 근대 자본주의 국가에 대한 개국과 함께 새로운 문물에 접하게 되자, 개화당이 대두, 조정은 개화 사대당(事大黨)의 격심한 알력 속에 빠졌다. 1881년 조사시찰단(朝士視察團)을 일본에 파견하여 새로운 문물을 시찰하게 하고 군사제도를 개혁, 신식 훈련을 받은 별기군(別技軍)을 창설하였으나 신제도에 대한 반동으로 1882년 임오군란(壬午軍亂)이 일어나 개화·수구(守舊) 양파는 피 비린내 나는 싸움을 벌이게 되어 1884년 갑신정변(甲申政變)을 겪고 고종은 개화당에 의해 경우궁(景祐宮)·계동궁(桂洞宮) 등으로 이어(移御)하였다. 이런 중에도 한·미, 한·영수호조약을 체결하여 서방국가와 외교의 길을 텄지만, 1885년에는 조선에서 청나라의 우월권을 배제하고, 일본도 동등한 세력을 가질 수 있게 하는 청·일 간의 톈진조약[天津條約]이 체결되어 일본이 한반도에 발판을 굳히는 계기가 되었다. 1894년에 일어난 동학농민운동이 청·일 전쟁을 유발하고, 일본이 승리하자 친일파는 대원군을 영입, 김홍집(金弘集) 등의 개화파가 혁신내각을 조직하여 개국 이래의 제도를 바꾸는 갑오개혁을 단행하였다. 이로부터 한국 지배기반을 굳힌 일본은 본격적으로 내정을 간섭하여 한국 최초의 헌법이라고도 할 〈홍범 14조(洪範十四條)〉가 선포되고 청나라의 종주권을 부인하고 독립국으로 행세하는 듯하였으나, 일본의 내정간섭은 더욱 심하여져 관제를 일본에 준하여 개혁하고, 8도를 13도로 개편하였다. 그러나 3국간섭으로 일본이 랴오뚱 영유[遼東領有]를 포기, 국제적 위신이 떨어지자 민씨 일파는 친러로 기울어 친일내각을 무너뜨리고 이범진(李範晉)·이완용(李完用) 등을 등용하여 제3차 김홍집 내각을 구성하였다.

이에 맞서 일본공사 미우라고로[三浦梧樓]는 1895년 8월 대원군을 받들고 일본인 자객(刺客)들을 앞세워 경복궁으로 들어가 명성황후를 시해, 고종에게 강압하여 친러파 내각을 물러나게 하고 유길준(兪吉濬) 등을 중심으로 제4차 김홍집 내각을 수립하였다. 종두(種痘)·우체사무·단발령·양력사용·도형폐지(徒刑廢止) 등은 이 해의 제4차 김홍집 내각에 의해 이루어졌다.

1896년 2월 러시아 공사 베베르의 계략으로 고종과 세자가 러시아 공사관으로 피신하는 아관파천(俄館播遷)이 있자 김홍집·정병하(鄭秉夏)·어윤중(魚允中) 등 개화파 인사가 살해되고 다시 친러내각이 성립되었다. 이로부터 한동안 한국은 러시아의 보호를 받았지만, 고종은 1897년 2월 25일 러시아와 일본의 협상에 따라 경운궁(慶運宮 : 후의 덕수궁)으로 환궁, 8월에는 연호를 광무(光武)라 고치고, 10월에는 국호를 대한, 왕을 황제라 하여 고종은 황제즉위식을 가졌다. 1904년(광무 8) 러·일전쟁에서 승리한 일본의 요구로 고문정치(顧問政治)를 위한 제1차 한·일 협약을 체결, 이듬해 한성의 경찰치안권을 일본헌병대가 장악하였으며, 이해 11월에는 제2차 한·일 협약인 을사조약이 체결되어 외교권을 일본에 빼앗김으로써 병자호란 이래 국가존망의 위기를 맞았다. 이에 우국지사 민영환(閔泳煥)·조병세(趙秉世)·홍만식(洪萬植) 등은 자결로써 항의하였지만 일본은 1906년 2월 통감부(統監府)를 설치하여 본격적인 대행정치(代行政

가 중창하였으나, 순종* 원년(1907) 의병의 근거지로 사용되자 일본군이 불태웠다. 1909년 취운스님이 큰방을 중건한 뒤 1938년 태욱스님이 대웅전, 어실각, 노전, 칠성각, 기념각, 요사 등을 중건하였으며, 1982년부터 지금까지 대웅전, 삼성각, 범종각, 지장전, 관음전, 요사채, 일주문, 다원 등을 새로 중건하고 불사리탑, 미륵불을 조성하였다. 경내에는 권근이 지은 보물 제531호 정지국사부도 및 비와 지방유형문화재 제172호 금동관음보살좌상, 천연기념물 제30호 은행나무가 있다.

治) 체제를 갖추었다. 1907년 제2회 만국평화회의가 네덜란드의 헤이그에서 열리자 고종은 밀사 이준(李儁) 등을 파견하여 국권회복을 기도하였으나 일본의 방해로 실패, 오히려 이 밀사사건 때문에 일본의 협박으로 황태자(순종)에게 양위(讓位)한 후 퇴위, 순종황제로부터 태황제(太皇帝)의 칭호를 받고 덕수궁에서 만년을 보내다가 1919년 1월 21일 일본인에게 독살된 것으로 전해진다. 고종의 재위 44년은 민족의 격동기로서 실질적으로 국운(國運)과 명운을 함께 하여, 양위 3년 후에는 나라를 빼앗기는 비운을 맞았다. 능은 금곡(金谷)의 홍릉(洪陵)이고, 저서에 《주연집(珠淵集)》이 있다.

*―순종(純宗, 1874~1926) : 조선의 제27대 왕(재위 1907~1910. 8)이자 대한제국 최후의 황제. 이름은 척(坧). 호 정헌(正軒), 자 군방(君邦). 고종의 둘째 아들. 어머니는 명성황후(明成皇后) 민씨. 비는 순명효황후(純明孝皇后) 민씨. 계비(繼妃)는 순정효황후(純貞孝皇后) 윤씨. 1875년(고종 12) 2월 세자에 책봉되었다가 1897년 대한제국이 성립된 후 다시 황태자에 책봉되었다. 1907년(융희 1) 일본의 압력과 이완용(李完用) 등의 강요로 헤이그 특사사건의 책임을 지고 고종이 양위하자 그 뒤를 이어 즉위하였다. 1910년 8월 29일 일본에 나라를 빼앗길 때까지 연호는 융희(隆熙)를 사용하였다. 같은 해 한일신협약(韓日新協約)을 체결하였고, 이에 따라 일본인의 한국 관리(官吏) 임용을 허용하여 사실상 국내정치는 일본인의 손으로 넘어갔다. 8월 1일에는 다시 일본의 압력으로 한국군을 해산하였으며, 12월에는 황태자가 유학이라는 명목으로 일본에 인질로 잡혀갔고, 1908년 동양척식주식회사의 설립을 허가하여 경제침탈의 길을 열어주게 되었다. 1909년 일본은 한국의 민정(民情)을 살펴가며 국권탈취공작을 추진하여 7월에 군부(軍部)를, 10월에는 법부(法部)를 각각 폐지하여 정치조직을 통감부 기능 속에 흡수하였다. 통감(統監) 이토 히로부미[伊藤博文]가 본국으로 간 뒤, 소네 아라스케[曾禰荒助]를 거쳐 데라우치 마사타케[寺內正毅]가 후임으로 오면서부터 더욱 야욕을 드러내자, 각지에서 나라가 망함을 통탄하고 조정 대신들의 무능을 비난하며 암살을 기도하기 시작하였다. 동년 10월 안중근에 의하여 이토가 암살되고 12월 이완용이 습격을 당하였다. 그러나 불법적으로 국권을 강탈하여 1910년 8월 29일 조선왕조는 27대 519년 만에 망하고 일본의 지배하에 들어가게 되었다. 일본은 순종을 창덕궁(昌德宮)에 머물게 하고, 이왕(李王)이라 불렀다. 1926년 4월 25일 창덕궁에서 생을 마쳤다.

## 용문사 석불

용문사 석불은 경상남도 유형문화재 제138호로 남해군 이동면 용소리 868에 있다. 약 300년 전 남해군 이동면 용문사 경내에서 발견된 보살상이다. 현재는 하얀 분칠을 한 상태여서 본래의 모습을 자세히 알 수 없다. 사각형에 가까운 얼굴은 원만하나 눈과 입이 작고 코가 큼직하여 다소 형식화 된 면이 보인다. 긴 상체에 넓은 무릎 등은 부피감이 풍부하고 탄력적이어서 보살상의 격이 높다는 것을 알 수 있다. 옷은 양 어깨에 걸쳐 흘러내리고 있는데, 띠주름 무늬가 자연스러워 불상의 특징과 조화를 이루고 있다. 왼손은 배에 대고 병을 들고 있으며 오른손은 가슴에 대었는데 연꽃가지를 잡고 있었던 것 같다.

통일신라 후기의 원만한 특징이 표현된 작품으로 통일신라 후기 내지는 고려 초기에 만들어진 것으로 추정된다.


## 용문사 괘불탱

용문사 괘불탱은 보물 제1446호로 남해군 이동면 용소리 868에 소재하고 있다. 용문사 본존불상 좌·우에 협시보살상만을 배치시켜 삼존도 형식을 보여주고 있는 그림이다. 중앙의 본존불상을 위시하여 좌측에는 정면을 향한 채 똑바로 서서 여의를 들고 있는 보살상이 자리하고 있으며, 오른쪽에는 좌협시보살상과 동일한 자세로 서서 연꽃가지를 받쳐 든 보살상이 배치되어 있다.

중앙의 본존불상은 어깨가 훤히 드러난 오른손을 길게 내려뜨리고 왼손을 가슴 앞까지 들어 올린 채 두 발을 좌·우로 벌려 연화좌를 딛고 서 있는 입불상으로, 둥글넓적해진 형태에 눈·코·입이 작게 묘사되고 미소가 잘 보이지 않는 경직된 표정의 얼굴은 수평으로 들어 올려 각이 진 어깨와 더불어 18세기 후반 이후 불화들에서 주로 나타나는 전형적인 양식 특징이다.

좌협시보살상은 보관을 쓰고서 여의를 들고 있는 점으로 미루어 보아 석가모니불의 좌협시인 문수보살상이라 추정된다. 머리 크기에 비하여 어깨가 좁아지고 작아진 발로 인하여 위축된 느낌이 들긴 하지만, 팔에 걸쳐 흘러내린 길고 굵은 천의 자락으로 인하여 전체적으로는 안정감이 있어 보인다. 우협시보살상 또한 좌협시보살상과 표현이 유사하다. 그림 하단부에는 화기가 남아 있다. 이 괘불탱은 인물의 형태 및 표정, 신체 비례 등에 있어 18세기 중반 이후 불화의 전형 양식을 잘 보여주고 있을 뿐만 아니라, 경직된 듯 조화롭고 세련된 표현기법을 보여주어 18세기 중반 이후 불화 연구의 자료적 가치가 크다.

## 화방사(花芳寺)

화방사는 남해군(南海郡) 고현면(古縣面) 대곡리(大谷里) 망운산(望雲山) 기슭에 있는 사찰로 대한불교조계종 제13교구 본사인 쌍계사(雙磎寺)의 말사이다. 신라 신문왕 때 원효(元曉)가 창건한 연죽사(煙竹寺)를 고려 중기 진각국사(眞覺國師)가 현재의 위치 가까이로 이전하여 중창하고 영장사(靈藏寺)라 하였는데, 이것이 임진왜란* 때 불타 버리자 1636년(인조 14) 계원(戒元)과 영철(靈哲)이 현재 위치에 다시 건립하고 화방사라 한 것이다. 현존하는 건물로는 대웅전과 응진전, 명부전, 칠성

---

* ─임진왜란(壬辰倭亂)은 1592년(임진년, 선조 25) 일본이 조선을 침략하면서부터 시작되어 1598년(선조 31)까지 이어진 전쟁을 말한다. 일본은 개전 초반에 한성을 포함한 한반도의 상당 부분을 점령하였으나 개전 1년여만에 창원 이남으로 패퇴하였으며 결국 조선군과 의병의 강렬한 저항, 명나라의 조선 지원, 조선 수군의 대활약상 등에 의해 7년 만에 패배하여 완전히 철수할 수밖에 없었다. 조선왕조실록에서는 제1차 침략을 임진왜란, 1597년의 제2차 침략을 정유재란(丁酉再亂)이라고 구분해서 부른다.

각, 일주문, 채진루 등이 있다.

채진루(採眞樓)는 정면이 5칸, 측면 2칸의 맞배지붕 건물로 경상남도 문화재자료 제152호로 지정되어 있다. 법당은 보광전을 비롯하여 승당, 산신각, 요사채 등이 현존하는데, 이중 보광전은 정면 3칸 건물로서 내부구조와 조각이 조선시대 법당의 특징을 잘 나타내고 있어 경상남도 유형문화재 제84호로 지정되어 있다.

유물로는 옥종자(玉宗子)와 금고(金鼓), 2000자로 된 이충무공비문목판 등이 있다. 이중 옥종자는 사찰이 건립되어 불상을 봉안할 때 불을 밝히는 옥돌등잔이다. 이것은 한 번 불을 붙이면 꺼뜨려서도 안 되고 불이 꺼지면 다시 불을 붙여서도 안 되는데, 이 옥종자는 1234년 이전에 제작되어 임진왜란 때 불이 꺼진 것으로 알려져 있다.

이 절은 용문사, 보리암과 함께 남해군 3대사찰 중 하나이며, 절 주위에는 천연기념물로 지정된 산닥나무가 자생한다.


## 보리암(菩提庵)

보리암은 남해군 상주면 상주리 257-3에 소재하는 금산(錦山)에 있다. 보리암은 대한불교 조계종 제13교구 본사 쌍계사의 말사로 한려해상국립공원인 금산(해발 701m) 정상 대장봉을 주산으로 자리잡고 있으며 지세를 보면 백두대간으로 지리산까지 들어온 지백이 남으로 들어와 바다에 잠긴 뒤 대륙에서 뻗어온 용맥의 기를 순화시켜 남해 바다에 우뚝 세우니 이곳이 전국의 기도 사찰 중 하나인 보리암이다.

절벽 위에 세워진 자그마한 사찰로 기암괴석이 둘러싼 울툭불툭한 돌 바위자연 속의 절간은 그 비경의 영봉에 그림처럼 우뚝 자리하고 앉아 있다. 금산은 쌍홍문을 정문으로 장군바위가 이 산을 지키도록 근엄히 서 있고, 용이 승천할 수 있도록 용주암도 만들어져 있었다.

향로봉, 촛대봉, 상사바위, 흔들바위, 부소암 등등 운치 좋은 절경이 너무도 좋다. 위풍당당한 위용으로 산봉우리에 오래도록 눈부신 자태를 뽐내고 묵묵히 세월의 영겁 속에 인고의 풍상을 지켜온 금산은 자비의 향기가 산사에 가득하다.

보리암에는 두 가지의 연기설화가 있으니 하나는 가락국 김수로왕의 왕비 삼촌인 장유선사가 보리암에 관세음보살을 세웠다는 설이 있으나 신라의 원효(元曉)가 이 산에 보광사(普光寺)라는 절을 세웠던 데서 보광산이라 전해 오고 있으나, 고려 후기 이성계*(李成桂)가 이 산에

---

*—이성계(李成桂, 太祖, 1335~1408) : 조선의 제1대 왕으로 재위 1392~1398이다. 우군도통사(右軍都統使)로서 요동정벌을 위해 북진하다가 위화도에서 회군하여 우왕을 폐하였다. 막강한 권력으로 전제개혁을 단행하였고 신진세력의 경제적 토대를 구축하여 조선(朝鮮)을 세우고 도읍을 한양(漢陽)으로 옮겨 초기 국가의 기틀을 다졌다. 본관 전주(全州)요, 자 중결(仲潔)이고, 호는 송헌(松軒)이다. 성 이(李)씨요, 휘(諱) 성계(成桂)이다. 시호 지인계운성문신무대왕(至仁啓運聖文神武大王). 즉위 후 휘를 단(旦), 자를 군진(君晉)으로 고쳤다. 비(妃)는 한경민(韓敬敏)의 딸 신의왕후(神懿王后), 계비는 강윤성(康允成)의 딸 신덕왕후(神德王后)이다. 함경도 영흥(永興)에서 아버지 이자춘(李子春)과 어머니 최씨 사이에서 차남으로 1335년(충숙왕 4년)에 출생하였다. 그의 선조는 전주에 살았으나 고조부 이안사 대에 간도지방으로 이주해서 증조부 이행리, 조부 이춘, 부친 이자춘까지 원나라 지방관리를 지냈다. 원나라가 쇠퇴하자 이자춘이 고려에 귀화하였다. 1356년(공민왕 5) 아버지와 함께 고려에 내부(來附)한 뒤 이듬해 유인우(柳仁雨)가 쌍성총관부를 공격할 때 이에 내응(內應)하여 공을 세웠고, 후에 아버지의 벼슬을 이어받아 금오위상장군(金吾衛上將軍) · 동북면상만호(東北面上萬戶)가 되었다.
1361년 반란을 일으킨 독로강만호(禿魯江萬戶) 박의(朴儀)를 토벌하였으며, 같은 해 홍건적(紅巾賊)의 침입으로 개경(開京)이 함락되자, 다음해 사병 2,000명을 거느리고 수도 탈환전에 참가하여 제1착으로 입성, 전공을 세움으로써 동북면병마사(東北面兵馬使)로 승진되고, 원(元)나라의 나하추[納哈出]가 함경도 홍원(洪原)으로 침입하자 함흥평야에서 이를 격파하였다. 1364년 원나라 연경(燕京)에 있던 최유(崔濡)가 충숙왕(忠肅王)의 아우 덕흥군(德興君)을 추대하고 1만명의 군대로 평안도에 침입하여 공민왕을 폐하려 하자 최영(崔瑩)과 함께 이들을 달천강에서 대파하고, 이어 여진족(女眞族)의 삼선(三善) · 삼개(三介)가 함경도 화주(和州)에 침입한 것을 격퇴하였다. 이성계는 출정한 모든 전투에서 승리하여 무인으로서 비범한 능력을 보여주었다. 이해 밀직부사(密直副使)로 익대공신(翊戴功臣)에 책록되었다. 1368년 동북면원수(東北面元帥) · 문하성지사(門下省知事)로 승진, 1372년(공민왕 21) 화령부윤(和寧府尹)이 되고, 1377년(우왕 3) 왜구가 개경을 위협할 때 서강부원수(西江副元帥)로서 이를 격퇴하였다. 1380년 양광 · 전라 · 경상도도순찰사(楊廣全羅慶尙道都巡察使)가 되어 운봉(雲峰)에서 왜구를 소탕하고 1382

서 100일 기도 끝에 조선왕조를 개국한 그 영험에 보답하는 뜻으로 산 전체를 비단으로 덮는 금산이라 칭하여 부르게 된 이름이다.

보리암은 우리나라 관음보살의 3대 성지중 한 곳으로 강원도 낙산사 홍련암, 강화도 보문사와 더불어 신비한 창건설화와 많은 영험담이 전해져 내려오며 오늘날에도 신도들이 즐겨 찾는 유명한 기도 도량으로 알려져 있다.


## 보리암전 삼층석탑

보리암전 삼층석탑은 경상남도 유형문화재 제74호로 남해군 이동면 상주리 206-5에 자리한 문화재로 고려시대 탑건한 것으로 암자와 가까운 남해 금산 꼭대기에 자리하고 있어, '보리암전 삼층석탑' 이라 불리고 있는 3층석탑으로 주변의 경치가 너무나 빼어나 더욱 유명해

년 찬성사(贊成事)로서 동북면도지휘사가 되었다. 다음해 이지란(李之蘭)과 함께 함경도에 침입한 호바투[胡拔都]의 군대를 길주(吉州)에서 대파하였으며, 1384년 동북면도원수·문하찬성사(門下贊成事)가 되었고 이듬해 함경도 함주(咸州)에 침입한 왜구를 격파하였다.

1388년(우왕 14) 수문하시중(守門下侍中)에 올라 최영과 함께 권신(權臣) 임견미(林堅味)·염흥방(廉興邦)을 처형, 이때 명(明)나라의 철령위(鐵嶺衛) 설치 문제로 요동정벌이 결정되자 출정을 반대했으나 거절당했다. 우군도통사(右軍都統使)가 되어 군사를 이끌고 북진하다가 위화도(威化島)에서 회군(回軍), 최영을 제거하고 우왕을 폐한 후 창왕(昌王)을 세웠으며, 자신은 수시중(守侍中)으로서 도총중외제군사(都摠中外諸軍事)가 되어 막강한 권력을 장악하였다. 다음해 정도전(鄭道傳) 등과 함께 창왕을 폐위하고 공양왕(恭讓王)을 세웠다. 1390년(공양왕 2) 삼사영사(三司領事)로 승진하였고, 1391년 삼군도총제사(三軍都摠制使)로서 조준(趙浚) 등과 함께 구신(舊臣)들의 반대를 물리치고 전제개혁(田制改革)을 단행하였다. 그 결과 구신들은 경제적 기반을 잃었고, 그의 일파인 신진세력은 경제적인 토대를 구축하게 되었다. 1392년(공양왕 4) 정몽주(鄭夢周)를 제거, 그 해 7월 공양왕을 양위시키고 스스로 새 왕조의 태조가 되었다.

이듬해 국호를 조선(朝鮮)이라 정하고 1394년(태조 3) 도읍을 한양(漢陽)으로 옮겼다. 1398년 제1차 왕자의 난이 일어나자 방과(芳果 : 定宗)에게 선위한 뒤 상왕(上王)이 되고, 1400년 방원(芳遠)이 즉위하자 태상왕이 되었다. 1402년 왕자들의 권력 다툼에서 빚어진 심뇌로 동북면에 가서 오랫동안 머물다가 돌아왔고 불가(佛家)에 귀의하여 여생을 보냈다. 사대주의(事大主義)·배불숭유(排佛崇儒)·농본주의(農本主義)를 건국이념으로 삼아 조선 500년의 근본 정책이 되게 하였고 관제의 정비, 병제(兵制)와 전제(田制)의 재조정 등 초기 국가의 기틀을 다지는 데 큰 업적을 남겼다. 묘호(廟號)는 태조, 능은 건원릉(健元陵)이다.

졌다. 2층 기단 위에 3층으로 이루어진 탑신을 놓고 머리장식을 얹은 일반적인 모습이다. 아랫층 기단의 각 면에는 2개씩의 안상을 얕게 조각하였다. 위층 기단은 아랫층에 비해 폭이 크게 줄었다.

탑신의 몸돌 각 면에는 모서리마다 기둥을 가지런히 새겼다. 지붕돌은 밑면의 받침이 3단씩이고, 처마는 직선을 유지하다 네 귀퉁이로 갈수록 두툼해지면서 위로 솟았다. 꼭대기에는 보주(구슬모양의 장식)만 남아 머리장식을 하고 있다. 허태후(김수로의 왕비)가 인도에서 가져온 사리를 원효대사가 이곳에 모셔 두었다 하나, 두꺼운 지붕돌과 3단의 지붕돌받침 등으로 보아 고려시대의 탑으로 추정된다.


## 망운암석조보살좌상(望雲庵石造菩薩坐像)

망운암석조보살좌상은 경상남도 문화재자료 제333호로 남해읍 아산리 망운암에 소재하고 있다. 망운암 관음전에 도금되어진 양호한 상태로 봉안되어 있다. 망운암은 고려 고찰로서 여러차례 중건 중수되어 왔으며, 남해의 진산인 망운산 정상 아래에 위치한 관음기도 도량이다. 여기에 봉안된 이 관음좌상은 정확한 기록은 없으나 8.15해방을 전후한 시기에 망운암에 왕래가 많았던 지역 고로(古老)들의 구전에 따르면 옛전에 경주 옥돌로 조성된 영험 있는 부처님이라 전해왔다는 것이다.

머리에 보관을 쓰고 양쪽 무릎 위에 두 손을 각각 나란히 두었으며 오른쪽 발은 군의 바깥으로 노출된 반가부좌의 보살상이다. 총 41.2㎝ 높이의 중소형 불상으로 대좌를 생략하고는 그 외 양호하게 잘 남아 있다. 보관의 형태, 방형의 얼굴, 의섭처리 등 18세기 이후 경남지역 불상에서 볼 수 있는 보편적인 특징을 지닌 작품이다.

## 망운암건륭을사명동종(望雲庵乾隆乙巳銘銅鐘)

망운암건륭을사명동종은 경상남도 문화자료 제334호로 남해읍 아산리 망운암에 소재하고 있다. 예부터 망운암에서 조석으로 타종해 온 것으로 전하며 고봉절정 암자에서 들려오는 이 종소리에 옛 어느 고승께서 운암모종(雲庵暮鐘)이라는 시를 읊었다고 한다. 총 높이 49cm 정도의 동제 범종으로 천판과 종신 표면이 일부 매끄럽지 못하고 다듬은 흔적이 역력하나 파손된 부분은 잘 보수되어 있어 그 본래의 형태를 잘 유지하고 있다. 제작시기는 종의 비례와 용뉴, 범자원권문(梵字圓圈文) 배치 등으로 보아 중국 범종의 영향을 받은 조선 후기 작품으로 보인다. 종신 하단의 건륭 50년 을사라는 명문을 통해 1785년에 남해 화방사에서 제작된 종임을 알 수 있으며 하위에는 보수 흔적이 보인다. 조선시대 범종 연구에 그 학문적 가치가 있다.

## 남해척화비

남해척화비는 경상남도 문화재자료 제266호로 남해군 설천면 노량리 410-18에 소재하고 있다. 조선시대 병인양요와 신미양요를 승리로 이끈 홍선대원군이 서양 사람들을 배척하고 그들의 침략을 국민에게 경고하기 위해 서울 및 전국 각지에 세우도록 한 비로, 이 비도 그 중의 하나이다. 낮은 사각 받침돌 위에 비몸을 세우고, 맨위에 지붕돌을 올려놓아 다른 척화비와는 다른 모습이다.

이는 당시 대원군의 명으로 척화비를 곳곳에 세우자, 이 지역의 관청에서 그것을 본 떠 세우면서 양식을 달리 한 것으로 보인다.

척화비를 일제히 세우던 고종 8년(1871)에 함께 세운 것으로, 대원군이 러시아 공사관으로 납치된 후 세계 각국과의 교류가 이루어지면서 대부분의 비들이 철거되었으나, 이 비처럼 몇기의 비들이 여전히 남아 그 속에 담긴 역사적인 의미를 말해 주고 있다.

## 정지석탑

정지석탑은 경상남도 문화재자료 제42호로 남해군 고현면 대사리 탑동 중앙마을 앞에 있다. 석탑은 기반부가 결실된 채 대형 자연괴석 위에 4층 석탑형태로 복원되어 있다. 탑신석은 옥개석과 재질이 다르고 그 형태도 동일하지 않은 것으로 후대에 다른 석재를 이용하여 복원한 것 같다.

관음포에서 왜구를 크게 격파한 고려 후기의 정지*(鄭地 : 1347~1391) 장군을 기리는 석탑으로 남해를 구해준 정지 장군을 기려 지역 향토민들이 손수 돌을 깎고 다듬어서 세웠다는 석탑의 크기는 높이 2.25m, 너비 45cm이고, 탑신(塔身) 받침은 자연석의 큰 바위이며, 4각형의 탑신 4개와 조그만 원형 탑신, 옥개석(屋蓋石) 5개로 이루어졌다.

---

* -정지(鄭地 : 1347~1391) : 고려시대의 무신. 순천, 낙안, 영광, 광주, 담양, 남원, 남해 관음포에서 왜적을 대파했고 요동 정벌 때 이성계의 위화도회군에 동조했다

본관 하동(河東). 초명 준제(准提). 시호 경렬(景烈). 1374년(공민왕 23) 중랑장(中郎將)으로서 왜적을 평정할 계책을 왕에게 올려 전라도안무사(按撫使)가 되고, 1377년(우왕 3) 순천도병마사(順天道兵馬使)가 되어 순천 · 낙안(樂安) 등에 침입한 왜적을 토벌하였다. 다음해 영광 · 광주(光州) · 담양 등에 침입한 왜구를 소탕하여 전라도순문사(巡問使)가 되고, 1380년 원수(元帥)가 되어 배극렴(裵克廉) 등과 사근내역(沙斤乃驛)에서 왜적과 싸웠으나 패하였다.

1381년 밀직(密直)으로 해도원수(海道元帥)가 되어, 이듬해 남원(南原)에 침입한 왜적을 격퇴하고, 1383년 남해 관음포로 쳐들어온 왜적을 대파하였고 문하부지사(門下府知事)로서 해도도원수, 양광 · 전라 · 경상 · 강릉도 도지휘처치사(都指揮處置使)가 되고, 1384년(우왕 10) 문하평리(門下評理)를 지냈다. 1388년 요동(遼東)정벌 때 안주도도원수(安州道都元帥)로 출전했다가 이성계(李成桂)의 위화도회군(威化島回軍)에 동조하고, 다시 왜적이 창궐하자 양광 · 전라 · 경상도 도절제체찰사(都節制體察使)가 되어 공을 세웠다. 1390년(공양왕 2) 김저(金佇)의 옥사 때 유배되었으나 곧 풀려나 위화도회군의 공으로 2등공신에 책록되었다. 그해 이초(彝初)의 옥에 연루되어 청주옥(淸州獄)에 갇혔다가 홍수로 석방되었다. 이듬해 개성부판사(開城府判事)가 되나 부임하지 못하고 병사하였다.

정지는 1381년 해도원수(海道元帥)가 되어 이듬해 남원에 침입한 왜적을 격퇴하고, 1383년 5월(고려 우왕 9) 정지(鄭地)의 함대가 관음포 앞바다에서 왜구를 크게 무찌른 해전으로 남해대첩이라고도 한다. 고려말 국운이 쇠퇴하는 기미를 보이자 왜구는 고려의 해안가를 노략질하는 횟수가 잦았다. 왜구가 이처럼 고려에서 약탈을 일삼는 이유는 육지에서 노련한 칼솜씨로 번번이 그들이 승리하였기 때문이다. 이에 고려에서는 왜구를 소탕하기 위하여 해상에서 수군이 함포로 왜적을 막는 작전을 사용하였다.

3년 전인 1380년 진포에서 왜선 500척이 격침되자 이에 대한 보복으로 1383년 왜구는 120척의 군선을 이끌고 침입해 와서 합포(지금의 마산)를 공략하였다. 급보를 받은 해도원수(海道元帥) 정지는 나주와 목포에 주둔시키고 있던 전선 47척을 이끌고 경상도로 급히 항진(航進)하였다. 정지가 섬진강 어구에 이르러 합포의 군사를 소집하여 전열을 다시 정비할 때는 왜구는 이미 관음포에 다달아 있었다. 곧바로 적선을 찾아 나선 정지의 함대는 박두양(朴頭洋)에 이르러 왜구의 배들과 맞닥뜨렸다. 왜구는 정예병 군사 140명씩을 배치한 큰 군선 20척을 앞세우고 공격해 왔다.

정지는 앞서서 공격하는 배를 격침시킨 다음 화포를 사용하여 그 가운데 17척을 대파하였다. 당시 고려군의 화포를 운영하는 책임자는 최무선이었는데 움직이고 있는 적선에 화포를 정확하게 적중시킨 진정한 해전이었다. 이 싸움은 승리를 거둔 뒤에 정지가 "내가 일찍이 왜적을 많이 격파하였으나 오늘같이 쾌한 적은 없었다"고 말할 정도로 왜선을 철저히 격파한 해전이었다. 이 때 왜선에는 일본에 사신으로 다녀오던 군기윤(軍器尹) 방지용(方之用)이 붙들려 있다가 구출되기도 하였다. 왜구는 이 해전에서 17척의 큰 배를 잃은 외에 2,000여 명의 전사자를 내고 전의를 상실한 채 퇴각하였다.

관음포대첩은 왜구들이 고려 수군에 대한 두려움을 갖게 하였고, 세계 해전사에서 함포(艦砲)로 적을 물리친 최초의 전투라는 큰 의의를 지니고 있다. 이 전투는 최영의 홍산대첩, 나세 등의 진포대첩, 이성계의 황산대첩과 함께 왜구의 세력을 크게 약화시킨 승전이었으며 관음포대첩으로 자신감을 가진 고려군은 대마도정벌을 추진하였다.

## 다정리 삼층석탑

다정리 삼층석탑은 경상남도 유형문화재 제73호로 남해군 이동면 다정리 587-1에 있다. 원래는 삼층석탑이었으나 지금은 2층의 탑신부만 남아 있고 그 위에 3개의 보주(寶珠 : 탑이나 석등 등 맨꼭대기에 있는 구슬모양의 돌)가 있다. 탑신석에는 양 우주(隅柱)가 모각되고 옥개석에는 3단(段)씩의 옥개받침이 마련되어 있으며, 정상에 상륜부재(上輪部材)가 놓여 있다. 옥개석의 조성수법으로 보아 고려시대에 건립된 것으로 추정된다.

현재의 높이는 1.6m이다. 전하는 바에 의하면, 신라시대의 고승인 원효대사가 창건하였다고 전해지는 다천사에 세웠던 석탑이라 한다. 절의 내력과 역사는 알 수 없고, 다만 다천사가 용문사에 편입될 당시 탑만이 원래의 절터에 남게 되었다고 전한다. 탑 뒤편 절터로 보이는 곳에 석축이 약간 남아 있다. 탑이 있던 들과 북쪽 등을 화정들 혹은 화정 등으로 부르는데, 이를 근거로 화정사터라는 추정도 한다. 완전한 모습은 아니지만 지붕돌이 두툼해지고 밑면의 받침이 3단인 점 등으로 보아 고려시대에 세운 것으로 추정된다.

## 신흥사 삼층석탑(新興寺 三層石塔)

남면 당항리의 신흥사 삼층석탑은 경상남도 문화재자료 제43호로 남해군 남면 당항리 872-1에 있다.

신라 신문왕 때 원효대사가 창건하였다고 전해 오는 신흥사지 3층 석탑이다. 신흥사는 폐사되고 절터에 마을이 들어서면서 탑을 몇 차례 옮기다 마을회관 앞 지금의 자리로 주민들이 옮겨 놓았는데, 옮길 때마다 각 부분의 돌들이 없어지거나 훼손되었다.

현재는 기단부는 모두 멸실되어 없어지고 탑신(塔身)의 1층 몸돌과 1, 2, 3층 지붕돌, 머리장식인 보개(寶蓋 : 뚜껑 모양의 돌), 보륜(寶輪 : 수레바퀴 모양의 돌)만이 남아 있다. 높이 2.5m이며 2. 3층은 복원한 듯하며, 그나마 1층 몸돌은 뒤집혀져 있다. 모서리 반전이 약하며 목개 받침은 희미하게 3단으로 표현하였다.

석탑은 만신창이가 되어 안태의 고향을 지키고 있지만 이제는 당항리 주민들에게 마을을 지켜주는 수호신이다. 고향을 떠난 사람들에게는 향수의 원천으로 마음의 모정처럼 그리운 석탑일 것이다.

삼동면의 봉화리 삼층석탑 등의 문화재가 있다.

# 남해의 봉수대

## 금산 봉수대

금산 봉수대는 경상남도 기념물 제87호로 남해군 상주면 상주리 257-3에 소재하고 있다. 횃불과 연기를 이용하여 급한 소식을 전하던 옛날의 통신수단을 말한다. 높은 산에 올라가서 불을 피워 낮에는 연기로 밤에는 불빛으로 신호를 보냈다.

금산 봉수대는 해발 701m인 산봉에 자리잡고 있으며, 고려 명종 때 설치된 것이라고 전한다. 비교적 원래의 모습이 잘 보존되어 있는데 둘레는 26m의 네모난 형태이며, 높이는 4.5m이다.

당시 전국의 봉수경로 5개 가운데 동래에서 서울에 이르는 경로에 속한 최남단에 자리잡고 있어 출발지로서 중요한 역할을 하였다. 동쪽으로는 창선면 대방리 봉수대를 거쳐 진주로 연결되었으며, 서쪽으로는 남면 봉수대를 거쳐 순천 돌산도로 연결되었고, 북쪽으로는 이동면 원산 봉수대로 연락을 하였다. 봉수대는 오장 2명과 봉군 10여

명이 교대로 지켰다.

남해 금산은 한려해상국립공원 내의 유일한 산악공원으로 기암괴석들로 뒤덮여 있으며, 1974년 12월 28일 경상남도 기념물 제18호로 지정되었다. 주봉(主峰)인 망대를 중심으로 왼쪽에 문장봉, 대장봉, 형사암, 오른쪽에 삼불암, 구암 등의 암봉(巖峰)이 솟아 있다.

이성계가 기도했다는 이씨기단(李氏祈壇)을 비롯하여, 삼사기단(三師祈壇), 쌍룡문(雙龍門), 문장암(文章岩), 사자암(獅子岩), 촉대봉(燭臺峰), 향로봉(香爐峰), 음성굴(音聲窟) 등 금산 38경을 이루는 천태만상의 기암괴석과 울창한 숲, 그리고 눈 아래로 보이는 바다와의 절묘한 조화는 명산으로서 손색이 없다. 산 정상에는 양양 낙산사, 강화 보문사와 함께 한국 3대 기도처의 하나이자 쌍계사의 말사(末寺)인 보리암이 있고 그 밑에는 1977년에 해수관음보살상이 바다를 향해 세워졌다.

이동면 복곡 입구에서 금산 8부 능선까지 도로가 개설되어 있고 인근에 상주해수욕장이 있어 많은 관광객이 찾는다.

### 설흘산 봉수대

설흘산 봉수대는 경상남도 기념물 제247호로 남해군 남면 홍현리 산 237-1에 있다. 남해군 남면의 남단 해안가에 위치한 설흘산(해발 490m)의 정상에 축조되어 있다.

자연 암반을 기반으로 하여 석축한 것으로, 평면 형태는 원형이나 일부분은 각이 져 있다. 동쪽 부분은 비교적 완전하게 남아 있으나 서벽은 붕괴가 심한 편이다. 무너진 부분은 후대에 일부 개축되어 전체적인 구조는 정확하게 파악하기 어렵다. 그러나 동벽의 상태가 양호하므로 조선시대 봉수의 구조를 비교적 자세하게 파악할 수 있다고 판단된다.

이 봉수대는 동쪽에 위치한 남해 금산 봉수를 받아 내륙의 망운산, 혹은 순천 돌산도 봉수와 연결되는 것으로 보인다. 〈신증 동국여지승람〉에는 '소흘산 봉수'라는 기록으로 남아 있으나 지금은 설흘산으로 불려지고 있다. 석축의 상태가 양호한 것이 특징이다.

## 대방산 봉수대

대방산 봉수대는 경상남도 기념물 제248호로 남해군 창선면 옥천리 산 75에 있다. 당시 진주목 소속으로 남해현 소속의 금산 봉수로부터 연락을 받아 삼천포 각산 봉수대로 전달한 제2거선의 간봉이다. 대방산 봉수대의 축성법은 토석혼축이며 규모는 높이 8.6m이고 폭은 3.6m인 망대가 남아 있다.

대방산 봉수는 경상남도 지리지에 처음 나타난 것으로 보아 이 책이 편찬된 1477년을 기준으로 하여 당시에 축조되었을 것으로 추측할 수 있다.

이 봉수대는 위급한 상황을 중앙 또는 접경지역에 알리기 위해 축조된 것으로 전하며, 인근에 있는 삼천포 각산 봉수대에서 봉수를 올리면 금산 봉수대와 설흘산 봉수대에 연결하게 되었다고 한다. 봉수대 오르는 길은 창선 옥천에서 오르는 동쪽로가 있고, 창선 사포에서 오르는 서쪽로와 상신리에서 오르는 북쪽로가 있다.

요즘은 대상산 봉수를 찾는 학자 및 관광객이 날로 늘어가고 있는 실정이며, 대방산 봉수대는 이곳 지역 주민들이 보존관리하고 있는 곳이다.

대방산의 정상부에서 약간 남쪽으로 산불감시초소가 있는 곳이 전망이 제일 양호한 곳이며, 암반(남부 약 17.5m, 동서 약 7.2m)으로 형성되어 있는데, 지면에서 제일 낮은 북쪽면이 약 1.1m 높이이다. 그러나 대방산 봉수대는 정상부에 있지 않고 동쪽으로 약 400m 정도 떨어진 봉우리(해발 466m)에 위치한다.

현재 이곳은 민묘 1기가 있으며 민묘 반대편에 위치하고 있는 원형상의 석축대가 솟아 있고 이 주변은 석담으로 둘러쳐져 있다

## 남해가천 암수바위

남해가천 암수바위는 경상남도 민속자료 제13호로 남해군 남면 홍현리 849에 있다. 해안에서 북쪽으로 100m 거리에 자리한 가천마을에는 가장 아래쪽 밭 모서리에 한 쌍의 암수바위가 5m 간격으로 서 있다. 이곳에서는 '미륵불' 이라 하여 각각 암미륵, 숫미륵이라 부르기도 한다.

암미륵은 높이 3.9m, 둘레길이 2.3m의 크기로, 여인이 잉태하여 만삭이 된 모습을 한 채 비스듬히 누워 있고, 숫미륵은 높이 5.8m, 둘레길이 2.5m 크기로, 남성의 성기 형상으로 서 있다. 아이를 갖지 못한 여인들이 아무도 모르게 숫미륵 밑에서 기도를 드리면 득남한다 하여 이 고장의 여인들 뿐만 아니라 다른 지방에서도 많이 다녀간다고 한다.

조선 영조 27년(1751) 남해 현령 조광진의 꿈에 나타난 노인의 계시에 의해 이 바위를 발견하였다고 전한다. 매년 음력 10월 23일 마을의 태평과 농사의 풍요를 비는 동제를 지내고 있는데, 처음 잡는 고기를 바위에 걸어 놓으면 고기도 많이 잡히고 사고도 방지된다고 한다.

성기 모양으로 돌을 깎아 자식을 많이 갖는 것과 농사의 풍요로움

을 빌던 대상이 마을 전체의 수호신으로 바뀌고, 다시 불교의 미륵불로 이어진 민간신앙의 한 예를 보여준다.

## 상주리 석각

상주리 석각은 경상남도 기념물 제6호로 남해군 상주면 양하리 산 4-3에 있다. 동양 최고(最古)의 문자로서 가로 7m, 세로 4m의 평평한 바위 위에 가로 1m, 세로 50㎝ 넓이로 새겨져 있다.

서불제명각자(徐市題名刻字)라고도 하는 그림문자로 상주면 양아리에서 금산(錦山) 부소암에 오르는 산중턱 평평한 자연암에 새겨진 특이한 형태의 조각이다.

일명 '서불과차(徐市過此)'라고 불리는데 지금까지 해독을 하지 못하여 내용은 알 수 없다. 전해 오는 이야기로는 중국 진시황 때 삼심산 불로초를 구하기 위해 시종 서불이 이곳 금산을 찾아와서 사냥을 즐기다 떠나면서 자신들의 발자취를 후세에 남기기 위해 새긴 것이라고도 한다. 시대는 명확하지 않다.

# 보물섬을 문화의 꽃으로

필자는 천혜비경의 아름다운 남해를 고향으로 둔 한 사람으로 살아가는 것을 자랑으로 삼고, 남해가 지니고 있는 독특한 전통(傳統) 문화의 역사적 모습을 보존(保存)하고 가꾸면서 숨어 있는 문화 유적을 개발하여 독특한 캐릭터로 만들 필요가 있다고 생각합니다.

우리는 전무후무(前無後無)한 찬란한 남해 전근대사에서 표출(表出)되고 생생하게 전하여 이어져 오는 문화전통(文化傳統)을 그 연장선상에서 서로 아끼고 존중(尊重)하며 공공연히 즐기면서 살아가고 있습니다. 이러한 남해 보물섬의 유적(遺蹟)을 주위 모든 사람뿐 아니라 타각지로 알리고 개발하여 지역을 통합 발전시켜 가는 재창조(再創造)를 지향해 가는 것입니다.

우리는 많은 분이 다(多) 지역에 살면서 산과 바다가 아름다운 고장, 문화 역사의 남해에 자부심을 가지고, 진보를 위해 창조적으로 개인 모두가 힘써 알려 간다면 우리와 함께 문화도 연결지어져 시대를 향한 도약(跳躍)의 명소(名所)로 수준 높이 떠오를 것입니다.

　이 책을 읽는 분들은 우리는 어떻게 해야 하는가?

　필자는 숨겨진 역사를 책으로 내면서, 지나간 여러 가지 남해에 대한 역사적 감회의 얘기를 나누면서 우리도 고향을 사랑하고 지키면서 풍요롭게 변화시켜 모든 이들에게 인정(人情) 있는 고장, 물질보다는 정신적 풍요로움과 정이 흘러 사람답게 살고픈 좋은 풍광과 문화의 고장을 위해 서로 배려(配慮)하고 돕는 공동체의식(共同體意識) 속에서 남해는 살기 좋은 고장이라는 이미지를 날로 높이 부각시켜야 할 것입니다.

　비경의 풍광(風光) 속에 감추어진 문화적(文化的) 역사(歷史)를 여러 사람과 더불어 이어오는 우리는 후세들에게도 자연스럽게 전하고 알리어 고향인(故鄕人)으로서의 긍지(矜持)를 심어주는 데에 기대를 가져 보기도 합니다. 요즘 현대사회는 근원적으로 현실 모두가 창조적 방식으로 자유 분망하게 실용주의(實用主義)적 실천적 성격의 공리주의(功利主義) 형태로 살아갑니다.

　하지만 본질적으로 문화관광(文化觀光)의 높은 수준으로 끌고 간다면 그 혜택이 주변의 많은 사람에게 돌아간다는 가치성의 그 원칙은 엄청난 효과를 얻게 될 것입니다. 급진적으로 부흥(復興)시킬 수는 없지만 개혁적(改革的)으로 차분히 진보적 미래를 꿈꾸면서 추진해 간다면 함께 사는 빛나는 고장, 새로운 시대의 남해, 새로운 새 물결이 높은 문화 능력의 남해로 우뚝 설 것입니다.

　남해의 웅비(雄飛)를 바탕으로 고고한 역사 속의 체험의 정기를 바탕으로 찬란한 남해, 사람다운 곳에 천혜자연(天惠自然)과 사람다운 사람이 살기 좋다는 곳으로 다 함께 지키고 가꾸어 발전(發展)시키기를 갈망하며 더욱이 이 책이 많은 사람에게 읽히기를 기대해 봅니다.

책을 산기(産期)할 때마다 산고의 고통이 따르긴 하였지만 온 세상 사람 앞에 산은 언제나 높고 물은 영원히 흐른다는 바른 이치로 오랫동안 장서(藏書)로 남아 다소나마 남해 유배문학이 이 책을 통해 도움이 되고 눈에 비치기를 원하며 세상에 내놓게 되니 감개가 무량합니다.

문화 고장의 민족 철학을 찾아 선경(仙境) 남해의 아름다움을 자랑하면서 나의 생각이나 사실을 표현한 글장을 발간하며 격려와 관심으로 축하해 주신 흑맥문학사 김진희 회장님, 그리고 한국불교문학 편집위원장 장봉호 님과 김창길 남해초등학교 총동창회 회장님께 감사드립니다.

부족한 졸필을 한 권의 좋은 책으로 출판될 수 있도록 마음 기울여 주신 존모하는 전 최치환의원 보좌관 김심배 님, 민주평통광진구협의회 박옥수 님과 홍정애 누님께 감사를 드립니다.

들과 산을 뛰놀며 함께 즐기던 소중하고 의미 있는 교우 돌탑회 친우들과 사랑하는 윤미란 부인에게도 고마움을 전합니다.

아울러 저작물이 간행될 수 있도록 주의를 기울여 교열해 주신 박천수 님과 홍순주 세무사님, 김용엽 역사박물관장님께도 고마움을 전합니다.

이 책을 출판해 주신 한누리미디어 김재엽 사장님께도 진심어린 고마움을 전하며 아울러 남해의 풍광어린 아름다운 명소를 사진에 담아 적공(積功)해 주시고 이름난 명승지를 국내외 알리며 국제사진대전으로 금상과 대한민국 사진공모전에서 대통령상을 수상한 사진작가 김유종 광명시청 과장님께 감사를 드립니다.

세월이 지나갈수록 그리워지는 고향, 언젠가 돌아가리란 기대 속에 살면서 산과 들과 바다에 삼자향기 가득히 풍기는 산수 좋은 은혜로운 고장 고향을 사랑합시다. 꽃을 가꾸듯 즐겁고 향기로운 마음으로 지난 일을 오늘에 되새겨 비춰보는 거울과 같이 맑고 순일한 기행을 글로 이야기를 남겨 봅니다.

# 작가소개


**홍춘표**

　그는 남해 출신으로 인간의 심원한 예술 생명의 영혼 속에 이성과 감성을 빚어내는 문화예술에 몰두, 시인으로 등단하여 현재 한국문인협회 정책개발위원, 호맥문학사 편집위원, 호맥문학가협회 감사, 호맥동인회 부회장, 양천문학회 부회장, 한국불교문인협회 이사로 활동하고 있다.

　일찍이 청년시절 영화예술에 몰두하며 강대진 감독과 함께 영화 〈당신은 여자〉, 〈버림받은 여자〉, 〈겨울부인〉 등의 작품에 제작 기획을 담당하며 조연출로 다(多)작에 일해 오다 1973년 남해를 배경으로 한국영화 〈뱃고동〉을 제작 주연을 하였고, 병무행정영화 〈너와 나〉를 만들어 출연하기도 하였다. 왕성한 나이에는 미건물산(美建物産)을 창업 화학공장을 운영하며 의욕적으로 경영하기도 했다.

　그는 부인 윤미란(尹美蘭) 사이에 홍상현(洪尙鉉)과 홍상희(洪尙希)의 자녀를 두고 있다. 양친은 영면(永眠)하신 홍순탁(洪淳坼)과 박순애(朴淳

愛) 사이 2남 3녀 중 장남으로 태어났으며 본관은 남양(南陽)으로 문정 공파의 34세손으로 환상(幻想)의 강진만 호수처럼 아름다운 해안 고암 (수장포) 마을 태생이다.

그는 한양대학교 경영대학원과 연세대학교 행정대학원, 그리고 경 기대학원 범죄예방학과를 나와 한국문인협회 발전기획위원을 거쳐 법무부 범방위원으로 사회봉사 활동과 서정이 넘치는 주옥 같은 작품 을 발표하고 있으며 시화 전시회도 열어 시작을 발표하기도 했다.

1975년 서울신문 총무국에서 기획을 맡아 청계천 종말하수처리장 과 남산 3호 터널 등 기록 다큐멘터리를 만들기도 하였으며, 재활인 의 신체상 장애극복의 재활 문화영화도 만들어 홍보하기도 했다.

그는 시인으로 등단 후 한 시대 전무후무한 역사문화의 문학유산을 남겨 놓은 노도섬을 배경으로, 2004년 고향을 소재로 서포문학의 국 문학 소설을 널리 알리면서 KBS HD TV문학관 〈서러워라 잊혀진다 는 것은〉을 통해 김충길 프로듀서와 작품을 기획하면서 남해 문화유 적에 깊은 관심을 가지고 조선시대 유배문화를 소재로 한 역사소설 《서포 김만중 노도에서 고복하다》를 시와 소설로 엮어 집필하기도 했 다.

그는 보물섬 남해의 아름다운 풍광과 정서를 직접 작사 작곡한 노 래를 불러 음반도 내기도 하였으며, 고향에 대한 애틋한 정서를 간직 하고 서정이 넘치는 주옥 같은 시작(時作)을 발표하고 있는 문예인이 다. 2010년에는 절해고도 남해 적소에서 유배생활을 했던 자암 김구 의 일대기 《자암 김구의 화전별곡(花田別曲)》을 출간했다. 새로 선보일 《선경 이곳에 자리잡다》는 일점선도 12경의 남해 순례기로 문화유적 의 고전이나 아름다운 경관의 문화를 소개하고 있다.

기발난 비유로 "사랑은 하늘에서 걸어온다"는 논설적이면서도 직설적인 표현으로 인간문화의 생활철학을 흥미롭게 이야기하고 있다.

그는 18세기 남해의 배소에서 오고가며 보고 겪은 《후송 유의양 그 날의 유배기》는 역사적 평가를 담은 문화유적의 생생한 토속적 유배문학의 참 모습으로 많은 자양분을 얻는다는 이 책은 현대에 이르러 비판과 계승의 선비정신을 문화와 교육적 차원으로 한 눈에 볼 수 있게 저서로 장식한 걸작이 아닌가 한다.

그 밖에 작품으로 향토가요 15편 작사 제작 발표, 유화 풍경화 30점 국회의원회관 시화전시회, 남해군탈박물관 시화전시회, 양천문인회 문화원전시관 전시회 등을 열었으며, 시집 《토담집 어머님》, 《유자꽃 피는 고향》, 《영혼 속에 피는 꽃》, 《흔적》, 《바람 소리》 등이 있다


## 洪春杓

慶南 南海 出生. 漢陽大學校 經營大學院. 延世大學校 行政大學院. 京畿大學院 犯房學科 修了. 漢陽大學校 總同門會 常任委員. 延世大學校 總同文會 常任理事. 社)韓國文人協會 會員. 社)韓國文人協會 發展企劃委員·政策開發委員. 흐脈同人會 會員. 흐脈文學 編輯委員. 흐脈文學家協會 監査. 흐脈同人會 副會長. 佛敎文人協會 理事. 漢城奬學會 審査委員. 陽川文學會 副會長. 法務部 犯罪豫防委員(指導師). 仁川地方警察廳海兵戰友會 諮問委員. 韓·美海兵隊戰友親善協會 理事. 社)民族統一廣津協議會 諮問委員. 一日經濟新聞 編輯委員. 서울新聞社 總務局映畵製作室 企劃擔當. 映畵 '뱃고동' '너와 나' 企劃·製作. 社)韓國映畵人協會 演技分科會員. 漢江물살리기運動本部 弘報理事. 韓國重症障碍福祉國際交流會 會長. J.K 副會長. 在京蘭嶺初等學校

首席副會長. 美建物産 代表理事. 新韓미디어 映像 代表. 朴正熙大統領 精神文化宣揚會 副會長(運營委員長).

作品 鄉土歌謠 15篇 作詞製作 發表. 油畫 風景畫30點 國會議員會館 詩畫展示會. 南海郡 탈博物館 詩畫展示會.

著書《西浦 金萬重 櫓島에서 皐復하다》,《自庵 金緣의 花田別曲》,《後松 柳義養 그날의 流配記》. 詩集《토담집 어머님》,《유자꽃 피는 고향》,《영혼 속에 피는 꽃》,《흔적》,《바람 소리》. 近刊,《仙境 이곳에 자리잡다》,《사랑은 하늘에서 걸어온다》,《天孫의 歷史 疏齋 李頣命》,《偉大한 生涯 朴正熙》등 다수.

# 후송 유의양 그날의 유배기

지은이 / 홍춘표
발행인 / 김재엽
펴낸곳 / **한누리미디어**
디자인 / 지선숙

121-840, 서울시 마포구 서교동 395-13 서원빌딩 2층
전화 / (02)379-4514, 379-4519
Fax / (02)379-4516
E-mail/hannury2003@hanmail.net

신고번호 / 제300-2006-61호
등록일 / 1993. 11. 4

초판발행일 / 2012년 2월 25일

ⓒ 2012 홍춘표 Printed in KOREA

값 25,000원

※저자와 협의하여 인지는 생략합니다.
※잘못된 책은 바꿔드립니다.

ISBN 978-89-7969-387-4  03810